D0840129

Travesuras de la niña mala

Alfaguara es un sello editorial del Grupo Santillana

www. alfaguara.com

Argentina
Av. Leandro N. Alem, 720
C 1001 AAP Buenos Aires
Tel. (54 114) 119 50 00
Fax (54 114) 912 74 40

Bolivia
Avda. Arce, 2333
La Paz
Tel. (591 2) 44 11 22
Fax (591 2) 44 22 08

Chile
Dr. Aníbal Ariztía, 1444
Providencia
Santiago de Chile
Tel. (56 2) 384 30 00
Fax (56 2) 384 30 60

Colombia
Calle 80, nº 10-23
Bogotá
Tel. (57 1) 639 60 00
Fax (57 1) 236 93 82

Costa Rica
La Uruca
Del Edificio de Aviación Civil 200 m al Oeste
San José de Costa Rica
Tel. (506) 220 42 42 y 220 47 70
Fax (506) 220 13 20

Ecuador
Avda. Eloy Alfaro, 33-3470 y Avda. 6 de
Diciembre
Quito
Tel. (593 2) 244 66 56 y 244 21 54
Fax (593 2) 244 87 91

El Salvador
Siemens, 51
Zona Industrial Santa Elena
Antiguo Cuscatlan - La Libertad
Tel. (503) 2 505 89 y 2 289 89 20
Fax (503) 2 278 60 66

España
Torrelaguna, 60
28043 Madrid
Tel. (34 91) 744 90 60
Fax (34 91) 744 92 24

Estados Unidos
2105 N.W. 86th Avenue
Doral, F.L. 33122
Tel. (1 305) 591 95 22 y 591 22 32
Fax (1 305) 591 91 45

Guatemala
7ª Avda. 11-11
Zona 9
Guatemala C.A.
Tel. (502) 24 29 43 00
Fax (502) 24 29 43 43

Honduras
Colonia Tepeyac Contigua a Banco Cuscatlan
Boulevard Juan Pablo, frente al Templo
Adventista 7º Día, Casa 1626
Tegucigalpa
Tel. (504) 239 98 84

México
Avda. Universidad, 767
Colonia del Valle
03100 México D.F.
Tel. (52 5) 554 20 75 30
Fax (52 5) 556 01 10 67

Panamá
Avda. Juan Pablo II, nº15. Apartado Postal
863199, zona 7. Urbanización Industrial
La Locería - Ciudad de Panamá
Tel. (507) 260 09 45

Paraguay
Avda. Venezuela, 276,
entre Mariscal López y España
Asunción
Tel./fax (595 21) 213 294 y 214 983

Perú
Avda. Primavera 2160
Surco
Lima 33
Tel. (51 1) 313 4000
Fax. (51 1) 313 4001

Puerto Rico
Avda. Roosevelt, 1506
Guaynabo 00968
Puerto Rico
Tel. (1 787) 781 98 00
Fax (1 787) 782 61 49

República Dominicana
Juan Sánchez Ramírez, 9
Gazcue
Santo Domingo R.D.
Tel. (1809) 682 13 82 y 221 08 70
Fax (1809) 689 10 22

Uruguay
Constitución, 1889
11800 Montevideo
Tel. (598 2) 402 73 42 y 402 72 71
Fax (598 2) 401 51 86

Venezuela
Avda. Rómulo Gallegos
Edificio Zulia, 1º - Sector Monte Cristo
Boleita Norte
Caracas
Tel. (58 212) 235 30 33
Fax (58 212) 239 10 51

Mario Vargas Llosa

Travesuras de la niña mala

ALFAGUARA

© 2006, Mario Vargas Llosa
© 2006, Santillana Ediciones Generales, S. L.
© De esta edición:
2006, Distribuidora y Editora Aguilar, Altea, Taurus, Alfaguara, S. A.
Calle 80 No. 10-23
Teléfono (571) 639 60 00
Telefax (571) 236 93 82
www.santillana.com.co

ISBN: 958-704-428-2
Impreso en Colombia - *Printed in Colombia*

Diseño:
Proyecto de Enric Satué

© Fotografía de cubierta:
Morgana Vargas Llosa

PRIMERA EDICIÓN EN COLOMBIA, MAYO 2006
PRIMERA REIMPRESIÓN, JULIO DE 2006
SEGUNDA REIMPRESIÓN, SEPTIEMBRE DE 2006
TERCERA REIMPRESIÓN, NOVIEMBRE DE 2006

A X, en memoria de los tiempos heroicos

I. Las chilenitas

Aquél fue un verano fabuloso. Vino Pérez Prado
con su orquesta de doce profesores a animar los bailes de
Carnavales del Club Terrazas de Miraflores y del Lawn Tenis de Lima, se organizó un campeonato nacional de mambo en la Plaza de Acho que fue un gran éxito pese a la amenaza del Cardenal Juan Gualberto Guevara, arzobispo de
Lima, de excomulgar a todas las parejas participantes, y mi
barrio, el Barrio Alegre de las calles miraflorinas de Diego
Ferré, Juan Fanning y Colón, disputó unas olimpiadas de
fulbito, ciclismo, atletismo y natación con el barrio de la
calle San Martín, que, por supuesto, ganamos.
Ocurrieron cosas extraordinarias en aquel verano
de 1950. Cojinoba Lañas le cayó por primera vez a una
chica —la pelirroja Seminauel— y ésta, ante la sorpresa
de todo Miraflores, le dijo que sí. Cojinoba se olvidó de
su cojera y andaba desde entonces por las calles sacando
pecho como un Charles Atlas. Tico Tiravante rompió con
Ilse y le cayó a Laurita, Víctor Ojeda le cayó a Ilse y rompió
con Inge, Juan Barreto le cayó a Inge y rompió con Ilse. Hubo tal recomposición sentimental en el barrio que andábamos aturdidos, los enamoramientos se deshacían y rehacían
y al salir de las fiestas de los sábados las parejas no siempre
eran las mismas que entraron. «¡Qué relajo!», se escandali-
zaba mi tía Alberta, con quien yo vivía desde la muerte de
mis padres.
Las olas de los baños de Miraflores rompían dos
veces, allá a lo lejos, la primera a doscientos metros de la

playa, y hasta allí íbamos a bajarlas a pecho los valientes, y nos hacíamos arrastrar unos cien metros, hasta donde las olas morían sólo para reconstituirse en airosos tumbos y romper de nuevo, en una segunda reventazón que nos deslizaba a los corredores de olas hasta las piedrecitas de la playa.

Aquel verano extraordinario, en las fiestas de Miraflores todo el mundo dejó de bailar valses, corridos, blues, boleros y huarachas, porque el mambo arrasó. El mambo, un terremoto que tuvo moviéndose, saltando, brincando, haciendo figuras, a todas las parejas infantiles, adolescentes y maduras en las fiestas del barrio. Y seguramente lo mismo ocurría fuera de Miraflores, más allá del mundo y de la vida, en Lince, Breña, Chorrillos, o los todavía más exóticos barrios de La Victoria, el centro de Lima, el Rímac y el Porvenir, que nosotros, los miraflorinos, no habíamos pisado ni pensábamos tener que pisar jamás.

Y así como de los valsecitos y las huarachas, las sambas y las polcas habíamos pasado al mambo, pasamos también de los patines y los patinetes a la bicicleta, y algunos, Tato Monje y Tony Espejo por ejemplo, a la moto, e incluso uno o dos al automóvil, como el grandulón del barrio, Luchín, que le robaba a veces el Chevrolet convertible a su papá y nos llevaba a dar una vuelta por los malecones, desde el Terrazas hasta la quebrada de Armendáriz, a cien por hora.

Pero el hecho más notable de aquel verano fue la llegada a Miraflores, desde Chile, su lejanísimo país, de dos hermanas cuya presencia llamativa y su inconfundible manerita de hablar, rapidito, comiéndose las últimas sílabas de las palabras y rematando las frases con una aspirada exclamación que sonaba como un «pué», nos pusieron de vuelta y media a todos los miraflorinos que acabábamos de mudar el pantalón corto por el largo. Y, a mí, más que a los otros.

La menor parecía la mayor y viceversa. La mayor se llamaba Lily y era algo más bajita que Lucy, a la que le llevaba un año. Lily tendría catorce o quince años a lo más y Lucy trece o catorce. El adjetivo llamativa parecía inventado para ellas, pero, sin dejar de serlo, Lucy no lo era tanto como su hermana, no sólo porque sus cabellos eran menos rubios y más cortos y porque se vestía con más sobriedad que Lily, sino porque era más callada y, a la hora de bailar, aunque también hacía figuras y quebraba la cintura con una audacia a la que ninguna miraflorina se atrevería, parecía una chica recatada, inhibida y casi sosa en comparación con ese trompo, esa llama al viento, ese fuego fatuo que era Lily cuando, instalados los discos en el *pick up,* reventaba el mambo y nos poníamos a bailar.

Lily bailaba con un ritmo sabroso y mucha gracia, sonriendo y canturreando la letra de la canción, alzando los brazos, mostrando las rodillas y moviendo cintura y hombros de manera que todo su cuerpecito, al que modelaban con tanta malicia y tantas curvas las faldas y blusas que llevaba, parecía encresparse, vibrar y participar del baile de la punta de los cabellos a los pies. Quien bailaba el mambo con ella la pasaba siempre mal, porque ¿cómo seguir sin enredarse el torbellino endiablado de esas piernas y patitas saltarinas? ¡Imposible! Uno quedaba rezagado desde el principio y muy consciente de que los ojos de todas las parejas estaban concentrados en las hazañas mamberas de Lily. «¡Qué niñita!», se indignaba mi tía Alberta, «baila como una Tongolele, como una rumbera de película mexicana». «Bueno, no olvidemos que es chilena», se hacía eco ella misma, «el fuerte de las mujeres de ese país no es la virtud».

Yo de Lily me enamoré como un becerro, la forma más romántica de enamorarse —se decía también templarse al cien—, y, en ese verano inolvidable, le caí tres veces. La primera, en la platea alta del Ricardo Palma, ese cine que estaba en el Parque Central de Miraflores, en la *matinée* del domingo, y me dijo que no, era todavía muy joven para tener enamorado. La segunda, en la pista de patinaje que se inauguró justamente ese verano al pie del Parque Salazar, y me dijo no, necesitaba pensarlo porque, aunque yo le gustaba un poquito, sus padres le habían pedido que no tuviera enamorado hasta que terminara el cuarto de media y ella estaba todavía en tercero. Y, la última, pocos días antes del gran lío, en el Cream Rica de la avenida Larco, mientras tomábamos un *milk-shake* de vainilla, y, por supuesto, otra vez que no, para qué me iba a decir que sí ya que estando como estábamos parecíamos enamorados. ¿No nos ponían siempre de pareja donde Marta cuando jugábamos a las verdades? ¿No nos sentábamos juntos en la playa de Miraflores? ¿No bailaba ella conmigo más que con cualquiera en las fiestas? ¿Para qué, pues, me iba a dar formalmente el sí si todo Miraflores ya nos creía enamorados? Con su fachita de modelo, unos ojos oscuros y pícaros y una boquita de labios carnosos, Lily era la coquetería hecha mujer.

«De ti, me gusta todo», le decía yo. «Pero, lo que más, tu manerita de hablar.» Era chistosa y original, por su entonación y su música, tan distintas de las peruanas, y también por ciertas expresiones, palabritas y dichos que a los del barrio nos dejaban en la luna, tratando de adivinar lo que querían decir y si en ellos se escondía alguna burla. Lily se pasaba la vida diciendo cosas en doble sentido, haciendo adivinanzas o contando unos chistes tan colorados que a las chicas del barrio las hacían comerse un pavo. «Esas chilenitas son *terribles*», sentenciaba mi tía Alberta, quitándose y poniéndose los anteojos con el aire de profesora de colegio que tenía, preocupada de que ese par de forasteras desintegrara la moral miraflorina.

Todavía no había edificios en el Miraflores de comienzos de los años cincuenta, barrio de casitas de una sola planta o a lo más dos, de jardines con los infaltables geranios, las poncianas, los laureles, las buganvillas, el césped y las terrazas por las que trepaban las madreselvas o la hiedra, con mecedoras donde los vecinos esperaban la noche comadreando y oliendo el perfume del jazmín. En algunos parques había ceibos espinosos de flores rojas y rosadas, y las rectas, limpias veredas tenían arbolitos de suche, jacarandás, moras y la nota de color la ponían, tanto como las flores de los jardines, los amarillos carritos de los heladeros de D'Onofrio, uniformados con guardapolvos blancos y gorrita negra, que recorrían las calles día y noche anunciando su presencia con una bocina cuyo lento ulular a mí me hacía el efecto de un cuerno bárbaro, de una reminiscencia prehistórica. Todavía se oía cantar a los pájaros en ese Miraflores donde las familias cortaban los pinos cuando las muchachas llegaban a la edad casadera, pues, si no lo hacían, las pobres se quedarían solteronas como mi tía Alberta.

Lily nunca me daba el sí, pero cierto que, salvo esa formalidad, en todo lo demás parecíamos enamorados. Nos cogíamos de la mano en las *matinées* del Ricardo Palma, el Leuro, el Montecarlo y el Colina, y, aunque no se pudiera decir que en la oscuridad de las plateas tiráramos plan como otras parejas más antiguas —tirar plan era una fórmula en la que cabían desde los besos anodinos hasta los chupetazos lingüísticos y los malos tocamientos que había que confesarle al cura los primeros viernes como pecados mortales—, Lily me dejaba besarla, en las mejillas, en el borde de las orejitas, en la esquina de la boca, y, a veces, por un segundo, juntaba sus labios con los míos y los apartaba con un mohín melodramático: «No, no, eso sí que no, flaquito». «Estás hecho un becerro, flaco, estás azul, flaco, te derrites de tanto camote, flaco», se burlaban mis amigos del barrio. Jamás me llamaban por mi nombre —Ricardo So-

mocurcio—, siempre por mi apodo. No exageraban lo
más mínimo: estaba templado de Lily hasta el cien.

Por ella, aquel verano, me trompeé con Luquen,
uno de mis mejores amigos. En una de esas reuniones que
teníamos las chicas y los chicos del barrio en la esquina de
Colón y Diego Ferré, en el jardín de los Chacaltana, Luquen, haciéndose el gracioso, dijo de pronto que las chilenitas eran unas huachafas, porque no eran rubias de verdad sino oxigenadas, y que, a mis espaldas, en Miraflores
habían comenzado a decirles las Cucarachas. Le lancé un
directo al mentón, que él esquivó, y fuimos a dirimir la diferencia a trompadas en la esquina del malecón de la Reserva, junto al acantilado. Estuvimos sin hablarnos toda
una semana, hasta que, en la siguiente fiesta, las chicas y los
chicos del barrio nos hicieron amistar.

A Lily le gustaba ir todas las tardes a esa esquina
del Parque Salazar alborotada de palmeras, floripondios y
campanillas desde cuyo murito de ladrillos rojos contem-
plábamos toda la bahía de Lima como contempla el mar
el capitán de un barco desde la torre de mando. Si el cielo
estaba despejado, y juraría que aquel verano el cielo estuvo siempre sin nubes y el sol brilló sobre Miraflores sin
fallarnos un solo día, se divisaba allá al fondo, en los con-
fines del océano, el disco rojo, llameando, despidiéndose
con rayos y luces de fogueo mientras se ahogaba en las
aguas del Pacífico. La carita de Lily se concentraba con el
mismo fervor con que iba a comulgar en la misa de doce
de la parroquia del Parque Central, la vista fija en aquella
bola ígnea, esperando el instante en que el mar se traga-
ra el último rayito para formular el deseo que el astro, o
Dios, materializaría. Yo pedía un deseo también, creyendo sólo a medias que se haría realidad. Siempre el mismo,
por supuesto: que me dijera por fin que sí, que fuéramos
enamorados, tiráramos plan, nos quisiéramos, pasára-

mos a novios y nos casáramos y termináramos en París, ricos y felices.

Desde que tenía uso de razón soñaba con vivir en París. Probablemente fue culpa de mi papá, de esos libros de Paul Féval, Julio Verne, Alejandro Dumas y tantos otros que me hizo leer antes de matarse en el accidente que me dejó huérfano. Esas novelas me llenaron la cabeza de aventuras y me convencieron de que en Francia la vida era más rica, más alegre, más hermosa y más todo que en cualquier otra parte. Por eso, además de mis clases de inglés en el Instituto Peruano-Norteamericano, logré que mi tía Alberta me matriculara en la Alliance Française de la avenida Wilson, donde iba tres veces por semana a aprender la lengua de los franchutes. Aunque me gustaba divertirme con mis cumpas del barrio, era bastante chancón, sacaba buenas notas y los idiomas me encantaban.

Cuando las propinas me lo permitían, invitaba a Lily a tomar el té —todavía no se había puesto de moda decir *tomar lonche*— en la Tiendecita Blanca, con su nívea fachada, sus mesitas y sus toldos sobre las veredas, y sus miliunanochescos pasteles —¡las bizcotelas, los alfajores rellenos de manjar blanco, los piononos!— en el límite mismo de la avenida Larco, la avenida Arequipa y la alameda Ricardo Palma sombreada por las copas de los altísimos ficus.

Ir a la Tiendecita Blanca con Lily a tomar un helado y un pedazo de torta era una felicidad casi siempre empañada, ay, por la presencia de su hermana Lucy, con la que tenía yo que cargar también en todas las salidas. Ella tocaba violín sin la menor incomodidad, estropeándome el plan e impidiéndome conversar a solas con Lily y decirle todas las cosas bonitas que yo soñaba con murmurarle al oído. Pero, aun cuando, debido a la vecindad de Lucy, nuestra conversación debiera evitar ciertos temas, era impagable estar junto a ella, viendo cómo danzaba su melenita cada vez que movía la cabeza, la picardía de sus ojos color miel oscura, escuchar su manerita de hablar tan diferente y divisar a veces, a la descuidada, en el escote de su blusa pegadita, el comienzo de esos pechitos que apuntaban ya, redondos, de tiernos botones y, sin duda, firmes y suaves como unas frutas jóvenes.

«Yo no sé qué hago aquí con ustedes, tocando violín», se excusaba Lucy, a veces. Yo le mentía: «Qué ocurrencia, estamos felices con tu compañía, ¿no, Lily?». Lily se reía, con un diablito burlón en sus pupilas, y esa exclamación: «Sí, puuuuu...».

Dar un paseo por la avenida Pardo, bajo la alameda de los ficus invadidos por los pájaros cantores, entre las casitas de ambas orillas en cuyos jardines y terrazas correteaban niños y niñas vigilados por niñeras uniformadas de blanco almidonado, fue un rito de aquel verano. Como, debido a la presencia de Lucy, resultaba difícil hablar con Lily de lo que me hubiera gustado, yo llevaba la conversación hacia temas anodinos: los planes para el futuro, por ejemplo, cuando, graduado de abogado, me fuera a París con un cargo diplomático —porque allá, en París, vivir era vivir, Francia era el país de la cultura— o me dedicara tal vez a la política, para ayudar un poco a este pobre Perú a ser grande y próspero otra vez, con lo que tendría que aplazar un poco el viaje a Europa. ¿Y a ellas, qué les gustaría ser, hacer, de grandes? Lucy, juiciosa, tenía objetivos muy precisos: «Ante todo, terminar el colegio. Después, conseguir un buen puesto, tal vez en una tienda de discos, debe ser la mar de entretenido». Lily pensaba en una agencia de turismo o una compañía de aviación, como azafata, si convencía a sus papás, así viajaría gratis por el mundo entero. O artista de cine, tal vez, pero nunca permitiría que la sacaran en bikini. Viajar, viajar, conocer todos los países era lo que más le gustaría. «Bueno, al menos ya conoces dos, Chile y Perú, qué más quieres», le decía yo. «Compárate conmigo, que nunca salí de Miraflores.»

Las cosas que Lily contaba de Santiago eran para mí un anticipo del cielo parisino. ¡Con qué envidia la escuchaba! Allá, a diferencia de acá, no había pobres ni mendigos por las calles, a los chicos y a las chicas los papás los dejaban quedarse en las fiestas hasta el amanecer, bailar *cheek to cheek,* y jamás se veía, como aquí, a los viejos, a las mamás, a las tías, espiando a los jóvenes cuando bailaban para reñirlos si se propasaban. En Chile a los chicos y a las chicas los dejaban entrar a películas de mayores y, desde que cumplían quince años, fumar sin esconderse. Allá la vida era más entretenida que en Lima porque había más cines, circos, teatros y espectáculos, y fiestas con orquestas, y de Estados Unidos iban todo el tiempo a Santiago compañías de patinaje, de ballet, musicales, y, en cualquier trabajo que tuvieran, los chilenos ganaban el doble o el triple que aquí los peruanos.

Pero, si era así, ¿por qué los padres de las chilenitas habían dejado ese maravilloso país para venirse al Perú? Porque ellos no eran ricos sino, a simple vista, pobretones. Por lo pronto, no vivían como nosotros, las chicas y los chicos del Barrio Alegre, en casas con mayordomos, cocineras, sirvientas y jardineros, sino en un departamentito, en un angosto edificio de tres pisos, en la calle Esperanza, a la altura del restaurante Gambrinus. Y en el Miraflores de esos años, a diferencia de lo que ocurriría tiempo después, cuando empezaron a brotar los edificios y a desaparecer las casas, en los departamentos vivían sólo los pobretones, esa disminuida especie humana a la que —ay, qué pena— parecían pertenecer las chilenitas.

Nunca les vi la cara a sus papás. Ellas nunca nos llevaron ni a mí ni a ninguna chica o chico del barrio a su casa. Nunca celebraron un cumpleaños, ni dieron una fiesta, ni nos invitaron a tomar el té y a jugar, como si se avergonzaran de que viéramos lo modesto que era el lugar donde vivían. A mí, que fueran pobretones y que se avergonzaran de todo lo que no tenían me llenaba de compasión, aumentaba mi amor por la chilenita y me infundía designios altruistas: «Cuando Lily y yo nos casemos, nos llevaremos a vivir con nosotros a toda su familia».

Pero, a mis amigos, y sobre todo a mis amigas miraflorinas, les daba mala espina que Lucy y Lily no nos abrieran las puertas de su casa. «¿Serán tan muertas de hambre que no pueden organizar ni siquiera una fiesta?», se preguntaban. «Acaso no es por pobres, sino por amarretes», trataba de componerla Tico Tiravante, empeorándola.

Los chicos del barrio empezaron de pronto a hablar mal de las chilenitas por la manera como se maquillaban y vestían, a burlarse del escaso vestuario que lucían —todos conocíamos ya de memoria esas falditas, blusitas y sandalias que, para disimular, combinaban de todas las maneras posibles—, y yo las defendía, lleno de santa indignación, esos rajes eran envidia, envidia verde, envidia ponzoñosa, porque en las fiestas las chilenitas nunca planchaban, todos los chicos hacían cola para sacarlas a bailar —«Porque se dejan pegar el cuerpo, así quién va a planchar», replicaba Laura— o porque, en las reuniones en el barrio, en los juegos, en la playa o en el Parque Salazar, eran siempre el centro de la atracción, y todos los chicos las rodeaban, en tanto que a las otras... —«¡Porque son unas agrandadas y unas descaradas y porque con ellas ustedes se atreven a contar unos chistes colorados que nosotras no les permitiríamos!», contraatacaba Teresita—, y, por último, porque las chilenitas eran regias, modernas, despercudidas, y ellas, en cambio, unas remilgadas, unas atrasadas, unas anticuadas, unas cucufatas y unas prejuiciadas. «¡A mucha honra!», respondía Ilse, sacándonos cachita.

Pero, aunque rajaban de ellas, las chicas del Barrio Alegre las seguían invitando a las fiestas y saliendo con ellas en patota a los baños de Miraflores, a la misa de doce los domingos, a las *matinées* y a dar las vueltas obligadas por el Parque Salazar desde el atardecer hasta la aparición de las primeras estrellas que, en ese verano, chisporrotearon en el cielo de Lima de enero a marzo sin que, estoy seguro, ni un solo día las ocultaran las nubes, como ocurre siempre en esta ciudad las cuatro quintas partes del año. Lo hacían porque los chicos se lo pedíamos, y porque, en el fondo, las chicas de Miraflores sentían por las chilenitas la fascinación que ejerce sobre el pajarito la cobra que lo hipnotiza antes de tragárselo, la pecadora sobre la santa, el diablo sobre el ángel. Envidiaban en las forasteras venidas de ese remoto país que era Chile la libertad, que ellas no tenían, de salir a todas partes y quedarse paseando o bailando hasta tardísimo sin pedir permiso para un ratito más, sin que su papá, su mamá o alguna hermana mayor o una tía viniera a espiar por las ventanas de la fiesta con quién y cómo bailaban, o a llevárselas a casa porque ya eran las doce de la noche, hora en que las chicas decentes no estaban bailando ni conversando en las calles con hombres —eso hacían las agrandadas, las huachafas y las cholas— sino en sus casitas y en su cama, soñando con los angelitos. Envidiaban que las chilenitas fueran tan sueltas, bailaran con tantos disfuerzos sin importarles si se les descubrían las rodillas, y moviendo los hombros, los pechitos y el potito como no lo hacía ninguna chica en Miraflores, y que, a lo mejor, se permitieran con los chicos libertades que ellas ni se atrevían a imaginar. Pero, si eran tan libres, ¿por qué ni Lily ni Lucy querían tener enamorado? ¿Por qué nos decían que no a todos los que les caíamos? No sólo a mí me había dicho Lily que no; también a Lalo Molfino y a Lucho Claux, y Lucy les había dicho no a Loyer, a Pepe Cánepa y al pintoncito de Julio Bienvenida, el primer miraflorino al que, sin siquiera haber terminado el colegio, sus padres le regalaron un Volkswagen al cumplir quince años. ¿Por qué las chilenitas, que eran tan libres, no querían tener enamorado?

Ese y otros misterios relacionados con Lily y Lucy se aclararon inesperadamente el 30 de marzo de 1950, el último día de aquel verano memorable, en la fiesta de Marirosa Álvarez-Calderón, la gordita pufi. Una fiesta que marcaría época y quedaría en la memoria de todos los asistentes para siempre. La casa de los Álvarez-Calderón, en la esquina de 28 de Julio y La Paz, era la más linda de Miraflores y acaso del Perú con sus jardines de altos árboles, sus tipas de flores amarillas, sus campanillas, sus rosales y su piscina de azulejos. Las fiestas de Marirosa eran siempre con orquesta y un enjambre de mozos que servían pasteles, bocaditos, sándwiches, jugos y toda clase de bebidas no alcohólicas a lo largo de la noche, unas fiestas para las que los invitados nos preparábamos como para subir al cielo. Todo iba de maravillas hasta que, con las luces apagadas, el centenar de chicas y chicos rodeamos a Marirosa y le cantamos el *Happy Birthday* y ella sopló y apagó la torta con las quince velitas e hicimos cola para darle el abrazo consabido.

Cuando a Lily y Lucy les tocó el turno de abrazarla, Marirosa, una chanchita feliz cuyos rollos rebalsaban el rosado vestido con un gran moño a la espalda que llevaba, después de besarlas en la mejilla, abrió mucho los ojos:

—¿Ustedes son chilenas, no? Les voy a presentar a mi tía Adriana. Es chilena también, acaba de llegar de Santiago. Vengan, vengan.

Las cogió de la mano y se las llevó al interior de la casa, gritando: «Tía Adriana, tía Adriana, aquí te tengo una sorpresa».

Por los cristales del largo ventanal, rectángulo iluminado que enmarcaba un gran salón con una chimenea apagada, paredes con paisajes y retratos al óleo, sillones, sofás, alfombras, y una docena de señoras y señores con copas en las manos, vi irrumpir instantes después a Marirosa con las chilenitas, y alcancé a ver, desvaída y fugaz, la silueta de una señora muy alta, muy arreglada, muy hermosa, con un cigarrillo humeando en la punta de una larga boquilla, adelantándose a saludar a sus jóvenes compatriotas con una sonrisa condescendiente.

Me fui a tomar un jugo de mango y a fumar un Viceroy a escondidas, entre las casetas de vestir de la piscina. Allí me encontré con Juan Barreto, mi amigo y compañero del Colegio Champagnat, que había venido a refugiarse también en esas soledades para fumarse un pitillo. A boca de jarro me preguntó:

—¿Te importaría que le cayera a Lily, flaco?

Sabía que, aunque lo parecíamos, no éramos enamorados, y sabía también —como todo el mundo, me precisó— que yo le había caído tres veces y que las tres me había dicho nones. Le respondí que me importaba muchísimo, porque, aunque Lily me había dicho no, ése era un jueguecito que ella se traía —en Chile las chicas eran así—, pero, en realidad, yo le gustaba, era como si fuéramos enamorados, y además, esta noche yo ya había empezado a caerle por cuarta y definitiva vez, y ella estaba por decirme que sí cuando la aparición de la torta con las quince velitas de la gordita pufi nos interrumpió. Pero, ahora que saliera de hablar con la tía de Marirosa, le seguiría cayendo y ella me aceptaría y desde esta noche sería mi enamorada con todas las de la ley.

—Si es así, tendré que caerle a Lucy —se resignó Juan Barreto—. La vaina es que a mí la que me gusta es Lily, compadre.

Lo animé a que le cayera a Lucy y le prometí hacerle el bajo para que ella lo aceptara. Él con Lucy y yo con Lily formaríamos un cuarteto bestial.

Conversando con Juan Barreto junto a la piscina y viendo bailar a las parejas en la pista de baile al compás de la orquesta de los Hermanos Ormeño —no sería la de Pérez Prado, pero era buenísima, qué trompetas, qué tambores—, nos fumamos un par de Viceroys. ¿Por qué se le había ocurrido a Marirosa, justo en ese momento, presentar a su tía a Lucy y Lily? ¿Qué comadreaban tanto? Se me estaba fregando el plan, caracho. Porque, era verdad, cuando anunciaron la torta con las quince velitas yo había comenzado mi cuarta —y, estaba seguro, esta vez exitosa— declaración de amor a Lily, después de haber convencido a la orquesta que tocara *Me gustas,* el bolero más propicio para caerles a las chicas.

Se demoraron una eternidad en volver. Y volvieron transformadas: Lucy, muy pálida y ojerosa, como si hubiera visto un fantasma y estuviera recobrándose de la impresión del otro mundo, y Lily, enfurruñada, un mohín avinagrado, los ojos echando chispas, como si allá adentro esas señoras y señores tan pitucos la hubieran hecho pasar muy mal rato. Ahí mismo la saqué a bailar, uno de esos mambos que eran su especialidad —el *Mambo número 5*—, y, yo no podía creerlo, Lily no daba pie con bola, perdía el ritmo, se distraía, se equivocaba, tropezaba, y el gorrito marinero se le corrió, dándole un aspecto algo ridículo. Ella ni se preocupó de enderezarlo. ¿Qué había pasado?

Estoy seguro que al terminar el *Mambo número 5* toda la fiesta lo sabía porque la gordita pufi se había encargado de divulgarlo. ¡Qué gustazo se daría esa chismosa contándolo, con lujo de detalles, coloreando y exagerando la historia, a la vez que ponía los ojos grandes, grandes, de curiosidad y espanto y felicidad! ¡Qué malsana alegría habrían sentido —qué desagravio, qué venganza— todas las chicas del barrio que tanto envidiaban a esas chilenitas venidas a Miraflores a revolucionar las costumbres de los niños que ese verano nos graduamos de adolescentes!

Yo fui el último en enterarme, cuando ya Lily y Lucy habían misteriosamente desaparecido, sin despedirse de Marirosa ni de nadie —«tascando el freno de la vergüenza», sentenciaría mi tía Alberta—, y cuando el sibilino rumor se había extendido por toda la pista de baile y levantado en vilo al centenar de chicos y chicas que, olvidados de la orquesta, de sus enamorados y enamoradas, de tirar plan, se secreteaban, se repetían, se alarmaban, se exaltaban, abriendo unos ojazos que bullían de maledicencia: «¿Sabes? ¿Te enteraste? ¿Has oído? ¡Qué te parece! ¿Te das cuenta? ¿Te imaginas, te imaginas?». «¡No son chilenas! ¡No, no lo eran! ¡Puro cuento! ¡Ni chilenas ni sabían nada de Chile! ¡Mintieron! ¡Engañaron! ¡Se inventaron todo! ¡La tía de Marirosa les fregó el pastel! ¡Qué bandidas, qué bandidas!»

Eran peruanitas, nomás. ¡Pobres! ¡Pobrecitas! La tía Adriana, recién llegadita de Santiago, debió llevarse la sorpresa de su vida al oírlas hablar con aquel acento que a nosotros nos engañaba tan bien pero que ella identificó de inmediato como una impostura. Qué mal debieron sentirse las chilenitas cuando la tía de la gordita pufi, adivinando la farsa, comenzó a preguntarles sobre su familia santiaguina, el barrio donde vivían en Santiago, el colegio en el que habían estudiado en Santiago, sobre su parentela y las amistades de su familia en Santiago, haciendo pasar a Lucy y Lily el trago más amargo de su corta vida, ensañándose con ellas hasta que, despedidas de la sala, hechas unas ruinas, espiritual y físicamente demolidas, pudo proclamar ante sus parientes y amistades y la estupefacta Marirosa: «¡Qué chilenitas ni ocho cuartos! ¡Esas niñas no han pisado jamás Santiago y son tan chilenas como yo tibetana!».

Aquel último día del verano de 1950 —yo acababa de cumplir quince años también— comenzó para mí la vida de verdad, la que divorcia los castillos en el aire, los espejismos y las fábulas, de la cruda realidad.

La historia completa de las falsas chilenitas no la supe con exactitud, ni la supo nadie salvo ellas, pero sí escuché las conjeturas, chismes, fantasías y supuestas revelaciones que, como una estela rumorosa, persiguieron largo tiempo a las chilenitas de a mentiras, cuando éstas dejaron de existir —una manera de decirlo—, porque nunca más fueron invitadas a las fiestas, ni a los juegos, ni a los tes, ni a las reuniones del barrio. Las malas lenguas decían que, aunque las chicas decentes del Barrio Alegre y de Miraflores ya no las frecuentaban, y les volteaban la cara si se las cruzaban por la calle, los chicos, los muchachos, los hombres, sí las buscaban, a escondidas, como se busca a las huachafitas —¿y qué otra cosa eran Lily y Lucy sino dos huachafitas de algún barrio como Breña o El Porvenir que, para ocultar su procedencia, se habían hecho pasar por extranjeras a fin de colarse entre la gente decente de Miraflores?—, para tirar plan con ellas, para hacerles esas cosas que sólo las cholitas y las huachafitas se dejan hacer.

Después, me imagino, unos y otros se fueron olvidando de Lily y de Lucy, porque otras personas, otros asuntos vinieron a reemplazar esa aventura del último verano de nuestra infancia. Pero, yo no. Yo no las olvidé, sobre todo a Lily. Y aunque hayan corrido tantos años, y Miraflores haya cambiado tanto, y lo mismo las costumbres, y se eclipsaran barreras y prejuicios que antes se exhibían con insolencia y ahora se disimulan, yo la guardé en la memoria, y vuelvo a veces a evocarla, a oír la risa traviesa y la mirada burlona de sus ojos color miel oscura, a verla cimbreándose como una caña a los compases de los mambos. Y sigo pensando que, a pesar de haber vivido ya tantos veranos, aquél fue el más fabuloso de todos.

II. El guerrillero

El México Lindo estaba en la esquina de la rue des Canettes y la rue Guisarde, a un paso de la place Saint Sulpice, y en mi primer año de París, en que pasé apuros de dinero, muchas noches fui a apostarme a la puerta falsa de ese restaurante, a esperar a que Paúl se apareciera con un paquetito de tamales, tortillas, carnitas o enchiladas, que yo me iba a despachar en mi buhardilla del Hotel du Sénat antes de que se enfriaran. Paúl había entrado a trabajar en el México Lindo como pinche de cocina, y al poco tiempo, gracias a sus habilidades culinarias, fue ascendido a ayudante del *chef* y cuando lo dejó todo para dedicarse en cuerpo y alma a la revolución ya era cocinero titular del establecimiento.

En esos comienzos de los años sesenta París vivía la fiebre de la Revolución Cubana y pululaba de jóvenes venidos de los cinco continentes que, como Paúl, soñaban con repetir en sus países la gesta de Fidel Castro y sus barbudos y se preparaban para ello, en serio o en juego, en conspiraciones de café. Además de ganarse la vida en el México Lindo, cuando yo lo conocí, a los pocos días de mi llegada a París, Paúl tomaba unos cursos de Biología en la Sorbona, que abandonó también por la revolución.

Nos hicimos amigos en un cafecito del Barrio Latino, donde nos reuníamos un grupo de esos sudamericanos que Sebastián Salazar Bondy llamó en un libro de cuentos *Pobre gente de París*. Paúl, al enterarse de mis apuros, me propuso echarme una mano en lo concerniente a la comida, pues en el México Lindo ella sobraba. Que, a eso de las diez de la noche, me pasara por la puerta falsa y me ofrecería «un banquete gratis y caliente», algo que había hecho ya con otros compatriotas menesterosos.

Debía de tener unos veinticuatro o veinticinco años a lo más, y era un barrilito con pies —muy, muy gordo—, simpático, amiguero y conversador. Andaba siempre con una gran sonrisa en la boca que le inflaba los cachetes. En el Perú había estudiado varios años de Medicina y pasó algún tiempo en la cárcel por ser uno de los organizadores de la célebre huelga de la Universidad de San Marcos del año 1952, cuando la dictadura del general Odría. Antes de llegar a París estuvo un par de años en Madrid, donde se casó con una chica de Burgos. Acababan de tener un hijo.

Vivía en el Marais, que, entonces, antes de que André Malraux, ministro de Cultura del general De Gaulle, emprendiera la gran limpieza y rehabilitación de las antiguas mansiones desvencijadas y arrebozadas de mugre de los siglos XVII y XVIII, era un barrio de artesanos, ebanistas, zapateros, sastres y judíos pobres, y gran número de estudiantes y artistas insolventes. Además de esos rápidos encuentros en la puerta de servicio del México Lindo, solíamos reunirnos también, al mediodía, en La Petite Source del Carrefour del Odeón o en la terraza de Le Cluny, en la esquina de Saint Michel y Saint Germain, para tomar un café y contarnos nuestras andanzas. Las mías consistían exclusivamente en múltiples gestiones para conseguir un trabajo, algo nada fácil, pues mi título de abogado de una universidad peruana no impresionaba a nadie en París, ni tampoco que me desenvolviera bastante bien en inglés y francés. Y las de él, en los preparativos de la revolución que haría del Perú la segunda República Socialista de América Latina. Un día en que de improviso me preguntó si me interesaría ir con una beca a Cuba a recibir instrucción militar, le dije a Paúl que, aunque tenía toda la simpatía del mundo por él, la política no me interesaba lo más mínimo; más, la detestaba, y todas mis ilusiones se cifraban —perdón por la mediocridad pequeñoburguesa, compadre— en conseguir un trabajito estable que me permitiera pasar sin pena ni gloria el resto de mis días en París. Le dije también que no se le ocurriera contarme nada de sus conspiraciones, no quería vivir con la angustia de que se me fuera a escapar alguna información que pudiera perjudicarlos a él y a sus compañeros.

—No te preocupes. Tengo confianza en ti, Ricardo.

Me la tenía, en efecto, y tanta que no me hizo caso. Me contaba todo lo que hacía y hasta las complicaciones más íntimas de los preparativos revolucionarios. Paúl pertenecía al Movimiento de Izquierda Revolucionaria, MIR, fundado por Luis de la Puente Uceda, un disidente del Partido Aprista. El gobierno cubano había concedido al MIR un centenar de becas para que muchachas y muchachos peruanos recibieran entrenamiento guerrillero. Eran los años de la confrontación entre Pekín y Moscú y en ese momento parecía que Cuba se inclinaría por la línea maoísta, aunque luego, por razones prácticas, terminó aliándose con los soviéticos. Los becarios, debido al estricto bloqueo impuesto por Estados Unidos a la isla, tenían que pasar por París camino a su destino y Paúl se las veía negras para alojarlos en la escala parisina.

Yo le echaba una mano en esos trajines logísticos, ayudándolo a reservar cuartos en hotelitos misérrimos —«de árabes», decía Paúl— en los que embutíamos a los futuros guerrilleros de dos en dos, y a veces hasta de tres en tres, en un cuartito charcheroso o en una *chambre de bonne* de algún latinoamericano o francés dispuesto a poner su granito de arena para la causa de la revolución mundial. En mi buhardilla del Hotel du Sénat, de la rue Saint Sulpice, alojé alguna vez, a escondidas de madame Auclair, la administradora, a alguno de esos becarios.

Constituían una fauna muy variada. Muchos eran alumnos de Letras, Derecho, Economía, Ciencias y Educación de San Marcos, que habían militado en la Juventud Comunista o en otras organizaciones de izquierda, y, además de limeños, aparecían muchachos de provincias, e incluso algunos campesinos, indios de Puno, Cusco y Ayacucho, aturdidos por el salto de sus aldeas y comunidades andinas, donde habían sido reclutados vaya usted a saber cómo, a París. Lo miraban todo alelados. Por las pocas frases que cambiaba con ellos en el trayecto de Orly a su hotel, me daban a veces la impresión de no tener muy claro el tipo de beca que iban a disfrutar ni darse cuenta cabal de en qué consistía el entrenamiento que recibirían. No todos habían sido becados en el Perú. Algunos lo fueron en París, entre la variopinta masa de peruanos —estudiantes, artistas, aventureros, bohemios— que merodeaban por el Barrio Latino. Entre ellos, el más original resultó mi amigo Alfonso el Espiritista, enviado a Francia por una secta teosófica de Lima a seguir estudios de parapsicología y teosofía, a quien la elocuencia de Paúl arrebató a los espíritus e instaló en el mundo de la revolución. Era un muchacho blancón y tímido, que apenas abría la boca, y había en él algo descarnado e ido, de espíritu precoz. En nuestras conversaciones de mediodía en Le Cluny o La Petite Source yo le insinuaba a Paúl que muchos de esos becarios que el MIR mandaba a Cuba, y a veces a Corea del Norte o China Popular, aprovechaban la ocasión para hacer un poco de turismo, y que jamás subirían a los Andes o se sumirían en la Amazonía con un fusil al hombro y una mochila en la espalda.

—Todo está calculado, mi viejo —me respondía Paúl, posando de magíster que tiene de su lado las leyes de la historia—. Si la mitad nos responde, la Revolución es pan comido.

Cierto, el MIR hacía las cosas con un poco de prisa, pero ¿cómo podía darse el lujo de dormirse? La historia, después de andar tantos años a paso de tortuga, de pronto, gracias a Cuba, se volvió un bólido. Había que actuar, aprendiendo, tropezando, levantándose. No estaban los tiempos para reclutar a los jóvenes guerrilleros haciéndoles pasar exámenes de conocimiento, pruebas físicas y tests psicológicos. Lo importante era sacar partido a esas cien becas antes de que Cuba las ofreciera a otros grupos —el Partido Comunista, el Frente de Liberación, los trotskistas— que competían por ser los primeros en poner en marcha la revolución peruana.

La mayoría de becarios que fui a recoger a Orly para llevarlos a los hotelitos y pensiones donde pasarían encerrados la escala de París, eran varones y muy jóvenes, algunos adolescentes. Un día descubrí que también había mujeres entre ellos.

—Recógelas y llévatelas a este hotelito de la rue Gay-Lussac —me pidió Paúl—. Camarada Ana, camarada Arlette y camarada Eufrasia. Trátalas bien.

Una regla sobre la que los becarios venían bien aleccionados era no dar a conocer sus verdaderos nombres. Incluso entre ellos sólo usaban sus apodos o nombres de guerra. Apenas aparecieron las tres chicas tuve la impresión de que a la camarada Arlette la había visto en alguna parte.

La camarada Ana era una morochita de ademanes vivos, algo mayor que las otras, y por las cosas que le oí aquella mañana y las dos o tres veces que la vi, debía de haber sido dirigente del sindicato de maestras. La camarada Eufrasia, una chinita de huesos frágiles, parecía quinceañera. Venía muerta de fatiga porque en el largo viaje no había pegado los ojos y vomitó un par de veces por las turbulencias. La camarada Arlette tenía una silueta graciosa, una cintura delgadita, una piel pálida, y aunque vestía, como las otras, con gran sencillez —faldas y chompas toscas, blusas de percala y unos zapatones sin taco y con pasadores de esos que venden en los mercados—, había en ella algo muy femenino en la manera como caminaba y se movía, y, sobre todo, en el modo de fruncir sus gruesos labios al hacer preguntas sobre las calles que el taxi atravesaba. En sus ojos oscuros, expresivos, titilaba algo ansioso contemplando los bulevares arbolados, los edificios simétricos y la muchedumbre de jóvenes de ambos sexos con bolsas, libros y cuadernos que merodeaban en las calles y *bistrots* de los alrededores de la Sorbona, mientras nos acercábamos a su hotelito de la rue Gay-Lussac. Les dieron un cuarto sin baño ni ventanas, con dos camas que debían compartir las tres. Al despedirme, les repetí las instrucciones de Paúl: no moverse de aquí hasta que él, en algún momento de la tarde, pasara a verlas y les explicara su plan de trabajo en París.

Estaba en la puerta del hotel, encendiendo un cigarrillo antes de partir, cuando me tocaron el hombro:

—Ese cuartito me da claustrofobia —me sonrió la camarada Arlette—. Y, además, una no llega todos los días a París, caramba.

Entonces, la reconocí. Había cambiado mucho, por supuesto, sobre todo su manera de hablar, pero seguía manando de toda ella esa picardía que yo recordaba muy bien, algo atrevido, espontáneo y provocador, que se traslucía en su postura desafiante, el pechito y la cara adelantados, un pie algo atrás, el culito en alto, y una mirada burlona que dejaba a su interlocutor sin saber si hablaba en serio o bromeando. Era menuda, de pies y manos pequeños y unos cabellos, ahora negros en vez de claros, sujetos con una cinta, que le llegaban a los hombros. Y aquella miel oscura en sus pupilas.

Advirtiéndole que lo que íbamos a hacer estaba terminantemente prohibido y que por esto el camarada Jean (Paúl) nos reñiría, la llevé a dar una vuelta por el Panteón, la Sorbona, el Odeón y el Luxemburgo y por fin —¡un dispendio para mi economía!— a almorzar en L'Acropole, un restaurancito griego de la rue de l'Ancienne Comédie. En esas tres horas de conversación me contó, violando las reglas del secretismo revolucionario, que había estudiado Letras y Derecho en la Universidad Católica, que llevaba años militando en la clandestina Juventud Comunista y que, al igual que otros camaradas, se había pasado al MIR porque éste era un movimiento revolucionario de verdad y, aquél, un partido esclerotizado y anacrónico en los tiempos que corrían. Me decía esas cosas de manera algo mecánica, sin mucha convicción. Yo le conté mis trajines en busca de trabajo para poder quedarme en París y le dije que ahora tenía puestas todas mis esperanzas en un concurso para traductores de español, convocado por la Unesco, que pasaría al día siguiente.

—Cruza los dedos y toca así la mesa tres veces, para que lo apruebes —me dijo la camarada Arlette, muy seria, mirándome fijamente.

¿Eran compatibles semejantes supersticiones con la doctrina científica del marxismo-leninismo?, la provoqué.

—Para conseguir lo que se quiere, todo vale —me repuso en el acto, muy resuelta. Pero, de inmediato, encogiendo los hombros, sonrió—: También rezaré un rosario para que pases el examen, aunque no sea creyente. ¿Me denunciarás al partido por supersticiosa? No creo. Tienes una carita de buena gente...

Lanzó una risita y, al reírse, se le formaron en las mejillas los mismos hoyuelos que cuando niña. La acompañé de regreso a su hotel. Si estaba de acuerdo, le pediría permiso al camarada Jean para sacarla a conocer otros lugares de París antes de que continuara su viaje revolucionario. «Regio», apuntó, extendiéndome una mano lánguida que demoró en separarse de la mía. Era muy bonita y muy coqueta la guerrillera.

A la mañana siguiente pasé el examen para traductores en la Unesco con una veintena de postulantes. Nos dieron a traducir media docena de textos del inglés y del francés, bastante fáciles. Vacilé con la expresión «art roman», que traduje primero como «arte romano», pero luego, en la revisión, comprendí que se trataba de «arte románico». Al mediodía fui con Paúl a comer una salchicha con papas fritas a La Petite Source y, sin preámbulos, le pedí permiso para sacar a la camarada Arlette mientras estuviera en París. Me quedó mirando de manera socarrona y simuló darme un sermón:

—Está terminantemente prohibido tirarse a las camaradas. En Cuba y en China Popular, durante la revolución, un polvo a una guerrillera podía costarte el paredón. ¿Por qué quieres sacarla? ¿Te gusta la muchacha?

—Supongo que sí —le confesé, algo avergonzado—. Pero, si eso te puede traer problemas...

—¿Te aguantarías las ganas? —se rió Paúl—. ¡No seas hipócrita, Ricardo! Sácala, sin que yo me entere. Eso sí, después me lo cuentas todo. Y, sobre todo, usa condón.

Esa misma tarde fui a buscar a la camarada Arlette a su hotelito de la rue Gay-Lussac y la llevé a comer un *steak frites* a La Petite Hostellerie, de la rue de l'Harpe. Y, luego, a una pequeña *boîte de nuit* de la rue Monsieur le Prince, L'Escale, donde en esos días una chica española, Carmencita, vestida toda de negro a la manera de Juliette Gréco, acompañándose de una guitarra cantaba, o mejor dicho decía, poemas antiguos y canciones republicanas de la época de la guerra civil. Tomamos unas copas de ron con coca-cola, una bebida que había empezado a llamarse ya cubalibre. El local era pequeño, oscuro, humoso, cálido, las canciones épicas o melancólicas, no había mucha gente todavía, y, antes de habernos terminado el trago y después de contarle que gracias a sus artes brujeriles y a su rosario me había ido bien en el examen de la Unesco, le cogí la mano y entrecruzándole los dedos le pregunté si se había dado cuenta de que estaba enamorado de ella desde hacía diez años.

Se echó a reír:

—¿Enamorado de mí sin conocerme? ¿Quieres decir que desde hace diez años esperabas que un día se apareciera en tu vida una chica como yo?

—Nos conocemos muy bien, sólo que tú no te acuerdas —le respondí, muy despacio, espiando su reacción—. Entonces, te llamabas Lily y te hacías pasar por chilenita.

Pensé que la sorpresa haría que apartara su mano o que la cerrara crispada, en un movimiento nervioso, pero nada de eso. La dejó quieta en las mías, sin alterarse lo más mínimo.

—¿Qué dices? —murmuró. En la penumbra, se inclinó y su cara se acercó tanto a la mía que sentí su aliento. Sus ojitos me escrutaban, tratando de adivinarme.

—¿Todavía sabes imitar tan bien el cantito de las chilenas? —le pregunté, mientras le besaba la mano—. No me digas que no sabes de qué hablo. ¿Tampoco te acuerdas que me declaré tres veces y que siempre me diste calabazas?

—¡Ricardo, Ricardito, Richard Somocurcio! —exclamó, divertida, y ahora sí sentí la presión de su mano—. ¡El flaquito! Ese mocoso tan arregladito, que parecía haber hecho la víspera la sagrada comunión. ¡Ja, ja! Eras tú. ¡Ay, qué risa! Ya entonces tenías carita de santurrón.

Sin embargo, un momento después, cuando le pregunté cómo y por qué se les había ocurrido a ella y su hermana Lucy hacerse pasar por chilenitas al mudarse a la calle Esperanza, en Miraflores, me negó con firmeza que supiera de qué le hablaba. ¿De dónde me había inventado semejante cosa? Se trataba de otras personas. Ni ella se había llamado nunca Lily, ni tenía hermana, ni había vivido jamás en ese barrio pituco. Ésa sería en adelante su actitud: negarme la historia de las chilenitas, aunque, a veces, como aquella noche en L'Escale, cuando me dijo reconocer en mí al mocosito medio bobo de diez años atrás, algo se le salía —una imagen, una alusión— que la delataba como la falsa chilenita de nuestra adolescencia.

Nos quedamos en L'Escale hasta las mil quinientas y yo pude besarla y acariciarla, pero sin ser correspondido. No me apartaba los labios cuando yo se los buscaba; pero no hacía el menor movimiento de respuesta, se dejaba besar con indiferencia, y, por supuesto, nunca abría la boca para que yo pudiera sorber su saliva. También su cuerpo parecía un témpano cuando mis manos le acariciaban la cintura, los hombros, y se detenían en los duros pechitos de botones erectos. Permaneció quieta, pasiva, resignada a aquellas efusiones como una reina a los homenajes de un vasallo, hasta que, por fin, con naturalidad, advirtiendo que mis caricias tomaban un rumbo atrevido, me apartó.

—Ésta es mi cuarta declaración de amor, chilenita —le dije, en la puerta del hotelito de la rue Gay-Lussac—. ¿La respuesta es sí, por fin?

—Ya veremos —me echó un beso volado, alejándose—. No pierdas las esperanzas, niño bueno.

Los diez días que siguieron a este encuentro, la camarada Arlette y yo tuvimos algo parecido a una luna de miel. Nos vimos todos los días y yo quemé en ellos todo el dinero que me quedaba de los giros de la tía Alberta. La llevé al Louvre y el Jeu de Paume, al museo Rodin y las casas de Balzac y de Victor Hugo, la Cinémathèque de la rue d'Ulm, a una función del Teatro Nacional Popular que dirigía Jean Vilar (vimos *Ce fou de Platonov*, de Chéjov, en que el propio Vilar encarnaba al protagonista) y, el domingo, tomamos el tren a Versalles, donde, luego de visitar el palacio, dimos un largo paseo por el bosque en el que nos sorprendió la lluvia y terminamos empapados. En esos días cualquiera nos habría tomado por amantes, pues andábamos todo el tiempo de la mano y yo la besaba y acariciaba con cualquier pretexto. Ella me dejaba hacer, divertida a veces, otras indiferente, y siempre terminaba poniendo fin a mis efusiones con un mohín de impaciencia: «Y ahora basta, Ricardito». Alguna rara vez, ella tomaba la iniciativa de peinarme o despeinarme un mechón con su mano o pasarme un dedo afilado por la nariz o por la boca como queriendo alisarlas, una caricia que se parecía a la de una ama afectuosa a su caniche.

De esa intimidad de diez días saqué una certeza: a la camarada Arlette, la política en general, y la revolución en particular, le importaban un comino. Era probablemente un cuento chino su militancia en la Juventud Comunista y después en el MIR, así como sus estudios en la Universidad Católica. No sólo no hablaba jamás de temas políticos ni universitarios; cuando yo llevaba la conversación a ese terreno, no sabía qué decir, ignoraba las cosas más elementales y se las arreglaba para cambiar de tema muy de prisa. Era evidente que se había conseguido esta beca de guerrillera para salir del Perú y viajar por el mundo, algo que de otro modo, siendo una chica de origen muy humilde —saltaba a la vista—, jamás hubiera podido hacer. Pero sobre nada de esto me atreví a interrogarla para no ponerla en aprietos, ni obligarla a contarme otro cuento chino.

Al día octavo de nuestra púdica luna de miel accedió, de manera inesperada, a pasar la noche conmigo en el Hotel du Sénat. Era algo que yo le había pedido —rogado— en vano todos los días anteriores. Esta vez, ella tomó la iniciativa:

—Hoy te acompaño yo, si quieres —me dijo, en la noche, mientras comíamos un par de sándwiches de pan baguette con queso gruyère (ya no me quedaban recursos para un restaurante) en un *bistrot* de la rue de Tournon. Mi pecho se aceleró como si acabara de correr la maratón.

Después de una pesada negociación con el guardián del Hotel du Sénat —«*Pas de visites nocturnes à l'hôtel, monsieur!*»—, que a la camarada Arlette la dejó impávida, pudimos subir los cinco pisos sin ascensor hasta mi buhardilla. Se dejó besar, acariciar, desnudar, siempre con esa curiosa actitud de prescindencia, sin permitirme acortar la invisible distancia que guardaba frente a mis besos, abrazos y cariños, aunque me abandonara su cuerpo. Me emocionó verla desnuda, sobre la camita colocada en el rincón del cuarto donde el techo se inclinaba y apenas llegaba el resplandor de la única bombilla. Era muy delgada, de miembros bien proporcionados, con una cintura tan estrecha que, me pareció, yo hubiera podido ceñirla con mis dos manos. Bajo la pequeña mancha de vellos en el pubis, la piel lucía más clara que en el resto de su cuerpo. Su piel, olivácea, de reminiscencias orientales, era suave y fresca. Se dejó besar largamente de la cabeza a los pies, manteniendo la pasividad de costumbre, y escuchó como quien oye llover el poema *Material nupcial,* de Neruda, que le recité al oído, y las palabras de amor que le balbuceaba, de manera entrecortada: ésta era la noche más feliz de mi vida, nunca había deseado a nadie tanto como a ella, siempre la querría.

—Metámonos bajo la frazada porque hace mucho frío —me interrumpió, bajándome a la pedestre realidad—. Cómo no te hielas acá.

Estuve a punto de preguntarle si debía cuidarme, pero no lo hice, amoscado por su actitud tan desenvuelta, como si tuviera siglos de experiencia en estas lides y fuera yo más bien el primerizo. Hicimos el amor con dificultad. Ella se entregaba sin el menor embarazo, pero resultó ser muy estrecha y, en cada uno de mis esfuerzos para penetrarla, se encogía, con una mueca de dolor: «Más despacito, más despacito». Al final, la amé y fui feliz amándola. Era cierto que nada me hacía tanta ilusión como estar allí con ella, era cierto que en mis escasas y siempre fugaces aventuras nunca había sentido esa mezcla de ternura y deseo que ella me inspiraba, pero dudo que fuera también el caso de la camarada Arlette. Todo el tiempo me dio más bien la impresión de hacer lo que hacía sin que en el fondo le importara.

A la mañana siguiente, cuando abrí los ojos, la vi, aseada y vestida, al pie de la cama, observándome con una mirada que traslucía una profunda inquietud.

—¿De veras estás enamorado de mí?

Asentí varias veces y estiré la mano para coger la suya, pero ella no me la alcanzó.

—¿Quieres que me quede a vivir contigo, aquí en París? —me preguntó, con el tono de voz con que me hubiera podido proponer ir al cine a ver una de las películas de la Nouvelle Vague, de Godard, Truffaut o de Louis Malle, que estaban en pleno apogeo.

Volví a asentir, totalmente desconcertado. ¿Significaba eso que la chilenita también se había enamorado de mí?

—No es por amor, para qué te voy a mentir —me respondió, con frialdad—. Pero, no quiero ir a Cuba, y menos volver al Perú. Quisiera quedarme en París. Tú puedes ayudarme a que me libre del compromiso con el MIR. Háblale al camarada Jean y, si me libera, me vendré a vivir contigo —vaciló un momento y, suspirando, hizo una concesión—: Capaz termino enamorándome de ti.

El día noveno le hablé al gordo Paúl, en nuestro encuentro del mediodía, esta vez en Le Cluny, ante dos *croque monsieur* y dos cafés expresos. Fue categórico:

—No puedo liberarla, sólo la dirección del MIR podría. Pero, aun así, con sólo proponerlo a mí se me crearía un problema del carajo. Que vaya a Cuba, que siga el curso. Que demuestre no tener condiciones físicas ni psicológicas para la lucha armada. Entonces, yo podría sugerirle a la dirección que ella se quede aquí, ayudándome. Díselo y, sobre todo, que no comente esto con nadie. El jodido sería yo, mi viejo.

Con el dolor de mi alma fui a transmitirle a la camarada Arlette la respuesta de Paúl. Y, lo peor, la animé a que siguiera su consejo. Me apenaba más que a ella tener que separarnos. Pero, no podíamos reventar a Paúl, ni ella debía indisponerse con el MIR, podría traerle problemas en el futuro. El curso duraba unos pocos meses. Que, desde el primer momento, mostrara una total incapacidad para la vida guerrillera, simulando desmayos inclusive. Mientras, yo, aquí en París, encontraría trabajo, tomaría un departamentito, estaría esperándola...

—Ya sé, llorarás, me extrañarás y pensarás en mí día y noche —me interrumpió, con ademán impaciente, los ojos duros y la voz helada—. Bueno, ya veo que no hay otro remedio. Nos veremos dentro de tres meses, Ricardito.

—¿Por qué te despides desde ahora?

—¿El camarada Jean no te contó? Parto a Cuba mañana temprano, vía Praga. Ya puedes empezar a derramar las lágrimas de la despedida.

Partió al día siguiente, en efecto, y yo no pude acompañarla al aeropuerto, porque Paúl me lo prohibió. En nuestro próximo encuentro, el gordo me dejó totalmente desmoralizado anunciándome que no podría escribirle a la camarada Arlette, ni recibir cartas de ella, porque, por razones de seguridad, los becados debían cortar todo tipo de comunicación durante el entrenamiento. Paúl ni siquiera estaba seguro de que, terminado el curso, la camarada Arlette volviera a pasar por París en su ruta de regreso a Lima.

Estuve muchos días convertido en un zombie, reprochándome día y noche no haber tenido el coraje de decirle a la camarada Arlette que, pese a la prohibición de Paúl, se quedara conmigo en París, en vez de exhortarla a continuar esa aventura que sabe Dios cómo terminaría. Hasta que, una mañana, al salir de mi buhardilla a tomar el desayuno en el Café de la Marie en la place Saint Sulpice, madame Auclair me entregó un sobre con el sello de la Unesco. Había aprobado el examen y el jefe del departamento de traductores me citaba en su oficina. Era un español canoso y elegante, apellidado Charnés. Fue muy amable. Se rió de buena gana cuando me preguntó por mis «planes a largo plazo» y le respondí: «Morirme de viejo en París». No había aún ninguna vacante para un puesto permanente, pero podía contratarme como «temporero» durante la asamblea general y en los períodos en que la institución estuviera sobrecargada de trabajo, algo que ocurría con cierta frecuencia. Desde ese momento tuve la seguridad de que mi sueño de siempre —bueno, desde que tuve uso de razón—, vivir en esta ciudad el resto de mi vida, comenzaba a hacerse realidad.

Mi existencia dio un salto mortal a partir de ese día. Empecé a cortarme el pelo dos veces al mes y a ponerme saco y corbata todas las mañanas. Tomaba el metro en

Saint Germain o el Odeón para ir hasta la estación de Ségur, la más cercana a la Unesco, y permanecía allí de nueve y media a una y de dos y media a seis de la tarde, en un pequeño cubículo, traduciendo al español documentos generalmente plúmbeos sobre el traslado de los templos de Abu Simbel en el Nilo o la preservación de los restos de escritura cuneiforme descubiertos en unas cavernas del desierto de Sahara, a la altura de Mali.

Curiosamente, al mismo tiempo que la mía, también cambió la vida de Paúl. Seguía siendo mi mejor amigo, pero empezamos a vernos de manera cada vez más espaciada, por mis obligaciones recién contraídas de burócrata y porque él comenzó a recorrer el mundo, representando al MIR en congresos o encuentros para la paz, por la liberación del Tercer Mundo, por la lucha contra el armamentismo nuclear, contra el colonialismo y el imperialismo y mil causas progresistas más. Paúl se sentía a veces aturdido, viviendo un sueño, cuando me contaba —vez que volvía a París me llamaba y comíamos o tomábamos un café dos o tres veces por semana mientras se quedaba en la ciudad— que acababa de regresar de Pekín, de El Cairo, de La Habana, de Pyongyang o de Hanoi, donde había tenido que hablar sobre las perspectivas de la revolución en América Latina ante 1.500 delegados de 50 organizaciones revolucionarias de una treintena de países en nombre de una revolución peruana que ni siquiera había comenzado.

Si no hubiera conocido tan bien esa integridad que rezumaba por todos sus poros, muchas veces habría creído que exageraba, para impresionarme. ¿Cómo iba a ser posible que este sudamericano de París que hacía unos meses se ganaba la vida como pinche de cocina del México Lindo fuera ahora un personaje de la jet-set revolucionaria, que hacía vuelos trasatlánticos y se codeaba con los líderes de China, Cuba, Vietnam, Egipto, Corea del Norte, Libia, Indonesia? Pero, era verdad. Paúl, por los imponderables y la extraña madeja de relaciones, intereses y confusiones de que estaba hecha la revolución, se había convertido en un personaje internacional. Lo confirmé en aquellos días de 1962 en que hubo un pequeño alboroto periodístico con motivo de un intento de asesinato al líder revolucionario marroquí Ben Barka, apodado el Dínamo, al que tres años después, en octubre de 1965, secuestrarían y desaparecería para siempre al salir de Chez Lipp, un restaurante de Saint Germain-des-Prés. Paúl vino a buscarme al mediodía a la Unesco y fuimos a la cafetería a comer un sándwich. Estaba pálido, ojeroso y con la voz alterada, un nerviosismo insólito en él. Ben Barka presidía un congreso internacional de fuerzas revolucionarias en cuya directiva estaba también Paúl. Ambos habían estado viéndose mucho y viajando juntos en las últimas semanas. El intento de asesinato de Ben Barka sólo podía ser obra de la CIA y el MIR se sentía ahora en peligro, en París. ¿Podía yo, por unos días, mientras tomaban las providencias debidas, guardar un par de maletas en mi buhardilla?

—No te pediría una cosa así, si tuviera alguna alternativa. Si me dices que no, ningún problema, Ricardo.

Lo haría, si me decía qué contenían las maletas.

—Una, papeles. Dinamita pura: planes, direcciones, preparativos de las acciones en el Perú. La otra, dólares.

—¿Cuántos?

—Cincuenta mil.

Estuve pensando, un momento.

—¿Si entrego esas maletas a la CIA me dejarán quedarme con los cincuenta mil?

—Piensa que, cuando la revolución triunfe, te podríamos nombrar embajador ante la Unesco —me siguió la cuerda Paúl.

Bromeamos un rato y al anochecer me llevó las dos maletas, que metimos debajo de mi cama. Pasé una semana con los pelos de punta, pensando que si a cualquier ladrón se le ocurría robarse ese dinero, el MIR nunca se creería lo del robo y yo me convertiría en un blanco de la revolución. Al sexto día, Paúl vino con tres desconocidos a llevarse esos incómodos huéspedes.

Cada vez que nos veíamos yo le preguntaba por la camarada Arlette y él nunca trató de engañarme dándome noticias falsas. Lo sentía mucho pero no había podido averiguar nada. Los cubanos eran muy estrictos en cuestiones de seguridad y guardaban la más absoluta reserva sobre su paradero. Lo único seguro era que todavía no había pasado por París, pues él tenía todo el registro de los becados que retornaban al Perú.

—Cuando pase, serás el primero en saberlo. La muchacha te agarró fuerte, ¿no? Pero, por qué, viejito, ni que fuera tan bonita.

—No sé por qué, Paúl. Pero, la verdad, me agarró fuerte, sí.

Con el nuevo tipo de vida que Paúl llevaba, el medio peruano de París comenzó a hablar mal de él. Eran escritores que no escribían, pintores que no pintaban, músicos que no tocaban ni componían y revolucionarios de café que desahogaban su frustración, envidia y aburrimiento diciendo que Paúl se había «sensualizado», vuelto un «burócrata de la revolución». ¿Qué hacía en París? ¿Por qué no estaba allá, con esos muchachos a los que mandaba a recibir entrenamiento militar y metía luego a escondidas al Perú para que comenzaran las acciones guerrilleras en los Andes? Yo lo defendía, en acaloradas discusiones. Me constaba que, a pesar de su nuevo estatuto, Paúl seguía viviendo con absoluta modestia. Hasta hacía muy poco, su mujer había trabajado limpiando casas para sostener la economía familiar. Ahora, el MIR, aprovechando su pasaporte de española, la tenía de correo y la enviaba con frecuencia al Perú, acompañando a los becados que volvían o llevando dinero e instrucciones, en unos viajes que a Paúl lo llenaban de zozobra. De otro lado, por sus confidencias, sabía que esta vida que le habían impuesto las circunstancias y que su jefe le exigía siguiera llevando, cada día lo irritaba más. Estaba impaciente por regresar al Perú, donde las acciones empezarían muy pronto. Él quería ayudar a prepararlas, sobre el terreno. La dirección del MIR no se lo autorizaba y esto lo enfurecía. «Son las consecuencias de saber idiomas, maldita sea», protestaba, riendo en medio de su malhumor.

Gracias a Paúl, en esos meses y años de París, conocí a los principales dirigentes del MIR, empezando por su líder y fundador, Luis de la Puente Uceda, y terminando por Guillermo Lobatón. El líder del MIR era un abogado trujillano, nacido en 1926, disidente del Partido Aprista, delgado y con anteojos, de tez y cabellos claros, que llevaba siempre alisados hacia atrás como un actor argentino. Las dos o tres veces que lo vi iba vestido muy formal, con corbata y una casaca de cuero marrón. Hablaba con suavidad, como un abogado en funciones, dando precisiones legalísticas y usando un vocabulario elaborado, de alegato jurídico. Siempre lo vi rodeado de dos o tres tipos fortachones, que debían ser sus guardaespaldas, unos hombres que lo contemplaban con veneración y que jamás opinaban. Había en todo lo que decía algo tan cerebral, tan abstracto, que me costaba trabajo imaginármelo de guerrillero, con una metralleta al hombro, trepando y bajando los riscos de los Andes. Y, sin embargo, había estado varias veces preso, exiliado en México, y viviendo en la clandestinidad. Daba la impresión, más bien, de haber nacido para brillar en el foro, en el parlamento, en las tribunas y en las negociaciones políticas, es decir, en todo aquello que él y sus camaradas despreciaban como las triquiñuelas de la democracia burguesa.

Guillermo Lobatón era otra cosa. De la muchedumbre de revolucionarios que gracias a Paúl me tocó conocer en París, ninguno me pareció tan inteligente, culto y resuelto como él. Era aún muy joven, apenas vencida la treintena, pero tenía ya un rico pasado de hombre de acción. Había sido el líder de la gran huelga de la Universidad de San Marcos de 1952 contra la dictadura de Odría (desde entonces era amigo de Paúl), a raíz de la cual fue apresado, enviado al Frontón y torturado. De esta manera se truncaron sus estudios de filosofía, en los que, se decía en San Marcos, competía con Li Carrillo, futuro discípulo de Heidegger, en ser el más brillante estudiante de la Facultad de Letras. En 1954 fue expulsado del país por el gobierno militar y, luego de mil pellejerías, llegó a París, donde, a la vez que se ganaba la vida con las manos, retomó sus estudios de filosofía en la Sorbona. El Partido Comunista le consiguió luego una beca en Alemania Oriental, en Leipzig, donde continuó sus estudios de filosofía y estuvo en una escuela de cuadros del Partido. Allí lo sorprendió la Revolución Cubana. Lo sucedido en Cuba lo llevó a reflexionar de manera muy crítica sobre la estrategia de los partidos comunistas latinoamericanos y el espíritu dogmático del estalinismo. Antes de conocerlo en persona yo había leído un trabajo suyo, que circuló en París impreso a mimeógrafo, en que acusaba a aquellos partidos de haberse cortado de las masas por su sumisión a los dictados de Moscú, olvidando que, como había escrito el Che Guevara, «el primer deber de un revolucionario era hacer la revolución». En ese trabajo, en el que exaltaba el ejemplo de Fidel Castro y sus compañeros como modelos revolucionarios, había una cita de Trotski. Por esta cita fue sometido a un tribunal de disciplina en Leipzig y expulsado de manera infamante de Alemania Oriental y del Partido Comunista peruano. Así llegó a París, donde se había casado con una muchacha francesa, Jacqueline, también militante revolucionaria. En París encontró a Paúl, su viejo amigo de San Marcos, y se afilió al MIR. Había recibido formación guerrillera en Cuba y contaba las horas para regresar al Perú y pasar a la acción. Durante los días de la invasión a Cuba en Bahía de Cochinos, lo vi multiplicarse, asistiendo a todas las manifestaciones de solidaridad con Cuba y hablando en un par de ellas, en un buen francés, con una arrolladora retórica.

Era un muchacho delgado y alto, de piel ébano claro, con una sonrisa que mostraba su magnífica dentadura. A la vez que podía discutir horas, con gran solvencia intelectual, sobre temas políticos, era capaz de enfrascarse en apasionantes diálogos sobre literatura, arte o deportes, en especial el fútbol y las proezas de su cuadro, el Alianza Lima. Había en su manera de ser algo que contagiaba su entusiasmo, su idealismo, el desprendimiento y sentido acerado de la justicia que guiaban su vida, algo que no creo haber advertido —sobre todo, de manera tan genuina— en ninguno de los revolucionarios que pasaban por París en los sesenta. Que hubiera aceptado ser apenas un militante del MIR, donde no había nadie que tuviera su talento y su carisma, decía muy a las claras la pureza de su vocación revolucionaria. Las tres o cuatro veces que conversé con él quedé convencido, pese a mi escepticismo, de que, si alguien con la lucidez y la energía de Lobatón estaba al frente de los revolucionarios, el Perú podía ser la segunda Cuba de América Latina.

Fue por lo menos seis meses después de su partida cuando volví a tener noticias de la camarada Arlette, a través de Paúl. Como mi contrato de «temporero» me dejaba muchos períodos libres, me había puesto a estudiar ruso,

pensando que si llegaba a traducir también de esta lengua
—una de las cuatro oficiales de la ONU y sus filiales en esa
época— mi trabajo de traductor sería más seguro, y a seguir un curso de interpretación simultánea. Los intérpretes
tenían un trabajo más intenso y difícil que el de los traductores, pero, por eso mismo, eran más buscados. Uno de esos
días, al salir de mi clase de ruso en la Escuela Berlitz, en el
boulevard des Capucines, encontré al gordo Paúl esperándome en la puerta del edificio de la Escuela.

—Noticias de la muchacha, por fin —me dijo,
a modo de saludo, con la cara larga—. Lo siento, pero no
son buenas, mi viejo.

Lo invité a uno de los *bistrots* de los alrededores de
l'Opéra, a tomarnos un trago, para digerir mejor la mala
noticia. Nos sentamos en la terraza, al aire libre. Era un
anochecer primaveral, cálido, con estrellas tempraneras, y
todo París parecía haberse volcado a la calle para gozar del
buen tiempo. Pedimos dos cervezas.

—Supongo que después de tanto tiempo ya no sigues enamorado de ella —me preparó Paúl.

—Supongo que no —le respondí—. Cuéntamelo
de una vez y no jodas, Paúl.

Acababa de pasar unos días en La Habana y la camarada Arlette estaba en la boca de todos los muchachos
peruanos del MIR porque, según rumores efervescentes,
protagonizaba unos amores afiebrados con el comandante Chacón, el segundo de Osmani Cienfuegos, el hermano menor de Camilo, el gran héroe desaparecido de la Revolución. El comandante Osmani Cienfuegos era el jefe
de la organización que prestaba la ayuda a todos los movimientos revolucionarios y partidos hermanos y el que
coordinaba las acciones rebeldes en todos los rincones del
mundo. El comandante Chacón, sobreviviente de la Sierra
Maestra, era su brazo derecho.

—¿Te das cuenta del notición con que me recibieron? —se rascaba la cabeza Paúl—. Esa flaquita sin pena ni gloria ¡en amores con uno de los comandantes históricos! ¡Nada menos que el comandante Chacón!

—¿No será un simple chisme, Paúl?

Movió la cabeza, compungido, y me palmeó el brazo, dándome ánimos.

—Estuve con ellos yo mismo, en una reunión en la Casa de las Américas. Viven juntos. La camarada Arlette, aunque no te lo creas, se ha convertido en una persona influyente, de cama y mesa con los comandantes.

—Para el MIR es cojonudo —dije yo.

—Pero, para ti, una mierda —me dio otra palmada Paúl—. Maldita sea el tener que darte esta noticia, mi viejo. Pero, era mejor que lo supieras, ¿no? Bueno, el mundo no se va a acabar. Además, París está lleno de hembras del carajo. Mira, nomás.

Después de intentar algunas bromas, sin el menor éxito, le pregunté a Paúl por la camarada Arlette.

—Como compañera de un comandante de la revolución no le falta nada, supongo —se escabulló—. ¿Es eso lo que quieres saber? ¿O si está más rica o más fea que cuando pasó por aquí? Igual, creo. Un poco más quemadita por el sol del Caribe. Tú ya sabes, a mí ella nunca me pareció cosa del otro mundo. En fin, no pongas esa cara que no es para tanto, mi viejo.

Muchas veces, en los días, semanas y meses que siguieron a aquel encuentro con Paúl, traté de imaginarme a la chilenita convertida en la pareja del comandante Chacón, vestida de guerrillera y con una pistola en la cintura, boina azul y botas, alternando con Fidel y Raúl Castro en los grandes desfiles y manifestaciones de la revolución, haciendo trabajo voluntario los fines de semana y sudando la gota gorda en los cañaverales mientras sus pequeñas manos de dedos delicados hacían esfuerzos para sostener el machete, y, acaso, con esa facilidad para la metamorfosis fonética que yo le conocía, hablando ya con la musiquita demorada y sensual de los caribeños. La verdad, no conseguía adivinarla en su nuevo papel: su figurita se me escurría como si fuera líquida. ¿Se habría enamorado del tal comandante? ¿O había sido éste un instrumento para librarse del entrenamiento guerrillero y, sobre todo, del compromiso con el MIR para ir luego a hacer la guerra revolucionaria en el Perú? No me hacía nada bien pensar en la camarada Arlette, cada vez sentía como si se me abriera una úlcera en la boca del estómago. Para evitarlo, algo que conseguí sólo a medias, me entregué a mis clases de ruso y de interpretación simultánea con verdadero ahínco, todos los períodos en que el señor Charnés, con quien hice excelentes migas, no me ofrecía un contrato. Y a la tía Alberta, a quien en una carta había cometido la debilidad de confesarle que estaba enamorado de una chica llamada Arlette y que siempre me pedía una foto de ella, le conté que habíamos roto, que se olvidara del asunto para siempre.

Habrían pasado unos seis u ocho meses de aquella tarde en que Paúl me dio las malas noticias de la camarada Arlette, cuando, una mañana muy temprano, el gordo, a quien no veía hacía tiempo, vino a buscarme al hotel para que desayunáramos juntos. Fuimos a Le Tournon, un *bistrot* en la calle de ese nombre, en la esquina de Vaugirard.

—Aunque no te lo debería decir, he venido a despedirme —me anunció—. Dejo París. Sí, mi viejo, parto al Perú. Nadie lo sabe aquí, así que no sabes nada tú tampoco. Mi mujer y Jean-Paul ya están allá.

La noticia me dejó mudo. Y, de pronto, me entró un miedo espantoso, que traté de ocultar.

—No te preocupes —me tranquilizó Paúl, con esa sonrisa que le inflaba los cachetes y daba a su cara un aspecto de payaso—. No me pasará nada, ya verás. Y, cuando la revolución triunfe, te mandaremos de embajador a la Unesco. ¡Prometido!

Durante un rato estuvimos sorbiendo nuestras tazas de café, en silencio. Mi croissant se había quedado intacto sobre la mesa y Paúl, empeñado en bromear, me dijo que, como por lo visto algo me estaba quitando el apetito, él se sacrificaría dando cuenta de esa crujiente medialuna.

—A donde voy los croissants deben ser malísimos —añadió.

Entonces, sin poder contenerme más, le dije que iba a hacer una imperdonable estupidez. No iba a ayudar a la revolución, ni al MIR, ni a sus camaradas. Él lo sabía tan bien como yo. Su gordura, que lo dejaba acezando apenas caminaba una cuadra en Saint Germain, sería en los Andes un estorbo tremendo para la guerrilla, y, por eso mismo, él sería uno de los primeros a quienes los soldados matarían apenas se iniciara el alzamiento.

—¿Te vas a hacer matar por los chismes estúpidos de cuatro resentidos de París que te acusan de oportunista? Recapacita, gordo, no puedes hacer una cojudez así.

—Lo que digan los peruanitos de París me importa un carajo, compadre. No se trata de ellos, se trata de mí. Es una cuestión de principio. Mi obligación es estar allá.

Y pasó otra vez a bromear y a asegurarme que, a pesar de sus 120 kilos, en el entrenamiento militar había pasado todas las pruebas y, además, mostrado una excelente puntería. Su decisión de volver al Perú le había traído discusiones con Luis de la Puente y la dirección del MIR. Todos querían que siguiera en Europa, como representante del movimiento ante las organizaciones y gobiernos hermanos, pero él, con su terquedad a prueba de balas, terminó por imponerse. Viendo que no había nada que hacer y que mi mejor amigo de París había decidido poco menos que suicidarse, le pregunté si su partida significaba que la insurrección estallaría pronto.

—Cuestión de un par de meses, acaso menos.

Tenían tres campamentos montados en la sierra, uno en el departamento del Cusco, otro en Piura y otro en la región del centro, en la vertiente oriental de la Cordillera, por la ceja de selva de Junín. Contrariamente a mis profecías, me aseguró que la gran mayoría de los becados se habían internado en los Andes. Las deserciones habían sido menos del diez por ciento. Con un entusiasmo que a ratos se volvía euforia, me dijo que la operación retorno de los becados había sido un éxito. Estaba feliz, porque la había dirigido él mismo. Habían vuelto de uno en uno o de dos en dos, en complicadas trayectorias que a algunos muchachos, para borrar las pistas, les hicieron dar la vuelta al mundo. Nadie había sido descubierto. En el Perú, De la Puente, Lobatón y los demás habían tendido redes urbanas de apoyo, formado equipos médicos, instalado en los campamentos estaciones de radio, así como escondites dispersos para el parque y los explosivos. Los contactos con los sindicatos campesinos, sobre todo en el Cusco, eran excelentes y esperaban que, una vez iniciada la rebelión, muchos comuneros se incorporaran a la lucha. Hablaba con alegría, convencido de lo que decía, con seguridad, exaltado. Yo no podía disimular mi tristeza.

—Ya sé que no me crees nada, don incrédulo —murmuró, al fin.

—Te juro que nada me gustaría más que creerte, Paúl. Y tener el entusiasmo que tú.

Él asintió, observándome con su afectuosa sonrisa de luna llena.

—¿Y tú? —me preguntó, cogiéndome el brazo—. ¿Tú qué, mi viejo?

—Yo, nada —le respondí—. Yo, aquí, de traductor en la Unesco, en París.

Vaciló un momento, temeroso de que lo que iba a decir pudiera lastimarme. Era una pregunta que, sin duda, había estado comiéndole la lengua hacía tiempo.

—¿Eso es lo que quieres ser en la vida? ¿Nada más que eso? Todos los que vienen a París aspiran a ser pintores, escritores, músicos, actores, directores de teatro, a hacer un doctorado o la revolución. ¿Tú sólo quieres eso, vivir en París? Nunca me lo he tragado, viejito, te confieso.

—Ya sé que no. Pero, es la pura verdad, Paúl. De chiquito, decía que quería ser diplomático, pero era sólo para que me mandaran a París. Eso es lo que quiero: vivir aquí. ¿Te parece poco?

Le señalé los árboles del Luxemburgo: cargados de verdura, desbordaban las rejas del jardín y lucían airosos bajo el cielo encapotado. ¿No era lo mejor que podía pasarle a una persona? ¿Vivir, como en el verso de Vallejo, entre «los frondosos castaños de París»?

—Reconoce que escribes poesías a escondidas —insistió Paúl—. Que es tu vicio secreto. Muchas veces hemos hablado de eso, con otros peruanos. Todos creen que escribes y que no te atreves a confesarlo por tu espíritu autocrítico. O por timidez. Todos los sudamericanos vienen a París a hacer grandes cosas. ¿Quieres hacerme creer que tú eres la excepción a la regla?

—Te juro que lo soy, Paúl. No tengo más ambiciones que seguir aquí, como ahora.

Lo acompañé a tomar el metro en el Carrefour del Odeón. Cuando nos abrazamos, no pude evitar que se me mojaran los ojos.

—Cuídate, gordo. No hagas cojudeces allá arriba, por favor.

—Sí, sí, claro que sí, Ricardo —me volvió a abrazar. Y vi que él también tenía los ojos húmedos.

Me quedé allí, en la boca de la estación, viéndolo bajar las escaleras con lentitud, estorbado por su redondo corpachón. Tuve la seguridad absoluta de que era la última vez que lo veía.

La partida del gordo Paúl me dejó algo vacío, porque él fue el mejor compañero de aquellos tiempos inciertos de mi instalación en París. Felizmente, los contratos de «temporero» en la Unesco y mis clases de ruso y de interpretación simultánea me tenían muy ocupado y en las noches llegaba a mi buhardilla del Hotel du Sénat casi sin fuerzas para pensar en la camarada Arlette o el gordo Paúl. A partir de esa época, creo, sin habérmelo propuesto, fui insensiblemente apartándome de los peruanos de París, a los que antes veía con cierta frecuencia. No buscaba la soledad, pero ésta no era problema para mí desde que quedé huérfano y mi tía Alberta me tomó a su cargo. Gracias a la Unesco ya no tenía angustias de supervivencia; el sueldo de traductor y los giros esporádicos de mi tía me alcanzaban para vivir y pagarme mis placeres parisinos: el cine, las exposiciones, el teatro y los libros. Era un cliente asiduo de la librería La Joie de Lire, de la rue Saint Séverin, y de los *bouquinistes* de los muelles del Sena. Iba al TNP, a la Comédie Française, al Odeón y, de vez en cuando, a los conciertos en la Sala Pleyel.

Y por esa época tuve también el amago de un romance con Carmencita, la muchacha española que, vestida de negro de pies a cabeza como Juliette Gréco, cantaba, acompañándose de una guitarra, en L'Escale, el barcito de la rue Monsieur le Prince frecuentado por españoles y sudamericanos. Era española pero no había pisado nunca su país, porque sus padres, republicanos, no podían o no querían volver allá mientras viviera Franco. Esa ambigua situación la atormentaba y aparecía con frecuencia en su conversación. Carmencita era alta, delgada, con una melenita a lo *garçon* y unos ojos melancólicos. No tenía una gran voz, pero sí muy melodiosa, y sobre todo decía maravillosamente, susurrándolas y con unas pausas y énfasis de mucho efecto, canciones adaptadas de letrillas, poemas, refranes y decires del Siglo de Oro. Había vivido un par de años con un actor y la ruptura con él la dejó tan afectada que —me lo dijo con esa brusquedad que tanto me chocaba al principio en mis colegas españoles de la Unesco— «no quería liarse con ningún tío por el momento». Pero aceptaba que la invitara al cine, a cenar, y, una noche, fuimos al Olympia a oír a Leo Ferré, al que los dos preferíamos a los otros cantantes de moda del momento: Charles Aznavour y Georges Brassens. Al despedirnos, luego del concierto, en el metro de l'Opéra, me dijo, rozándome los labios: «Estás empezando a gustarme, peruanito». Absurdamente, cada vez que salía con Carmencita me invadía un malestar, el sentimiento de estar siendo desleal con la amante del comandante Chacón, un personaje al que me imaginaba de grandes bigotes y contoneando en las caderas un par de pistolones. Mi relación con la española no pasó de ahí porque una noche la descubrí en un rincón de L'Escale muy acarameladita en brazos de un señor enchalinado y patilludo.

Unos meses después de la partida de Paúl el señor Charnés, cuando no había trabajo para mí en la Unesco, comenzó a recomendarme para que me contrataran también de traductor en conferencias y congresos internacionales en París o en otras ciudades europeas. Mi primer contrato fue en la Junta de Energía Atómica, en Viena, y, el segundo, en Atenas, un congreso internacional del algodón. Esos viajes de pocos días, bien pagados, me permitían conocer lugares donde de otro modo nunca hubiera ido. Aunque los nuevos trabajos recortaron algo mi tiempo, no abandoné los estudios de ruso ni las prácticas de interpretación, pero seguí con ellos de manera interrumpida.

Fue a la vuelta de uno de esos viajecitos de trabajo, esta vez a Glasgow, una conferencia sobre tarifas aduaneras en Europa, que me encontré en el Hotel du Sénat una carta de un primo hermano de mi padre, el Dr. Ataúlfo Lamiel, abogado de Lima. Este tío segundo, al que apenas había tratado, me informaba que mi tía Alberta había muerto, de una pulmonía, y me había hecho su heredero universal. Era indispensable que fuera a Lima para acelerar los trámites de la sucesión. El tío Ataúlfo me ofrecía adelantarme el pasaje en avión, a cuenta de aquella herencia, que, me anunciaba, no haría de mí un millonario pero sería una buena ayuda en mi estancia parisina. Fui a la oficina de correos de Vaugirard a enviarle un telegrama, diciéndole que yo me pagaría el pasaje y que viajaría a Lima lo antes posible.

La muerte de la tía Alberta me dejó hecho una noche muchos días. Era una mujer sana y no había cumplido setenta años. Aunque conservadora y prejuiciosa a más no poder, esta tía solterona, hermana mayor de mi padre, había sido siempre muy cariñosa conmigo y, sin su generosidad y cuidados, no sé qué hubiera sido de mí. A la muerte de mis padres, en un estúpido accidente automovilístico, atropellados por un camión que se dio a la fuga, cuando viajaban a Trujillo, a la boda de la hija de unos íntimos amigos —yo tenía diez años—, ella los reemplazó. Hasta que terminé la carrera de abogado y me vine a París, viví en su casa y, aunque sus anacrónicas manías a menudo me exasperaban, la quería mucho. Ella, desde que me adoptó, se dedicó a mí en cuerpo y alma. Sin la tía Alberta, me iba a quedar solo como un hongo y mis vínculos con el Perú tarde o temprano se eclipsarían.

Esa misma tarde fui a las oficinas de Air France a comprar un pasaje de ida y vuelta a Lima, y luego pasé por la Unesco a explicarle al señor Charnés que debía tomar unas vacaciones forzosas. Cruzaba el hall de la entrada cuando me di con una elegante señora de tacones de aguja, envuelta en una capa negra con filos de piel, que me quedó mirando como si nos conociéramos.

—Vaya, vaya, qué chiquito es el mundo —me dijo, acercándose y tendiéndome la mejilla—. ¿Qué haces tú por acá, niño bueno?

—Trabajo aquí, de traductor —alcancé a balbucear, totalmente desconcertado por la sorpresa, y muy consciente del perfume a esencia de lavanda que me entró por las narices al besarla. Era ella, pero había que hacer un gran esfuerzo para reconocer en esa cara tan bien maquillada, en esos labios rojos, en esas cejas depiladas, en esas pestañas sedosas y curvas que sombreaban unos ojos pícaros que el lápiz negro había alargado y profundizado y en esas manos de largas uñas que parecían recién salidas de la manicurista, a la camarada Arlette.

—Cómo has cambiado desde la última vez —le dije, mirándola de arriba abajo—. ¿Hace como tres años, no?

—¿Cambiado para mejor o para peor? —me preguntó, totalmente dueña de sí misma, haciendo sobre el sitio, con las manos en la cintura, una media vuelta de modelo.

—Para mejor —reconocí, sin reponerme todavía de la impresión—. La verdad, estás lindísima. Supongo que ya no te puedo llamar Lily la chilenita, ni camarada Arlette la guerrillera. ¿Cómo diablos te llamas ahora?

Ella se rió, mostrándome la sortija de oro de su mano derecha:

—Ahora llevo el nombre de mi marido, como se usa en Francia: madame Robert Arnoux.

Me atreví a preguntarle si podíamos tomar un café, para recordar los viejos tiempos.

—Ahora no, mi marido me está esperando —se excusó, con burla—. Es diplomático y trabaja aquí, en la delegación francesa. Mañana a las once, en Les Deux Magots. ¿Conoces, no?

Esa noche estuve largamente desvelado, pensando en ella y en la tía Alberta. Cuando al fin pesqué el sueño tuve una disparatada pesadilla en que ambas aparecían agrediéndose con ferocidad, indiferentes a mis súplicas para que resolvieran su diferendo como personas civilizadas. La pelea se debía a que mi tía Alberta acusaba a la chilenita de haberle robado su nuevo nombre a un personaje de Flaubert. Me desperté agitado, sudando, todavía oscuro, entre maullidos de gato.

Cuando llegué a Les Deux Magots, madame Robert Arnoux estaba ya allí, en una mesa de la terraza protegida por una vidriera, fumando con boquilla de marfil, y tomándose un café. Parecía un maniquí de *Vogue* vestida toda de amarillo, con unos zapatitos blancos y una sombrilla floreada. El cambio era extraordinario, en verdad.

—¿Todavía sigues enamorado de mí? —me dijo de entrada, rompiendo el hielo.

—Lo peor es que creo que sí —admití, sintiendo calor en las mejillas—. Y, si no lo estuviera, volvería a estarlo desde hoy mismo. Te has convertido en una mujer bellísima, además de elegantísima. Te veo y no creo lo que veo, niña mala.

—Ya ves lo que te perdiste por cobarde —replicó, sus ojitos color miel constelados de chispas burlonas, mientras me echaba una bocanada de humo a la cara con toda intención—. Si aquella vez que te propuse quedarme contigo me hubieras dicho sí, ahora sería tu mujer. Pero no querías quedar mal con tu amigo, el camarada Jean, y me despachaste a Cuba. Perdiste la ocasión de tu vida, Ricardito.

—¿No tiene compostura? ¿No puedo hacer examen de conciencia, dolor de corazón y propósito de enmienda?

—Ahora ya es tarde, niño bueno. ¿Qué partido puede ser para la esposa de un diplomático francés un pichiruchi traductor de la Unesco?

Hablaba sin dejar de sonreír, moviendo su boca con una coquetería más refinada que la que yo le recordaba. Contemplando sus labios tan marcados y sensuales, arrullado por la música de su voz, tuve unos deseos enormes de besarla. Sentí que se me apuraba el corazón.

—Bueno, si ya no puedes ser mi mujer, queda siempre la posibilidad de que seamos amantes.

—Soy una esposa fiel, la perfecta casada —me aseguró, simulando ponerse seria. Y, sin transición—: ¿Qué fue del camarada Jean? ¿Regresó al Perú a hacer la revolución?

—Hace varios meses. No he sabido nada de él ni de los otros. Ni he leído ni oído que haya guerrillas por allá. A lo mejor todos esos castillos en el aire revolucionarios se hicieron humo. Y todos los guerrilleros se volvieron a sus casas y se olvidaron del asunto.

Conversamos cerca de dos horas. Naturalmente, me aseguró que aquella historia de amor con el comandante Chacón eran puras habladurías de los peruanos de La Habana; en realidad, con el tal comandante sólo habían tenido una buena amistad. No me quiso contar nada sobre su entrenamiento militar y, como siempre, evadió todo comentario político y darme detalles sobre su vida en la isla. Su único amor cubano había sido el encargado de negocios de la embajada francesa, ahora promovido a ministro consejero, Robert Arnoux, su esposo. Muerta de risa y de cólera retrospectiva, me relató los obstáculos burocráticos que debieron vencer para casarse, porque era casi impensable en Cuba que una becada abandonara el entrenamiento. Pero, en esto sí, el comandante Chacón había sido «amoroso» y la había ayudado a derrotar a la maldita burocracia.

—Apuesto lo que quieras a que te acostaste con ese maldito comandante.

—¿Te da celos?

Le dije que sí, muchos. Y que estaba tan linda que vendería mi alma al diablo, cualquier cosa, con tal de hacerle el amor o, siquiera, besarla. Le cogí la mano y se la besé.

—Estate quieto —me dijo, mirando en torno, con falsa alarma—. ¿Te olvidas que soy una señora casada? ¿Y si alguno de éstos conociera a Robert y le fuera con el chisme?

Le dije que sabía perfectamente que su matrimonio con el diplomático era un mero trámite al que había tenido que resignarse para poder salir de Cuba e instalarse en París. Lo que me parecía muy bien, porque yo también creía que por París uno podía hacer todos los sacrificios. Pero que, cuando estuviéramos solos, no me hiciera el número de la esposa fiel y enamorada, porque los dos sabíamos muy bien que eso era puro cuento. Sin enojarse lo más mínimo, cambió de tema y me contó que aquí también la burocracia era maldita y que no podría obtener la nacionalidad francesa antes de dos años, pese a estar casada en toda regla con un ciudadano francés. Y que acababan de alquilar un pisito en Passy. Estaba ahora arreglándolo y, una vez que estuviera presentable, me invitaría, para presentarme a mi rival, quien, además de simpático, era un hombre cultísimo.

—Me voy mañana a Lima —le conté—. ¿Cómo haré para verte a mi vuelta?

Me dio su teléfono, la dirección de su casa, y me preguntó si seguía viviendo en ese cuartito, en el que se pasaba tanto frío, en la buhardilla del Hotel du Sénat.

—Me cuesta trabajo dejarlo porque la mejor experiencia de mi vida la tuve allí. Por eso, para mí, ese cuchitril es un palacio.

—¿Esa experiencia es la que me figuro? —me preguntó, adelantando la carita en la que a la curiosidad y a la coquetería se mezclaba siempre la malicia.

—Esa misma.

—Por eso que has dicho, te debo un beso. Hazme recuerdo, la próxima vez que nos veamos.

Pero, un momento después, al despedirnos, olvidando las precauciones maritales, en vez de la mejilla me ofreció sus labios. Los tenía gruesos y sensuales y los segundos que los tuve apoyados en los míos los sentí moverse despacito, en una caricia suplementaria, llenos de incitaciones. Cuando ya había cruzado Saint Germain rumbo a mi hotel, me volví a verla y seguía allí, en la esquina de Les Deux Magots, una figurita clara y dorada, de zapatos blancos, observándome alejarme. Le hice adiós y ella agitó la mano en que llevaba la sombrilla floreada. Me bastó verla para descubrir que, en estos años, no la había olvidado un solo momento, que estaba tan enamorado de ella como el primer día.

Cuando llegué a Lima, en marzo de 1965, poco antes de cumplir treinta años, las fotos de Luis de la Puente, Guillermo Lobatón, el gordo Paúl y otros dirigentes del MIR estaban en todos los periódicos y en la televisión —ahora ya había televisión en el Perú—, y todo el mundo hablaba de ellos. La rebelión del MIR tenía un semblante romántico a más no poder. Las fotos las habían enviado los mismos miristas a los medios anunciando que el Movimiento de Izquierda Revolucionaria, en vista de las condiciones inicuas de explotación de que eran víctimas los campesinos y los obreros, y el sometimiento del gobierno de Belaunde Terry al imperialismo, había decidido pasar a la acción. Los dirigentes del MIR mostraban sus caras y aparecían con los cabellos largos y la barba crecida, con fusiles en las manos y unos uniformes de campaña de chompas negras de cuello subido, pantalón caqui y botas. Noté a Paúl tan gordo como siempre. En la foto que *Correo* publicaba en primera página, él, rodeado de otros cuatro, era el único que sonreía.

—Estos loquitos no durarán ni un mes —pronosticó el Dr. Ataúlfo Lamiel, en su estudio del centro de Lima, en la calle Boza, la mañana que fui a verlo—. ¡Convertir al Perú en una segunda Cuba! A tu pobre tía Alberta le hubiera dado un patatús al ver las caras de forajidos de nuestros flamantes guerrilleros.

Mi tío no tomaba muy en serio el anuncio de las acciones armadas y este sentimiento parecía muy extendido. La gente pensaba que era una iniciativa descabellada, que terminaría en un dos por tres. Las semanas que pasé en el Perú estuve abatido por una sensación opresiva y sintiéndome un huérfano en mi propio país. Viví en el departamento de mi tía Alberta, en la calle Colón, de Miraflores, impregnado de ella todavía, donde todo me la recordaba, así como a mis años universitarios y mi adolescencia sin padres. Me emocionó encontrar en su velador, ordenadas cronológicamente, todas las cartas que le escribí desde París. Vi a algunos de mis viejos amigos miraflorinos del Barrio Alegre y con media docena de ellos fuimos un sábado a comer al chifa Kuo Wha, junto a la Vía Expresa, a rememorar los viejos tiempos. Salvo los recuerdos no teníamos ya mucho en común, pues sus vidas de jóvenes profesionales y hombres de negocios —dos de ellos trabajaban en las empresas de sus padres— no tenían nada que ver con lo que yo hacía allá, en Francia. Tres se habían casado, uno había comenzado ya a reproducirse, y los otros tres tenían unas enamoradas que pronto se convertirían en sus novias.

En las bromas que intercambiábamos —una manera de llenar los vacíos de la conversación— todos fingían envidiarme por vivir en la ciudad de los placeres, tirándome a esas francesas que tenían fama de ser unas fieras en la cama. La sorpresa que se llevarían si les confesaba que, en mis años en París, la única muchacha con la que me había acostado había sido una peruana, y nada menos que Lily, la falsa chilenita de nuestra infancia. ¿Qué pensaban de las guerrillas que se anunciaban en los periódicos? Como el tío Ataúlfo, no les daban importancia. Esos castristas enviados por Cuba no durarían mucho. ¿Quién se podía creer que en el Perú iba a triunfar una revolución comunista? Si el gobierno de Belaunde no era capaz de pararlos, vendrían otra vez los militares a poner orden, algo que tampoco les hacía mucha gracia. Eso era también lo que temía el Dr. Ataúlfo Lamiel:

—Estos idiotas lo único que van a conseguir jugando a las guerrillas es servir en bandeja a los militares el pretexto para un golpe de Estado. Y enchufarnos otros ocho o diez años de dictadura militar. A quién se le ocurre hacerle una revolución a un gobierno civil y democrático al que, por lo demás, toda la oligarquía peruana, empezando por *La Prensa* y *El Comercio,* acusan de comunista por querer hacer una reforma agraria. El Perú es la confusión, sobrino, has hecho bien en irte a vivir al país de la claridad cartesiana.

El tío Ataúlfo era un cuarentón alargado y bigotudo que vestía siempre con chaleco y corbatita michi, casado con la tía Dolores, una señora bondadosa y pálida, que llevaba inválida cerca de diez años y a la que él cuidaba con devoción. Vivían en una casita simpática, con libros y discos, en el Olivar de San Isidro, adonde me invitaron a almorzar y a comer. La tía Dolores sobrellevaba su enfermedad sin amargura y se distraía tocando el piano y viendo telenovelas. Cuando recordamos a la tía Alberta, se echó a llorar. No tenían hijos y él, además de su estudio de abogado, daba clases de Derecho Mercantil en la Universidad Católica. Tenía una buena biblioteca y se interesaba mucho por la política local, sin ocultar sus simpatías por el reformismo democrático que a sus ojos encarnaba Belaunde Terry. Se portó muy bien conmigo, acelerando todo lo que pudo los trámites de la sucesión y negándose a cobrarme un centavo por sus servicios: «No faltaba más, yo quería mucho a Alberta y a tus padres, sobrino». Fueron unos días pesados, con sórdidas comparecencias ante notarios y jueces, llevando y trayendo documentos al laberíntico Palacio de Justicia, que, en las noches, me dejaban desvelado y cada vez más impaciente por regresar a París. En los huecos libres, releía *La educación sentimental*, de Flaubert, porque, ahora, la madame Arnoux de la novela tenía para mí no sólo el nombre, también la cara de la niña mala. Una vez deducidos los impuestos a la sucesión y hechos los pagos pendientes que dejó la tía Alberta, el tío Ataúlfo me anunció que, vendido el departamento y rematados los muebles, yo podría disponer de unos sesenta mil dólares, acaso algo más. Una linda suma, que no pensé llegar a tener nunca. Gracias a la tía Alberta podría comprarme un pisito en París.

Apenas regresé a Francia, luego de subir a mi buhardilla del Hotel du Sénat y aun antes de desempacar, lo primero que hice fue llamar por teléfono a madame Robert Arnoux.

Me dio cita al día siguiente y me dijo que, si quería, podíamos almorzar juntos. La recogí a la salida de la Alliance Française, en el boulevard Raspail, donde estaba siguiendo un curso acelerado de francés, y fuimos a almorzar un *curry d'agneau* a La Coupole, en el boulevard Montparnasse. Estaba vestida con sencillez, pantalones y sandalias y una casaca ligera. Llevaba unos pendientes de colores que hacían juego con su collar y su pulsera y un bolso colgado al hombro, y cada vez que movía la cabeza sus cabellos ondeaban con alegría. La besé en las mejillas y en las manos y ella me saludó con un «Creí que vendrías más quemadito del verano limeño, Ricardito». Se había vuelto una mujercita muy elegante, en verdad: combinaba los colores con gusto y se maquillaba con mucha gracia. Yo la observaba, todavía estupefacto con su mudanza. «No quiero que me cuentes nada del Perú», me advirtió, de modo tan categórico que no le pregunté por qué. Más bien, le conté lo de mi herencia. ¿Me ayudaría a buscar un pisito donde mudarme?

Aplaudió, entusiasmada:

—Me encanta la idea, niño bueno. Y te ayudaré a amueblarlo y decorarlo. Ya tengo práctica, con el mío. Está quedando lindo, verás.

Luego de una semana de trajines, en las tardes, después de sus clases de francés, que nos llevaban a recorrer agencias y pisos en el Barrio Latino, Montparnasse y el XIVème, encontré un departamento de dos cuartos, baño y cocina en la rue Joseph Granier, en un edificio art déco de los años treinta, con dibujos geométricos —rombos, triángulos y círculos— en la fachada, por las vecindades de la École Militaire, en el VIIème, muy cerca de la Unesco. Estaba en buen estado y, aunque daba a un patio interior y por ahora había que subir a pie los cuatro pisos del edificio —el ascensor estaba en construcción—, tenía mucha luz, pues, además de dos ventanales, una gran claraboya cóncava lo exponía al cielo de París. Costaba cerca de setenta mil dólares pero no tuve dificultad en que la Société Générale, el banco donde tenía mi cuenta, me concediera un préstamo por lo que me faltaba. Aquellas semanas, buscando piso y, luego, mientras lo hacía vivible, limpiándolo, pintándolo y amueblándolo con cuatro

cachivaches comprados en La Samaritaine y en el Marché
aux Puces, veía a madame Robert Arnoux todos los días,
de lunes a viernes —sábados y domingos ella los pasaba
con su marido, en el campo—, desde la salida de sus clases hasta las cuatro o cinco de la tarde. Se divertía ayudándome en mis trajines, practicando su francés con corredores inmobiliarios y porteras, y mostraba tan buen humor
que —se lo dije— parecía que aquel departamentito al que
estaba dando vida fuera para que lo compartiéramos.

—Es lo que te gustaría, ¿no, niño bueno?

Estábamos en un *bistrot* de l'avenue de Tourville,
junto a les Invalides, y yo le besaba las manos y le buscaba la
boca, loco de amor y de deseo. Asentí, varias veces.

—El día que te mudes, lo estrenaremos —me pro-
metió.

Cumplió su promesa. Fue la segunda vez que hicimos el amor, esta vez a plena luz de un día que entraba a
chorros por la ancha claraboya desde la cual unas palomas
curiosas nos observaban desnudos y abrazados sobre el
colchón sin sábanas, recién liberado del plástico en que lo
había traído envuelto el camión de La Samaritaine. Las
paredes olían a pintura fresca. Su cuerpo seguía tan delgadito y bien formado como en mi memoria, con su estrecha cintura que parecía caber en mis manos y su pubis de
ralos vellos, más blanco que el terso vientre o los muslos
donde la piel se oscurecía y matizaba con un viso verdoso
pálido. Toda ella despedía una fragancia delicada, que se
acentuaba en el nido tibio de sus axilas depiladas, detrás
de sus orejas y en su sexo pequeñito y húmedo. En sus ar-
queados empeines la piel dejaba traslucir unas venitas azules y a mí me enternecía imaginar la sangre fluyendo despacito por ellas. Como la vez anterior, se dejó acariciar
con total pasividad y escuchó callada, fingiendo una exa-
gerada atención o como si no oyera nada y pensara en otra

cosa, las palabras intensas, atropelladas, que yo le decía al oído o a la boca mientras pugnaba por separarle los labios.

—Hazme venir, primero —me susurró, con un tonito que escondía una orden—. Con tu boca. Después, será más fácil que entres. No te vayas a venir todavía. Me gusta sentirme irrigada.

Hablaba con tanta frialdad que no parecía una muchacha haciendo el amor sino un médico que formula una descripción técnica y ajena del placer. No me importaba nada, era totalmente feliz, como no lo había sido en mucho tiempo, acaso nunca. «Jamás podré pagarte tanta felicidad, niña mala.» Estuve largo rato con mis labios aplastados contra su sexo fruncido, sintiendo que los vellos de su pubis me cosquilleaban la nariz, lamiendo con avidez, con ternura, su clítoris pequeñito, hasta que la sentí moverse, excitada, y terminar con un temblor de su bajo vientre y sus piernas.

—Entra, ahora —susurró, con la misma vocecita mandona.

Tampoco esta vez fue fácil. Era estrecha, se encogía, me resistía, se quejaba, hasta que por fin lo conseguí. Sentí mi sexo como fracturado por esa víscera palpitante que lo estrangulaba. Pero era un dolor maravilloso, un vértigo en el que me hundía, trémulo. Casi inmediatamente eyaculé.

—Te vienes muy rápido —me riñó la señora Arnoux, jalándome los cabellos—. Tienes que aprender a demorarte, si quieres hacerme gozar.

—Aprenderé todo lo que tú quieras, guerrillera, pero ahora calla y bésame.

Ese mismo día, al despedirnos, me invitó a cenar, para presentarme a su marido. Tomamos una copa en su bonito departamento de Passy, decorado de la manera más burguesa que cabía imaginar, con cortinajes de terciopelo, mullidas alfombras, muebles de época, mesitas con figuritas de porcelana y, en las paredes, unos grabados de Gavarni y de Daumier con escenas picantes. Fuimos a cenar a un *bistrot* de la vecindad cuya especialidad, según el diplomático, era *le coq au vin.* Y, de postre, sugería la *tarte tatin.*

Monsieur Robert Arnoux era bajito, calvo, con un bigotito mosca que se movía cuando hablaba, de anteojos de espesos cristales, y debía doblarle la edad a su mujer. La trataba con grandes miramientos, poniéndole o retirándole la silla y ayudándola con el impermeable. Toda la noche estuvo alerta, sirviéndole vino cuando se le vaciaba la copa y alcanzándole la panera si le hacía falta pan. No era muy simpático, más bien algo estirado y cortante, pero parecía muy culto, en efecto, y hablaba de Cuba y de América Latina con gran seguridad. Su español era perfecto, con un ligero deje en el que se advertían los años que había servido en el Caribe. En verdad, no estaba en la delegación francesa de la Unesco sino cedido por el Quai d'Orsay como asesor y director de gabinete del director general, René Maheu, un compañero de Jean-Paul Sartre y de Raymond Aron en la École Normale, del que se decía que era un discreto genio. Yo lo había visto algunas veces, siempre escoltado por ese calvito bizco que resultó ser el marido de madame Arnoux. Cuando le conté que trabajaba como traductor «temporero» para el departamento de español, me ofreció recomendarme a «Charnés, una excelente persona». Me preguntó qué pensaba de lo que ocurría en el Perú y yo le dije que hacía tiempo no recibía noticias de Lima.

—Bueno, esas guerrillas en la sierra —dijo, encogiéndose de hombros, como si no les diera mucha importancia—. Esos atracos a haciendas y asaltos a la policía. ¡Qué absurdo! Justamente en el Perú, uno de los pocos países latinoamericanos que está tratando de construir una democracia.

Así, pues, ya habían ocurrido las primeras acciones de la guerrilla mirista.

—Tienes que dejar a ese caballero cuanto antes y casarte conmigo —le dije a la chilenita, la próxima vez que nos vimos—. ¿Me vas a hacer creer que estás enamorada de un Matusalén que, además de parecer tu abuelo, es feísimo?

—Otra calumnia contra mi marido y no me verás nunca más —me amenazó, y, en una de esas fulminantes mudanzas que eran su especialidad, se rió—: ¿De veras parece viejísimo a mi lado?

Esta mi segunda luna de miel con madame Arnoux terminó poco después de aquella cena porque, apenas me mudé al barrio de la École Militaire, el señor Charnés me renovó mi contrato. Entonces, debido a mis horarios, ya no pude verla sino a ratitos, algún mediodía en que, en esa hora y media libre entre la una y las dos y media, en vez de subir al restaurante de la Unesco, me iba a comer un sándwich con ella en cualquier *bistrot,* o algunas tardes en que, no sé con qué pretextos, ella se libraba de monsieur Arnoux para ir a un cine conmigo. Veíamos la película tomados de la mano y yo la besaba en la oscuridad. *«Tu m'embêtes»,* practicaba ella su francés. *«Je veux voir le film, grosse bête.»* Había hecho rápidos progresos en la lengua de Montaigne; se lanzaba a hablarla sin el menor pudor y sus faltas de sintaxis y de fonética resultaban divertidas, una gracia más de su personalidad. No volvimos a hacer el amor hasta muchas semanas después, luego de un viaje de ella a Suiza, sola, del que volvió a París varias horas antes de lo previsto para pasar un rato conmigo en mi departamento de la rue Joseph Granier.

Todo en la vida de la señora Arnoux seguía siendo bastante misterioso, como lo había sido en la de Lily la chilenita y en la de la guerrillera Arlette. Si era cierto lo que me contaba, hacía ahora una intensa vida social, de recepciones, cenas y cócteles, donde se codeaba con el *tout París,* y, por ejemplo, ayer había conocido a Maurice Couve de Murville, ministro de Relaciones Exteriores del general De Gaulle, y la semana pasada vio a Jean Cocteau presentarse, en una proyección privada de *Morir en Madrid,* un documental de Frédéric Rossif, del brazo de su amante, el actor Jean Marais, que, dicho sea de paso, era guapísimo, y mañana iría a un té que le daban sus amigas a Farah Diba, la esposa del Sha de Irán, en visita privada a París. ¿Meros delirios de grandeza y esnobismo o, en efecto, su marido la había introducido en ese mundillo de luminarias y frivolidades que la deslumbraba? Por otra parte, constantemente estaba haciendo, o me decía que estaba haciendo, viajes a Suiza, a Alemania, a Bélgica, de apenas dos o tres días, por razones nunca claras: exposiciones, galas, fiestas, conciertos. Como sus explicaciones me parecían tan evidentemente fantasiosas opté por no hacerle más preguntas sobre sus viajes, simulando creerle al pie de la letra las razones que se dignaba darme a veces de esos centelleantes desplazamientos.

Una tarde de mediados de 1965, en la Unesco, un compañero de oficina, un viejo republicano español que hacía años escribía «una novela definitiva sobre la guerra civil que corregiría las inexactitudes de Hemingway», y que se titularía *Por quién no doblan las campanas,* me alcanzó el ejemplar de *Le Monde* que hojeaba. Los guerrilleros de la columna Túpac Amaru del MIR, que dirigía Lobatón y operaba en las provincias de La Concepción y Satipo, en el departamento de Junín, habían saqueado el polvorín de una mina, volado un puente sobre el río Moraniyoc, ocupado la hacienda Runatullo y repartido los víveres entre los campesinos. Y, un par de semanas después, emboscado a un destacamento de la Guardia Civil en el desfiladero de Yahuarina. Nueve guardias civiles, entre ellos el mayor al mando de la patrulla, murieron en el combate. En Lima, había habido atentados con bombas en el Hotel Crillón y el Club Nacional. El gobierno de Belaunde había decretado el estado de sitio en toda la sierra central. Sentí que se me encogía el corazón. Ese día y los siguientes estuve desasosegado, con la cara del gordo Paúl estampillada en mi mente.

El tío Ataúlfo me escribía de cuando en cuando —había reemplazado a la tía Alberta como mi único corresponsal en el Perú— unas cartas llenas de comentarios sobre la actualidad política. Por él me enteré de que, aunque la guerrilla actuaba de manera muy esporádica en Lima, las acciones militares en el centro y el sur de los Andes tenían convulsionado al país. *El Comercio* y *La Prensa*, y apristas y odriístas, ahora aliados contra el gobierno, acusaban a Belaunde Terry de debilidad frente a los rebeldes castristas, y hasta de secretas complicidades con la insurrección. El gobierno había encargado al Ejército la represión de los rebeldes. «Esto se está poniendo feo, sobrino, y me temo que en cualquier momento haya golpe. Se oye ruido de sables en el ambiente. ¡Cuándo no será Pascua en diciembre en nuestro Perú!» En sus cariñosas cartas, la tía Dolores ponía siempre un recuerdo de su puño y letra.

De una manera totalmente inesperada, resulté haciendo buenas migas con monsieur Robert Arnoux. Se presentó un día en la oficina de español de la Unesco a proponerme, a la hora del almuerzo, que subiéramos a la cafetería a tomar un bocado juntos. Por ninguna razón especial, para charlar un poco, el tiempo de despachar un Gitanes con filtro, la marca que fumábamos los dos. Desde entonces caía a veces, cuando sus compromisos se lo permitían, e íbamos a tomar un café y un bocadillo mientras comentábamos la actualidad política en Francia y en América

Latina, y la vida cultural parisina, de la que estaba también muy al día. Era un hombre con lecturas e ideas y se quejaba de que, aunque trabajar junto a René Maheu era interesante, tenía el inconveniente de que sólo le quedaba tiempo para leer los fines de semana e ir muy rara vez al teatro y a conciertos.

Gracias a él tuve que alquilar un esmoquin y vestirme de etiqueta, por primera y sin duda última vez en mi vida, para asistir a un ballet, seguido de cena y baile, a beneficio de la Unesco, en l'Opéra de París. Nunca había entrado en el imponente local, engalanado con los frescos para la cúpula pintados por Chagall. Todo me pareció hermoso y elegante. Pero aún me lo pareció más la ex chilenita y ex guerrillera, que, con un vaporoso vestido de gasa blanca con flores estampadas que le dejaba los hombros descubiertos, y un peinado alto, llena de alhajas en el cuello, las orejas y las manos, me dejó boquiabierto de admiración. Toda la noche los vejetes conocidos de monsieur Arnoux se le acercaban, le besaban la mano y la miraban con brillos codiciosos en los ojos. «*Quelle beauté exotique!*», le oí decir a uno de esos excitados moscardones. Por fin pude sacarla a bailar. Apretándola, le dije al oído que nunca había imaginado siquiera que podía estar alguna vez tan bella como en ese momento. Y que me desgarraba las entrañas pensar que, luego del baile, en su casa de Passy sería su marido y no yo quien la desnudaría y amaría. La *beauté exotique* se dejaba adorar con una sonrisita condescendiente, que remató con un comentario cruel: «Qué huachaferías me dices, Ricardito». Yo aspiraba la fragancia que manaba de toda ella y sentía tanto deseo de poseerla que apenas podía respirar.

¿De dónde sacaba dinero para esos vestidos y joyas? Aunque yo no era un experto en lujos, me daba cuenta de que, para lucir esos modelos exclusivos y para cam-

biar de vestuario de ese modo —cada vez que la veía estaba
con un vestido nuevo y estrenando unos primorosos zapatitos—, se necesitaban más ingresos de los que podía tener
un funcionario de la Unesco, por más que fuera el brazo derecho del Director. Se lo traté de sonsacar, preguntándole
si, además de engañar de vez en cuando a monsieur Robert
Arnoux conmigo, no lo engañaba también con algún millonario gracias al cual podía vestirse con modelos de las
grandes tiendas y con joyas de las mil y una noches.

—Si sólo te tuviera como amante a ti, andaría como una pordiosera, pichiruchi —me respondió, y no bromeaba.

Pero inmediatamente me dio una explicación que
parecía impecable, aunque yo estaba seguro de que era falsa. Los vestidos y las joyas que llevaba no eran comprados
sino prestados por los grandes modistos de l'avenue Montaigne y los joyeros de la place Vendôme, que, a manera de
publicidad para sus creaciones, los hacían lucir por las damas *chic* que frecuentaban el gran mundo. De modo que
gracias a sus relaciones sociales ella podía vestirse y ador-
narse como las elegantes de París. ¿O me creía yo que con
el sueldito de un diplomático francés podía ella competir
en lujos con las grandes damas de la Ciudad Luz?

Algunas semanas después de aquel baile de l'Opéra recibí una llamada de la niña mala en la oficina de la
Unesco.

—Robert tiene que acompañar a su jefe a Varso-
via este fin de semana —me anunció—. ¡Te sacaste la lotería, niño bueno! Te puedo dedicar sábado y domingo a
ti solito. A ver qué programa me preparas.

Dediqué horas a imaginar qué podía sorprenderla
y divertirla, qué lugares curiosos de París no conocía, a estudiar qué espectáculos daban ese sábado y qué restaurante, bar o *bistrot* podía llamarle la atención por su origina-

lidad o carácter secreto y exclusivo. Al final, después de barajar mil posibilidades y descartarlas todas, terminé eligiendo, para la mañana del sábado, si hacía buen tiempo, un paseo al cementerio de perros de Asnières, situado en una islita de árboles frondosos en medio del río, y una cena en Chez Allard, de la rue de Saint André des Arts, en la misma mesa en la que yo había visto una noche a Pablo Neruda cenando con dos cucharas, una en cada mano. Para prestigiar el local a sus ojos, diría a la señora Arnoux que ése era el restaurante favorito del poeta y le inventaría el menú que ordenaba siempre. La idea de pasar una noche entera con ella, de hacerle el amor, gustar en mis labios el parpadeo de «su sexo de pestañas nocturnas» (un verso del poema *Material nupcial,* de Neruda, que yo le había recitado al oído la primera noche que pasamos juntos, en mi buhardilla del Hotel du Sénat), sentir que se dormía en mis brazos y despertar en la mañana del domingo con su cuerpecito tibio acurrucado contra el mío, me tuvo los tres o cuatro días que faltaban para el sábado en un estado en el que la ilusión, la alegría y el miedo a que algo frustrara el plan apenas me permitían concentrarme en el trabajo. El revisor de mis traducciones debió enmendarme la plana un par de veces.

Ese sábado fue esplendoroso. En mi flamante Dauphine, comprada hacía un mes, llevé a madame Arnoux a media mañana al cementerio de perros de Asnières, que ella no conocía. Estuvimos más de una hora curioseando entre las tumbas —además de perros, había gatos, conejitos y loros enterrados allí— y leyendo los epitafios, sentidos, poéticos, risueños y absurdos con que los dueños habían despedido a sus animales queridos. Ella parecía de veras divertida. Sonreía, su mano abandonada en la mía, con sus ojos color miel oscura encendidos por el sol primaveral y los cabellos agitados por una brisa que corría con el río. Llevaba una blusa ligera, transparente, que dejaba ver la orilla de sus pechos, una casaca suelta que aleteaba con sus movimientos y unos botines de taco alto color ladrillo. Se quedó un buen rato contemplando la estatua al perro desconocido de la entrada y, con aire melancólico, lamentó tener una vida «tan complicada», si no, le hubiera gustado adoptar un cachorrito. Tomé nota, mentalmente: ése sería mi regalo el día de su cumpleaños, si conseguía averiguarlo.

La estreché por la cintura, la atraje hacia mí y le dije que si se decidía a dejar a monsieur Arnoux y casarse conmigo me comprometía a que tuviera una vida normal y criara todos los perros que se le antojara. En vez de contestarme, me preguntó, burlándose:

—¿La idea de pasar la noche conmigo te hace el hombre más feliz del mundo, miraflorino? Te lo pregunto, para que me digas una de esas huachaferías que tanto te gusta decirme.

—Nada podría hacerme más feliz —le dije, apretando mis labios contra los suyos—. Hace años que sueño con eso, guerrillera.

—¿Cuántas veces me vas a hacer el amor? —siguió ella, con el mismo tonito burlón.

—Todas las que pueda, niña mala. Diez, si me da el cuerpo.

—Te permito sólo dos —me advirtió, mordiéndome la oreja—. Una al acostarnos y otra al despertarnos. Eso sí, nada de levantarse tempranito. Para no tener nunca arrugas, necesito ocho horas de sueño como mínimo.

Nunca había estado tan juguetona como esa mañana. Y creo que nunca lo estaría después, tampoco. No la recordaba tan natural, abandonándose al instante, sin posar, sin inventarse un rol, mientras aspiraba la tibieza del día y se dejaba invadir por la luz que tamizaban las copas de los sauces llorones y adorar. Parecía más muchachita de lo que era, casi una adolescente, y no una mujer de cerca de treinta años. Comimos un sándwich de jamón con pepinillos y un vaso de vino en un *bistrot* de Asnières, a orillas del río, y luego fuimos a la Cinémathèque de la rue d'Ulm a ver *Les enfants du Paradis,* de Marcel Carné, que yo había visto pero ella no. A la salida, habló de lo jovencitos que aparecían Jean-Louis Barrault y María Casares, ya no se hacían películas así, y me confesó que el final la había hecho lagrimear. Le propuse que fuéramos a mi departamento a descansar hasta la hora de la cena, pero no quiso, meternos en la casa ahora me daría malas ideas. Más bien, aprovechando la tarde tan bonita, que camináramos un poco. Estuvimos entrando y saliendo de las galerías de la rue de Seine y luego nos sentamos a tomar un refresco en una terraza de la rue de Buci. Le conté que una mañana había visto por allí, comprando pescado fresco, a André Breton. Las calles y los cafés estaban repletos y los parisinos tenían esas expresiones distendidas y simpáticas que ponen los días de buen tiempo, esa rareza. Hacía mucho que no me sentía tan contento, optimista y esperanzado. Entonces, el diablo sacó la cola y divisé el titular de *Le Monde* que leía mi vecino: «El Ejército destruye el cuartel general de la guerrilla peruana». El subtítulo decía: «Mueren Luis de la Puente y varios líderes del MIR». Corrí a comprar el periódico al quiosco de la esquina. Firmaba la noticia el corresponsal del diario en América del Sur, Marcel Niedergang, y había un recuadro de Claude Julien explicando qué era el MIR peruano y dando información sobre Luis de la Puente y la situación política del Perú. En agosto de 1965, fuerzas especiales del Ejército peruano habían cercado Mesa Pelada, una montaña al este de la ciudad de Quillabamba, en el valle cusqueño de La Convención, y capturado el campamento *Illarec ch'aska* (lucero del alba), dando muerte a muchos guerrilleros. Luis de la Puente, Paúl Escobar y un puñado de seguidores habían conseguido huir pero los comandos, luego de una larga cacería, los cercaron y les dieron muerte. La información precisaba que aviones militares habían bombardeado Mesa Pelada, usando napalm. Los cadáveres no habían sido entregados a los familiares ni exhibidos a la prensa. Según el comunicado oficial, fueron enterrados en un lugar desconocido, para evitar que sus tumbas se convirtieran en sitios de peregrinación revolucionaria. El Ejército mostró a los periodistas las armas, los uniformes y muchos documentos, así como mapas y equipos de radio que los guerrilleros tenían en Mesa Pelada. De este modo, la columna Pachacútec, uno de los focos rebeldes de la revolución peruana, quedaba aniquilada. El Ejército esperaba que la columna Túpac Amaru, dirigida por Guillermo Lobatón, también cercada, cayera pronto.

—No sé por qué pones esa cara, tú sabías que esto ocurriría tarde o temprano —se sorprendió madame Arnoux—. Tú mismo me dijiste muchas veces que eso sólo podía terminar así.

—Lo decía como un conjuro, para que no ocurriera.

Se lo había dicho y lo había pensado y temido, por supuesto, pero otra cosa era saber que había ocurrido y que Paúl, el buen amigo y compañero de mis primeros tiempos en París, era ahora un cadáver pudriéndose en algún despoblado de los Andes orientales, tal vez después de haber sido ejecutado, y sin duda torturado si los soldados lo cogieron vivo. Haciendo de tripas corazón, le propuse a la chilenita que nos olvidáramos del tema y que no dejáramos que esa noticia estropeara el regalo de los dioses que era tenerla para mí todo un fin de semana. Ella lo consiguió sin dificultad; el Perú, me parecía, era para ella algo que con toda deliberación había expulsado de su memoria como una masa de malos recuerdos (¿pobreza, racismo, discriminación, postergación, frustraciones múltiples?), y, tal vez, hacía tiempo que había tomado la decisión de cortar para siempre con su tierra natal. Yo, en cambio, pese a mis esfuerzos por olvidarme de la maldita noticia de *Le Monde* y concentrarme en la niña mala, no pude. A lo largo de toda la cena en Chez Allard el fantasma de mi amigo estuvo quitándome el apetito y el humor.

—Me parece que no estás para *faire la fête* —me dijo, compasiva, a la hora del postre—. ¿Quieres que lo dejemos para otra vez, Ricardito?

Protesté que no y le besé las manos y le juré que, pese a la horrible noticia, pasar una noche con ella era lo más maravilloso que me había ocurrido nunca. Pero, cuando llegamos a mi departamento de Joseph Granier y ella sacó de su maletín de mano un coqueto *baby doll*, su escobilla de dientes y una muda de ropa para el día siguiente, y nos tendimos sobre la cama —yo había comprado flores para la salita y el dormitorio— y comencé a acariciarla, me di cuenta, avergonzado y humillado, que no estaba en condiciones de hacerle el amor.

—A esto, los franceses le llaman un *fiasco* —dijo, riéndose—. ¿Sabes que es la primera vez que me pasa con un hombre?

—¿Cuántos has tenido? Deja que adivine. ¿Diez? ¿Veinte?

—Soy pésima en matemáticas —se enojó. Y se vengó con una orden—: Más bien, hazme terminar con tu boca. Yo no tengo por qué guardar luto. Apenas conocí a tu amigo Paúl, y, además, acuérdate, por su culpa tuve que ir a Cuba.

Y, sin más, con la misma naturalidad con que hubiera encendido un cigarrillo, abrió las piernas y se tendió de espaldas, con un brazo sobre los ojos, en esa inmovilidad total, de concentración profunda en que, olvidándose de mí y del mundo circundante, acostumbraba sumirse a esperar su placer. Tardaba siempre mucho en excitarse y terminar, pero esa noche tardó todavía más que de costumbre, y, dos o tres veces, con la lengua acalambrada, debí parar unos instantes de besarla y sorberla. Cada vez, su mano me amonestaba, tirándome de los cabellos o pellizcándome la espalda. Al fin, la sentí moverse y oí ese ronroneo suavecito que parecía subirle a la boca desde el vientre, y sentí el encogimiento de sus miembros y su largo suspiro complacido. «Gracias, Ricardito», murmuró. Casi de inmediato, se quedó dormida. Yo estuve desvelado mucho rato, con una angustia que me estrujaba la garganta. Tuve un sueño difícil, con pesadillas que al día siguiente apenas recordaba.

Desperté cerca de las nueve de la mañana. Ya no había sol. Por la claraboya se divisaba el cielo encapotado, color panza de burro, el eterno cielo parisino. Ella dormía, dándome la espalda. Parecía muy joven y frágil, con ese cuerpecito de niña, ahora sosegado, apenas conmovido por una respiración ligera y espaciada. Nadie, viéndola así, se hubiera imaginado la vida difícil que debió haber llevado desde que nació. Traté de imaginarme la infancia que tuvo, por ser pobre en ese infierno que es el Perú para los pobres, y su adolescencia, acaso todavía peor, las mil pellejerías, entregas, sacrificios, concesiones, que habría debido de hacer, en el Perú, en Cuba, para salir adelante y llegar donde había llegado. Y lo dura y fría que la había vuelto el tener que defenderse con uñas y dientes contra el infortunio, todas las camas por las que debió pasar para no ser aplastada en ese campo de batalla que sus experiencias la habían convencido era la vida. Sentía una inmensa ternura por ella. Estaba seguro que la querría siempre, para mi dicha y también mi desdicha. Verla y sentirla respirar me inflamaron. Comencé a besarle la espalda, muy despacio, el culito respingado, el cuello y los hombros, y, haciéndola ladearse, los pechos y la boca. Ella simulaba dormir, pero estaba ya despierta, pues se acomodó de espaldas de manera que pudiera recibirme. La sentí húmeda, y, por primera vez, pude entrar en ella sin dificultad, sin sentirme haciendo el amor a una virgen. La quería, la quería, no podía vivir sin ella. Le rogué que dejara a monsieur Arnoux y se viniera conmigo, ganaría mucho dinero, la engreiría, le costearía todos los caprichos, le...

—Vaya, te has redimido —se echó a reír—, y hasta te aguantaste más que otras veces. Creí que te habías vuelto impotente, después del *fiasco* de anoche.

Le propuse prepararle el desayuno, pero ella prefirió que saliésemos a tomarlo a la calle, estaba antojada de *un croissant croustillant*. Nos duchamos juntos, me dejó jabonarla y secarla y, sentado en la cama, verla vestirse, peinarse y arreglarse. Yo mismo le calcé los mocasines, besándole antes, uno por uno, los dedos de los pies. Fuimos de la mano a un *bistrot* de l'avenue de la Bourdonnais, donde, en efecto, las mediaslunas crujían como si acabaran de salir del horno.

—Si esa vez, en lugar de despacharme a Cuba, me hubieras hecho quedar contigo aquí en París, ¿cuánto habríamos durado, Ricardito?

—Toda la vida. Te habría hecho tan feliz que no me hubieras dejado nunca.

Dejó de hablar en broma y me miró, muy seria y algo despectiva:

—Qué ingenuo y qué iluso eres —silabeó, desafiándome con sus ojos—. No me conoces. Yo sólo me quedaría para siempre con un hombre que fuera muy, muy rico y poderoso. Tú nunca lo serás, por desgracia.

—¿Y si el dinero no fuera la felicidad, niña mala?

—Felicidad, no sé ni me importa lo que es, Ricardito. De lo que sí estoy segura es que no es esa cosa romántica y huachafa que es para ti. El dinero da seguridad, te defiende, te permite gozar a fondo de la vida sin preocuparte por el mañana. La única felicidad que se puede tocar.

Se me quedó mirando, con esa expresión fría que se agudizaba a veces de manera extraña y parecía congelar la vida a su alrededor.

—Tú eres buena gente, pero tienes un terrible defecto: tu falta de ambición. Estás contento con lo que has conseguido, ¿no? Pero eso es nada, niño bueno. Por eso no podría ser tu mujer. Yo nunca estaré contenta con lo que tenga. Siempre querré más.

No supe qué contestarle, porque, aunque me doliese, había dicho algo cierto. Para mí la felicidad era tenerla a ella y vivir en París. ¿Significaba eso que eras un irredimible mediocre, Ricardito? Sí, probablemente. Antes de regresar al departamento, madame Robert Arnoux se levantó a telefonear. Volvió con la cara preocupada.

—Lo siento, pero tengo que irme, niño bueno. Se me han complicado las cosas.

No me dio más explicaciones ni aceptó que la llevara a su casa o donde tenía que ir. Subimos a que recogiera su maletín de mano y la acompañé a tomar un taxi a la estación, junto al metro de la École Militaire.

—Pese a todo, fue un bonito fin de semana —se despidió, rozándome los labios—. Chau, *mon amour*.

Al volver a mi casa, sorprendido por su brusca partida, descubrí que había dejado olvidada su escobilla de dientes en el cuarto de baño. Una preciosa escobillita que llevaba impresa en el estuche la firma del fabricante: Guerlain. ¿Olvidada? A lo mejor, no. A lo mejor era un olvido deliberado para dejarme un recuerdo de esa noche triste y ese despertar feliz.

Esa semana no pude verla ni hablar con ella y, la siguiente, sin conseguir tampoco despedirme —su teléfono no contestaba a ninguna hora—, partí a Viena, a trabajar una quincena de días en la Junta de Energía Atómica. Me encantaba esa ciudad barroca, elegante y próspera, pero el trabajo de un «temporero» en esos períodos en que las organizaciones internacionales tienen congresos, juntas generales o la conferencia anual —que es cuando necesitan traductores e intérpretes extras— es tan intenso que no me dejaba tiempo para museos, conciertos y funciones de ópera, salvo, algún mediodía, una visita a la carrera al Albertina. En las noches, muerto de cansancio, apenas alcanzaba a meterme en uno de esos antiguos cafés, el Central, el Landtmann, el Hawelka, el Frauenhuber, que parecían decorados *belle époque,* a tomar un *wiener schnitzel,* la versión austriaca del bistec apanado que preparaba mi tía Alberta, y un vaso de espumosa cerveza. Llegaba a mi cama medio grogui. Varias veces llamé a la niña mala, pero nadie contestaba el teléfono o sonaba siempre ocupado. No me atrevía a telefonear a Robert Arnoux a la Unesco para no despertar sus sospechas. Terminados los quince días, el señor Charnés me telegrafió proponiéndome diez días de contrato en Roma, en un seminario seguido de una conferencia de la FAO, de modo que viajé a Italia sin pasar por París. Tampoco desde Roma pude hablar con ella. Apenas volví a Francia, la llamé. Sin éxito, por supuesto. ¿Qué pasaba? Empecé a pensar, angustiado, en un accidente, una enfermedad, una tragedia doméstica.

Estaba tan nervioso por la imposibilidad de comunicarme con madame Arnoux, que tuve que leer dos veces la última carta del tío Ataúlfo, que encontré esperándome en París. No podía concentrarme, sacar de la cabeza a la chilenita. El tío Ataúlfo me daba largas explicaciones sobre la situación política peruana. La columna Túpac Amaru del MIR, encabezada por Lobatón, no había sido capturada aún, aunque los comunicados del Ejército daban parte de choques constantes en los que siempre tenían bajas los guerrilleros. Según la prensa, Lobatón y su gente se habían internado en la selva y conseguido aliados entre las tribus amazónicas, principalmente los ashaninka, diseminados en la región encuadrada por los ríos Ene, Perené, Satipo y Anapati. Había rumores de que comunidades ashaninka, seducidas por la personalidad de Lobatón, lo identificaban con un héroe mítico, el justiciero atávico Itomi Pavá, que, según la leyenda, volvería alguna vez para restaurar el poderío de esa nación. La aviación militar había bombardeado aldeas selváticas, sospechando que ocultaban a los miristas.

Después de nuevos intentos infructuosos de hablar con madame Arnoux, decidí ir a la Unesco a buscar a su marido, con el pretexto de invitarlos a cenar. Pasé antes a saludar al señor Charnés y a los colegas de la oficina de español. Luego subí al sexto piso, el sanctasanctórum, donde estaban los despachos de los jefes. Desde la puerta divisé la cara desmoronada y el bigotito mosca de monsieur Arnoux. Dio un extraño respingo al verme, y lo noté más hosco que nunca, como si mi presencia le desagradara. ¿Estaba enfermo? Parecía haber envejecido diez años en las pocas semanas que no lo veía. Me estiró una mano encogida sin decir una palabra, y esperó que yo hablara, clavándome una mirada perforante con sus ojitos de roedor.

—He estado trabajando fuera de París, en Viena y en Roma, este último mes. Me gustaría invitarlos a cenar una de estas noches que tengan libre.

Me siguió mirando, sin responder. Estaba muy pálido ahora, tenía una expresión desolada y fruncía la boca, como si le costara esfuerzo hablar. Me temblaron las manos. ¿Me iba a decir que su mujer había muerto?

—Entonces, usted no está enterado —murmuró, con sequedad—. ¿O juega una comedia? Desconcertado, no supe qué responderle.

—Toda la Unesco lo sabe —añadió, bajito, con sorna—. Soy el hazmerreír de la organización. Mi mujer me ha dejado, y ni siquiera sé por quién. Pensé que era por usted, señor Somocurcio.

Se le cortó la voz antes de terminar de decir mi apellido. La barbilla le temblaba y me pareció que le chocaban los dientes. Balbuceé que lo sentía, no estaba al corriente de nada, repetí tontamente que este mes había estado trabajando fuera de París, en Viena y Roma. Y me despedí, sin que monsieur Arnoux me devolviera el hasta luego.

La sorpresa y el disgusto fueron tan grandes que, en el ascensor, me vino una arcada y, en el bañito del pasillo, vomité. ¿Con quién se había ido? ¿Seguiría viviendo en París con su amante? Un pensamiento me acompañó todos los días siguientes: ese fin de semana que me regaló era una despedida. Para que yo tuviera algo especial que añorar. Las sobras que se echan al perro, Ricardito. Unos días siniestros siguieron a aquella brevísima visita a monsieur Arnoux. Por primera vez en mi vida, padecí de insomnio. Me pasaba las noches sudando, con la mente en blanco, apretando la escobillita de dientes de Guerlain que había guardado como un amuleto en mi velador, rumiando mi despecho y mis celos. Al día siguiente estaba hecho una ruina, el cuerpo cortado por escalofríos y sin ánimos para nada, ni ganas de comer. El médico me recetó unos Nembutales que, más que dormirme, me desmayaban. Tenía un despertar desasosegado y con muñecos, como si arrastrara una resaca feroz. Todo el tiempo me maldecía por lo estúpido que fui aquella vez, despachándola a Cuba, anteponiendo mi amistad con Paúl al amor que sentía por ella. Si la hubiera retenido, seguiríamos juntos y la vida no sería este desvelo, este vacío, esta bilis.

El señor Charnés me ayudó a salir de la lenta disolución emocional en que me hallaba, dándome un contrato de un mes. Tuve ganas de agradecérselo de rodillas. Gracias a la rutina del trabajo en la Unesco fui saliendo poco a poco de la crisis en que me dejó la desaparición de la ex chilenita, la ex guerrillera, la ex madame Arnoux. ¿Cómo se llamaba ahora? ¿Qué personalidad, qué nombre, qué historia había adoptado en esta nueva etapa de su vida? Su nuevo amante debía ser muy importante, bastante más que ese asesor del Director de la Unesco, ya muy modesto para sus ambiciones, al que había dejado hecho un trapo. Me lo había advertido claramente aquella última mañana: «Yo sólo me quedaría para siempre con un hombre que fuera muy rico y poderoso». Estaba seguro de que, esta vez sí, no la vería más. Tenías que sobreponerte y olvidar a la peruanita milcaras, convencerte de que ella fue sólo un mal sueño, niño bueno.

Pero a los pocos días de haber retomado el trabajo en la Unesco, monsieur Arnoux se presentó en el cubículo que era mi oficina, mientras yo traducía un informe sobre la educación bilingüe en los países del África subsahariana.

—Lamento haber sido brusco con usted el otro día —me dijo, incómodo—. Estaba en muy mal estado de ánimo en aquel momento.

Me propuso que cenáramos juntos. Y, aunque sabía que aquella cena sería catastrófica para mi estado de ánimo, la curiosidad, oír hablar de ella, saber qué pasó, fueron más fuertes, y acepté.

Fuimos a Chez Eux, un restaurante en el VIIème, no lejos de mi casa. Fue la cena más tensa y difícil a la que he asistido nunca. Pero, también, fascinante, porque en ella descubrí muchas cosas de la ex madame Arnoux, y supe, asimismo, lo lejos que había llegado ya en su búsqueda de esa seguridad que ella identificaba con la riqueza.

Pedimos un whisky con hielo y Perrier como aperitivo y, luego, vino tinto, con una comida que apenas probamos. Chez Eux tenía un menú fijo, compuesto de exquisiteces que venían en unos cazos hondos, y nuestra mesa se fue llenando de patés, caracoles, ensaladas, pescados y carnes, que los sorprendidos camareros se iban llevando casi intactos para hacer sitio a una gran variedad de postres, uno bañado en chocolate hirviendo, sin entender por qué desairábamos todos esos manjares.

Robert Arnoux me preguntó desde cuándo la conocía. Le mentí que sólo desde 1960 o 1961, en París, cuando pasó rumbo a Cuba como una de las becadas del MIR para recibir entrenamiento guerrillero.

—Es decir, no sabe usted nada de su pasado, de su familia —asintió el señor Arnoux, como hablando solo—. Yo siempre supe que me mentía. Respecto a su familia y a su infancia, quiero decir. Pero, la excusaba. Me parecían mentiras piadosas, para disimular una niñez y una juventud que la avergonzaban. Porque ella debe ser de una clase social muy modesta, ¿no es verdad?

—No le gustaba hablar de eso. Nunca me contó nada de su familia. Pero, sin duda, sí, de una clase muy modesta.

—A mí me daba pena, adivinaba toda esa montaña de prejuicios de la sociedad peruana, los grandes apellidos, el racismo —me interrumpió—. Que había estado en el Sophianum, el mejor colegio de monjas de Lima, donde se educaban las chicas de la alta sociedad. Que su padre era dueño de una hacienda algodonera. Que había roto con su familia por idealismo, para hacerse revolucionaria. ¡Nunca le interesó la revolución, estoy seguro! Jamás le oí una sola opinión política desde que la conocí. Hubiera hecho cualquier cosa para salir de Cuba. Hasta casarse conmigo. Cuando salimos, le propuse un viaje al Perú, para conocer a su familia. Me contó otras fábulas, por supuesto. Que, por haber estado en el MIR y en Cuba, si ponía los pies en el Perú la meterían presa. Yo le perdonaba esas fantasías. Comprendía que nacían de su inseguridad. Le habían contagiado esos prejuicios sociales y raciales, tan fuertes en los países sudamericanos. Por eso me inventó esa biografía de niña aristócrata que nunca fue.

A ratos tenía la impresión de que monsieur Arnoux se olvidaba de mí. Incluso su mirada se perdía en algún punto del vacío y bajaba tanto la voz que sus palabras se volvían un murmullo inaudible. Otras veces, volviendo en sí, me miraba con desconfianza y odio y me urgía a decirle si yo estaba enterado de que ella tenía un amante. Yo era su compatriota, su amigo, ¿no me había hecho nunca confidencias?

—Jamás me dijo una palabra. Nunca lo sospeché. Yo creía que ustedes se llevaban muy bien, que eran felices.

—Yo también lo creía —murmuró, cabizbajo. Pidió otra botella de vino. Y añadió, con la vista velada y la voz ácida—: No tenía necesidad de hacer lo que hizo. Fue feo, fue sucio, fue desleal actuar así conmigo. Yo le había dado mi nombre, me desvivía por hacerla feliz. Puse en peligro mi carrera para sacarla de Cuba. Aquello fue un verdadero viacrucis. La deslealtad no puede llegar a esos extremos. Tanto cálculo, tanta hipocresía, es inhumano.

Se calló de golpe. Movía los labios sin emitir sonido y su bigotito cuadriculado se retorcía y estiraba. Había empuñado el vaso vacío y lo estrujaba como si quisiera hacerlo añicos. Tenía los ojitos inyectados y húmedos.

No sabía qué decirle, cualquier frase de consuelo me saldría falsa y ridícula. De pronto, comprendí que tanta desesperación no sólo se debía al abandono. Había algo más que quería contarme, pero le costaba trabajo.

—Los ahorros de toda mi vida —susurró monsieur Arnoux, mirándome de manera acusadora, como si yo fuera culpable de su tragedia—. ¿Usted se da cuenta? Soy un hombre mayor, no estoy en condiciones de rehacer toda una vida. ¿Lo comprende? No sólo engañarme vaya usted a saber con quién, un gángster con el que debió planear la fechoría. Además, eso: mandarse mudar con todo el dinero de la cuenta que teníamos en Suiza. Yo le había dado esa prueba de confianza, ¿lo ve usted? Una cuenta conjunta. Por si tenía yo un accidente, una muerte súbita. Para que los impuestos a la sucesión no se llevaran todo lo que había ahorrado en una vida de trabajo y sacrificio. ¿Se da cuenta qué deslealtad, qué vileza? Fue a Suiza a hacer un depósito y se llevó todo, todo, y me dejó en la ruina. *Chapeau, un coup de maître!* Ella sabía que no podía denunciarla sin delatarme, sin arruinar mi reputación y mi cargo. Sabía que si la denunciaba sería el primer perjudicado, por tener cuentas secretas, por evadir impuestos. ¿Se da cuenta qué bien planeado? ¿Cree usted posible tanta crueldad, con alguien que sólo le dio amor, devoción?

Iba y volvía sobre el mismo tema, con intervalos en los que bebíamos vino, callados, cada uno absorto en sus propios pensamientos. ¿Era perverso preguntarme qué le dolía más, el abandono o el robo de su cuenta secreta en Suiza? Yo sentía lástima por él, y remordimientos de conciencia, pero no sabía cómo animarlo. Me limitaba a intercalar frases breves, amistosas, de tiempo en tiempo. En realidad, no quería conversar conmigo. Me había invitado porque necesitaba que alguien lo escuchara, decir en voz alta ante un testigo cosas que desde la desaparición de su mujer le quemaban el corazón.

—Disculpe usted, necesitaba desahogarme —me dijo al fin, cuando, partidos todos los comensales, quedamos solitarios, observados con miradas impacientes por los mozos de Chez Eux—. Le agradezco su paciencia. Espero que esta catarsis me haga bien.

Le dije que, dentro de un tiempo, todo esto quedaría atrás, que no había mal que durara cien años. Y, mientras hablaba, me sentí completamente hipócrita, tan culpable como si yo hubiera planeado la fuga de la ex madame Arnoux y el saqueo de su cuenta secreta.

—Si se la encuentra alguna vez, dígaselo, por favor. No necesitaba hacer eso. Yo le hubiera dado todo. ¿Quería mi dinero? Se lo hubiera dado. Pero, no así, no así.

Nos despedimos en la puerta del restaurante, bajo el resplandor de las luces de la Torre Eiffel. Fue la última vez que vi al maltratado monsieur Robert Arnoux.

La columna Túpac Amaru del MIR comandada por Guillermo Lobatón duró unos cinco meses más que la que tenía su cuartel general en Mesa Pelada. Como había ocurrido con Luis de la Puente, Paúl Escobar y los miristas que perecieron en el valle de La Convención, tampoco el Ejército dio precisiones sobre la manera como aniquiló a todos los miembros de esa guerrilla. A lo largo de todo el segundo semestre de 1965, ayudados por los ashaninka del Gran Pajonal, Lobatón y sus compañeros estuvieron eludiendo la persecución de las fuerzas especiales del Ejército que se movilizaban en helicópteros y por tierra y escarmentaban con ferocidad a los caseríos indígenas que los escondían y alimentaban. Al final, la columna en ruinas, doce hombres destrozados por los mosquitos, la fatiga y las enfermedades, el 7 de enero de 1966 cayó en las cercanías del río Sotziqui. ¿Murieron en combate o los capturaron vivos y ejecutaron? Nunca se encontraron sus tumbas. Según rumores inverificables, Lobatón y su segundo fueron subidos a un helicóptero y arrojados a la selva para que los animales desaparecieran sus cadáveres. La compañera francesa de Lobatón, Jacqueline, intentó a lo largo de varios años, a través de campañas en el Perú y en el extranjero, que el gobierno revelara dónde estaban las tumbas de los alzados de esa guerrilla efímera, sin conseguirlo. ¿Hubo sobrevivientes? ¿Llevaban una existencia clandestina en ese Perú convulsionado y dividido de los últimos tiempos de Belaunde Terry? Yo, mientras poquito a poquito me reponía de la desaparición de la niña mala, seguía aquellos lejanos sucesos a través de las cartas del tío Ataúlfo. Lo notaba cada vez más pesimista sobre la posibilidad de que no se desplomara la democracia en el Perú. «Los mismos militares que derrotaron a las guerrillas se preparan ahora para derrotar al Estado de Derecho y dar otro cuartelazo», me aseguraba.

Un buen día, de la manera más inesperada, me di de bruces en Alemania con un sobreviviente de Mesa Pelada: nada menos que Alfonso el Espiritista, aquel muchacho enviado a París por un grupo teosófico de Lima al que el gordo Paúl arrebató a los espíritus y a la ultratumba para hacer de él un guerrillero. Yo estaba en Frankfurt, trabajando en una conferencia internacional sobre comunicaciones, y, en un descanso, escapé a un almacén a hacer unas compras. Junto a la caja, alguien me cogió del brazo. Lo reconocí al instante. En los cuatro años que no lo veía había engordado y se había dejado el pelo muy largo —la nueva moda en Europa—, pero su cara blancona, de expresión reservada y algo triste, era la misma. Estaba en Alemania desde hacía unos meses. Había obtenido el estatuto de refugiado político y vivía con una chica de Frankfurt a la que había conocido en París, en los tiempos de Paúl. Fuimos a tomar un café en la misma cafetería del almacén, llena de señoras con niños regordetes y atendida por turcos.

Alfonso el Espiritista se salvó de milagro del ataque de los comandos del Ejército que arrasaron Mesa Pelada. Había sido enviado a Quillabamba pocos días antes por Luis de la Puente; las comunicaciones no estaban funcionando bien con las bases de apoyo urbanas y en el campamento no se tenía noticias de un grupo de cinco muchachos ya entrenados cuya venida estaba prevista para semanas atrás.

—La base de apoyo cusqueña estaba infiltrada —me explicó, hablando con la misma calma que yo le recordaba—. Capturaron a varios, y, en la tortura, alguno habló. Así llegaron a Mesa Pelada. Nosotros no habíamos empezado las operaciones, en verdad. Lobatón y Máximo Velando se adelantaron a los planes, allá en Junín. Y, luego de esa emboscada de Yahuarina en que mataron a tantos policías, nos echaron al Ejército encima. Nosotros, en el Cusco, todavía no habíamos empezado a movernos. La idea de De la Puente no era quedarse en el campamento, sino ir de un lado al otro. «El foco guerrillero es el movimiento perpetuo», la enseñanza del Che. Pero no nos dieron tiempo y quedamos encerrados en la zona de seguridad.

El Espiritista hablaba con una curiosa distancia sobre lo que decía, como si aquello hubiera ocurrido hacía siglos. No sabía por qué conjunción de circunstancias no cayó en las redadas que desmantelaron las bases de apoyo del MIR en Quillabamba y en el Cusco. Estuvo escondido en casa de una familia cusqueña, a la que conocía de antaño, por su secta teosófica. Se portaron muy bien con él, pese al miedo que tenían. Luego de un par de meses, lo sacaron de la ciudad, oculto en un camión de mercancías, hasta Puno. De allí, le fue fácil pasar a Bolivia, donde, luego de un largo trámite, consiguió que Alemania Occidental lo admitiera como refugiado político.

—Cuéntame del gordo Paúl, allá arriba, en Mesa Pelada.

Se había adaptado bien a esa vida y a los 3.800 metros de altura, por lo visto. Su ánimo no decayó nunca, aunque a veces, en las marchas explorando el territorio en torno al campamento, su corpachón le jugaba malas pasadas. Sobre todo cuando había que trepar montañas o bajar precipicios bajo lluvias diluviales. Una vez se cayó, en una cuesta que era un lodazal, y rodó veinte, treinta metros. Sus compañeros creían que se había abierto la cabeza, pero se levantó de lo más fresco, bañado en barro de pies a cabeza.

—Adelgazó bastante —añadió Alfonso—. La mañana en que me despedí de él, en *Illarec ch'aska*, estaba casi tan delgado como tú. Algunas veces hablábamos de ti. «¿Qué estará haciendo nuestro embajador en la Unesco?», decía. «¿Se habrá animado a publicar esas poesías que escribe a escondidas?» Nunca perdió el humor. Siempre ganaba los concursos de chistes que hacíamos en las noches, para no aburrirnos. Su mujer y su hijo están viviendo ahora en Cuba.

Hubiera querido quedarme un buen rato con Alfonso el Espiritista, pero tenía que volver a la conferencia. Nos despedimos con un abrazo y le di mi teléfono para que me llamara si alguna vez pasaba por París.

Poco antes o poco después de esta conversación, se cumplieron las torvas profecías del tío Ataúlfo. El 3 de octubre de 1968 los militares, encabezados por el general Juan Velasco Alvarado, dieron el cuartelazo que acabó con la democracia que presidía Belaunde Terry, éste fue despachado al exilio y se inauguró una nueva dictadura militar en el Perú que duraría doce años.

III. Retratista de caballos en el *swinging London*

En la segunda mitad de los sesenta, Londres desplazó a París como la ciudad de las modas que, partiendo de Europa, se desparramaban por el mundo. La música reemplazó a los libros y a las ideas como centro de atracción de los jóvenes, sobre todo a partir de los Beatles, pero también de Cliff Richard, los Shadows, los Rolling Stones con Mick Jagger y otras bandas y cantantes ingleses, y de los hippies y la revolución psicodélica de los *flower children*. Como antes a París a hacer la revolución, muchos latinoamericanos emigraron a Londres a enrolarse en las huestes del cannabis, la música pop y la vida promiscua. Carnaby Street sustituyó a Saint Germain como ombligo del mundo. En Londres nacieron la minifalda, los largos cabellos y los estrafalarios atuendos que consagraron los musicales *Hair* y *Jesus Christ Superstar,* la popularización de las drogas, comenzando por la marihuana y terminando por el ácido lisérgico, la fascinación por el espiritualismo hindú, el budismo, la práctica del amor libre, la salida del ropero de los homosexuales y las campañas del orgullo gay, así como un rechazo en bloque del *establishment* burgués, no en nombre de la revolución socialista a la que los hippies eran indiferentes, sino de un pacifismo hedonista y anárquico, amansado por el amor a la naturaleza y a los animales y una abjuración de la moral tradicional. Ya no fueron los debates de la Mutualité, el Nouveau Roman, refinados cantautores como Leo Ferré o Georges Brassens, ni los cinemas de arte parisino, los puntos de referencia para los jóvenes rebeldes, sino Trafalgar Square y los parques donde, detrás de Vanessa Redgrave y Tariq Alí, se manifestaban contra la guerra de Vietnam entre conciertos multitudinarios de los grandes ídolos y soplidos de hierba colombiana, y con los pubs y las discotecas como símbolos de la nueva cultura que tenía a millones de jóvenes de ambos sexos imantados por Londres. Aquellos años fueron también, en Inglaterra, de esplendor teatral, y el montaje del *Marat-Sade,* de Peter Weiss, que en 1964 dirigió Peter Brook, hasta entonces conocido sobre todo por sus revolucionarias escenificaciones de Shakespeare, fue un acontecimiento en toda Europa. Nunca volví a ver en un escenario nada que se me grabara con tanta fuerza en la memoria.

Por una de esas extrañas conjugaciones que trama el azar, resulté, en los años finales de los sesenta, pasando muchas temporadas en Inglaterra y viviendo en el corazón mismo del *swinging London:* en Earl's Court, una zona muy animada y cosmopolita de Kensington que, por la afluencia de neozelandeses y australianos, era conocida como el Valle del Canguro (Kangaroo Valley). Precisamente, la aventura de mayo de 1968, en que los jóvenes de París llenaron el Barrio Latino de barricadas y declararon que había que ser realistas eligiendo lo imposible, a mí me sorprendió en Londres, donde, debido a las huelgas que paralizaron las estaciones y aeropuertos de Francia, quedé varado un par de semanas, sin poder averiguar si le había ocurrido algo a mi pisito de la École Militaire.

Al volver a París descubrí que estaba intacto, pues la revolución de mayo del 68 en realidad no había desbordado el perímetro del Barrio Latino y Saint Germain-des-Prés. Contrariamente a lo que muchos profetizaron en aquellos días de euforia, no tuvo mayor trascendencia política, salvo acelerar la caída de De Gaulle, inaugurar la breve era de cinco años de Pompidou y revelar la existencia de una izquierda más moderna que la del Partido Comunista francés («*la crapule stalinienne*», según expresión de Cohn-Bendit, uno de los líderes del 68). Las costumbres se volvieron más libres, pero, desde el punto de vista cultural, con la desaparición de toda una ilustre generación —Mauriac, Camus, Sartre, Aron, Merleau Ponty, Malraux—, en aquellos años vino una discreta retracción cultural, en la que, en vez de creadores, los *maîtres à penser* pasaron a ser los críticos, estructuralistas primero, a la manera de Michel Foucault y Roland Barthes, y luego los deconstructivistas, tipo Gilles Deleuze y Jacques Derrida, de arrogantes y esotéricas retóricas, aislados en sus cábalas de devotos y alejados del gran público, cuya vida cultural, a consecuencia de esa evolución, resultó banalizándose cada vez más.

Aquéllos fueron unos años de mucho trabajo para mí, aunque, como hubiera dicho la niña mala, de mediocres logros: saltar de traductor a intérprete. Como la primera vez, llené el hueco de su desaparición abrumándome de obligaciones. Retomé mis clases de ruso y de interpretación simultánea, a las que me dediqué con tesón, después de las horas que pasaba en la Unesco. Estuve dos veranos en la URSS, por dos meses cada vez, la primera en Moscú y la segunda en Leningrado, siguiendo cursos intensivos en lengua rusa especiales para intérpretes, en unos recintos universitarios desolados, donde nos sentíamos como en un internado de jesuitas.

Unos dos años después de mi última cena con Robert Arnoux, tuve una relación sentimental un tanto apagada con Cécile, funcionaria de la Unesco, atractiva y simpática, pero abstemia, vegetariana y católica a machamartillo, con la que la compenetración era perfecta sólo cuando hacíamos el amor, pues en todo lo demás encarnábamos las antípodas. En algún momento contemplamos la posibilidad de vivir juntos, pero los dos nos asustamos —sobre todo, yo— con la perspectiva de la cohabitación siendo tan diferentes y no existiendo, en el fondo, entre nosotros, ni sombra de verdadero amor. Nuestra relación se marchitó por aburrimiento y un buen día dejamos de vernos y llamarnos.

Me costó trabajo obtener mis primeros contratos como intérprete, a pesar de superar todas las pruebas y tener los diplomas correspondientes. Pero este circuito era más cerrado que el de los traductores, y las asociaciones del gremio, verdaderas mafias, admitían nuevos miembros a cuentagotas. Sólo lo conseguí cuando, al inglés y al francés, pude añadir el ruso entre los idiomas que traducía al español. Los contratos como intérprete me hicieron viajar mucho por Europa y con frecuencia a Londres, sobre todo para conferencias y seminarios económicos. Un buen día de 1970, en el consulado del Perú, en Sloane Street, donde había ido a renovar mi pasaporte, me encontré con un amigo de infancia y compañero del Colegio Champagnat de Miraflores que hacía lo mismo: Juan Barreto.

Estaba convertido en un hippy, pero no del género zarrapastroso, sino elegante. Llevaba sueltos hasta los hombros y pintando algunas canas unos cabellos sedosos, y exhibía una barbita algo rala que formaba en torno a su boca un cuidado bozal. Yo lo recordaba gordito y chato, pero ahora me sobrepasaba por unos centímetros y lucía delgado como un figurín. Vestía unos pantalones de terciopelo color guinda y unas sandalias que, en vez de cuero, parecían de pergamino, un blusón oriental de seda con figurillas estampadas, una llamarada de color entre las dos batientes de su chaleco abierto y campanudo, que me recordó los de unos pastores turcomanos de un documental sobre Mesopotamia que vi en el Palais de Chaillot, dentro de la serie *Connaissance du monde*, que yo seguía cada mes.

Fuimos a tomar un café, en los alrededores del consulado, y la conversación resultó tan amena que lo invité a almorzar a un pub de Kensington Gardens. Estuvimos juntos más de dos horas, él hablando y yo escuchando e intercalando monosílabos.

Su historia era novelable. Yo recordaba que, en los últimos años de colegio, Juan había comenzado a colaborar en Radio El Sol como comentarista y locutor de fútbol, y que sus compañeros maristas le augurábamos un gran futuro de periodista deportivo. «Pero, en realidad, eso era un juego de niños», me dijo, «mi verdadera vocación fue siempre la pintura». Estuvo en la Escuela de Bellas Artes de Lima y llegó a participar en una exhibición colectiva en el Instituto de Arte Contemporáneo del jirón Ocoña. Luego su padre lo envió a seguir un curso de diseño y color a la St. Martin School of Arts de Londres. Apenas llegó a Inglaterra, decidió que esa ciudad era la suya («Parecía que me estaba esperando, hermano») y que no la abandonaría nunca más. Cuando anunció a su padre que no regresaría al Perú, aquél le cortó los viáticos. Inició entonces una existencia paupérrima, de artista callejero, haciendo retratos a turistas en Leicester Square o en las puertas de Harrods, y pintando con tiza en las veredas el Parlamento, el Big Ben o la Torre de Londres y pasando luego la gorra a los mirones. Durmió en el YMCA y en *bed and breakfast* miserables y, como otros *drop outs,* las noches de invierno se refugió en asilos religiosos para desechos humanos e hizo largas colas en las parroquias e instituciones de beneficencia donde repartían dos veces al día un plato de sopa caliente. Muchas veces pernoctó a la intemperie, en los parques o, envuelto en cartones, en los vestíbulos de las tiendas. «Llegué a estar desesperado, pero, ni una sola vez en todo ese tiempo me sentí tan jodido como para pedirle a mi padre el pasaje de regreso al Perú.»

Pese a su insolvencia, con otros hippies vagabundos se las arregló para llegar a Katmandú, donde descubrió que en el espiritualizado Nepal era más difícil sobrevivir sin dinero que en la materialista Europa. La solidaridad de sus compañeros de trashumancia fue decisiva para que no se muriera de hambre ni de enfermedad, porque en la India tuvo una fiebre de malta que lo puso en un tris de partir al otro mundo. La chica y los dos chicos que viajaban con él se turnaron a su cabecera, mientras convalecía en un inmundo hospital de Madrás donde las ratas se paseaban entre los enfermos tendidos en el suelo sobre esteras.

—Ya me había acostumbrado totalmente a esa vida de *tramp,* a que mi casa fuera la calle, cuando cambió mi suerte.

Estaba pintando retratos a carboncillo, por un par de libras esterlinas cada uno, a las puertas del Victoria & Albert Museum, en Brompton Road, cuando, inesperadamente, una señora con una sombrilla para el sol y unos guantes de gasa le pidió que retratara a la perrita que paseaba, una King Charles de manchas blancas y cafés, cepillada, lavada y peinada con aires de lady. La perrita se llamaba Esther. El dibujo doble que le hizo Juan, «de frente y de perfil», encantó a la señora. Cuando iba a pagarle descubrió que no llevaba consigo ni un centavo, porque le habían robado la cartera o la había olvidado en casa. «No importa», le dijo Juan. «Ha sido un honor trabajar para una modelo tan distinguida.» La señora, confundida y llena de agradecimiento, se fue. Pero luego de dar unos pasos, regresó y alcanzó a Juan una tarjeta. «Si alguna vez pasa por aquí, toque la puerta, para que salude a su nueva amiga.» Le señalaba a la perrita.

Mrs. Stubard, enfermera jubilada, viuda y sin hijos, se convirtió en el hada madrina cuya varita mágica sacó a Juan Barreto de las calles de Londres y, poco a poco, lo fue limpiando («Una de las consecuencias de ser un *tramp* es que no te bañas nunca y ni hueles lo hediondo que estás»), alimentando, vistiendo, y, finalmente, catapultando al medio más inglés de los ingleses: el mundo de los dueños de establos, jinetes, preparadores y aficionados a la hípica de Newmarket, donde nacen, crecen, mueren y se entierran los caballos de carreras más famosos de Gran Bretaña y acaso del mundo.

Mrs. Stubard vivía sola, con la pequeña Esther, en una casita de ladrillos rojos y un pequeño jardín que ella misma cuidaba y mantenía primoroso, en una sección tranquila y próspera de Saint John's Wood. La había heredado de su marido, un pediatra que se pasó toda su vida en los pabellones y consultorios del Charing Cross Hospital cuidando niños ajenos y que nunca pudo tener uno propio. Juan Barreto tocó la puerta de la viuda un mediodía en que tenía más hambre, soledad y angustia que otros. Ella lo reconoció enseguida.

—He venido a saber cómo anda mi amiga Esther. Y, si no es mucho pedir, a que me convide un pedazo de pan.

—Pase, artista —le sonrió ella—. ¿Le importaría sacudirse un poco esas asquerosas sandalias que lleva? Y aproveche también para lavarse los pies en el caño del jardín.

«Mrs. Stubard era un ángel caído del cielo», según Juan Barreto. «Había enmarcado mi carboncillo de la perrita y lo tenía en una mesita de la sala. Se veía muy bien.» Hizo que Juan se lavara también las manos con agua y jabón («Desde el primer momento adoptó ese aire de mamá mandona que todavía tiene conmigo») y le preparó un par de sándwiches de tomate, queso y pepinillos y una taza de té. Estuvieron conversando un buen rato y ella exigió que Juan le contara su vida de pe a pa. Era alerta y ávida por saberlo todo sobre el mundo, e insistía en que Juan le describiera con lujo de detalles cómo eran, de dónde salían y qué vidas llevaban los hippies.

«Aunque no te lo creas, el que resultó fascinado por la viejita fui yo. Iba a verla no sólo para que me diera de comer, sino porque la pasaba bacán conversando con ella. Tenía un cuerpo de setenta, pero un espíritu de quince. Y, muérete, la volví una hippy.» Juan caía por la casita de St. John's Wood una vez por semana, bañaba y peinaba a Esther, ayudaba a Mrs. Stubard a podar y regar el jardín, y, a veces, la acompañaba a hacer la compra al vecino almacén de Sainsbury. Los aburguesados residentes de St. John's Wood observarían extrañados a la asimétrica pareja. Juan la ayudaba a cocinar —le enseñó las recetas peruanas de la papa rellena, el ají de gallina y el ceviche—, le lavaba los platos y luego tenían conversadas sobremesas en las que Juan le hacía oír conciertos de los Beatles y los Rolling Stones, le contaba sus mil y una aventuras y anécdotas de los chicos y chicas hippies que había conocido en sus peregrinaciones por Londres, la India y el Nepal. La curiosidad de Mrs. Stubard no se contentó con las explicaciones de Juan sobre cómo el cannabis agudizaba la lucidez y la sensibilidad, principalmente para la música. Al final, venciendo sus prejuicios —era una metodista practicante—, dio dinero a Juan para que le hiciera probar la marihuana. «Era tan inquieta que, te juro, hubiera sido capaz de aventarse una cápsula de LSD si yo la animaba.» La sesión de marihuana se hizo con el fondo musical de la banda sonora de *Yellow Submarine*, la película de los Beatles que Mrs. Stubard y Juan fueron a ver del brazo a un cine de estreno en Picadilly Circus. Mi amigo estaba asustado de que a su protectora y amiga el viaje le sentara mal, y, en efecto, terminó quejándose de dolor de cabeza y quedándose dormida patas arriba sobre la alfombra de la sala, después de dos horas de una excitación extraordinaria, en las que habló como una lora, lanzando carcajadas y haciendo unas figuras de ballet ante los ojos estupefactos de Juan y Esther.

La relación se convirtió en algo más que amistad, en un compañerismo cómplice y fraterno, pese a las diferencias de edad, lengua y procedencia. «Con ella me sentía como si fuera mi mamá, mi hermana, mi compinche y mi ángel de la guarda.»

Como si los testimonios de Juan sobre la subcultura hippy no le bastaran, Mrs. Stubard le propuso un día que invitara a dos o tres de sus amigos a tomar el té. Él tenía toda clase de dudas. Temía las consecuencias de aquel intento de mezclar el agua y el aceite, pero, al final, organizó la reunión. Seleccionó a tres entre las más presentables de sus amistades hippies y les advirtió que si hacían pasar un mal rato a Mrs. Stubard, o se robaban algo de su casa, él, rompiendo su vocación pacifista, les apretaría el pescuezo. Las dos chicas y el muchacho —René, Jody y Aspern— vendían incienso y unos bolsos tejidos según supuestos modelos afganos en las calles de Earl's Court. Se comportaron más o menos bien y dieron buena cuenta de la torta de fresas inflada de crema y de los pastelillos que les preparó Mrs. Stubard, pero, cuando encendieron un palito de incienso explicando a la dueña de casa que así se purificaría espiritualmente el ambiente y el karma de cada uno de los presentes se manifestaría mejor, resultó que Mrs. Stubard tenía un organismo alérgico a las nubecillas purificadoras: le vinieron unas ruidosas e imparables rachas de estornudos que le enrojecieron los ojos y la nariz y dispararon los ladridos de Esther. Superado este incidente, la velada procedió más o menos bien hasta que René, Jody y Aspern explicaron a Mrs. Stubard que formaban un triángulo amoroso y que hacer el amor a tres era rendir culto a la Santísima Trinidad —Dios Padre, Dios Hijo y Espíritu Santo— y una manera todavía más firme de poner en práctica la divisa «Hagan el amor, no la guerra», que había aprobado en la última demostración de Trafalgar Square contra la guerra de Vietnam nada menos que el filósofo y matemático Bertrand Russell. Para la moral metodista en la que había sido educada, aquello del amor tripartito resultó algo que Mrs. Stubard no había imaginado ni en la pesadilla más escabrosa. «A la pobre se le descolgó la mandíbula y el resto de la tarde estuvo mirando con un estupor catatónico al trío que le llevé. Después, me confesó, con aire melancólico, que, educándola como se educaban las inglesas de su generación, a ella la habían privado de muchas cosas curiosas de la vida. Y me contó que nunca había visto desnudo a su marido, porque, desde el primero hasta el último día, hicieron el amor a oscuras.»

De visitarla una vez por semana, Juan pasó a dos, a tres y, finalmente, a vivir con Mrs. Stubard, quien le arregló el cuartito que había sido el de su finado esposo, pues en los últimos años tuvieron cuartos separados. La convivencia, contrariamente a lo que Juan temía, fue perfecta. La dueña de casa no intentaba entrometerse para nada en la vida de Juan, ni le preguntaba por qué algunas noches se quedaba a dormir afuera o llegaba a acostarse cuando los vecinos de St. John's Wood partían al trabajo. Le dio llave de la casa. «Lo único que le preocupaba es que me diera un baño un par de veces por semana», se reía Juan. «Porque, aunque no te lo creas, casi tres años de hippy callejero me quitaron la costumbre de la ducha. En casa de Mrs. Stubard, poco a poco, fui redescubriendo la perversión miraflorina de la ducha diaria.»

Además de ayudarla en el jardín, en la cocina, a pasear a Esther y sacar a la calle el tarro de la basura, Juan tenía con Mrs. Stubard largas pláticas familiares, cada uno con una taza de té en las manos y una fuente de galletitas de jengibre frente a ellos. Él le contaba cosas del Perú y ella de una Inglaterra que, desde la perspectiva del *swinging London,* parecía prehistórica: niños y niñas que hasta los dieciséis años permanecían en severos internados y donde, salvo en los barrios mal afamados de Soho, St. Pancras y el East End, la vida cesaba a las nueve de la noche. La única diversión que se permitían Mrs. Stubard y su esposo era ir de vez en cuando a algún concierto o a alguna ópera en el Covent Garden. En las vacaciones de verano pasaban una semana en Bristol, en casa de unos cuñados, y otra en los lagos de Escocia, que a su esposo le encantaban. Mrs. Stubard nunca había salido de Gran Bretaña. Pero se interesaba por las cosas del mundo: leía *The Times* con atención, empezando por las necrológicas, y escuchaba en la radio las noticias de la BBC a la una y a las ocho de la noche. Nunca se le había pasado por la cabeza comprar un aparato de televisión e iba al cine rara vez. Pero tenía un tocadiscos, donde oía sinfonías de Mozart, de Beethoven y de Benjamin Britten.

Un buen día vino a tomar el té con ella su sobrino Charles, el único pariente cercano que le quedaba. Era preparador de caballos en Newmarket, todo un personaje según su tía. Y debía de serlo, a juzgar por el Jaguar rojo que estacionó en la puerta de la casa. Joven y jovial, de rubios pelos crespos y cachetes encarnados, se sorprendió de que en la casa no hubiera una sola botella de *good Scotch* y que tuviera que contentarse con una copa de un vinito dulce de moscatel que, después del té y los consabidos pastelitos de pepino y la torta de queso y limón, sacó Mrs. Stubard para agasajarlo. Se mostró muy cordial con Juan, aunque tuvo dificultad para situar en el mundo el exótico país del que procedía el hippy de la casa —confundía al Perú con México—, algo que él mismo se censuró con espíritu deportivo: «Me compraré un mapamundi y un ma-

nual de geografía para no volver a meter la pata como hoy».
Se quedó hasta el anochecer, contando anécdotas de los
pura sangre que preparaba en Newmarket para las carreras. Y les confesó que había resultado preparador porque
no pudo ser jockey, debido a su contextura robusta. «Ser
jockey es terriblemente sacrificado, pero, también, la profesión más hermosa del mundo. ¡Ganar el Derby, triunfar
en Ascot, imagínense! Mejor que sacarse el primer premio
de la lotería.»

Antes de irse estuvo contemplando, complacido,
el carboncillo que Juan Barreto le había hecho a Esther.
«Ésta es una obra de arte», dictaminó. «Yo, en mis aden-
tros, me reía de él tomándolo por un palurdo», se recrimi-
naba Juan Barreto.

Algún tiempito después mi amigo recibió unas líneas que, luego del encuentro callejero con Mrs. Stubard
y Esther, cambiaron definitivamente el rumbo de su vida.
¿Se animaría el «artista» a pintar un retrato de *Primrose,* la
yegua estrella del establo de Mr. Patrick Chick, a la que él
preparaba, y cuyo dueño, feliz con las satisfacciones que le
daba en los hipódromos, quería eternizarla en un óleo? Le
ofrecía 200 libras si el retrato le gustaba; si no, Juan podría quedarse con la tela y recibiría 50 *pounds* por el esfuerzo. «Todavía me zumban las orejas del vértigo que tuve leyendo aquella carta de Charles.» Juan revolvía los ojos
con excitación retrospectiva.

Gracias a *Primrose,* a Charles y a Mr. Chick, Juan
Barreto dejó de ser un hippy insolvente y pasó a ser un
hippy de salón, al que su talento para inmortalizar en las
telas a potrancas, yeguas, reproductores y corredores («bi-
chos de los que yo era completamente ignorante») fue
abriendo poco a poco las puertas de las casas de los dueños
y criadores de caballos de Newmarket. A Mr. Chick el óleo
de *Primrose* le gustó y le alcanzó al maravillado Juan Barre-

to las 200 libras prometidas. Lo primero que hizo Juan fue comprarle a Mrs. Stubard un sombrerito con flores y un paraguas que hacía juego con él.

Habían pasado cuatro años desde entonces. Juan no se acababa de creer del todo la fantástica mutación de su fortuna. Había pintado por lo menos un centenar de óleos de caballos e innumerables dibujos, apuntes, bocetos a lápiz y a carboncillo y tenía tanto trabajo que los dueños de establos de Newmarket debían esperar semanas para que atendiera sus pedidos. Se había comprado una casita en el campo a medio camino entre Cambridge y Newmarket y un *pied-à-terre* en Earl's Court, para sus temporadas en Londres. Todas las veces que venía a la ciudad iba a visitar a su hada madrina y a sacar de paseo a Esther. Cuando la perrita murió él y Mrs. Stubard la enterraron en el jardín de la casa.

Vi a Juan Barreto varias veces en el curso de aquel año, en todas mis idas a Londres, y lo tuve alojado unos días en mi piso de París durante unas vacaciones que se tomó para ver en el Grand Palais una exposición dedicada a «El Siglo de Rembrandt». La moda hippy había entrado en Francia apenas y las gentes se volvían en la calle a mirar a Juan por su indumentaria. Era una excelente persona. Cada vez que yo iba a Londres a trabajar le avisaba con antelación y él se las arreglaba para dejar Newmarket y darme por lo menos una noche de música pop y disipación londinense. Gracias a él hice cosas que nunca había hecho, pasar noches blancas en discotecas o en fiestas hippies en las que el olor de la hierba impregnaba el aire y se servían unos pasteles preparados con hachís que disparaban al novato que era yo en unos gelatinosos viajes suprasensibles, a veces divertidos y a veces pesadillescos.

Lo que resultó para mí más sorprendente —y agradable, por qué no— fue lo fácil que resultaba en esas fiestas acariciar y hacer el amor a cualquier chica. Sólo entonces descubrí hasta qué punto se habían ensanchado los marcos morales en los que yo había sido educado por mi tía Alberta y que, en cierta forma, seguían regulando más o menos mi vida en París. Las francesas tenían, en el imaginario universal, la fama de ser libres, desprejuiciadas y de no oponer demasiados remilgos a la hora de irse a la cama con un varón, pero, en verdad, quienes llevaron esa libertad a un extremo sin precedentes fueron las chicas y los chicos de la revolución hippy londinense, que, por lo menos en el círculo de conocidos de Juan Barreto, se iban a la cama con el desconocido o la desconocida con quien acababan de bailar y volvían al poco rato como si nada a seguir la fiesta y repetir el plato.

—La vida que has llevado en París es la de un funcionario de la Unesco, Ricardo —se burlaba Juan—, la de un miraflorino puritano. Te aseguro que en muchos ambientes de París hay la misma libertad que aquí.

Seguramente era verdad. Mi vida parisina —mi vida, en general— había sido bastante sobria, incluso en los períodos sin contrato de trabajo, en los que, casi siempre, en lugar de echar una cana al aire, me dedicaba a perfeccionar el ruso con un profesor particular, porque, aunque podía interpretarlo, no me sentía tan seguro con la lengua de Tolstoi y Dostoievski como con el inglés y el francés. Le había tomado el gusto y leía en ruso más que en ningún otro idioma. Aquellos esporádicos fines de semana en Inglaterra, participando en las noches de música pop, hierba y sexo del *swinging London,* marcaron una inflexión en lo que había sido antes (y seguiría siendo después) una vida muy austera. Pero en aquellos fines de semana londinenses, que me regalaba a mí mismo luego de terminar un contrato de trabajo, gracias al retratista de caballos terminé haciendo cosas en las que no me reconocía:

bailar como un desmelenado y sin zapatos, fumar hierba o mascar pepitas de peyote y, casi siempre, como remate de esas noches agitadas, hacer el amor, a menudo en los lugares más inaparentes, bajo las mesas, en cuartos de baño minúsculos, en clósets, en jardines, con alguna chica, a veces muy joven, con la que apenas cambiábamos palabra y de cuyo nombre no volvería a acordarme después de aquella vez.

Juan insistió mucho, desde nuestro primer encuentro, en que cada vez que fuera a Londres me quedara en su *pied-à-terre* de Earl's Court. Él lo ocupaba apenas porque la mayor parte del tiempo la pasaba en Newmarket transfiriendo equinos de la realidad a las telas. Yo le haría un favor desapolillando el pisito de cuando en cuando. Si coincidíamos en Londres, tampoco habría problema porque él podía dormir donde Mrs. Stubard —seguía conservando su cuarto— y, en último caso, en su *pied-à-terre* se podía instalar una cama plegable en el único dormitorio. Insistió tanto que, al final, acepté. Como no permitió que le pagara ni un centavo por el alquiler, yo trataba de compensarlo trayéndole cada vez, de París, alguna buena botella de Bordeaux, unos quesos Camembert o Brie y unas latitas de *pâté de foie* que le hacían brillar los ojos. Juan era ahora un hippy que no hacía dietas ni creía en el vegetarianismo.

Me gustó mucho Earl's Court, me enamoré de su fauna. El barrio respiraba juventud, música, unas vidas sin orejeras ni cálculos, grandes dosis de ingenuidad, la voluntad de vivir al día, fuera de la moral y los valores convencionales, buscando un placer que rehuía los viejos mitos burgueses de la felicidad —el dinero, el poder, la familia, la posición, el éxito social— y lo encontraba en formas simples y pasivas de existencia: la música, los paraísos artificiales, la promiscuidad y un absoluto desinterés por el resto de los problemas que sacudían a la sociedad. Con su hedonismo tranquilo, pacífico, los hippies no hacían daño a nadie; tampoco ejercían el apostolado, no querían convencer ni reclutar a esas gentes con las que habían roto para llevar su vida alternativa: querían que los dejaran en paz, absortos en su egoísmo frugal y su sueño psicodélico.

Yo sabía que nunca sería uno de ellos, porque, pese a creerme una persona bastante libre de prejuicios, jamás me sentiría natural dejándome crecer los pelos hasta los hombros o vistiéndome con capas, collares y blusas tornasoladas, ni practicando entreveros sexuales colectivos. Pero sentía una gran simpatía y hasta una envidia melancólica por esos muchachos y muchachas, entregados sin la menor aprensión al confuso idealismo que guiaba sus conductas y sin imaginar los riesgos que por todo ello estaban obligados a correr.

Todavía en esos años, aunque no por mucho tiempo más, los empleados de los bancos, aseguradoras y compañías financieras de la City vestían el atuendo tradicional de pantalón a rayas, chaqueta negra, sombrerito bombín y el infaltable paraguas negro bajo el brazo. Pero, en las callecitas de casas de dos o tres pisos, con jardincillos a la entrada y en la parte trasera, de Earl's Court, se veía a las gentes vestidas como si fueran a un baile de disfraces, incluso en harapos, a menudo descalzas, pero siempre con un sentido estético aguzado, buscando lo llamativo, lo exótico, lo distinto, y con detalles de picardía y humor. A mí me maravillaba mi vecina, Marina, una colombiana que había venido a Londres a estudiar danza. Tenía un hámster que constantemente se le escapaba al *pied-à-terre* de Juan y a mí me daba tremendos sustos pues solía treparse a la cama y acurrucarse entre las sábanas. Marina, aunque vivía con grandes apuros de dinero y debía de tener muy poca ropa, rara vez se vestía dos veces de la misma manera: aparecía un día con unos grandes overoles de payaso y un tongo en la cabeza y al día siguiente con una minifalda que prácticamente no dejaba ningún secreto de su cuerpo librado a la fantasía de los paseantes. Un día me la encontré en la estación de Earl's Court montada en unos zancos y con la cara desfigurada por la *Union Jack*, la bandera británica, pintada de oreja a oreja.

Muchos hippies, acaso la mayoría, procedían de la clase media o alta, y su rebelión era familiar, dirigida contra la regulada vida de sus padres, contra lo que consideraban la hipocresía de sus costumbres puritanas y las fachadas sociales tras las que escondían su egoísmo, su espíritu insular y su falta de imaginación. Eran simpáticos su pacifismo, su naturismo, su vegetarianismo, su afanosa búsqueda de una vida espiritual que diera trascendencia a su rechazo de un mundo materialista y roído por prejuicios clasistas, sociales y sexuales con el que no querían saber nada. Pero todo ello era anárquico, espontáneo, sin centro ni dirección, ni siquiera ideas, porque los hippies —por lo menos los que conocí y observé de cerca—, aunque decían identificarse con la poesía de los *beatniks* —Allen Ginsberg hizo un recital de sus poemas en Trafalgar Square en el que cantó y bailó danzas hindúes y al que asistieron miles de jóvenes—, lo cierto es que leían muy poco o no leían nada. Su filosofía no estaba basada en el pensamiento y la razón sino en los sentimientos: en el *feeling*.

Una mañana en que me hallaba en el *pied-à-terre* de Juan dedicado a la prosaica tarea de planchar unas camisas y calzoncillos que acababa de lavar en la Laundromat de Earl's Court, me tocaron la puerta. Abrí y me encontré con media docena de muchachos rapados al coco, que llevaban botas comando, pantalones cortos y casacas de cuero de corte militar, algunos de ellos con cruces y medallas guerreras en el pecho. Me preguntaron por el pub

Swag and Tails, que estaba a la vuelta de la esquina. Fueron los primeros *skin heads* (cabezas rapadas) que vi. Desde entonces, esas pandillas aparecían de cuando en cuando por el barrio, a veces armados de garrotes, y los benignos hippies que habían extendido en las veredas sus mantas para vender sus chucherías artesanales tenían que salir volando, algunos con sus criaturas en los brazos, porque los *skin heads* les profesaban un odio cerril. No era sólo un odio a su modo de vida sino también clasista, porque esos matones, jugando a los SS, procedían de sectores obreros y marginales y encarnaban su propio tipo de rebelión. Se convirtieron en las fuerzas de choque de un partido minúsculo, el National Front, racista, que pedía la expulsión de los negros de Inglaterra. Su ídolo era Enoch Powell, un parlamentario conservador que, en un discurso que causó revuelo, había profetizado de manera apocalíptica que «correrían ríos de sangre en Gran Bretaña» si no se atajaba la inmigración. La aparición de los cabezas rapadas creó cierta tensión y hubo algunos hechos de violencia en el barrio, pero aislados. En lo que a mí concierne, todas esas cortas estancias en Earl's Court fueron muy gratas. Hasta el tío Ataúlfo lo advirtió. Nos escribíamos con cierta frecuencia; yo le contaba mis descubrimientos londinenses y él me daba sus quejas sobre los desastres económicos que la dictadura del general Velasco Alvarado comenzaba a causar en el Perú. En una de sus cartas, me dijo: «Veo que lo pasas muy bien en Londres, que esa ciudad te hace feliz».

El barrio se había llenado de pequeños cafés y restaurantes vegetarianos, y casas donde se ofrecían todas las variedades de té de la India, atendidas por chicas y chicos hippies que preparaban ellos mismos esas perfumadas infusiones a la vista del cliente. El desprecio de los hippies al mundo industrial los había incitado a resucitar la artesa-

nía en todas sus formas y a mitificar el trabajo manual: te-
jían bolsas, confeccionaban sandalias, aros, collares, túni-
cas, turbantes, colguijos. A mí me encantaba ir a sentarme
a leer allí, como lo hacía en los *bistrots* de París —pero
qué distinto era el ambiente de cada sitio—, sobre todo
a un garaje con cuatro mesitas, donde atendía Annette,
una chica francesa de largos cabellos sujetados en trenza y
unos pies muy bonitos, con la que solíamos tener largas
conversaciones sobre las diferencias entre el yoga asanas y
el yoga pranayama, de los que ella parecía saber todo y yo
nada.

El *pied-à-terre* de Juan era minúsculo, alegre y aco-
gedor. Estaba en el primer piso de una casa de dos plantas, dividida y subdividida en pequeños apartamentos, y
constaba de un solo dormitorio, con un bañito y una co-
cinilla empotrada. La habitación era amplia, con dos ventanales que le aseguraban una buena ventilación y una excelente vista sobre Philbeach Gardens, callecita en forma
de medialuna, y sobre el jardín interior, al que la falta de
cuidado había convertido en un hirsuto bosquecillo. En
una época, en ese jardín hubo una carpa sioux en la que
vivía una pareja de hippies con dos niñitos que gateaban.
Ella venía al *pied-à-terre* a calentar los biberones de sus hijos y me enseñaba una manera de respirar reteniendo el
aire y paseándolo por todo el cuerpo que, me decía muy
seria, evaporaba todas las tendencias belicosas del instinto
humano.

Además de la cama, el cuarto tenía una gran mesa llena de objetos raros comprados por Juan Barreto en
Portobello Road y, en las paredes, multitud de grabados,
algunas imágenes del Perú —el inevitable Machu Picchu
en lugar preferente— y fotos de Juan con gentes diversas
y en lugares distintos. Y un alto de cajas donde guardaba
libros y revistas. Había también algunos libros en una re-

pisa, pero lo que abundaba en el lugar eran los discos: tenía una excelente colección de rock-and-roll y de música pop, inglesa y norteamericana, en torno a un aparato de radio y tocadiscos de primera calidad.

Un día en que por tercera o cuarta vez examinaba las fotografías de Juan —la más divertida era una tomada en el paraíso equino de Newmarket, en la que mi amigo aparecía montado en un pura sangre de soberbia estampa coronado con una herradura de flores de acanto cuyas riendas sujetaban un jockey y un señor rozagante, sin duda el propietario, ambos riéndose del pobre jinete que parecía muy inseguro arriba de ese Pegaso—, una de las fotos me llamó la atención. Tomada en medio de una fiesta, las personas risueñas que miraban a la cámara, tres o cuatro parejas, iban muy bien vestidas y con copas en las manos. ¿Qué? Un mero parecido. Volví a escudriñarla y deseché la idea. Ese día regresaba a París. Los dos meses que estuve sin volver a Londres aquella sospecha me estuvo rondando hasta volverse una idea fija. ¿Podía ser que la ex chilenita, la ex guerrillera, la ex madame Arnoux, estuviera ahora en Newmarket? Me lo pregunté muchas veces, acariciando entre los dedos la escobillita Guerlain que ella dejó en mi departamento el último día que la vi y que yo llevaba siempre conmigo, como un amuleto. Demasiado improbable, demasiada casualidad, demasiado todo. Pero no conseguí arrancarme la sospecha —la ilusión— de la cabeza. Y empecé a contar los días para que un nuevo contrato me devolviera al *pied-à-terre* de Earl's Court.

—¿La conoces? —se sorprendió Juan, cuando por fin pude señalarle la foto e interrogarlo—. Es Mrs. Richardson, la mujer de ese tipo tan *flamboyant* que ves allí, medio zampado. De origen mexicano, creo. Habla un inglés graciosísimo, te morirías de risa si la oyes. ¿Seguro que la conoces?

—No, no es la persona que creía.

Pero estuve totalmente seguro de que sí era. Aquello del «inglés graciosísimo» y su origen «mexicano» me convencieron. Tenía que ser ella. Y aunque, muchas veces, en los cuatro años corridos desde que desapareció de París me había dicho que era mucho mejor que hubiera sido así, porque aquella peruanita aventurera había causado ya bastantes desarreglos en mi vida, cuando tuve la certidumbre de que había reaparecido en una nueva encarnación de su mudable identidad, apenas a cincuenta millas de Londres, sentí un desasosiego, una urgencia irresistibles de ir a Newmarket y volver a verla. Pasé muchas noches —Juan dormía donde Mrs. Stubard— íntegramente despierto, en un estado de ansiedad que me hacía latir el corazón como atacado de taquicardia. ¿Era posible que hubiera llegado allá? ¿Qué aventuras, enredos, temeridades, la habían catapultado a ese enclave de la sociedad más exclusiva del mundo? No me atreví a hacerle más preguntas a Juan Barreto sobre Mrs. Richardson. Temía que si confirmaba la identidad de nuestra compatriota, ésta se viera en un embrollo de los mil diablos. Si se hacía pasar por mexicana en Newmarket, por algo turbio sería. Concebí una estrategia sinuosa. De una manera indirecta, sin volver a mencionar para nada a la dama de la fotografía, trataría de que Juan me llevara a conocer ese edén de la hípica. Aquella larga noche de palpitaciones y desvelo, e, incluso, de una violenta erección, llegué, en un momento, a tener un ataque de celos con mi amigo. Imaginaba que el retratista equino no sólo pintaba óleos en Newmarket, sino que además entretenía en sus ratos de ocio a las aburridas esposas de los dueños de establos y, acaso, entre sus conquistas figuraba Mrs. Richardson.

¿Por qué no tenía Juan una pareja estable, como tantos otros hippies? En las fiestas a las que me llevaba casi siempre terminaba desapareciéndose con una chica, y a veces hasta con dos. Pero, una noche, me sorprendí viéndolo acariciar y besar en la boca con mucho ímpetu a un muchachito pelirrojo, delgado como un canuto, al que estrujaba en sus brazos con furia amorosa.

—Espero que no te haya chocado lo que has visto —me dijo después, algo amoscado.

Le contesté que a mis treinta y cinco años ya nada me chocaba en el mundo y aún menos que otras cosas que los seres humanos hicieran el amor al derecho o al revés.

—Yo lo hago de las dos maneras y así soy feliz, viejo —me confesó, distendiéndose—. Creo que me gustan más las chicas que los chicos, pero en todo caso no me enamoraría de una ni de otro. El secreto de la felicidad, o, por lo menos, de la tranquilidad, es saber separar el sexo del amor. Y, si es posible, eliminar el amor romántico de tu vida, que es el que hace sufrir. Así se vive más tranquilo y se goza más, te aseguro.

Una filosofía que hubiera suscrito con puntos y comas la niña mala, pues la venía practicando sin duda desde siempre. Creo que ésa fue la única vez que hablamos —mejor dicho, habló él— de cosas íntimas. Llevaba una vida totalmente libre y promiscua, pero, al mismo tiempo, había conservado ese prurito tan extendido entre peruanos de evitar las confidencias en materia sexual y tocar siempre el tema de manera velada e indirecta. Nuestras conversaciones versaban principalmente sobre el lejano Perú, del que nos llegaban noticias cada vez más ruinosas sobre las grandes nacionalizaciones de haciendas y empresas de la dictadura militar del general Velasco, que, según las cartas de mi tío Ataúlfo, cada día más desmoralizadas, nos iban a retroceder a la Edad de Piedra. Aquella vez, Juan me confesó también que, aunque en Londres buscaba todas las ocasiones de aplacar sus apetitos («Ya lo he visto», le bromeé), en Newmarket se comportaba como un casto varón, pese a que no le faltaban posibilidades de diversión. Pero no quería, por algún enredo de cama, comprometer el ganapán que le había dado una seguridad y unos ingresos que no pensó alcanzar jamás. «Yo también tengo treinta y cinco años, y, ya lo habrás visto, esa edad, aquí en Earl's Court, es la ancianidad.» Era cierto: la juventud física y mental de los pobladores de ese barrio londinense a ratos me hacían sentirme prehistórico.

Me costó buen tiempo y una delicada maraña de insinuaciones y preguntas de apariencia anodina, ir empujando a Juan Barreto a que me llevara a conocer Newmarket, el célebre lugar de Suffolk que desde mediados del siglo XVIII encarnaba la pasión albiónica por los pura sangre. Le hacía muchas preguntas. Cómo eran las gentes de allí, las casas donde vivían, los rituales y tradiciones de que se rodeaban, las relaciones entre propietarios, jockeys y preparadores. Y en qué consistían las subastas en el Tattersalls en que se pagaban esas sumas extraordinarias por los caballos estrellas y cómo era posible que se subastara un caballo por partes, como si fuera desarmable. A todo lo que él me contaba, yo poco menos que aplaudía —«qué interesante, hombre»—, poniendo una cara entusiasmada: «Qué suerte que hayas podido conocer por adentro un mundo así, hermano».

Al fin, dio resultado. Había una subasta de caballos de cierre de temporada y, luego, un criador italiano casado con una inglesa, el *signor* Ariosti, daba una cena en su casa a la que invitó a Juan. Mi amigo le preguntó si podía llevar a un compatriota y aquél dijo que encantado. Los diecisiete días que debí esperar para que llegara aquella fecha los recuerdo como unas nebulosas con súbitos ataques de sudor frío y exaltaciones de adolescente, imaginando que iba a ver a la peruanita, y unas noches insomnes en las que no hacía otra cosa que recriminarme: era un imbécil reincidente por seguir enamorado de una loca, de una aventurera, de una mujercita sin escrúpulos con la que ningún hombre, y yo menos que cualquier otro, podría mantener una relación estable, sin terminar pisoteado. Pero, en los intervalos de esos soliloquios masoquistas, sobrevenían otros, de alegría e ilusión: ¿habría cambiado mucho? ¿Conservaría esa manerita atrevida que tanto me atraía, o vivir en el mundo estratificado de los caballistas ingleses la habría domesticado y anulado? El día que tomamos el tren a Newmarket —había que cambiar de línea en la estación de Cambridge— me asaltó la idea de que todo aquello era una elucubración fantasiosa y que la tal Mrs. Richardson era efectivamente nada más y nada menos que una pinche señora de origen mexicano. «Y qué tal si has estado todo este tiempo corriéndote una paja, Ricardito.»

La casa de Juan Barreto en el campo, a un par de millas de Newmarket, de madera, de un solo piso, rodeada de sauces y hortensias, más parecía taller de artista que vivienda. Atestada de botes de pintura, caballetes, telas montadas sobre bastidores, cuadernos de bocetos y libros de arte, también había muchos discos regados por el suelo, alrededor de un estupendo aparato para oírlos. Juan tenía un Mini Minor, que nunca llevaba a Londres, y aquella tarde me dio una vuelta en su pequeño vehículo por todo Newmarket, misteriosa ciudad dispersa, que prácticamente carecía de centro. Me llevó a conocer el encopetado Jockey Club y el Museo de Horse Racing. La verdadera ciudad no era el puñado de casas alrededor de Newmarket High Street donde había una iglesia, algunos comercios y una que otra lavandería con monedas y un par de restaurantes, sino las bellas viviendas diseminadas por la chata campiña, en torno de las cuales se divisaban los establos, las caballerizas y sus pistas de entrenamiento, que Juan me iba señalando, nombrándome a sus dueños y dueñas y contándome anécdotas sobre ellos. Yo apenas lo oía. Toda mi atención estaba concentrada en las gentes que cruzábamos con la esperanza de que apareciera de pronto entre ellas la silueta femenina que buscaba.

No apareció, ni en ese paseo, ni en el pequeño restaurante indio donde Juan me llevó esa noche a comer un *curry tandoori*, ni tampoco al día siguiente, en la larga, interminable subasta de yeguas y potrancas y caballos de carrera y sementales en el Tattersalls, que se celebró bajo una gran carpa de lona. Yo me aburrí soberanamente. Me sorprendió el número de árabes que había allí, algunos en chilabas, pujando en cada remate y pagando a veces sumas astronómicas, que yo nunca sospeché pudieran pagarse por un cuadrúpedo. Ninguna de las muchas personas que Juan me presentó durante la subasta, y en los descansos en que los asistentes tomaban champagne y comían zanahorias, pepinos y arenques en vasos y platos de cartón, pronunció el nombre que esperaba: Mr. David Richardson.

Pero, esa noche, nada más entrar a la suntuosa mansión del *signor* Ariosti, sentí que de golpe se me secaba la garganta y que me dolían las uñas de manos y pies. Ahí estaba, a menos de diez metros, sentada en el brazo de un sofá, con una larga copa en la mano. Me miraba como si no me hubiera visto nunca en la vida. Antes de que yo pudiera dirigirle la palabra o acercarle la cara para besarle la mejilla, me estiró una mano desganada y me saludó en inglés como al perfecto extranjero: «*How do you do?*». Y, sin darme tiempo a responderle, me volvió la espalda y se enfrascó de nuevo en la charla con la gente que la rodeaba. Al poco rato la oí contar, con el más absoluto desparpajo y en un inglés aproximado pero muy expresivo, cómo su padre la llevaba a ella de niña en la Ciudad de México, todas las semanas, a un concierto o a una ópera. Así le había inculcado una pasión precoz por la música clásica.

No había cambiado mucho en estos cuatro años. Tenía siempre la fachita esbelta, bien formada, de cintura estrecha, las piernas delgaditas y torneadas y los tobillos tan finos y quebradizos como las muñecas. Parecía más segura de sí misma y más desenvuelta que antes y movía la cabeza al final de cada frase con estudiada displicencia. Se había aclarado algo el pelo y lo llevaba más largo que en París, con unas ondas que no le recordaba; su maquillaje era más sencillo y natural que el recargado que acostumbraba llevar madame Arnoux. Vestía una falda muy corta, según la moda, que mostraba sus rodillas y una blusita escotada que dejaba al aire sus lindos hombros lisos y sedosos y destacaba su cuello, airoso estambre cercado por una cadenita de plata de la que colgaba una piedra preciosa, un zafiro tal vez, que con sus movimientos se balanceaba con picardía sobre la abertura donde asomaban sus senos paraditos. Divisé su anillo de casada en el anular de su mano izquierda, a la manera protestante. ¿Se habría convertido a la religión anglicana, también? Mr. Richardson, a quien Juan me presentó en la sala contigua, era un sesentón exuberante, con una camisa amarilla eléctrica y un pañuelo del mismo color que rebalsaba sobre su elegantísimo traje azul. Ebrio y eufórico, contaba chistes sobre sus andanzas por Japón que divertían mucho al corro de invitados que lo rodeaba, al mismo tiempo que les llenaba las copas con una botella de Dom Perignon que aparecía y reaparecía en sus manos como por arte de magia. Juan me explicó que era un hombre muy rico, que pasaba parte del año haciendo negocios en Asia, pero que el norte de su vida era la pasión aristócrata por excelencia: los caballos.

El centenar de personas que llenaba las estancias y el porche, frente al que se abría un vasto jardín con una piscina de azulejos iluminada, respondía más o menos a lo que Juan Barreto me había anunciado: un mundo muy inglés, al que se habían integrado algunos caballistas forasteros, como el dueño de casa, el *signor* Ariosti, o mi exótica compatriota disfrazada de mexicana, Mrs. Richardson. Todo el mundo andaba bastante bebido, y todos parecían conocerse mucho y comunicarse en un lenguaje cifrado cuyo tema recurrente era la hípica. En un momento en que conseguí sentarme en el grupo que rodeaba a Mrs. Richardson, entendí que varias de esas personas, entre ellas la niña mala y su marido, habían ido hacía poco a Dubai, invitados en el avión privado de un jeque árabe, a la inauguración de un hipódromo. Los habían tratado a cuerpo de rey. Eso de que los musulmanes no bebían alcohol, decían, sería cierto para los musulmanes pobres, pero los otros, los caballistas de Dubai por ejemplo, bebían y atendían a sus huéspedes con los vinos y el champagne más exquisitos de Francia.

Pese a mis esfuerzos, no conseguí en el curso de la larga noche cambiar palabra con Mrs. Richardson. Cada vez que, guardando ciertas formas, me le acercaba, ella se alejaba, con el pretexto de ir a saludar a alguien, llegarse al buffet o al bar, o poniéndose a secretearse con una amiga. Y tampoco conseguí cruzar con ella una mirada, pues, aunque no me cabía la menor duda de que era perfectamente consciente de que yo estaba siempre persiguiéndola con la vista, no me daba la cara jamás, y, por el contrario, siempre se las arreglaba para ofrecerme la espalda o el perfil. Era verdad lo que me había dicho Juan Barreto: su inglés era primario y a ratos incomprensible, trufado de incorrecciones, pero lo hablaba con tanta frescura y convicción y con una musiquita latinoamericana tan simpática, que resultaba gracioso, además de expresivo. Para llenar los vacíos, acompañaba sus palabras con una gesticulación incesante y unos visajes y expresiones que eran un consumado espectáculo de coquetería.

Charles, el sobrino de Mrs. Stubard, resultó un muchacho encantador. Me contó que, por culpa de Juan, había comenzado a leer libros de viajeros ingleses por el Perú y que estaba planeando ir a pasar unas vacaciones en el Cusco y hacer el *trekking* hasta Machu Picchu. Quería convencer a Juan para que lo acompañara. Si yo quería sumarme a la aventura, *welcome.*

A eso de las dos de la mañana, cuando la gente comenzaba a despedirse del *signor* Ariosti, en un súbito arranque al que debieron incitarme las numerosas copas de champagne que llevaba encima, me aparté de una pareja que me interrogaba sobre mis experiencias como intérprete profesional, y esquivé a mi amigo Juan Barreto, que por cuarta o quinta vez en la noche quería arrastrarme a una salita a admirar el retrato de cuerpo entero que había pintado de *Belicoso,* una de las estrellas del establo del dueño de casa, y crucé el salón hacia el grupo donde estaba Mrs. Richardson. La cogí del brazo con fuerza, y, sonriéndole, la obligué a apartarse de quienes la rodeaban. Me miró con un desagrado que le torció la boca y le oí proferir las primeras palabrotas desde que la conocí:

—Suéltame, *fucking beast*—murmuró, entre dientes—. Suéltame, me vas a meter en un lío.

—Si no me llamas por teléfono, le diré a Mr. Richardson que estás casada en Francia y que te persigue la policía de Suiza por vaciar la cuenta secreta de monsieur Arnoux.

Y le puse en la mano un papelito con el teléfono del *pied-à-terre* de Juan en Earl's Court. Después de un instante de pasmo y mudez —su carita se volvió un rictus— lanzó una carcajada, abriendo mucho los ojos:

—*Oh, my God! You are learning,* niño bueno —exclamó, reponiéndose de la sorpresa, con un tonito de aprobación profesional.

Dio media vuelta y regresó al grupito del que yo la había arrancado.

Estuve segurísimo de que no me llamaría. Yo era un testigo incómodo de un pasado que ella quería borrar a toda costa; si no, jamás hubiera actuado como lo había hecho toda la noche, esquivándome de esa manera. Sin embargo, me llamó a Earl's Court dos días después, muy temprano. Apenas pudimos hablar porque, como solía hacerlo antaño, se limitó a darme órdenes:

—Te espero mañana, a las tres, en el Russell Hotel. ¿Conoces? En Russell Square, cerca del Museo Británico. Puntualidad inglesa, por favor.

Estuve allí con media hora de anticipación. Me sudaban las manos y respiraba con dificultad. El lugar no podía haber sido mejor elegido. El viejo hotel *belle époque,* con su fachada y sus largos pasillos estilo *pompier* oriental, parecía semivacío, y todavía más el bar de techo altísimo y paredes forradas de madera, con mesitas muy separadas y, algunas, escondidas entre tabiques y gruesas alfombras que apagaban las pisadas y la conversación. Detrás del mostrador, un mozo hojeaba el *Evening Standard.*

Llegó con unos minutos de atraso, vestida con un trajecito sastre de gamuza color malva, unos zapatitos y una cartera de cocodrilo negros, un collar de perlas de una vuelta y, en las manos, un solitario que relampagueaba. Llevaba en el brazo un impermeable gris y un paraguas de la misma tela y color. ¡Cuánto había progresado la camarada Arlette! Sin saludarme, ni sonreír, ni estirarme la mano, se sentó en el asiento frente a mí, cruzó las piernas y comenzó a reñirme:

—La otra noche hiciste una estupidez que no te perdono. No debiste dirigirme la palabra, no debiste cogerme del brazo, no debiste hablarme como si me conocieras. Has podido comprometerme, ¿no te dabas cuenta que tenías que disimular? ¿Dónde tienes la cabeza, Ricardito?

Era ella, tal cual. No nos veíamos hacía cuatro años y no se le ocurría preguntarme cómo estaba, qué había hecho todo este tiempo, echarme siquiera una sonrisa o una palabra simpática por el reencuentro. Iba a lo suyo, sin distraerse en nada más.

—Estás muy linda —le dije, hablando con cierta dificultad, debido a la emoción—. Más todavía que hace cuatro años, cuando te llamabas madame Arnoux. Te perdono tus insultos de la otra noche y tus majaderías de ahora, por lo linda que estás. Y, además, por si quieres saberlo, sí, sigo enamorado de ti. A pesar de todo. Loco por ti. Más que nunca antes. ¿Te acuerdas de la escobillita que me dejaste de recuerdo la última vez que nos vimos? Es ésta. Desde entonces la llevo conmigo a todas partes, en el bolsillo. Me he vuelto un fetichista, por ti. Gracias por estar tan linda, chilenita.

No se reía, pero en sus ojos color miel oscura había brotado la lucecita irónica de épocas pasadas. Cogió la escobillita, la examinó y me la devolvió, murmurando: «No sé de qué me hablas». Dejaba, sin la más mínima incomodidad, que la contemplara, a la vez que me observaba, estudiándome. Mis ojos la recorrían despacio, de abajo arriba, de arriba abajo, deteniéndose en sus rodillas, en su cuello, en sus orejitas semicubiertas por mechones de sus ahora claros cabellos, en sus manos tan cuidadas, de uñas largas pintadas color natural, y en su nariz que parecía haberse afilado. Dejó que le cogiera las manos y se las besara, pero con su proverbial indiferencia, sin hacer el menor gesto de reciprocidad.

—¿Iba en serio tu amenaza de la otra noche? —me preguntó, al fin.

—Muy en serio —le dije, besándole, dedo por dedo, las junturas, el dorso, la palma de cada mano—. Con los años, me he vuelto como tú. Todo vale para conseguir lo que uno quiere. Son tus palabras, niña mala. Y yo, lo sabes de sobra, lo único que de veras quiero en este mundo eres tú.

Zafó una de sus dos manos de las mías y me la pasó por la cabeza, despeinándome, en esa semicaricia un poco compasiva que ya me había hecho otras veces:

—No, tú no eres capaz de esas cosas —dijo, a media voz, como lamentando esa carencia de mi personalidad—. Pero, sí, debe ser cierto que todavía estás enamorado de mí.

Pidió té con *scones* para los dos y me explicó que su marido era un hombre muy celoso, y, lo peor, enfermo de celos retrospectivos. Husmeaba en su pasado como un lobo rapaz. Por eso, estaba obligada a ser muy cuidadosa. Si hubiera sospechado la otra noche que nos conocíamos, le habría hecho una escena. ¿No habría yo cometido la imprudencia de decirle a Juan Barreto quién era ella, no?

—No hubiera podido decírselo aunque hubiera querido —la tranquilicé—. Porque, la verdad, todavía no tengo la menor idea de quién eres tú.

Terminó por reírse. Dejó que le cogiera la cabeza con mis dos manos y le juntara los labios. Bajo los míos, que la besaban con avidez, con ternura, con todo el amor que le tenía, los suyos permanecieron inconmovibles.

—Te deseo —le susurré en el oído, mordisqueándole el borde de la oreja—. Estás más bella que nunca, peruanita. Te quiero, te deseo con toda mi alma, con todo mi cuerpo. En estos cuatro años no he hecho otra cosa que soñar contigo, que quererte y desearte. Y también maldecirte. Cada día, cada noche, todos los días.

Luego de un momento, me apartó con sus manos.

—Tú debes ser la última persona en el mundo que todavía dice esas cosas a las mujeres —sonreía, divertida, mirándome como a un bicho raro—. ¡Qué huachaferías me dices, Ricardito!

—Lo peor no es que las diga. Lo peor es que las siento. Sí, son verdad. Tú me conviertes en un personaje de telenovela. Nunca se las he dicho a nadie más que a ti.

—No debe vernos así nadie, jamás —dijo de pronto, cambiando de tono, ahora muy seria—. Lo último que quisiera es una pataleta de celos del pesado de mi marido. Y, ahora, tengo que irme, Ricardito.

—¿Tendré que esperar otros cuatro años para verte de nuevo?

—El viernes —precisó de inmediato, con una risita pícara, pasándome otra vez la mano por el pelo. Y, luego de una pausa efectista—: Aquí mismo. Tomaré un cuarto a tu nombre. No te preocupes, pichiruchi, lo pagaré yo. Tráete algún maletín, para disimular.

Le dije que estaba muy bien, pero que yo mismo me pagaría la habitación. No pensaba cambiar mi honesta profesión de intérprete por la de cafiche.

Echó una carcajada, ahora sí espontánea:

—¡Claro! —exclamó—. Tú eres un caballerito miraflorino y los caballeros no aceptan dinero de las mujeres.

Por tercera vez volvió a pasarme la mano por el pelo y esta vez yo se la cogí y la besé.

—¿Creías que iba a ir a acostarme contigo en ese cuchitril que te ha prestado el mariquita de Juan Barreto en Earl's Court? Todavía no te has dado cuenta que ahora yo estoy *at the top*.

Un minuto después se había ido, luego de indicarme que no saliera del Russell Hotel antes de un cuarto de hora, porque con David Richardson todo era posible, incluso que la hiciera seguir cada vez que venía a Londres por uno de esos detectives especializados en adulterios. Esperé los quince minutos y, luego, en vez de tomar el metro, di un larguísimo paseo bajo un cielo encapotado y amagos de una lluviecita menuda. Fui hasta Trafalgar Square, crucé St. James Park, Green Park, oliendo la hierba mojada y viendo gotear las ramas de los gruesos robles, bajé casi todo Brompton Road y una hora y media después llegué a la medialuna de Philbeach Gardens, fatigado y feliz. La larga caminata me había serenado y me permitía pensar, sin el tumulto de ideas y sensaciones caóticas en el que había vivido desde mi visita a Newmarket. ¿Cómo era posible que volver a verla después de tanto tiempo te trastornara así, Ricardito? Porque, era cierto todo lo que le había dicho: seguía loco por ella. Me bastó verla para reconocer que, aun a sabiendas de que cualquier relación con la niña mala estaba condenada al fracaso, lo único que realmente deseaba yo en la vida con esa pasión con que otros persiguen la fortuna, la gloria, el éxito, el poder, era tenerla a ella, con todas sus mentiras, sus enredos, su egoísmo y sus desapariciones. Una huachafería, sin duda, pero era verdad que hasta el viernes no haría otra cosa que maldecir la lentitud con que pasaban las horas que faltaban para el nuevo encuentro.

El viernes, cuando llegué al Russell Hotel, con un maletín de mano, el recepcionista, un hindú, me confirmó que la habitación estaba reservada a mi nombre por el día. Ya había sido pagada. Añadió que «mi secretaria» les había advertido que yo vendría de París con cierta frecuencia y que, si era así, el hotel vería la forma de hacerme un precio especial, como a los clientes fijos, «salvo en la estación alta». El cuarto tenía vista sobre Russell Square y, aunque no era pequeño, lo parecía, por lo atestado que estaba de objetos, mesillas, lamparillas, animalitos, grabados, y unas telas con guerreros mogoles de ojos desorbitados, retorcidas barbas y curvas cimitarras que parecían precipitarse sobre el lecho con muy malas intenciones.

La niña mala llegó media hora después que yo, envuelta en un entallado abrigo de cuero, un sombrerito que le hacía juego y unos botines hasta las rodillas. Además del bolso llevaba un cartapacio lleno de cuadernos y libros de unos cursos sobre arte moderno que, me explicó después, seguía tres veces por semana en Christie's. Antes de mirarme, echó una ojeada a la habitación e hizo un pequeño signo de asentimiento, aprobando. Cuando, por fin, se dignó mirarme, ya la tenía yo en mis brazos y había comenzado a desvestirla.

—Ten cuidado —me instruyó—. No me vayas a arrugar la ropa.

La desnudé con todas las precauciones del mundo, estudiando, como objetos preciosos y únicos, las prendas que llevaba encima, besando con unción cada centímetro de piel que aparecía a mi vista, aspirando el aura suave, ligeramente perfumada, que brotaba de su cuerpo. Ahora tenía una pequeña cicatriz casi invisible cerca de la ingle, pues la habían operado del apéndice, y llevaba el pubis más escarmenado que antaño. Sentía deseo, emoción, ternura, mientras besaba sus empeines, sus axilas fragantes, los insinuados huesecillos de la columna en su espalda y sus nalgas paraditas, delicadas al tacto como el terciopelo. Le besé los menudos pechos, largamente, loco de dicha.

—No te habrás olvidado lo que me gusta, niño bueno —me susurró al oído, por fin.

Y, sin esperar mi respuesta, se puso de espaldas, abriendo las piernas para hacer sitio a mi cabeza, a la vez que se cubría los ojos con el brazo derecho. Sentí que comenzaba a apartarse más y mejor de mí, del Russell Hotel, de Londres, a concentrarse totalmente, con esa intensidad que yo no había visto nunca en ninguna mujer, en ese placer suyo, solitario, personal, egoísta, que mis labios habían aprendido a darle. Lamiendo, sorbiendo, besando, mordisqueando su sexo pequeñito, la sentí humedecerse y vibrar. Se demoró mucho en terminar. Pero qué delicioso y exaltante era sentirla ronroneando, meciéndose, sumida en el vértigo del deseo, hasta que, por fin, un largo gemido estremeció su cuerpecito de pies a cabeza. «Ven, ven», susurró, ahogada. Entré en ella con facilidad y la apreté con tanta fuerza que salió de la inercia en que la había dejado el orgasmo. Se quejó, retorciéndose, tratando de zafarse de mi cuerpo, quejándose: «Me aplastas».

Con mi boca pegada a la suya, le rogué:

—Por una vez en tu vida, dime que me quieres, niña mala. Aunque no sea cierto, dímelo. Quiero saber cómo suena, siquiera una vez.

Después, cuando habíamos terminado de hacer el amor, y conversábamos, desnudos sobre la colcha amarilla, amenazados por los fieros guerreros mogoles y yo le acariciaba los pechos, la cintura, besaba la casi invisible cicatriz y jugaba con su liso vientre, pegando el oído a su ombligo y escuchando los rumores profundos de su cuerpo, le pregunté por qué no me había dado gusto, diciéndome esa pequeña mentira al oído. ¿No la había dicho tantas veces, a tantos?

—Por eso —me respondió en el acto, sin piedad—. Yo nunca he dicho «te quiero», «te amo», sintiéndolo de verdad. A nadie. Sólo he dicho esas cosas de a mentiras. Porque yo nunca he querido a nadie, Ricardito. Les he mentido a todos, siempre. Creo que el único hombre al que nunca le he mentido en la cama has sido tú.

—Vaya, viniendo de ti, eso es toda una declaración de amor.

¿Había conseguido por fin eso que había buscado tanto, ahora que estaba casada con un hombre rico y poderoso?

Una sombra veló sus ojos y su voz se empañó:

—Sí y no. Porque, aunque ahora tengo seguridad y puedo comprarme lo que quiero, estoy obligada a vivir en Newmarket y a pasarme la vida hablando de caballos.

Lo dijo con una amargura que parecía salirle del fondo del alma. Y, entonces, de pronto, se sinceró conmigo de una manera inesperada, como si no pudiera ya guardar adentro todo aquello. Odiaba los caballos con todas sus fuerzas y también a todas sus amistades y relaciones de Newmarket, propietarios, preparadores, jockeys, empleados, palafreneros, perros y gatos y todas las personas que directa o indirectamente tenían que ver con los equinos, malditos engendros que, además, eran el único tema de conversación y preocupación de esa horrible gente que la rodeaba. No sólo en los hipódromos, en las pistas de entrenamiento, en los establos, también en las cenas, las recepciones, los matrimonios, los cumpleaños y en los encuentros casuales las gentes de Newmarket hablaban de las enfermedades, accidentes, aprontes, proezas o desgracias de los horribles cuadrúpedos. A ella esta vida había conseguido amargarle los días, y hasta las noches, porque, últimamente, tenía pesadillas con los caballos de Newmarket. Y, aunque no me lo dijo, era fácil adivinar que de su odio inconmensurable hacia los caballos y Newmarket tampoco se libraba su marido. Mr. David Richardson, compadecido de las angustias y depresiones de su mujer, le había dado permiso desde hacía algunos meses para que viniera a Londres —ciudad a la que la fauna de Newmarket detestaba y en la que rara vez ponía los pies— a seguir cursillos de historia del arte en Christie's y Sotheby's, a tomar clases de arreglos florales en Out of the Bloom, en Camden, y hasta sesiones de yoga y de meditación trascendental en un *ashram* de Chelsea que la distrajeran un poco de los estragos psicológicos que le causaba la hípica.

—Vaya, vaya, niña mala —me burlé yo, encantado de oír lo que me contaba—. ¿Descubriste que no siempre el dinero es la felicidad? ¿Tengo esperanzas, pues, de que un día de éstos despidas a Mr. Richardson y te cases conmigo? París es más divertido que el infierno caballuno de Suffolk, como sabes.

Pero ella no tenía ganas de bromear. Su disgusto por Newmarket era todavía más grave de lo que me pareció aquella vez, un verdadero trauma. Creo que ni una sola tarde, de las muchas en que nos vimos e hicimos el amor en el curso de los dos años siguientes en las distintas habitaciones del Russell Hotel —llegué a tener la impresión de que las conocía todas de memoria—, dejó la niña mala de desfogarse conmigo, vociferando contra los caballos y la gente de Newmarket, cuya vida le parecía monótona, estúpida, la más tonta del mundo. ¿Por qué, si era tan infeliz con la existencia que llevaba, no le ponía término? ¿Qué esperaba para separarse de David Richardson, un hombre con el que evidentemente no se había casado por amor?

—No me atrevo a pedirle el divorcio —me reconoció, una de esas tardes—. No sé qué me pasaría.

—No te pasaría nada. ¿Estás casada con todas las de la ley, no? Aquí las parejas se descasan sin ningún problema.

—No lo sé —me dijo ella, yendo en las confidencias un poco más lejos que de costumbre—. Nos casamos en Gibraltar y no estoy segura de que mi matrimonio tenga la misma validez aquí. Tampoco sé cómo averiguarlo sin que David se entere. Tú no conoces a los ricos, niño bueno. Y menos a David. Para casarse conmigo, tramó con sus abogados un divorcio en el que dejó a su primera mujer poco menos que en la calle. No quiero que me pase lo mismo. Él tiene los mejores abogados, las mejores relaciones. Y yo, en Inglaterra, soy menos que nadie, una pobre *shit*.

Nunca pude averiguar cómo lo había conocido, cuándo y de qué manera surgió ese romance con David Richardson que la catapultó de París a Newmarket. Era evidente que había hecho un mal cálculo creyendo que, con semejante conquista, conquistaría también esa libertad ilimitada que ella asociaba con la fortuna. No sólo no era feliz; a simple vista, más lo había sido como esposa del funcionario francés al que abandonó. Cuando, otra de esas tardes, ella misma me habló de Robert Arnoux y me exigió que le relatara con pelos y señales la conversación que tuvimos la noche que me invitó a cenar a Chez Eux, lo hice, sin omitirle nada, contándole incluso cómo a su ex marido se le llenaron los ojos de lágrimas al referirme que ella se había fugado con todos los ahorros de la cuenta conjunta que tenían en un banco suizo.

—Como buen francés, lo único que le dolía era la plata —me comentó, sin impresionarse lo más mínimo—. ¡Sus ahorros! Cuatro reales ridículos que no me alcanzaron ni para un año de vida. Me usó para sacar plata de Francia a escondidas. No sólo la suya, también la de sus amigos. Habrían podido meterme presa, si me pescaban. Además, era un tacaño, lo peor que puede ser alguien en la vida.

—Ya que eres tan fría y tan perversa, por qué no matas a David Richardson, niña mala. Te evitarás los riesgos del divorcio y heredarás su fortuna.

—Porque no sabría cómo hacerlo sin que me metan presa —me contestó, sin sonreír—. ¿Te animarías tú? Te ofrezco el diez por ciento de su herencia. Es mucha, mucha plata.

Jugábamos, pero yo no podía evitar, cuando le oía decirme esas barbaridades con tanta soltura, un escalofrío. Ya no era aquella muchachita vulnerable que, pasando mil pellejerías, había salido adelante gracias a una audacia y una determinación poco comunes; ahora era una mujer hecha y derecha, convencida de que la vida era una jungla donde sólo triunfaban los peores, dispuesta a todo para no ser vencida y seguir escalando posiciones. ¿Incluso a despachar al otro mundo a su marido para heredarlo, si podía hacerlo con absoluta garantía de impunidad? «Por supuesto», me decía, con esa miradita burlona y feroz. «¿Te doy miedo, niño bueno?»

Sólo cuando David Richardson la llevaba con él en sus viajes de negocios por Asia, se divertía. Por lo que me contó, algo bastante vago, su marido era *broker*, intermediario de diversas *commodities*, que Indonesia, Corea, Taiwán, Tailandia y Japón exportaban a Europa y por eso hacía viajes frecuentes allá a entrevistarse con los proveedores. No siempre lo acompañaba; cuando lo hacía, sentía una gran liberación. Seúl, Bangkok, Tokio, eran las compensaciones que le permitían soportar Newmarket. Mientras él celebraba sus cenas y reuniones de negocios, ella hacía turismo, visitaba templos y museos y se compraba ropa o adornos para su casa. Por ejemplo, tenía una maravillosa colección de kimonos japoneses y gran variedad de muñecos articulados del teatro balinés. ¿Me permitiría, alguna vez, cuando su marido estuviera de viaje, ir a Newmarket y echar un vistazo a su casa? No, nunca. Yo no debía asomar por allá jamás, aunque Juan Barreto volviera a invitarme. Salvo, claro, que me decidiera a tomar en serio su propuesta homicida.

Esos dos años, en los cuales pasé largas temporadas en el *swinging London*, pernoctando en el *pied-à-terre* de Juan Barreto en Earl's Court, y viendo a la niña mala una o dos veces por semana, fueron los más felices de mi vida hasta entonces. Gané menos dinero como intérprete, porque, por Londres, deseché muchos contratos en París y otras ciudades europeas, incluida Moscú, donde las conferencias y congresos internacionales se hicieron más frecuentes hacia fines de los años sesenta y comienzos de los setenta, y, en cambio, acepté trabajos bastante mal pagados cuyo único atractivo era que me llevaban a Inglaterra. Pero por nada del mundo hubiera cambiado la felicidad de llegar al Russell Hotel, donde a todos los camareros y camareras llegué a conocerlos por sus nombres, y esperar, en estado de trance, la llegada de Mrs. Richardson. Cada vez me sorprendía con un vestido, una ropa interior, un perfume o unos zapatitos nuevos. Una de aquellas tardes, como yo le había pedido, se trajo en una bolsa varios kimonos de su colección y me hizo una exhibición, andando y moviéndose por el cuarto, con los piececitos muy juntos y la sonrisa estereotipada de una geisha. Siempre noté, en su cuerpo menudo y en el viso ligeramente verdoso de su piel, una huella oriental, herencia de algún ancestro del que ella no tenía noticia, y que aquella tarde se me hizo más evidente que nunca.

Hacíamos el amor, conversábamos desnudos, mientras yo jugaba con sus cabellos y su cuerpo, y, algunas veces, si lo permitía el tiempo, antes de que regresara a Newmarket dábamos un paseo por un parque. Si llovía, nos metíamos a algún cine, y veíamos la película de la mano. Otras veces íbamos a tomar té con los *scones* que a ella le gustaban, a Fortnum and Mason, y, una vez, a los célebres y opulentos tes del Hotel Ritz, pero no volvimos porque al salir ella divisó en una mesa a una pareja de Newmarket. La vi ponerse pálida. En esos dos años yo me convencí de que, en mi caso al menos, era falso que el amor se empobreciera o desapareciera con el uso. El mío crecía cada día. Yo estudiaba minuciosamente las galerías, los museos, los cinemas de arte, las exposiciones, los itinerarios recomendados —los pubs más antiguos de la ciudad, las ferias de anticuarios, los escenarios de las novelas de Dickens—, para proponerle paseos que pudieran divertirla, y, cada vez, también, la sorprendía con algún regalito de París, que, si no por su precio, podía impresionarla por su originalidad. A veces, contenta con el regalo, me decía «te mereces un besito» y, por un segundo, me juntaba los labios. Apoyados en los míos, quietos, se dejaban besar por mí, sin responder.

¿Llegó a quererme un poco en aquellos dos años? Nunca me lo dijo, desde luego, eso habría sido una demostración de debilidad que no se hubiera, ni me hubiera, perdonado. Pero creo que llegó a acostumbrarse a mi devoción, a sentirse halagada por el amor que yo vertía sobre ella a manos llenas más de lo que se atrevía a confesarse a sí misma. Le gustaba que la hiciera gozar con mi boca, y que luego, apenas había alcanzado el orgasmo, la penetrara y «la irrigara». Y, también, que le dijera de todas las formas posibles y de mil maneras que la amaba. «¿Qué cursilerías me vas a decir hoy día?» era a veces su saludo.

—Que lo más excitante que hay en ti, después de este clítoris enanito, es tu manzana de Adán. Cuando sube, pero, principalmente, cuando baja bailando por tu garganta.

Si conseguía hacerla reír, me sentía colmado, como, de niño, tras aquella acción buena que los hermanos del Colegio Champagnat de Miraflores nos recomendaban hacer a diario, para santificar el día. Una tarde tuvimos un curioso incidente, de larga cola. Yo estaba trabajando en un congreso organizado por British Petroleum, en una sala de conferencias de Uxbridge, en las afueras de Londres, y me fue imposible salir a reunirme con ella —había pedido permiso para ausentarme en la tarde— porque el compañero que debía reemplazarme se enfermó. La llamé por teléfono al Russell Hotel, dándole toda clase de disculpas. Sin responderme una palabra, me cortó. Volví a llamar y ya no estaba en la habitación.

El viernes siguiente —nos veíamos los miércoles y los viernes, por lo general, los días de sus supuestas clases de arte en Christie's— me hizo esperar más de dos horas, sin llamar para explicarme su tardanza. Apareció, por fin, con la cara fruncida, cuando yo ya no creía que vendría.

—¿No podías llamarme? —protesté—. Me has tenido con los nervios...

No pude terminar porque una cachetada, lanzada con todas sus fuerzas, me cerró la boca.

—Tú a mí no me dejas plantada, pichiruchi —vibraba de indignación y tenía la voz descompuesta—. Tú, si tienes una cita conmigo...

No la dejé acabar la frase porque me abalancé sobre ella y con todo el peso de mi cuerpo la hice rodar sobre la cama. Se defendió un poco al principio, pero, no mucho después, dejó de resistir. Y, casi de inmediato, sentí que me besaba y abrazaba también, y me ayudaba a desnudarla. Nunca antes había hecho algo así. Por primera vez sentí su cuerpecito enredándose en el mío, trenzándome las piernas, sus labios apretándose contra los míos y su lengua pugnando con la mía. Sus manos se hundían en mi espalda, en mi cuello. Le rogué que me perdonara, jamás volvería a ocurrir, le agradecí que me hiciera tan feliz, que por primera vez me demostrara que también me quería. Entonces, la sentí sollozar y vi sus ojos mojados.

—Amor mío, corazón, no llores, y por esa tontería —la acariñé, sorbiéndole las lágrimas—. No volverá a ocurrir, te lo prometo. Te amo, te amo.

Después, cuando nos vestíamos, ella permanecía muda, con una expresión rencorosa, arrepentida de su debilidad. Traté de mejorarle el humor, bromeando:

—¿Ya dejaste de quererme, tan rápido?

Me miró con cólera, un buen rato, y cuando habló su voz sonó muy dura:

—No te equivoques, Ricardito. No creas que te he hecho esa escena porque me muero por ti. Ningún hombre me importa mucho y tú no eres la excepción. Pero tengo mi amor propio y a mí nadie me deja plantada en un cuarto de hotel.

Le dije que estaba dolida de que yo hubiera descubierto que, a pesar de todas sus paradas, desplantes e insultos, algo sentía por mí. Fue el segundo error grave que cometí con la niña mala desde aquel día que, en vez de retenerla en París, la animé a partir a Cuba a seguir su entrenamiento de guerrillera. Me miró muy seria, sin decir nada un buen rato y, por fin, murmuró, llena de altivez y desprecio:

—¿Eso crees? Ya verás que no es así, pichiruchi.

Salió de la habitación, sin despedirse. Pensé que sería un malhumor pasajero, pero no supe de ella toda la semana siguiente. Pasé el miércoles y el viernes esperándola en vano, acompañado en mi soledad por los beligerantes mogoles. El siguiente miércoles, al llegar al Russell Hotel, el conserje hindú me entregó una cartita. Muy escueta, me informaba que estaba partiendo a Japón con «David». Ni siquiera me decía por cuánto tiempo ni que me llamaría apenas regresara a Inglaterra. Me llené de malos presagios y maldije mi metida de pata. Conociéndola, esta notita de dos frases podía ser una larga y, acaso, definitiva despedida.

En aquellos dos años mi amistad con Juan Barreto se había estrechado. Pasé muchos días en su *pied-à-terre* de Earl's Court, ocultándole siempre, por supuesto, mis encuentros con la niña mala. Por esa época, 1972 o 1973, el movimiento hippy entró en una rápida desintegración y pasó a convertirse en una moda burguesa. La revolución psicodélica resultó menos profunda y seria de lo que creían sus cultores. Lo más creativo que produjo, la música, fue rápidamente integrada por el *establishment* y entró a formar parte de la cultura oficial y a hacer millonarios y multimillonarios a los antiguos rebeldes y marginales, a sus representantes y a las empresas discográficas, empezando por los propios Beatles y terminando por los Rolling Stones. En vez de la liberación de los espíritus, «la expansión indefinida de la mente humana», según aseguraba el gurú del ácido lisérgico, el antiguo profesor de Harvard, doctor Timothy Leary, las drogas, la vida promiscua y sin frenos, trajeron buen número de problemas y algunas desgracias personales y familiares. Nadie vivió tan visceralmente este cambio de circunstancias como mi amigo Juan Barreto.

Había sido siempre muy sano y, de repente, empezó a quejarse de gripes y resfríos que se abatían sobre él con mucha frecuencia, acompañados de fortísimas neuralgias. Su médico, en Cambridge, le aconsejó unas vacaciones en un clima más cálido que el inglés. Estuvo diez días en Ibiza y volvió a Londres tostado y risueño, lleno de anécdotas picantes sobre las *hot nights* de Ibiza, «algo que nunca hubiera podido imaginar en un país con la fama de cucufato que tiene España».

Fue en esta época que Mrs. Richardson partió a Tokio, acompañando a su marido. Dejé de ver a Juan cerca de un mes. Estuve trabajando en Ginebra y Bruselas y ninguna de las veces que lo llamé, a Londres y a Newmarket, contestó el teléfono. Esas cuatro semanas tampoco recibí noticia alguna de la niña mala. Cuando regresé a Londres, mi vecina de Earl's Court, la colombiana Marina, me dijo que Juan llevaba varios días internado en el Westminster Hospital. Lo tenían en el pabellón de enfermedades infecciosas, sometido a toda clase de exámenes. Se había adelgazado mucho. Lo encontré con la barba crecida, abrigadísimo bajo un alto de mantas y angustiado porque «estos médicos chambones no consiguen diagnosticar mi enfermedad». Le habían dicho primero que tenía un herpes genital, que se le había complicado, y, luego, que se trataba más bien de una especie de sarcoma. Ahora sólo le decían vaguedades. Se le encendieron los ojos cuando me vio asomar junto a su cama:

—Me siento más solo que un perro, mi hermano —me confesó—. No sabes cuánto me alegra verte. He descubierto que, aunque conozco a un millón de gringos, tú eres el único amigo que tengo. Amigo de amistad a la peruana, la que llega hasta el tuétano, quiero decir. Las amistades aquí son muy superficiales, la verdad. Los ingleses no tienen tiempo para la amistad.

Mrs. Stubard había dejado hacía algunos meses la casita de St. John's Wood. Estaba delicada de salud y se había retirado a un asilo de ancianos en Suffolk. Vino a visitar a Juan una vez, pero era demasiado trajín para ella y no había vuelto. «La pobre sufre de la espalda y fue un verdadero acto de heroísmo llegar hasta aquí.» Juan era otra persona; la enfermedad le había hecho perder el optimismo, la seguridad, y lo había llenado de miedos:

—Me estoy muriendo y no saben de qué —me dijo, con voz cavernosa, la segunda o tercera vez que fui a verlo—. No creo que me lo oculten para no asustarme, los médicos ingleses te dicen siempre la verdad, aunque sea espantosa. Lo que pasa es que no saben qué me pasa.

Los exámenes no daban nada preciso, los médicos empezaron de pronto a hablar de un virus escurridizo, no bien identificado, que atacaba el sistema inmunológico, lo que había vuelto a Juan propenso a toda clase de infecciones. Se hallaba en un estado de extrema debilidad, con los ojos hundidos, la piel cerúlea, los huesos saltados. Todo el tiempo se pasaba las manos por la cara, como para comprobar que todavía estaba allí. Yo lo acompañaba todas las horas en que estaban autorizadas las visitas. Lo veía consumirse cada día más, al tiempo que se hundía en la desesperación. Un día me pidió que le consiguiera un cura católico, porque quería confesarse. No me fue fácil. El párroco del Brompton Oratory con el que hablé me dijo que le era imposible desplazarse a los hospitales. Pero me dio el teléfono de un convento de dominicos, que prestaban este servicio. Tuve que ir en persona a gestionar el asunto. Vino a ver a Juan un curita irlandés, colorado y simpático, con el que mi amigo sostuvo una larga conversación. El dominico volvió a verlo dos o tres veces. Esos diálogos lo serenaban, por unos días. Y de ellos resultó la decisión trascendental que tomó: escribir a su familia, con la que no había vuelto a tener relación hacía más de diez años.

Estaba muy débil para escribir, de modo que me dictó una carta larga, sentida, en la que resumía a sus padres su carrera de pintor en Newmarket, con detalles de humor. Les decía que, aunque había tenido muchas veces deseo de escribirles y de hacer las paces con ellos, lo había atajado siempre un estúpido prurito de amor propio, del que estaba arrepentido. Porque los quería y extrañaba mucho. En una posdata añadía algo que, estaba seguro, los alegraría: después de haber estado alejado muchos años de la Iglesia, Dios le había permitido volver a la fe en que había sido criado, lo que ahora daba paz a su vida. No les decía palabra sobre su enfermedad.

Sin comunicárselo a Juan, pedí una cita al jefe del departamento de enfermedades infecciosas del Westminster Hospital. El doctor Rotkof, hombre bastante mayor y un poco seco, de barbita entrecana y nariz tuberosa, antes de contestar mis preguntas quiso saber qué grado de parentesco tenía con el enfermo.

—Somos amigos, doctor. Él no tiene familiares aquí en Inglaterra. Me gustaría poder escribir a sus padres, allá en el Perú, diciéndoles cuál es el verdadero estado de Juan.

—No le puedo decir gran cosa, salvo que es muy grave —me espetó, sin rodeos—. Puede morir en cualquier momento. Su organismo carece de defensas y un resfrío podría acabar con él.

Se trataba de una enfermedad nueva, de la que se habían detectado ya bastantes casos, en Estados Unidos y en el Reino Unido. Atacaba con especial dureza a las comunidades de homosexuales, a los adictos a la heroína y a todas las drogas intravenosas, así como a los hemofílicos. Salvo que la esperma y la sangre eran las vías principales para la transmisión del «síndrome» —nadie hablaba del sida todavía—, se sabía poca cosa de su origen y naturaleza. Devastaba el sistema inmunológico y exponía al paciente a todas las enfermedades. Una constante eran esas llagas en las piernas y el abdomen que atormentaban tanto a mi amigo. Aturdido con lo que acababa de oír, pregunté al doctor Rotkof qué me aconsejaba que hiciera. ¿Decírselo a Juan? Se encogió de hombros e hizo una especie de puchero. Eso dependía enteramente de mí. Tal vez sí, tal vez no. Aunque, acaso sí, si mi amigo debía tomar algunas disposiciones en relación con su deceso.

Quedé tan afectado por la conversación con el doctor Rotkof que no me atreví a volver a la habitación de Juan, seguro de que por mi cara adivinaría todo. Tenía mucha pena por él. Qué hubiera dado por ver aquella tarde a Mrs. Richardson y sentirla, aunque fuera por un par de horas, a mi lado. Juan Barreto me había dicho una gran verdad: aunque yo también conocía a cientos de personas aquí en Europa, el único amigo que tenía «a la peruana» se me iba a morir en cualquier momento. Y la mujer que quería estaba en el otro extremo del mundo, con su marido, y, fiel a su costumbre, hacía más de un mes que no daba señales de vida. Cumplía su amenaza, demostrando al pichiruchi insolente que no estaba enamorada en absoluto, que podía prescindir de él como de una baratija inservible. Desde hacía días me angustiaba la sospecha de que, una vez más, iba a desaparecer sin dejar rastro. ¿Para esto habías soñado tanto desde niño con escapar del Perú y vivir en Europa, Ricardo Somocurcio? En esos días londinenses me sentí solo y triste como un perro vagabundo.

Sin decir nada a Juan, escribí una carta a sus padres, explicándoles que se encontraba muy delicado, víctima de una enfermedad desconocida, y lo que me había advertido el doctor Rotkof: que un desenlace fatal podía sobrevenir en cualquier momento. Les decía que, aunque yo habitaba en París, permanecería en Londres todo el tiempo que hiciera falta para acompañar a Juan. Les di el teléfono y la dirección del *pied-à-terre* de Earl's Court y les pedí instrucciones.

Me llamaron apenas recibieron mi carta, que les llegó al mismo tiempo que la que Juan me dictó para ellos. Su padre estaba destrozado con la noticia, pero, al mismo tiempo, feliz de recuperar al hijo pródigo. Hacían arreglos para venir a Londres. Me pidió que les reservara un hotelito modesto, pues no disponían de mucho dinero. Lo tranquilicé; se quedarían en el *pied-à-terre* de Juan, donde podrían cocinar, de modo que la estancia londinense les resultara menos cara. Quedamos en que yo prepararía a Juan sobre su próxima llegada.

Dos semanas después, el ingeniero Clímaco Barreto y su esposa Eufrasia estaban instalados en Earl's Court y yo me había mudado a un *bed and breakfast* de Bayswater. La llegada de sus padres tuvo un efecto enormemente positivo sobre Juan. Recuperó la esperanza, el humor y pareció reponerse. Hasta lograba retener algunos de los alimentos que le traía mañana y tarde la enfermera, en tanto que, antes, todo lo que se llevaba a la boca le producía arcadas. Los señores Barreto eran bastante jóvenes —él había trabajado toda su vida en la hacienda Paramonga, hasta que el gobierno del general Velasco la expropió a sus dueños, y entonces renunció y consiguió un puestecito de profesor de matemáticas en una de las nuevas universidades que brotaban en Lima como hongos—, o estaban muy bien conservados, pues apenas parecían en la cincuentena. Él era alto y con el aspecto deportivo de quien se ha pasado la vida en el campo y, ella, una mujercita menuda y enérgica, cuya manera de hablar, el tono suave, la abundancia de diminutivos y la música de mi viejo barrio miraflorino, me puso nostálgico. Oyéndola, sentía larguísimo el tiempo transcurrido desde que salí del Perú a vivir la aventura europea. Pero, alternando con ellos, confirmé también que me sería imposible volver allá, para hablar y pensar como hablaban y pensaban los padres de Juan. Sus comentarios sobre lo que veían en Earl's Court, por ejemplo, me revelaban de manera muy gráfica cuánto había cambiado yo en todos estos años. No era una revelación entusiasmante. Había dejado de ser un peruano en muchos sentidos, sin duda. ¿Qué era, entonces? Tampoco había llegado a ser un europeo, ni en Francia, ni mucho menos en Inglaterra. ¿Qué eras, pues, Ricardito? Tal vez, lo que en sus rabietas me decía Mrs. Richardson: un pichiruchi, nada más que un intérprete, alguien que, como le gustaba definirnos a mi colega Salomón Toledano, sólo es cuando no es, un homínido que existe cuando deja de ser lo que es para que por él pasen mejor las cosas que piensan y dicen los otros.

Con los padres de Juan Barreto en Londres, pude regresar a París, a trabajar. Acepté los contratos que me proponían, aunque fueran de uno o dos días, pues, debido al tiempo que permanecí en Inglaterra acompañando a Juan, mis ingresos habían caído en picada.

Aunque Mrs. Richardson me lo había prohibido, comencé a llamar a su casa de Newmarket para averiguar cuándo regresarían los esposos de su viaje a Japón. La persona que me respondía, una empleada filipina, no lo sabía. Yo me hacía pasar cada vez por una persona diferente, pero tenía la sospecha de que la filipina me reconocía y me daba con el teléfono en las narices: «*They are not yet back*».

Hasta que un día, cuando ya desesperaba de encontrarla nunca, la propia Mrs. Richardson me contestó el teléfono. Me reconoció al instante pues hubo un largo silencio. «¿Puedes hablar?», le pregunté. Me contestó con voz cortante, llena de furia contenida: «No. ¿Estás en París? Te llamaré a la Unesco o a tu casa, apenas pueda». Y me cortó, con un golpe que subrayaba su disgusto. Me llamó ese mismo día, en la noche, a mi pisito de la École Militaire.

—Por haberte dejado plantada una vez, me pegaste y me hiciste aquel escándalo —me quejé, con acento cariñoso—. ¿Qué tendría que hacerte yo por dejarme sin noticias tuyas cerca de tres meses?

—No vuelvas a llamar a Newmarket nunca más en tu vida —me riñó, con un desagrado que rechinaba en sus palabras—. Esto no es broma. Estoy en un problema muy serio con mi marido. No debemos vernos ni hablarnos, por un tiempo. Por favor. Te ruego. Si es verdad que me quieres, haz eso por mí. Nos veremos cuando todo esto pase, te prometo. Pero no me llames nunca más. Estoy en un lío y tengo que cuidarme.

—Espera, espera, no cortes. Dime al menos cómo sigue Juan Barreto.

—Ya se murió. Sus padres se han llevado los restos a Lima. Vinieron a Newmarket a poner en venta su casita. Otra cosa, Ricardo. Evita venir a Londres por un tiempo, si no te importa. Porque, si vienes, sin quererlo me puedes crear un problema muy serio. No te puedo decir más, ahora.

Y me cortó, sin decir adiós. Me quedé vacío y descompuesto. Sentí tanta cólera, tanta desmoralización, tanto desprecio de mí mismo, que tomé —¡una vez más!— la resolución de arrancarme de la memoria y, para decirlo con una de esas huachaferías que la hacían reír, de mi corazón, a Mrs. Richardson. Era estúpido seguir amando a una personita tan insensible, que estaba harta de mí, que jugaba conmigo como si fuera un pelele, que jamás me había demostrado la menor consideración. ¡Esta vez sí te librarías de la peruanita, Ricardo Somocurcio!

Varias semanas después recibí unas líneas, desde Lima, de los padres de Juan Barreto. Me agradecían que les hubiera echado una mano y se disculpaban por no haberme escrito ni llamado, como yo les pedí. Pero, la muerte de Juan, tan súbita, los dejó aturdidos, enloquecidos, sin atinar a nada. Los trámites para repatriar los restos fueron horribles, y, si no hubiera sido por la gente de la embajada peruana, jamás habrían conseguido llevárselo y enterrarlo en el Perú como él quería. Por lo menos, habían conseguido darle ese gusto al hijo adorado de cuya pérdida nunca se consolarían. De todas maneras, en medio de su dolor, era un consuelo saber que Juan había muerto como un santo, reconciliado con Dios y con la religión, en verdadero estado angélico. Así se lo había dicho el padre dominico que le administró los últimos sacramentos.

La muerte de Juan Barreto me afectó mucho. Volví a quedar sin otro amigo íntimo, el que en cierta forma había reemplazado al gordo Paúl. Desde que éste desapareció en las guerrillas, no había vuelto a tener en Europa una persona a la que estimara tanto y con la que me sintiera tan próximo como el hippy peruano que llegó a ser retratista de caballos en Newmarket. Londres, Inglaterra, no serían los mismos sin él. Otra razón para no volver allá, por un buen tiempo.

Traté de poner en práctica mi decisión con la receta de costumbre: cargándome de trabajo. Aceptaba todos los contratos y me pasaba semanas y meses viajando de una ciudad europea a otra, trabajando como intérprete, en conferencias y congresos sobre todos los temas imaginables. Había adquirido la destreza del buen intérprete, que consiste en conocer las equivalencias de las palabras sin necesariamente entender sus contenidos (según Salomón Toledano entenderlos era un inconveniente), y seguí perfeccionando el ruso, lengua con la que estaba encariñado, hasta adquirir en ella una seguridad y una desenvoltura equivalentes a las que tenía en francés y en inglés.

Pese a que, hacía años, había obtenido el permiso de residencia en Francia, comencé a gestionar la nacionalidad francesa pues con un pasaporte francés se me abrirían mayores posibilidades de trabajo. El pasaporte peruano despertaba desconfianza en algunas organizaciones a la hora de contratar un intérprete, pues tenían dificultad para situar al Perú en el mundo y averiguar el estatuto del país en el concierto de las naciones. Además, desde los años setenta, empezó a crecer en toda Europa occidental una actitud de rechazo y hostilidad hacia los inmigrantes de países pobres.

Un domingo de mayo, mientras me afeitaba y me disponía a aprovechar el día primaveral para dar un paseo por los muelles del Sena hasta el Barrio Latino, donde pensaba almorzar un *couscous* en uno de los restaurantes árabes de la rue St. Séverin, sonó el teléfono. Sin decirme «hola» o «buenos días», la niña mala me gritó:

—¿Le has contado tú a David que yo estaba casada con Robert Arnoux en Francia?

Estuve a punto de colgarle el teléfono. Habían pasado cuatro o cinco meses desde nuestra última conversación. Pero disimulé mi enojo.

—Debí hacerlo, pero no se me ocurrió, señora bígama. No sabes cuánto lamento no haberlo hecho. Ahora estarías presa, ¿no?

—Contéstame y no te hagas el idiota —insistió su voz, echando chispas—. No estoy para bromas ahora. ¿Has sido tú? Una vez me amenazaste con contárselo, no creas que me he olvidado.

—No, no he sido yo. ¿Qué te pasa? ¿En qué líos andas ahora, salvajita?

Hizo una pausa. La sentí respirar, ansiosa. Cuando volvió a hablar, parecía quebrada, llorosa.

—Estábamos divorciándonos y la cosa iba bien. Pero, de pronto, no sé cómo, en estos días ha aparecido lo de mi matrimonio con Robert. David tiene los mejores abogados. El mío es un don nadie y ahora dice que si se prueba que estoy casada en Francia, mi matrimonio con David en Gibraltar queda nulo, de manera automática, y que puedo verme en un gran lío. David no me dará un centavo y, si se pone de acuerdo con Robert, pueden entablar contra mí una acción criminal, pedirme daños y perjuicios y no sé qué más. Hasta ir a la cárcel, de repente. Y me expulsarían del país. ¿No has sido tú el del chisme, seguro? Bueno, me alegro, tú no me parecías de los que hacen esas cosas.

Hizo otra larga pausa y suspiró, como si se aguantara un sollozo. Mientras me decía todo aquello, parecía sincera. Había hablado sin pizca de autocompasión.

—Lo siento mucho —le dije—. La verdad, tu última llamada me dejó tan dolido que decidí no verte, ni hablarte, ni buscarte, ni acordarme de tu existencia nunca más.

—¿Ya no estás enamorado de mí? —se rió.

—Sí lo estoy, por lo visto. Para mi desgracia. Me parte el alma lo que me has contado. No quiero que te pase nada, quiero que sigas haciéndome todas las maldades del mundo. ¿Puedo ayudarte de algún modo? Haré lo que me pidas. Porque te sigo queriendo con toda mi alma, niña mala.

Volvió a reírse.

—Por lo menos, me quedan tus huachaferías —exclamó—. Te llamaré, para que me lleves naranjas a la cárcel.

IV. El Trujimán de Château Meguru

Salomón Toledano se jactaba de hablar doce lenguas y poder interpretarlas todas en las dos direcciones. Era un hombre bajito y esmirriado, medio perdido en unos trajes bolsudos que, se diría, se compraba a propósito para que le quedaran grandes, y unos ojos de tortuga indecisos entre la vigilia y el sueño. Le raleaban los cabellos y se afeitaba sólo cada dos o tres días, de modo que siempre andaba con una sombra grisácea ensuciándole la cara. Nadie que lo viera así, tan poca cosa, el perfecto don nadie, hubiera podido imaginarse la extraordinaria facilidad de que estaba dotado para los idiomas y su fabulosa aptitud para interpretarlos. Las organizaciones internacionales se lo disputaban y también transnacionales y gobiernos, pero él no aceptó nunca un puesto fijo, porque como *free lance* se sentía más libre y ganaba más. No sólo era el mejor intérprete que conocí en todos los años en que me gané la vida ejerciendo la «profesión de fantasmas» —así la llamaba él—; también, el más original.

Todo el mundo lo admiraba y lo envidiaba, pero muy pocos de nuestros colegas lo querían. Los abrumaban su locuacidad, su falta de tacto, sus chiquillerías y la avidez con que acaparaba la conversación. Hablaba de manera ostentosa y a veces vulgar, porque, aunque sabía las generalidades de los idiomas, ignoraba los matices, tonos y usos locales, lo que a menudo lo hacía parecer torpe o grosero. Pero podía ser entretenido contando anécdotas, recuerdos de familia y sus andanzas por el mundo. A mí me fascinaba su personalidad de genio aniñado y, como me pasaba horas escuchándolo, llegó a tenerme bastante estima. Cada vez que coincidíamos en las cabinas de intérpretes de alguna conferencia o congreso yo sabía que tendría a Salomón Toledano prendido de mí como una lapa.

Había nacido en una familia sefardí de Esmirna que hablaba ladino y por eso se consideraba «más español que turco, aunque con cinco siglos de atraso». Su padre debía de haber sido un comerciante y banquero muy próspero porque envió a Salomón a estudiar en colegios privados de Suiza e Inglaterra, y a hacer estudios universitarios en Boston y Berlín. Antes de obtener sus diplomas hablaba ya turco, árabe, inglés, francés, español, portugués, italiano y alemán, y, luego de graduarse en filologías románica y germánica, vivió unos años en Tokio y Taiwán, donde aprendió japonés, mandarín y el dialecto taiwanés. Conmigo hablaba siempre en un español masticado y ligeramente arcaizante, en el que, por ejemplo, a los «intérpretes» nos llamaba «trujimanes». Por eso, lo habíamos apodado el Trujimán. A veces, sin darse cuenta, pasaba del español al francés o al inglés o a lenguas más exóticas y entonces yo tenía que interrumpirlo y pedirle que se confinara en mi (comparado con el suyo) pequeñito mundo lingüístico. Cuando lo conocí, estaba aprendiendo ruso, y en un año de esfuerzos llegó a leerlo y hablarlo con más desenvoltura que yo, que llevaba cinco escudriñando los misterios del alfabeto cirílico.

Aunque generalmente traducía al inglés, cuando hacía falta interpretaba también al francés, al español y a otros idiomas, y siempre me maravilló la fluidez con que se expresaba en mi lengua, sin haber vivido jamás en un país hispanohablante. No era un hombre con muchas lecturas, ni demasiado interesado en la cultura, salvo en las gramáticas y los diccionarios, y de pasatiempos inusitados, como la filatelia y los soldaditos de plomo, temas en los que decía ser tan versado como en lenguas. Lo más extraordinario era oírlo hablar en japonés, porque entonces, sin advertirlo, adoptaba las posturas, venias y ademanes de los orientales, como un verdadero camaleón. Gracias a él, descubrí que la predisposición para los idiomas es tan misteriosa como la de ciertas personas para las matemáticas o la música, no tiene nada que ver con la inteligencia ni el conocimiento. Es algo aparte, un don que algunos poseen y otros no. Salomón Toledano lo tenía tan desarrollado que, con todo su aire inofensivo y anodino, a sus colegas nos parecía algo monstruoso. Porque, cuando no se trataba de idiomas, era de una ingenuidad desarmante, un hombre-niño.

Aunque habíamos coincidido antes por razones de trabajo, mi amistad con él nació de veras en la época en que, una vez más en la vida, perdí el contacto con la niña mala. Su separación de David Richardson fue una catástrofe cuando éste pudo demostrar ante el tribunal que veía la demanda de divorcio que Mrs. Richardson era bígama, pues estaba casada con todas las de la ley también en Francia con un funcionario del Quai d'Orsay del que nunca se divorció. La niña mala, viendo la batalla perdida, optó por escapar de Inglaterra y de los odiados caballos de Newmarket con rumbo desconocido. Pero pasó por París —por lo menos, es lo que quiso que yo creyera— y, desde el flamante aeropuerto de Charles de Gaulle, en marzo de 1974 me llamó por teléfono para despedirse. Me contó que las cosas le habían ido muy mal, que su ex marido había salido ganando en todos los sentidos, y que, harta de tribunales y de abogados que le habían volatilizado la poca plata que tenía, se iba a donde nadie pudiera fregarle más la paciencia.

—Si quieres quedarte en París, mi casa es tuya —le dije, muy en serio—. Y si quieres casarte otra vez, casémonos. A mí me importa un pito que seas bígama o trígama.

—¿Quedarme en París para que monsieur Robert Arnoux me denuncie a la policía o cosas peores? Ni loca. Gracias, de todos modos, Ricardito. Ya nos veremos alguna vez, cuando pase la tormenta.

Sabiendo que no me lo diría, le pregunté dónde se iba a instalar, qué pensaba hacer ahora con su vida.

—Te lo cuento la próxima vez que nos veamos. Un besito y no me metas muchos cuernos con las francesas.

También esta vez estuve seguro de que nunca volvería a saber de ella. Como las veces anteriores, me hice el firme propósito, a mis treinta y ocho años, de enamorarme de alguien menos evasivo y complicado, una chica normal, con la que pudiera tener una relación sin sobresaltos, acaso hasta casarme con ella y tener hijos. Pero, no ocurrió así, porque en esta vida rara vez ocurren las cosas como los pichiruchis las planeamos.

Pronto entré en una rutina de trabajo que, aunque a ratos me aburría, tampoco me desagradaba. Ser intérprete me parecía una profesión anodina, pero, también, la que menos problemas morales plantea a quien la ejerce. Y me permitía viajar, ganar bastante bien y tomarme el tiempo libre que quisiera.

Mi único contacto con el Perú, pues ya muy rara vez veía a peruanos en París, seguían siendo las cartas del tío Ataúlfo, cada día más desesperanzadas. Su mujer, la tía Dolores, siempre me ponía a mano un recuerdo y yo le enviaba de tanto en tanto partituras, pues tocar el piano era la gran distracción de su vida de inválida. Los ocho años de la dictadura militar del general Velasco, con las nacionalizaciones, la reforma agraria, la comunidad industrial, los controles y el dirigismo económico, me decía el tío Ataúlfo, habían dado soluciones erróneas al problema de las injusticias sociales y las grandes desigualdades, así como a la explotación de las mayorías por la minoría de privilegiados, y esto sólo había servido para enconar y empobrecer todavía más a unos y otros, ahuyentar las inversiones, acabar con el ahorro y aumentar la crispación y la violencia. Aunque en la segunda etapa de la dictadura, dirigida en sus últimos cuatro años por el general Francisco Morales Bermúdez, se frenó algo el populismo, los diarios y las estaciones de televisión y de radio seguían estatizados, la vida política cancelada y no había asomo de que fuera a restablecerse la democracia. La amargura que destilaban las cartas del tío Ataúlfo me apenaba por él y por los peruanos de su generación que, al llegar a la vejez, veían que su antiguo sueño de que el Perú progresara, en vez de materializarse, retrocedía. La sociedad peruana se iba sumiendo cada vez más en la pobreza, la ignorancia y la brutalidad. Había hecho bien viniéndome a Europa, aunque mi vida fuera algo solitaria y la de un oscuro trujimán.

También me fui desinteresando de la actualidad política francesa, que antes seguía con pasión. En los setenta, durante los gobiernos de Pompidou y de Giscard d'Estaing, apenas leía las informaciones de actualidad. Buscaba en los diarios y los semanarios casi exclusivamente las páginas culturales. Iba siempre a exposiciones y conciertos pero ya no tanto al teatro, que decayó mucho en relación con la década pasada, y, en cambio, sí, hasta dos veces por semana, al cine. Felizmente, París seguía siendo un paraíso para los cinéfilos. En lo que concierne a la literatura, dejé de estar al día porque, al igual que el teatro, la novela y el ensayo cayeron en picada en Francia. Nunca pude leer con entusiasmo a los ídolos intelectuales de esas décadas, Barthes, Lacan, Derrida, Deleuze y otros, cuyos libros verbosos se me caían de las manos; sólo a Michel

Foucault. Su historia de la locura me impresionó mucho y también su ensayo sobre el régimen carcelario *(Surveiller et punir)*, aunque no me convenció su teoría según la cual la historia del occidente europeo era la de las múltiples represiones institucionalizadas —la cárcel, los hospitales, el sexo, la justicia, las leyes— de un poder que colonizaba todos los espacios de libertad para aniquilar la disensión y la inconformidad. En verdad, todos esos años leí sobre todo a los muertos, y, en especial, a escritores rusos.

Aunque andaba siempre muy ocupado trabajando y haciendo cosas, por primera vez, en los setenta, cuando la examinaba tratando de ser objetivo, mi vida empezó a parecerme bastante estéril, y mi futuro el de un irremediable solterón y un fuereño que nunca se integraría de veras a la Francia de sus amores. Y recordaba siempre un apocalíptico desplante de Salomón Toledano, que, un día, en la sala de intérpretes de la Unesco, nos interpeló así: «Si, de repente, nos sentimos morir y nos preguntamos: ¿Qué huella dejaremos de nuestro paso por esta perrera?, la respuesta honrada sería: Ninguna, no hemos hecho nada, salvo hablar por otros. ¿Qué significa, si no, haber traducido millones de palabras de las que no recordamos una sola, porque ninguna merecía ser recordada?». No era extraño que el Trujimán fuera impopular entre la gente de la profesión.

Un día le dije que lo odiaba, porque aquella frase, que me volvía de tanto en tanto a la memoria, me había convencido de la total inutilidad de mi existencia.

—Los trujimanes sólo somos inútiles, querido —me consoló—. Pero, no hacemos perjuicio a nadie con nuestro trabajo. En todas las otras profesiones se puede causar grandes estragos a la especie. Piensa en los abogados y los médicos, por ejemplo, y no se diga los arquitectos o los políticos.

Estábamos tomando una cerveza en un *bistrot* de l'avenue Suffren, luego de una jornada de trabajo en la Unesco, que celebraba su conferencia anual. Yo, en un arranque confidencial, le acababa de contar, sin detalles ni nombres, que hacía muchos años estaba enamorado de una mujer que aparecía y desaparecía en mi vida como un fuego fatuo, incendiándola de felicidad por cortos períodos, y, después, dejándola seca, estéril, vacunada contra cualquier otro entusiasmo o amor.

—Enamorarse es un error —sentenció Salomón Toledano, haciéndole eco a mi desaparecido amigo Juan Barreto, que compartía esa filosofía, aunque sin los amaneramientos verbales de mi colega—. A la mujer, atrápala por los cabellos, arróllala y a la colcha. Hazla vislumbrar todas las estrellas del firmamento en un dos por tres. Ésa es la teoría correcta. Yo no puedo practicarla, por mi físico endeble, *hélas*. Alguna vez intenté una machada con una hembra brava y me desbarató la cara de un bofetón. Por eso, pese a mi tesis, trato a las damas, sobre todo a las rameras, como a reinas.

—No te creo que no te hayas enamorado nunca, Trujimán.

Reconoció que se había enamorado una vez en la vida, cuando era estudiante universitario en Berlín. De una chica polaca, tan católica que cada vez que hacían el amor tenía remordimientos con llanto. El Trujimán le propuso matrimonio. La muchacha aceptó. Les costó un triunfo obtener el beneplácito de las familias. Lo consiguieron luego de una complicada negociación en la que se decidió una doble boda, por el rito judío y por el católico. En plenos preparativos matrimoniales, la novia, súbitamente, se fugó con un oficial norteamericano que concluía su servicio en Berlín. El Trujimán, enloquecido de despecho, hizo una extraña inquisición: quemó su magnífica colección de estampillas. Y decidió que nunca volvería a enamorarse. En el futuro el amor para él sería sólo mercenario. Había cumplido. Desde aquel episodio, sólo frecuentaba prostitutas. Y, en vez de estampillas, coleccionaba ahora soldaditos de plomo.

Pocos días después, creyendo hacerme un favor, me embarcó en una salida de fin de semana con dos cortesanas rusas que, según él, además de permitirme practicar mi ruso, me harían conocer los «efluvios y moretones del amor eslavo». Fuimos a cenar a un restaurante de Batignolles, Le Grand Samovar, y, después, a una *boîte de nuit,* estrecha, oscura y humosa hasta la asfixia, cerca de la place de Clichy, donde encontramos a las ninfas. Bebimos mucho vodka, de manera que mis recuerdos perdían nitidez casi desde que entramos al antro llamado Les Cosaques y sólo me quedó claro que de las dos rusas, la suerte, o mejor dicho el Trujimán, me deparó a mí a Natacha, la más gorda y la más maquillada de las dos rubensianas cuarentonas. Mi pareja andaba embutida en un vestido rosado brillante, con filos de gasa, y cuando reía y accionaba, sus tetas se mecían como dos globos belicosos. Parecía escapada de un cuadro de Botero. Hasta que mis recuerdos se eclipsaban en vapores alcohólicos, mi amigo estuvo hablando como un loro, en un ruso mechado de palabrotas que las dos cortesanas celebraban a carcajadas.

A la mañana siguiente me desperté con dolor de cabeza y los huesos molidos: había dormido en el suelo, al pie de la cama donde roncaba, vestida y calzada, la supuesta Natacha. De día era todavía más gorda que de noche. Durmió plácidamente hasta el mediodía y, cuando despertó, miró asombrada la habitación, la cama que ocupaba, y a mí, que le daba las buenas tardes. Inmediatamente empezó a exigirme tres mil francos, unos seiscientos dólares de la época, lo que ella cobraba por una noche entera. Yo no tenía semejante cantidad y siguió una desagradable discusión en la que, al fin, la convencí de que se quedara con todo lo que yo llevaba en efectivo, la mitad de aquella suma, más unas figuritas de porcelana que adornaban la salita. Se fue vociferando vulgaridades y yo me metí largo rato a la ducha, jurándome no volver a incurrir en semejantes aventuras trujimanescas.

Cuando le conté a Salomón Toledano mi fiasco nocturno me dijo que, en cambio, él y su amiga habían hecho el amor hasta el desmayo, en una demostración de fuerzas que merecía las páginas del Libro Guinness. Nunca más se atrevió a proponerme otra salida nocturna con señoras exóticas.

Lo que me distrajo y ocupó muchas horas en esos últimos años de la década de los setenta fueron los cuentos de Chéjov, en particular, y, en general, la literatura rusa. Nunca había pensado hacer traducciones literarias, porque sabía que estaban muy mal pagadas en todas las lenguas y seguramente peor en español que en otras. Pero en 1976 o 1977 conocí en la Unesco, por un amigo común, a un editor español, Mario Muchnik, del que me hice amigo. Al enterarse de que sabía ruso y era muy aficionado a la lectura, me animó a preparar una pequeña antología de cuentos de Chéjov, de los que yo le había hablado maravillas, asegurándole que era tan buen cuentista como dramaturgo, aunque, por las mediocres traducciones que circulaban de sus cuentos, estuviera poco valorado como narrador. Muchnik era un caso interesante. Había nacido en Argentina, estudiado ciencias e iniciado una carrera de investigador y académico que de pronto abandonó para dedicarse a editar, su pasión secreta. Era un editor vocacional, que amaba los libros y sólo editaba literatura de calidad, lo que, decía, le aseguraba todos los fracasos del mundo económicamente hablando, pero las más grandes satisfacciones personales. Hablaba de los libros que editaba con un entusiasmo tan contagioso que, después de pensarlo un poco, terminé por aceptar su oferta de una antología de cuentos de Chéjov, para la que le pedí tiempo ilimitado. «Lo tienes», me dijo, «y, además, aunque ganarás una miseria, gozarás como un marrano».

Me demoré una infinidad de tiempo, pero, en efecto, lo pasé muy bien, leyendo todo Chéjov, escogiendo sus cuentos más bellos, y trasladándolos al español. Era algo más delicado que traducir los discursos y las intervenciones a las que estaba habituado en mi trabajo. Como traductor literario, me sentí menos fantasmal que como intérprete. Tenía que tomar decisiones, explorar el español en busca de matices y cadencias que correspondieran a las sutilezas y veladuras semánticas —el maravilloso arte de la alusión y la elusión de la prosa de Chéjov— y también a las suntuosidades retóricas de la lengua literaria rusa. Un verdadero placer, en el que invertía sábados y domingos enteros. Le envié a Mario Muchnik la antología prometida casi dos años después de habérmela contratado. Me había hecho pasar tan buenos ratos que estuve a punto de no aceptarle el cheque que me hizo llegar como honorarios. «Tal vez te alcance para comprarte una bonita edición de algún buen escritor, por ejemplo Chéjov», me decía.

Cuando, un tiempo después, me llegaron ejemplares de la antología, le regalé uno de ellos, dedicado, a Salomón Toledano. Nos tomábamos un trago de cuando en cuando y a veces lo acompañaba a recorrer tiendas de soldaditos de plomo, filatelistas o anticuarios, que él registraba con minucia, aunque rara vez compraba algo. Me agradeció el libro, pero me desaconsejó vivamente que perseverara en ese «peligrosísimo camino».

—Tu ganapán está en peligro —me advirtió—. Un traductor literario es un aspirante a escritor, es decir, casi siempre, un plumífero frustrado. Alguien que no se resignaría jamás a desaparecer en su oficio, como hacemos los buenos intérpretes. No renuncies a tu condición de caballero inexistente, querido, a menos que quieras terminar de *clochard*.

Contrariamente a lo que yo creía, que las personas políglotas lo eran por su buen oído musical, Salomón Toledano no sentía el menor interés por la música. En su departamento de Neuilly ni siquiera descubrí un tocadiscos. Su finísimo oído lo era, específicamente, para los idiomas. Me contó que en su familia, en Esmirna, se hablaba indistintamente el turco y el español —bueno, el ladino, del que se había desprendido del todo en un verano que pasó en Salamanca— y que la aptitud lingüística se la había heredado a su padre, que llegó a dominar una media docena de idiomas, algo que le sirvió mucho para sus negocios. Desde niño había soñado con viajar, conocer ciudades, y ése había sido el gran incentivo para aprender idiomas, gracias a lo cual se convirtió en lo que era ahora: un ciudadano del mundo. Esa misma vocación trashumante había hecho de él el precoz coleccionista de estampillas que fue, hasta su traumatizado noviazgo de Berlín. Coleccionar sellos era otra manera de recorrer los países, de aprender geografía e historia.

Los soldaditos de plomo no lo hacían viajar, pero lo divertían mucho. Su departamento estaba colmado de ellos, desde el pasillo de la entrada hasta el dormitorio, incluida la cocina y el cuarto de baño. Se había especializado en las batallas de Napoleón. Las tenía muy bien dispuestas y ordenadas, con cañoncitos, caballos, estandartes, de manera que recorriendo su departamento uno seguía la historia militar del primer imperio hasta Waterloo, cuyos protagonistas rodeaban su cama por los cuatro costados. Además de soldaditos de plomo, la casa de Salomón Toledano estaba llena de diccionarios y gramáticas de todas las lenguas posibles. Y, una extravagancia, el pequeño aparato de televisión reposaba en una repisa frente al excusado. «La televisión es para mí un purgante formidable», me explicó.

¿Por qué llegué a tenerle a Salomón Toledano tanta simpatía mientras todos nuestros colegas lo esquivaban como a un pesado insoportable? Tal vez porque su soledad se parecía a la mía, aunque fuéramos distintos en muchas otras cosas. Los dos nos habíamos dicho que nunca podríamos volver a vivir en nuestros países, pues yo en el Perú y él en Turquía nos hallaríamos seguramente más extranjeros que en Francia, donde, sin embargo, nos sentíamos también forasteros. Y ambos éramos muy conscientes de que nunca nos integraríamos al país en el que habíamos elegido vivir y que nos había concedido incluso un pasaporte (los dos habíamos adquirido la nacionalidad francesa).

—No es culpa de Francia si seguimos siendo un par de extranjeros, querido. Es culpa nuestra. Una vocación, un destino. Como nuestra profesión de intérpretes, otra manera de ser siempre un extranjero, de estar sin estar, de ser pero no ser.

Sin duda tenía razón cuando me decía estas lúgubres cosas. Esas conversaciones con el Trujimán me dejaban siempre algo desmoralizado y a veces me producían desvelos. Ser un fantasma no era cosa que me dejara impávido; a él no parecía importarle mucho.

Por eso, en 1979, cuando Salomón Toledano, muy excitado, me anunció que había aceptado una oferta para viajar a Tokio y trabajar durante un año como intérprete exclusivo de la Mitsubishi, me sentí algo aliviado. Era una buena persona, un espécimen interesante, pero algo había en él que me entristecía y alarmaba, porque me revelaba ciertos secretos derroteros de mi propio destino.

Fui a despedirlo a Charles de Gaulle y al estrecharle la mano junto al mostrador de Japan Air Lines sentí que me dejaba entre los dedos un pequeño objeto metálico. Era un húsar de la guardia del Emperador. «Lo tengo repetido», me explicó. «Te traerá suerte, querido.» Lo puse en mi velador, junto a mi amuleto, aquella escobillita primorosa, marca Guerlain.

Pocos meses después, terminó por fin la dictadura militar en el Perú, hubo elecciones, y los peruanos, en 1980, como desagraviándolo, volvieron a elegir Presidente a Fernando Belaunde Terry, el mandatario depuesto por el golpe militar de 1968. El tío Ataúlfo, feliz, decidió celebrar el acontecimiento echando la casa por la ventana: un viaje a Europa, donde nunca había puesto los pies. Trató de que lo acompañara la tía Dolores, pero ella alegó que su invalidez le impediría gozar del viaje y la convertiría en un estorbo. De modo que el tío Ataúlfo vino solo. Llegó a tiempo para que celebráramos juntos mis 45 años.

Lo alojé en mi departamento de la École Militaire, cediéndole el dormitorio y durmiendo yo en el sofá cama de la salita. Había envejecido mucho desde la última vez que lo vi en persona, tres lustros atrás. Los setenta y pico de años le pesaban. Se había quedado casi sin pelo, arrastraba los pies y se fatigaba con facilidad. Tomaba pastillas para la presión y la dentadura postiza debía incomodarle pues todo el tiempo estaba moviendo la boca como si quisiera encajarla mejor en sus encías. Pero se lo veía encantado de conocer por fin París, un viejo anhelo. Miraba las calles, los muelles del Sena y las viejas piedras arrobado, repitiendo entre dientes: «Todo es más bello que en las fotos». Acompañé al tío Ataúlfo a Notre Dame, al Louvre, a les Invalides, al Panteón, al Sacre-Coeur, a galerías y museos. En efecto, esta ciudad era la más bella del mundo y el haber pasado aquí tantos años había hecho que lo olvidara. Vivía rodeado de tantas cosas hermosas casi sin verlas. Así que por unos días gocé tanto como él haciendo turismo en mi ciudad de adopción. Tuvimos largas conversaciones, sentados en las terrazas de los *bistrots,* tomándonos una copita de vino de aperitivo. Estaba contento con el fin del régimen militar y la restauración de la democracia en el Perú, pero no se hacía muchas ilusiones en lo inmediato. Según él, la sociedad peruana era un hervidero de tensiones, odios, prejuicios y resentimientos, que se habían agravado mucho en los doce años de gobierno militar. «Ya no reconocerías tu país, sobrino. Hay en el aire una amenaza latente, la sensación de que en cualquier momento algo gravísimo puede estallar.» Sus palabras fueron proféticas también esta vez. A poco de regresar al Perú, luego de su viaje a Francia y un pequeño recorrido que hizo en ómnibus por Castilla y Andalucía, el tío Ataúlfo me envió unos recortes de periódicos de Lima con unas fotos truculentas: unos desconocidos maoístas habían ahorcado, en los postes eléctricos del centro de la capital, unos pobres perros a los que les habían pegado unos carteles con el nombre de Teng Hsiao-ping, al que acusaban de traicionar a Mao y de haber puesto fin a la revolución cultural en China Popular. Así comenzaba la rebelión armada de Sendero Luminoso, que duraría toda la década de los ochenta y provocaría un baño de sangre sin precedentes en la historia peruana: más de sesenta mil muertos y desaparecidos.

Un par de meses después de su partida, Salomón Toledano me escribió una larga carta. Estaba muy contento con su estancia en Tokio, aunque la gente de la Mitsubishi lo hacía trabajar tanto que en las noches se desplomaba en su cama, exhausto. Pero había actualizado su japonés, conocido gente simpática, y no extrañaba nada al lluvioso París. Estaba saliendo con una abogada de la firma, divorciada y bella, que no tenía las piernas zambas como tantas japonesas sino muy bien torneadas y una mirada directa y profunda que «escarbaba el alma». «No temas, querido, fiel a mi promesa no me enamoraré de esta Jezabel nipona. Pero, excluyendo el enamoramiento, me propongo hacer con Mitsuko todo lo demás.» Debajo de su firma había puesto una lacónica posdata: «Saludos de la niña mala». Cuando llegué a esta frase, la carta del Trujimán se me cayó de las manos y tuve que sentarme, presa de un vértigo.

¿Estaba, pues, en Japón? ¿Cómo demonios se habían podido encontrar Salomón y la peruanita traviesa en la populosa Tokio? Descarté la idea de que fuera ella la abogada de mirada tenebrosa de la que parecía prendado mi colega, aunque con la ex chilenita, ex guerrillera, ex madame Arnoux y ex Mrs. Richardson, nada era imposible, incluso que anduviese ahora camuflada de abogada japonesa. Aquello de «niña mala» revelaba que entre Salomón y ella existía cierto grado de familiaridad; la chilenita tenía que haberle contado algo de nuestra larga y sincopada relación. ¿Habrían hecho el amor? Descubrí, en los días siguientes, que la malhadada posdata me había alborotado la vida y devuelto al enfermizo y estúpido amor-pasión que me consumió tantos años, impidiéndome vivir normalmente. Y, sin embargo, pese a mis dudas, a los celos, a los angustiosos interrogantes, saber que la niña mala estaba allí, real, viva, en un lugar concreto, aunque fuera lejísimos de París, me llenó la cabeza de fantasías. Otra vez. Fue como salir del limbo en que había vivido estos últimos cuatro años, desde que me llamó del aeropuerto Charles de Gaulle (bueno, me dijo que me llamaba de allí) para anunciarme que se fugaba de Inglaterra.

¿Seguías, pues, enamorado de tu escurridiza compatriota, Ricardo Somocurcio? Sin la menor duda. Desde aquella posdata del Trujimán, día y noche se me aparecía todo el tiempo la carita morena, la expresión insolente, sus ojos color miel oscura, y todo el cuerpo me ardía de deseos de tenerla en los brazos.

La carta de Salomón Toledano no llevaba remitente y el Trujimán no se dignaba darme su dirección ni su teléfono. Hice averiguaciones en la oficina parisina de la Mitsubishi y me aconsejaron que le escribiera al departamento de Recursos Humanos de la empresa en Tokio, cuya dirección me dieron. Así lo hice. Mi carta daba muchos rodeos, hablándole primero de mi propio trabajo; le decía que el húsar del Emperador me trajo suerte, porque había tenido en las últimas semanas excelentes contratos y lo felicitaba por su flamante conquista. Por fin, entraba en materia. Me había sorprendido agradablemente saber que conocía a esa vieja amiga mía. ¿Estaba ella viviendo en Tokio? Yo le había perdido la pista hacía años. ¿Podía enviarme su dirección? ¿Su teléfono? Me gustaría retomar el contacto con esa compatriota, después de tanto.

Envié la carta sin muchas esperanzas de que llegara a sus manos. Pero llegó y la respuesta casi se extravía por los caminos de Europa. Pues la carta del Trujimán aterrizó en París cuando yo estaba en Viena, trabajando en la Junta de Energía Atómica, y mi portera de la École Militaire, siguiendo mis instrucciones en caso de que llegara carta de Tokio, me la remitió a Viena. Cuando la carta arribó a Austria ya estaba yo de regreso en París. En fin, lo que normalmente hubiera demorado una semana, tardó cerca de tres.

Cuando por fin tuve en mis manos la respuesta de Salomón Toledano, temblaba de pies a cabeza, como atacado de tercianas. Y me entrechocaban los dientes. Era una carta de varias páginas. La leí despacio, deletreándola, para no perder una sílaba de lo que decía. Desde las primeras líneas se enfrascaba en una apasionada apología de Mitsuko, su abogada japonesa, confesándome, algo avergonzado, que su promesa de no volver a enamorarse, contraída en razón del «percance sentimental berlinés», se había hecho añicos, luego de treinta años de haber sido rigurosamente respetada, por la belleza, la inteligencia, la delicadeza y la sensualidad de Mitsuko, una mujer con la que las divinidades sintoístas habían querido revolucionarle la vida desde que tuvo la bendita idea de volver a esta ciudad, donde, desde hacía pocos meses, era el hombre más feliz de la tierra.

Mitsuko lo había hecho rejuvenecer, llenarse de bríos. Ni siquiera en la flor de su juventud había hecho el amor con los ímpetus de ahora. El Trujimán había redescubierto la pasión. ¡Qué terrible haber malgastado tantos años, dinero y espermatozoides en amoríos mercenarios! Pero, tal vez, no; tal vez todo lo que había hecho hasta ahora había sido una ascesis, un adiestramiento de su espíritu y de su cuerpo para merecer a Mitsuko.

Apenas volviera a París, lo primero que haría sería echar al fuego y ver cómo se fundían esos coraceros, húsares, jinetes empenachados, zapadores, artilleros en los que, a lo largo de años, en una actividad tan onerosa y absorbente como inútil, había malgastado su existencia, retrayéndola a la felicidad del amor. Nunca más volvería a coleccionar nada; su único pasatiempo sería aprender de memoria, en todos los idiomas que sabía, poemas eróticos, para murmurarlos al oído de Mitsuko. A ella le gustaba oírlos, aunque no los entendiera, después de los maravillosos «disfrutes» que tenían cada noche, en escenarios distintos.

Pasaba luego, en una prosa que se cargaba de fiebre y de pornografía, a describirme las proezas amatorias de

Mitsuko, y sus encantos secretos, entre los que figuraba una forma muy amainada e inofensiva, tierna y sensual, de la temible *vagina dentata* de la mitología grecorromana. Tokio era la ciudad más cara del mundo y, aunque alto, su salario se estaba desintegrando con las correrías nocturnas por Ginza, el barrio de la noche tokiota, que el Trujimán y Mitsuko realizaban, visitando restaurantes, bares, cabarets, y, sobre todo, las casas de cita, florón de la corona de la *night life* japonesa. ¡Pero, a quién le importaba el dinero cuando la dicha estaba en la balanza! Porque todo el exquisito refinamiento de la cultura japonesa no destellaba, como seguramente creía yo, en los grabados de la época Meiji, ni en el teatro Nô, ni en el Kabuki, ni en los muñecos del Bunruku. Sino en las casas de cita o *maisons closes,* allá bautizadas con el afrancesado nombre de *Châteaux,* el más famoso de los cuales era el *Château Meguru,* un verdadero paraíso de los placeres carnales, donde se había volcado a manos llenas el genio japonés para combinar la tecnología más avanzada con la sabiduría sexual y los ritos ennoblecidos por la tradición. Todo era posible en los aposentos del *Château Meguru:* los excesos, las fantasías, los fantasmas, las extravagancias tenían un escenario y un instrumental para materializarse. Mitsuko y él habían vivido experiencias inolvidables en los discretos reservados del *Château Meguru:* «Allí nos sentimos dioses, querido, y, por mi honor, no exagero ni desvarío».

Por fin, cuando yo me temía que el enamorado no dijese una palabra de la niña mala, el Trujimán se ocupaba de mi encargo. La había visto sólo una vez, después de recibir mi carta. Le costó mucho trabajo hablar con ella a solas, porque, «por razones obvias», no quiso referirse a mí «delante del señor con el que vive, o por lo menos con quien anda y se la suele ver», un «ente» que tenía mala fama y peor aspecto, alguien al que bastaba ver para sentir escalofríos y decirse: «A este sujeto no quisiera tenerlo yo como enemigo».

Pero, al fin, ayudado por Mitsuko, había conseguido hacer un aparte con la susodicha y transmitirle mi encargo. Ella le dijo que, «como su *petit ami* era celoso», mejor que yo no le escribiera directamente a ella, para que aquél no le hiciera una escena (o la acogotara). Pero, si yo quería hacerle llegar unas líneas a través del Trujimán, estaría encantada de recibir noticias mías. Salomón Toledano añadía: «¿Necesito decirte, querido, que nada me haría tan feliz como servirte de celestino? Nuestra profesión es una forma disimulada de la tercería, alcahuetería o celestinazgo, así que estoy preparado para tan noble misión. Lo haré tomando todas las precauciones del mundo, para que tus cartas no lleguen nunca a manos de ese forajido con el que anda la niña de tus sueños. Perdóname, querido, pero lo he adivinado todo: ella es el amor de toda tu vida, ¿o me equivoco? Y, a propósito, felicitaciones: no será Mitsuko —nadie es Mitsuko—, pero en su belleza exótica luce un aura de misterio en la faz que resulta muy seductor. ¡Cuídate!». Firmaba: «¡Te abraza el Trujimán de *Château Meguru*!».

¿Con quién andaba enredada ahora la peruanita? Un japonés, sin la menor duda. Acaso un gángster, uno de los jefazos de los Yakuza que tendría amputado parte del dedo meñique, el santo y seña de la banda. No era de extrañar, por lo demás. Lo habría conocido, sin duda, en los viajes que hacía al Oriente acompañando a Mr. Richardson, otro gángster, sólo que éste de cuello, corbata y establos en Newmarket. El japonés era un personaje siniestro, a juzgar por las bromas del Trujimán. ¿Se refería sólo a su físico cuando decía que había en él algo que asustaba? ¿A sus antecedentes? Lo único que faltaba en el prontuario de la chilenita: amante de un jefe de mafia japonés.

Un hombre con poder y dinero, por supuesto, prendas indispensables para conquistarla. Y unos cuantos cadáveres a la espalda, además. Me carcomían los celos y, al mismo tiempo, se había adueñado de mí un curioso sentimiento en el que se mezclaban la envidia, la curiosidad y la admiración. Estaba visto, la niña mala nunca dejaría de sorprenderme con sus indescriptibles audacias.

Veinte veces me dije que no debía ser tan idiota de escribirle, de tratar de reanudar con ella alguna forma de relación, porque saldría escaldado y escupido como siempre. Pero, antes de un par de días de leer la carta del Trujimán, le escribí unas líneas y comencé a maquinar la manera de dar un salto al país del sol naciente.

Mi carta era totalmente hipócrita, pues no quería meterla en aprietos (estaba seguro de que esta vez, en Japón, había hundido los pies en aguas más cenagosas que otras veces). Me alegraba mucho haber tenido noticias de ella por mi colega, nuestro amigo común, saber que le iba tan bien y que estaba tan contenta en Tokio. Le contaba de mi vida en París, la rutina de trabajo que me llevaba a veces a otras ciudades europeas, y le anunciaba que, vaya casualidad, en un futuro no lejano viajaría a Tokio, contratado como intérprete en una conferencia internacional. Esperaba verla, para rememorar los viejos tiempos. Como no sabía qué nombre utilizaba ahora, me limité a encabezar la carta así: «Querida peruanita». Y la acompañé con un ejemplar de mi antología de Chéjov, que le dediqué: «A la niña mala, con el cariño invariable del pichiruchi que tradujo estos cuentos». Despaché carta y libro a la dirección de Salomón Toledano, con unas líneas en que agradecía a éste sus gestiones, le confesaba mi envidia por saberlo tan feliz y enamorado, y le rogaba que si sabía de alguna conferencia o congreso que necesitara buenos intérpretes que hablaran español, francés, inglés y ruso (aunque no japonés) me avisara, porque de pronto me habían invadido unas ganas tremebundas de conocer Tokio.

Mis averiguaciones a ver si conseguía algún trabajo que me llevara a Japón no tuvieron éxito. No saber japonés me excluía de muchas conferencias locales y no había por el momento en Tokio reuniones de algún organismo de la ONU donde sólo se exigieran los idiomas oficiales de las Naciones Unidas. Ir por mi cuenta, como turista, costaba un ojo de la cara. ¿Iba a volatilizar en unos pocos días buena parte de los ahorros que había podido reunir en los últimos años? Decidí hacerlo. Pero apenas había tomado la decisión y me disponía a ir a la agencia de viajes, recibí una llamada de mi antiguo jefe de la Unesco, el señor Charnés. Ya estaba retirado, pero trabajaba por su cuenta como director de una oficina privada de traductores e intérpretes con la que yo estaba siempre en contacto. Me había conseguido una conferencia en Seúl, de cinco días. Ya tenía, pues, el pasaje de ida y vuelta. De Corea sería más barato darme un salto a Tokio. Mi vida, a partir de ese momento, entró en trompo: gestiones para los visados, guías sobre Corea y Japón, y repetirme todo el tiempo que estaba cometiendo un total desatino pues lo más probable era que, en Tokio, ni siquiera lograra verla. La niña mala ya se habría mandado mudar con la música a otra parte, o me evitaría para que el jefe Yakuza no la cortara en canal y echara su cadáver a los perros, como hacía el malvado en una película japonesa que acababa de ver.

En esos días afiebrados, el teléfono me despertó una madrugada.

—¿Todavía estás enamorado de mí?

Su misma voz, el mismo tonito burlón y risueño de antaño, y, en el fondo, aquel deje del habla limeña que nunca había perdido del todo.

—Debo estarlo, niña mala —le repuse, despertando del todo—. Si no, no se explica que, desde que supe que estás en Tokio, toque todas las puertas para conseguir un contrato que me lleve allá aunque sea por un día. He conseguido uno, por fin, para Seúl. Iré dentro de un par de semanas. De ahí me daré un salto a Tokio, a verte. Aunque me mate a balazos ese jefe de los Yakuza con el que andas, según me han dicho mis espías. ¿Son, ésos, síntomas de que estoy enamorado?

—Sí, creo que sí. Menos mal, niño bueno. Creía que, después de tanto tiempo, te habrías olvidado de mí. ¿Eso te dijo tu colega Toledano? ¿Que estoy con un jefe de la mafia?

Se echó a reír, encantada de semejante credencial. Pero, casi de inmediato, cambió de tema y me habló con una manerita cariñosa:

—Me alegro de que vengas. Aunque no nos veamos mucho, siempre me estoy acordando de ti. ¿Te digo por qué? Porque eres el único amigo que me queda.

—Yo no soy ni seré nunca tu amigo. ¿No te has dado cuenta todavía? Soy tu amante, tu enamorado, la persona que desde chiquito está loco por la chilenita, la guerrillera, la esposa del funcionario, la del criador de caballos, la amante del gángster. El pichiruchi que sólo vive para desearte y pensar en ti. En Tokio no quiero que recordemos nada. Quiero tenerte en mis brazos, besarte, olerte, morderte, hacerte el amor.

Se volvió a reír, ahora con más ganas.

—¿Todavía haces el amor? —me preguntó—. Bueno, menos mal. Nadie me había vuelto a decir esas cosas desde la última vez que nos vimos. ¿Me vas a decir muchas cuando vengas, Ricardito? Anda, dime otra, por ejemplo.

—Las noches de luna llena salgo a ladrar al cielo y entonces veo tu carita retratada allá arriba. Ahora mismo, daría los diez años de vida que me quedan por verme reflejado en el fondo de tus ojitos color miel oscura.

Se estaba riendo, divertida, pero de pronto me interrumpió, asustada:

—Tengo que cortar.

Oí el clic del aparato. Ya no pude pegar los ojos, presa de una mezcla de alegría e inquietud que me tuvieron desvelado hasta las siete de la mañana, hora en que me levantaba a prepararme el desayuno de costumbre —un café puro y una tostada con miel—, cuando no iba a tomarlo en el mostrador de un café vecino, en l'avenue de Tourville.

Las dos semanas que faltaban para mi viaje a Seúl las pasé dedicado a cosas que, supongo, hacían esos ilusionados novios de antaño en los días que precedían a la boda, en la que los dos iban a perder la virginidad: comprarme ropa, zapatos, cortarme los cabellos (no con el peluquero rascuachi a la espalda de la Unesco donde lo hacía siempre sino en una peluquería de lujo de la rue St. Honoré) y, sobre todo, recorrer *boutiques* y tiendas de señoras para elegir un regalo discreto, que la niña mala pudiera disimular en su propio vestuario, y a la vez original, delicado, que le dijera esas cosas tiernas y bonitas que yo ansiaba decirle al oído. Todas las horas que dediqué a buscarle el regalo me decía que yo era ahora todavía más imbécil de lo que había sido nunca antes y que me merecía ser tratado una vez más con la punta del zapato y revolcado en la mugre por la amante del jefe Yakuza. Al final, después de tanto buscar, terminé comprando una de las primeras cosas que vi y que me gustaron, donde Vuitton: un neceser con una colección de frasquitos de cristal para perfumes, cremas y lápices de labios, y una agenda y un lápiz de concheperla que se ocultaban en un falso fondo. Había algo vagamente adulterino en ese escondrijo del coqueto neceser.

La conferencia de Seúl fue agotadora. Era sobre patentes y tarifas y los oradores recurrían a un vocabulario muy técnico, que me duplicaba el esfuerzo. La excitación de los últimos días, el *jet lag* y la diferencia de horas entre París y Corea me tuvieron desvelado y con los nervios de punta. El día que llegué a Tokio, al comienzo de la tarde, caí rendido de sueño en la minúscula habitación que me había reservado el Trujimán en un hotelito del centro de la ciudad. Dormí cuatro o cinco horas de corrido y a la noche, después de una larga ducha fría para despertar, salí a cenar con mi amigo y su amor japonés. Desde el primer momento presentí que Salomón Toledano estaba mucho más enamorado de Mitsuko que ella de él. Al Trujimán se lo veía rejuvenecido y exaltado. Llevaba una corbata pajarita que nunca le había visto antes y un traje de corte moderno y juvenil. Hacía bromas, multiplicaba los gestos de atención a su amiga y con cualquier pretexto la besaba en las mejillas o la boca y le pasaba el brazo por la cintura, algo que a ella parecía incomodarle. Era mucho más joven que él, simpática y bastante agraciada, en efecto: lindas piernas y una carita de porcelana en la que titilaban unos ojos grandes y vivarachos. No podía disimular una expresión de desagrado cada vez que Salomón se le arrimaba. Hablaba muy bien el inglés y su naturalidad y cordialidad experimentaban una especie de parón cada vez que mi amigo le hacía esas ostentosas demostraciones de cariño. Él parecía no advertirlo. Fuimos primero a un bar en Kabuki-cho, en Shinjuku, un barrio lleno de cabarets, tiendas eróticas, restaurantes, discotecas y casas de masajes entre los que circulaba una espesa muchedumbre. De todos los lugares salía una música desaforada y había un verdadero bosque aéreo de luces, enseñas y avisos publicitarios. Me sentí mareado. Después, cenamos en un sitio más tranquilo, en Nishi-Azabu, donde, por primera vez, probé comida japonesa y bebí el tibio y áspero sake. A lo largo de toda la noche se acentuó mi impresión de que la relación entre Salomón y Mitsuko estaba lejos de funcionar tan bien como aseguraba el Trujimán en sus cartas. Pero, me decía, ello se debe sin duda a que Mitsuko, parca en sus demostraciones de afecto, no se acostumbra todavía a la manera expansiva, mediterránea, de Salomón de exhibir ante el mundo la pasión que ha despertado en él. Ya se habituará.

Mitsuko tomó la iniciativa de hablar de la niña mala. Lo hizo a la mitad de la cena y de la manera más natural del mundo, preguntándome si quería que llamara a mi compatriota para avisarle de mi llegada. Le rogué que lo hiciera y que le diera el número de mi hotel. Mejor eso que telefonearla yo mismo, teniendo en cuenta que el caballero con el que vivía era, por lo visto, un Otelo japonés y, acaso, un asesino.

—¿Eso te ha contado este señor? —se rió Mitsuko—. Vaya tontería. El señor Fukuda es un hombre un poco raro, se dice que anda metido en negocios no muy claros, en África. Pero nunca he oído que se trate de un delincuente, ni nada parecido. Es muy celoso, eso sí. Por lo menos, es lo que dice Kuriko.

—¿Kuriko?

—La niña mala.

Dijo la «niña mala» en español y se celebró ella misma su pequeña proeza lingüística, aplaudiendo. O sea que ahora se llamaba Kuriko. Vaya, pues. Esa noche, al despedirnos, el Trujimán se las arregló para hacer un brevísimo aparte conmigo. Me preguntó, señalando a Mitsuko:

—¿Qué te parece?

—Muy linda, Trujimán. Tenías toda la razón del mundo. Es un encanto.

—Y eso que sólo la estás viendo vestida —dijo él, guiñando un ojo y golpeándose el pecho—. Tenemos que hablar largo, querido. Te asombrarás con los planes que tengo en agraz. Mañana te llamaré. Duerme, sueña y resucita.

Pero quien me llamó, temprano, fue la niña mala. Me dio una hora para afeitarme, bañarme y vestirme. Cuando bajé, ya estaba esperándome, sentada en uno de los sillones de la recepción. Llevaba un impermeable claro y, debajo, una blusita color ladrillo y una falda marrón. Se le veían las rodillas, redondas y pulidas, y las piernas finitas. Estaba más delgada que en mi recuerdo y con los ojos algo cansados. Pero nadie en el mundo hubiera creído que tenía ya más de cuarenta años. Se la veía fresca y bella. A la distancia, se la hubiera podido tomar por una de esas japonesas delicadas y menudas que pasaban por la calle, silentes y flotantes. Se le alegró la cara cuando me vio y se puso de pie para que la abrazara. La besé en las mejillas y no me apartó sus labios cuando se los rocé con los míos.

—Te quiero mucho —balbuceé—. Gracias por seguir tan joven y tan linda, chilenita.

—Ven, vamos a tomar el ómnibus —me dijo, cogiéndome del brazo—. Conozco un sitio bonito, para conversar. Es un parque al que va todo Tokio a hacer picnic y a emborracharse cuando salen las flores de los cerezos. Allí podrás decirme algunas huachaferías.

Prendida de mi brazo me llevó hasta un paradero, a dos o tres cuadras del hotel, donde subimos a un ómnibus que brillaba de limpio. Tanto el conductor como la boletera llevaban esos tapabocas con los que me sorprendió ver a mucha gente caminando por la calle. En muchos sentidos, Tokio parecía una clínica. Le entregué el neceser de Vuitton que le había traído y lo recibió sin excesivo entusiasmo. Me examinaba, entre divertida y curiosa.

—Te has vuelto una japonesita. En tu manera de vestirte, incluso en tus rasgos, en tus movimientos, hasta en el color de la piel. ¿Desde cuándo te llamas Kuriko?

—Así me han puesto mis amistades, no sé a quién se le ocurrió. Será que tengo algo de oriental. Tú me lo dijiste una vez en París, ¿no te acuerdas?

—Claro que me acuerdo. ¿Sabes que tenía miedo de que te hubieras puesto fea?

—En cambio, tú te has llenado de canas. Y de algunas arruguitas, aquí, debajo de los párpados —me apretó el brazo y los ojos se le llenaron de malicia. Bajó la voz—: ¿Te gustaría que fuera tu geisha, niño bueno?

—Sí, también. Pero, sobre todo, mi mujer. He venido a Tokio a ofrecerte matrimonio por enésima vez. Esta vez te convenceré, te lo advierto. Y, a propósito, desde cuándo andas en ómnibus tú. ¿El jefe de los Yakuza no te puede poner un auto con chofer y guardaespaldas?

—Aunque pudiera, no lo haría —me dijo, siempre prendida de mi brazo—. Sería ostentación, lo que más odian los japoneses. Aquí está mal visto diferenciarse de los demás, en lo que sea. Por eso, los ricos se disfrazan de pobres y los pobres de ricos.

Bajamos en un parque lleno de gente, oficinistas que aprovechaban el descanso del mediodía para comer unos sándwiches y tomar unos refrescos bajo los árboles, rodeados de césped y estanques con pececillos de colores. La niña mala me llevó a un salón de té, en una esquina del parque. Había unas mesitas con cómodos sillones, entre biombos que guardaban una cierta privacidad. Apenas nos sentamos le besé las manos, la boca, los ojos. Estuve observándola largamente, respirándola.

—¿Paso el examen, Ricardito?

—Con sobresaliente. Pero, te veo algo cansada, japonesita. ¿La emoción de verme, después de cuatro años de tenerme completamente abandonado?

—Y la tensión en la que vivo, también —añadió, muy seria.

—¿Qué maldades haces para vivir tan tensa?

Se quedó mirándome, sin responderme, y me pasó la mano por los cabellos, en ese cariño medio amoroso y medio maternal que acostumbraba.

—Cuántas canas te han salido —repitió, examinándome—. ¿Yo te saqué algunas, no? Pronto tendré que decirte viejo bueno en vez de niño bueno.

—¿Estás enamorada del tal Fukuda? Tenía la esperanza de que estuvieras con él sólo por interés. ¿Quién es? ¿Por qué tiene tan mala fama? ¿Qué hace?

—Muchas preguntas a la vez, Ricardito. Dime primero alguna de esas cosas de las telenovelas. Nadie me las dice, hace años.

Le hablé bajito, mirándola a los ojos y besándole de tanto en tanto la mano que tenía entre las mías.

—No he perdido las esperanzas, japonesita. Aunque te parezca un redomado cretino, voy a insistir y a insistir hasta que te vengas a vivir conmigo. A París, y, si no te gusta París, donde tú quieras. Como intérprete puedo trabajar en cualquier parte del mundo. Te juro que te haré feliz, japonesita. Ya han pasado muchos años para que te quepa la menor duda: te amo tanto que haré cualquier cosa para retenerte a mi lado, cuando estemos juntos. ¿Te gustan los gángsters? Me haré asaltante, secuestrador, estafador, narco, lo que quieras. Cuatro años sin saber de ti y, ahora, apenas puedo hablar, apenas pensar, de lo conmovido que estoy al sentirte tan cerquita.

—No está mal —se rió ella y adelantó la cara y me dio en los labios el beso rápido de un pajarito.

Pidió té y unas pastas en un japonés que la camarera le hizo repetir un par de veces. Después que trajeron lo pedido, y de servirme una taza, tardíamente respondió a mi pregunta:

—No sé si es amor lo que siento por Fukuda. Pero, nunca en mi vida he dependido tanto de nadie como dependo de él. La verdad es que puede hacer conmigo lo que quiera.

No lo decía con la alegría ni la euforia de alguien, como el Trujimán, que ha descubierto el amor-pasión. Más bien, alarmada, sorprendida de que le ocurriera algo así a una persona como ella que se creía más allá de esas flaquezas. En sus ojos color miel oscura había algo angustioso.

—Bueno, si puede hacer contigo lo que quiera, es que te has enamorado, por fin. Espero que el tal Fukuda te haga sufrir como me haces sufrir tú a mí desde hace tantos años, mujer glacial...

Sentí que me cogía la mano y me la restregaba.

—No es amor, te lo juro. No sé qué es, pero esto no puede ser amor. Una enfermedad, un vicio, más bien. Eso es Fukuda para mí.

La historia que me contó era tal vez cierta, aunque seguramente dejó muchas cosas en la sombra, y disimuló, suavizó y embelleció otras. Me era difícil creerle ya nada de lo que me decía, porque desde que la conocí me había contado siempre más mentiras que verdades. Y creo que, a diferencia del común de los mortales, a estas alturas de su vida, a la flamante Kuriko le era ya muy difícil diferenciar el mundo en que vivía de aquel en el que decía vivir. Como me imaginé, había conocido a Fukuda años atrás, en uno de los viajes que hizo al Oriente con David Richardson, quien, en efecto, tenía negocios con el japonés. Éste le había dicho a la niña mala alguna vez que era una lástima que una mujer como ella, de tanto carácter, tan mundana, se contentara con ser Mrs. Richardson, porque en el mundo de los negocios podría haber hecho una gran carrera. La frase le quedó rondando en los oídos. Cuando sintió que el mundo se le venía abajo porque su ex marido había descubierto su matrimonio con Robert Arnoux, llamó a Fukuda, le contó lo que le ocurría y le propuso trabajar a sus órdenes, en lo que fuera. El japonés le mandó un pasaje de avión de Londres a Tokio.

—¿Cuando me llamaste del aeropuerto de París para despedirte venías a reunirte con él?

Asintió.

—Sí, pero en realidad te llamé desde el aeropuerto de Londres.

La misma noche que llegó a Japón, Fukuda la hizo su amante. Pero no la llevó a vivir con él hasta un par de años después. Hasta entonces vivió sola, en una pensión, en un cuartito minúsculo, con un baño y una cocina empotrada, «más enano que el cuarto que tenía mi criada filipina en Newmarket». Si no hubiera viajado tanto, «haciendo los mandados de Fukuda», se habría vuelto loca de claustrofobia y de soledad. Era la amante de Fukuda, pero una entre varias. El japonés nunca le ocultó que se acostaba con distintas mujeres. La llevaba a veces a pasar la noche con él, pero luego podían transcurrir semanas sin que la invitara a su casa. Sus relaciones eran, en esos períodos, estrictamente las de una empleada y su patrón. ¿En qué consistían los «mandados» del señor Fukuda? ¿Contrabandear drogas, diamantes, cuadros, armas, dinero? Muchas veces, ella ni siquiera lo sabía. Llevaba y traía lo que él le preparaba, en maletas, paquetes, bolsas o carteras, y hasta ahora —tocó la madera de la mesa— siempre había pasado las aduanas, las fronteras y los policías sin mucho problema. Viajando de ese modo por Asia y África, había descubierto lo que era el miedo pánico. Al mismo tiempo, nunca había vivido antes con tanta intensidad y esa energía que, en cada viaje, le hacían sentir que la vida era una maravillosa aventura. «¡Qué distinto vivir así que en ese limbo, en esa muerte lenta rodeada de caballos en Newmarket!» A los dos años de trabajar con él, Fukuda, satisfecho con sus servicios, la premió con un ascenso: «Mereces venir a vivir bajo mi mismo techo».

—Vas a terminar acuchillada, asesinada, encerrada años de años en una horrible cárcel —le dije—. ¿Te has vuelto loca? Si me estás contando la verdad, lo que haces es una estupidez. Cuando te pesquen contrabandeando drogas o algo peor, ¿crees que este gángster se va a ocupar de ti?

—Ya sé que no, él mismo me lo ha advertido —me interrumpió—. Por lo menos, es muy franco conmigo, ya ves. Si alguna vez te cogen, allá tú. Yo no te conozco ni te he conocido nunca. Allá tú.

—Cuánto te debe querer, ya se ve.

—A mí él no me quiere. Ni a mí, ni a nadie. Es como yo, en eso. Pero, tiene más carácter y es más fuerte que yo.

Había pasado más de una hora desde que estábamos allí y comenzaba a oscurecer. Yo no sabía qué decirle. Me sentía desmoralizado. Era la primera vez que me parecía totalmente entregada en cuerpo y alma a un hombre. Ahora sí, estaba clarísimo: la niña mala nunca sería tuya, pichiruchi.

—Has puesto una carita triste —me sonrió—. ¿Te apena lo que te conté? Eres la única persona a la que hubiera podido contárselo. Y, además, necesitaba decírselo a alguien. Pero, tal vez, he hecho mal. ¿Me perdonas si te doy un beso?

—Me apena que, por primera vez en tu vida, ames de verdad a alguien y que no sea yo.

—No, no, no es amor —repitió, moviendo la cabeza—. Es más complicado, una enfermedad más bien, ya te he dicho. Me hace sentirme viva, útil, activa. Pero no feliz. Es como una posesión. No te rías, no bromeo, a veces siento que estoy poseída por Fukuda.

—Si le tienes tanto miedo, me imagino que no te atreverás a hacer el amor conmigo. Y yo que vine expresamente a Tokio a pedirte que me lleves al *Château Meguru.*

Había estado muy seria mientras me contaba su vida con Fukuda pero, ahora, abriendo mucho los ojos, soltó una carcajada:

—¿Y cómo diablos sabes tú, recién llegado a Tokio, qué es el *Château Meguru?*

—Por mi amigo, el intérprete. Salomón se llama a sí mismo «el Trujimán del *Château Meguru*» —le cogí la mano y se la besé—. ¿Te atreverías, niña mala?

Miró su reloj y estuvo unos momentos pensativa, calculando. De pronto, resuelta, pidió a la camarera que nos llamara un taxi.

—No tengo mucho tiempo —me dijo—. Pero me da no sé qué verte con esa cara de perrito apaleado. Vamos, aunque me arriesgo mucho haciendo esto.

El *Château Meguru* era una casa de citas que funcionaba en un edificio laberíntico, lleno de pasillos y escaleras oscuras que conducían a unos cuartos equipados con saunas, jacuzzis, camas con colchones de agua, espejos en las paredes y en el techo, y aparatos de radio y de televisión, junto a los cuales había pilas de vídeos pornográficos con fantasías para todos los gustos imaginables y una preferencia marcada por el sadomasoquismo. También, en una pequeña vitrina, preservativos y vibradores de distintos tamaños y con aditamentos como crestas de gallo, penachos y mitras, así como una rica parafernalia de juegos sadomasoquistas, látigos, antifaces, esposas y cadenas. Al igual que los ómnibus, las calles y el parque, también aquí la limpieza era meticulosa y enfermiza. Al entrar a la habitación, tuve la sensación de estar en un laboratorio o en una estación espacial. La verdad, me costó entender el entusiasmo de Salomón Toledano, que llamaba el edén de los placeres a estas alcobas tecnológicas y mini *sex shops*.

Cuando empecé a desnudar a Kuriko, y vi y toqué su piel suavecita, y olí su aroma, pese a mis esfuerzos por contenerme, la angustia que me cerraba el pecho desde que me contó su rendición incondicional a Fukuda, me venció. Rompí en llanto. Ella me dejó llorar un buen rato, sin decir nada. Sobreponiéndome, balbuceé unas disculpas, y sentí que me volvía a acariciar los cabellos.

—Aquí no hemos venido a ponernos tristes —me dijo—. Hazme cariños y dime que me quieres, zonzito.

Cuando estuvimos los dos desnudos vi que, en efecto, se había adelgazado mucho. En el pecho y en la espalda se le distinguían las costillas y la pequeña cicatriz de su vientre se había alargado. Pero sus formas eran siempre armoniosas y sus pechitos firmes. La besé despacio, mucho rato, por todo el cuerpo —el tenue perfume que despedía su piel parecía emanar de sus entrañas—, susurrándole palabras de amor. No me importaba nada. Ni siquiera que estuviera hechizada por ese japonés. Me aterraba que, por las tareas en que éste la había metido, terminara despanzurrada a balazos o en una cárcel africana. Pero yo movería cielo y tierra para rescatarla. Porque, para qué negarlo, la amaba cada día más. Y la amaría siempre, aunque me engañara con mil fukudas, porque ella era la mujercita más delicada y más bella de la creación: mi reina, mi princesita, mi torturadora, mi mentirosita, mi japonesita, mi único amor. Kuriko se había cubierto la cara con el brazo y no decía nada, ni siquiera me escuchaba, totalmente concentrada en su placer.

—Lo que me gusta, niño bueno —me ordenó al fin, abriendo las piernas y atrayendo mi cabeza hacia su sexo.

Besarlo, sorberlo, gustar la fragancia que salía del fondo de su vientre me hizo tan feliz como antaño. Por unos minutos eternos me olvidé de Fukuda y de las mil y una aventuras que me había contado, sumido en una exaltación quieta y febril, tragando los jugos dulces que succionaba de sus entrañas. Después de sentirla gozar, me encaramé sobre ella y, con la misma dificultad de tantas veces, la penetré, sintiendo que se quejaba y se fruncía. Estaba muy excitado pero conseguí demorarme en ella, sumido en un frenesí de vértigo hasta que por fin eyaculé. La tuve largo rato soldada a mí, apretándola con fuerza. La acaricié, mordí sus cabellos, sus perfectas orejas, la besé, le pedí perdón por no haber podido retenerme más tiempo.

—Hay un remedio para que no termines tan rápido, para seguir con la erección mucho rato, horas —me dijo al fin, en el oído, con la vocecita traviesa de otros tiempos—. ¿Sabes cuál? No, tú qué vas a saber esas cosas, santito. Unos polvos que se preparan con los colmillos molidos de los elefantes y el cuerno de los rinocerontes. No te rías, no es brujería, es verdad. Te regalaré un pomito para que te lo lleves de recuerdo mío a París. En toda Asia valen una fortuna, te advierto. Así te acordarás de Kuriko cada vez que te acuestes con una francesa.

Alcé la cabeza de su cuello para verle la cara: estaba muy bella así, pálida, con esas ojeras azuladas y la languidez en que la sumía el amor.

—¿Eso es lo que contrabandeas en tus viajes por Asia y África? ¿Afrodisíacos preparados con colmillos de elefantes y cuernos de rinocerontes para estafar incautos? —le pregunté, sacudido por las carcajadas.

—Es el mejor negocio del mundo, aunque no lo creas —se rió, contagiada—. Por culpa de los ecologistas, que han hecho prohibir la caza de elefantes, rinocerontes y qué sé yo cuántos animales más. Ahora, esos colmillos y cuernos valen un ojo de la cara, en los países de por acá. También hago pasar otras cosas que no pienso decirte. Pero el gran negocio de Fukuda es ése. Y, ahora, tengo que irme, niño bueno.

—No pienso regresar a París —le advertí, mientras la veía, desnuda, de espaldas, yendo en puntas de pie hacia el baño—. Me quedaré a vivir en Tokio y, si no puedo matar a Fukuda, me contentaré con ser tu perro, así como tú eres la perra de ese gángster.

—Guau, guau —ladró la chilenita.

Al regresar a mi hotel, me di con un mensaje de Mitsuko. Quería verme a solas, para un asunto urgente. ¿Podía llamarla a su oficina, mañana temprano?

La llamé apenas me levanté y, entre interminables cortesías japonesas, la amiga del Trujimán me pidió que nos tomáramos un café en la cafetería del Hotel Hilton, a media mañana, porque tenía que comunicarme algo importante. Apenas había colgado cuando sonó el teléfono. Era Kuriko. Le había contado a Fukuda que un viejo amigo peruano estaba en Tokio y el jefe Yakuza me invitaba esta noche, junto con el Trujimán y su novia, a tomar una copa en su casa y luego a una cena-espectáculo, en el musical más popular de Ginza. ¿Había oído bien?

—Y, además, le he dicho que estos días te iba a llevar a hacer un poco de turismo. No me ha puesto ningún pero.

—Qué generoso, qué galante —le contesté, indignado con lo que me acababa de contar—. ¡Tú, pidiéndole permiso a un hombre! No te reconozco, niña mala.

—Me has hecho poner colorada —susurró, algo confundida—. Creí que estarías feliz sabiendo que podremos vernos todos los días que estés en Tokio.

—Estoy celoso. ¿No te has dado cuenta? Antes, no me importaba, porque tus amantes o maridos tampoco te importaban a ti. Pero, este japonés sí te importa. No debiste decirme nunca que él puede hacer contigo lo que quiera. Ese puñal en el corazón me va a acompañar hasta la tumba.

Se rió, como si yo le hubiera hecho un chiste.

—Ahora no tengo tiempo para tus huachaferías, niño bueno. Yo te voy a quitar los celos. Te he preparado un programa regio para todo el día, ya verás.

Le pedí que me recogiera en la cafetería del Hilton a mediodía y fui a la cita con Mitsuko. Cuando llegué, ella estaba ya allí, fumando. Parecía muy nerviosa. Volvió a pedirme disculpas por su atrevimiento de llamarme, pero, me dijo, no tenía a quién dirigirse, «la situación se ha vuelto muy difícil y ya no sé qué hacer». Tal vez yo pudiera aconsejarla.

—¿Te refieres a tu relación con Salomón? —le pregunté, sospechando lo que se venía.

—Yo pensé que lo nuestro sería un pequeño *flirt* —asintió, echando humo por la nariz y por la boca a la vez—. Una aventura agradable, pasajera, de esas que no comprometen. Pero Salomón no lo entiende así. Quiere convertir esto en una relación para toda la vida. Se empeña en que nos casemos. Yo no volveré a casarme nunca. Ya pasé por un fracaso matrimonial y sé lo que es eso. Además, tengo una carrera por delante. La verdad, me está volviendo loca con su obstinación. No sé qué hacer para que esto termine de una vez.

No me alegró que mis sospechas se confirmaran. El Trujimán había construido castillos en el aire y se iba a llevar la frustración de su vida.

—Como ustedes son tan amigos y él te estima tanto, pensé, en fin, espero que no te importe. Pensé que podrías ayudarme.

—Pero, en qué forma te puedo ayudar, Mitsuko.

—Hablándole. Explicándole. Que yo no me voy a casar nunca con él. Que yo no quiero ni puedo continuar esta relación de la manera en que él se empeña. La verdad, me atosiga, me abruma. Yo tengo muchas responsabilidades en la compañía y este asunto está afectando mi trabajo. A mí me ha costado mucho llegar a donde estoy, en la Mitsubishi.

Todos los fumadores de Tokio parecían haberse concentrado en la impersonal cafetería del Hotel Hilton. Nubecillas de humo y un fuerte olor a tabaco impregnaban el local. Se oía hablar inglés en casi todas las mesas. Había tantos extranjeros como japoneses.

—Lo siento mucho, Mitsuko, pero no lo haré. Éste no es un asunto donde deban intervenir terceras personas, sino algo entre tú y él. Debes hablarle, con franqueza, y cuanto antes. Porque Salomón está muy enamorado de ti. Como no lo ha estado nunca antes de nadie. Y se hace muchas ilusiones. Él cree que tú lo quieres, también.

Le conté algo de lo que el Trujimán me decía de ella en sus cartas. Cómo, conocerla, lo había hecho cambiar de manera de pensar sobre el amor desde aquella lejana experiencia de su juventud berlinesa, cuando la novia polaca lo dejó en plenos preparativos de boda. Advertí que lo que yo le decía no la apenaba en absoluto: debía estar ya harta del pobre Trujimán.

—Yo la comprendo a esa muchacha —comentó, glacial—. Tu amigo puede ser, no sé cómo decirlo en inglés, abrumador, sofocante. A veces, cuando estamos juntos, me siento en una prisión. No me deja ningún espacio para ser yo misma, para respirar. Quiere tocarme todo el tiempo. A pesar de que le he explicado que aquí, en Japón, no se acostumbran esas expansiones en público.

Hablaba de tal manera que, a los pocos minutos, pensé que el problema era todavía más grave: Mitsuko se sentía tan empalagada de los besos y manoseos a la vista de todo el mundo del Trujimán, y vaya usted a saber de qué asedios privados, que había llegado a detestarlo.

—Entonces, ¿crees que debo hablarle?

—No lo sé, Mitsuko, no me hagas darte un consejo sobre algo tan personal. Yo lo único que quisiera es que mi amigo sufra lo menos posible. Y creo que, si no vas a seguir con él, si has decidido romper la relación, es preferible que lo hagas cuanto antes. Después, será peor.

Cuando se despidió, entre nuevas disculpas y cortesías, me sentí incómodo y desagradado. Hubiera preferido no haber tenido esa conversación con Mitsuko, no enterarme de que mi amigo iba a ser brutalmente despertado del sueño en que estaba y devuelto a la cruda realidad. Felizmente, no tuve que esperar mucho: Kuriko apareció en la entrada de la cafetería y fui a su encuentro, feliz de salir de este antro humoso. Llevaba un sombrerito y un impermeable de la misma tela clara, a cuadritos, unos pantalones de franela oscura, con una chompa granate de cuello alto y unos mocasines deportivos. Tenía la cara más fresca y más joven que la víspera. Una adolescente de cuarenta y pico de años. Me bastó verla para que se me disipara la desazón. Ella misma me alcanzó los labios para que la besara, cosa que no solía hacer, siempre era yo el que le buscaba la boca.

—Ven, vamos, te voy a llevar a los templos sintoístas, los más bonitos de Tokio. En todos hay animales sueltos, caballos, gallos, palomas. Los consideran sagrados, reencarnaciones. Y, mañana, a los templos budistas zen, con sus jardines de arena y rocas, que los monjes rastrillan y cambian cada día. Preciosos, también.

Fue un día de intenso trajín, subiendo y bajando de ómnibus, del aerodinámico metro, a veces de taxis. Entré y salí de templos y pagodas, y de un enorme museo donde había huacos peruanos imitados porque —lo indicaba un cartel— la institución, respetuosa de las prohibiciones que existían en el Perú para sacar fuera del país objetos del patrimonio arqueológico, no exhibía piezas originales. Pero no creo haber puesto mayor atención en lo que veía, porque mis cinco sentidos estaban concentrados en Kuriko, que me tenía casi todo el tiempo de la mano y se mostraba insólitamente cariñosa. Me hacía bromas y coqueterías, y se reía a sus anchas, con los ojos brillantes, cada vez que me pedía al oído «Ahora, otra huachafería, niño bueno», y yo le daba gusto. A media tarde nos sentamos en una mesita apartada de la cafetería del Museo de Antropología, a comer un sándwich. Se quitó el sombrerito a cuadros y se arregló los cabellos. Los llevaba muy cortos y lucía todo su cuello, airoso, en el que se insinuaba la culebrita verde de una vena.

—Cualquiera que no te conozca diría que estás enamorada de mí, niña mala. Creo que nunca, desde que te conocí en Miraflores, de chilenita, has estado así de cariñosa.

—A lo mejor me he enamorado de ti y no me acabo de dar cuenta —me dijo, pasándome la mano por los cabellos y acercándome la cara, para que viera lo irónicos e insolentes que eran sus ojos—. ¿Qué harías si te dijera que lo estoy y que nos podemos ir a vivir juntos?

—Me daría un infarto y me quedaría tieso aquí mismo. ¿Lo estás, Kuriko?

—Estoy contenta, porque podremos vernos todos los días que pases en Tokio. Tenía esa preocupación, cómo hacer para verte a diario. Por eso me atreví a contárselo a Fukuda. Y ya ves qué bien salió.

—El gángster magnánimo te dio permiso para que muestres a tu compatriota los encantos de Tokio. Odio a tu maldito jefe Yakuza. Hubiera preferido no conocerlo, no verlo nunca. Esta noche voy a pasar un mal rato horrible viéndote con él. ¿Te puedo pedir un favor? No lo toques, no lo beses, delante de mí.

Kuriko se echó a reír y me tapó la boca con la mano.

—Calla, tonto, él no haría nunca esas cosas, ni conmigo ni con nadie. Ningún japonés las haría. Aquí hay una diferencia tan grande entre lo que se hace en público y en privado que las cosas más naturales para nosotros, a ellos les chocan. Él no es como tú. Fukuda, a mí, me trata como a su empleada. A veces, como a su puta. En cambio, tú, la verdad es la verdad, me has tratado siempre como a una princesa.

—Ahora, eres tú la que dice huachaferías.

Le cogí la carita con las manos y la besé.

—Tampoco debiste decirme que ese japonés te trata como a su puta —le susurré al oído—. ¿No ves que es como si me despellejaras vivo?

—No te lo he dicho. Olvidémoslo, borrémoslo.

Fukuda vivía en un barrio alejado del centro, una zona residencial donde alternaban edificios de seis, ocho pisos, muy modernos, con casitas tradicionales, de techos de tejas y jardines minúsculos, que parecían a punto de ser aplastadas por sus altísimos vecinos. Tenía un apartamento en el sexto piso de un edificio con un portero engalonado, que me acompañó hasta el ascensor. Éste se abría en el interior de la casa, y, luego de un pequeño recibidor desnudo, apareció una sala comedor amplia, con un gran ventanal por el que se divisaba un manto infinito de lucecitas titilantes, bajo un cielo sin estrellas. La sala estaba sobriamente amueblada y tenía en las paredes unos platos de cerámica azul, en unas repisas unas esculturas polinesias, y, sobre una mesa chata y larga, objetos tallados en marfil. Mitsuko y Salomón ya estaban allí con copas de champagne en las manos. La niña mala llevaba un vestido largo, color mostaza, que le dejaba los hombros descubiertos, y una cadenita de oro en el cuello. Estaba maquillada como para una fiesta y sus cabellos recogidos en dos bandas. El peinado, que no le había visto antes, acentuaba su apariencia oriental. Se la hubiera podido tomar por una japonesa, ahora más que nunca. Me besó en la mejilla y le dijo en español al señor Fukuda:

—Éste es Ricardo Somocurcio, el amigo del que te hablé.

El señor Fukuda hizo la consabida venia de saludo japonesa. Y, en un español bastante comprensible, me saludó así, alargándome la mano:

—El jefe Yakuza le da la bienvenida.

El chiste me dejó totalmente desconcertado, no sólo porque no lo esperaba —no me imaginaba que Kuriko pudiera contarle lo que yo le decía sobre él— sino porque el señor Fukuda bromeó —¿bromeó?— sin sonreír, con la misma cara inexpresiva y neutral, apergaminada, que conservó toda la noche. Una cara que parecía una máscara. Cuando atiné a decirle «Ah, habla usted español», me negó con la cabeza, y, a partir de ese momento, sólo habló en un inglés muy pausado y difícil, las pocas veces que habló. Me alcanzó una copa de champagne y me señaló un asiento, al lado de Kuriko.

Era un hombre bajito, más todavía que Salomón Toledano, casi esquelético, tanto que, comparado con la esbelta y menuda niña mala, parecía un alfeñique. Me había hecho una idea tan distinta de él que me dio la impresión de estar ante un impostor. Llevaba unos anteojos oscuros, de cristales redondos y montura de metal, que no se quitó en toda la noche, lo que aumentaba el malestar que me producía su persona, pues no sabía si sus ojitos —los imaginaba fríos y pugnaces— me estaban observando o no. Tenía unos cabellos grises, aplastados contra el cráneo, acaso engominados y peinados hacia atrás a la manera de los cantantes argentinos de tango de los años cincuenta. Vestía un traje y una corbata oscuros, que le daban cierto aire funeral, y podía permanecer inmóvil y mudo mucho rato, con las pequeñas manos sobre las rodillas, como petrificado. Pero, tal vez, el rasgo más acusado de su físico era su boca sin labios, que apenas se movía cuando hablaba, como los ventrílocuos. Me sentía tan tenso e incómodo que, contra mi costumbre —nunca pude beber mucho porque el alcohol se me subía rápido—, esa noche bebí en exceso. Cuando el señor Fukuda se puso en pie, indicando de este modo que debíamos partir, yo llevaba tres copas de champagne en el cuerpo y me había comenzado a dar vueltas la cabeza. Y, algo ajeno a la conversación que mantenía casi sólo el Trujimán hablando de las variantes regionales del japonés que estaba comenzando a distinguir, me preguntaba, estupefacto: «¿Qué tiene este hombrecillo insignificante y viejo para que la niña mala hable así de él?». ¿Qué le decía, qué le hacía para que dijera que es su vicio, su enfermedad, que está poseída por él, que puede hacer lo que quiere con ella? Como no encontraba la respuesta, sentía más celos, más furia, más desprecio por mí mismo, y me maldecía por haber cometido la insensatez de venir a Japón. Sin embargo, un segundo después, mirándola de reojo, me decía que sólo aquella vez, en el baile de l'Opéra de París, la había visto tan deseable como esta noche.

Había dos taxis esperando en la puerta del edificio. A mí me tocó ir solo con Kuriko, porque así lo indicó, con un simple gesto imperativo, el señor Fukuda, quien se metió en el otro taxi con el Trujimán y Mitsuko. Apenas partimos sentí que la niña mala me cogía la mano y se la llevaba a las piernas, para que yo la tocara.

—¿No es acaso tan celoso? —dije, señalando al otro taxi, que nos rebasaba—. ¿Cómo te deja venir sola conmigo?

Ella no se dio por entendida.

—No pongas esa cara, zonzito —me dijo—. ¿Ya no me quieres, entonces?

—Te odio —le dije—. Nunca he sentido tantos celos como ahora. ¿O sea que ese enano, ese aborto de hombre, es el gran amor de tu vida?

—Deja de decir tonterías y, más bien, bésame.

Me echó los brazos al cuello, me ofreció su boca y sentí la puntita de su lengua enredándose en la mía. Me dejó besarla largamente, y ella respondía a mis besos con alegría.

—Te quiero, maldita sea, te quiero, te amo —le imploré, en el oído—. Vente conmigo, japonesita, ven, te juro que seremos muy felices.

—Cuidado, ya estamos llegando —dijo ella. Se apartó de mí, sacó un kleenex de su cartera y se retocó la boca—. Límpiate los labios, te he dejado un poco de rouge.

El teatro restaurante era un music hall de gigantesco escenario con mesas y mesitas escalonadas en una rampa que se abría como un abanico, bajo unos candelabros inmensos que arrojaban una luz potente sobre el enorme local. La mesa reservada por Fukuda estaba bastante cerca del escenario y desde ella se tenía una perspectiva magnífica. El espectáculo comenzó casi inmediatamente después de nuestra llegada. Rememoraba los grandes éxitos de Broadway, con números a veces paródicos, a veces miméticos, de zapateos y figuras de un cuerpo de bailarines multitudinario. Había también números de payasos, ilusionistas, contorsionistas, y canciones, en inglés y japonés. El presentador parecía saber casi tantas lenguas como el Trujimán aunque, según éste, las hablaba todas mal. También esta vez el señor Fukuda, con gestos imperativos, decidió nuestros sitios. A mí volvió a sentarme junto a Kuriko. Apenas se apagaron las luces —la mesa quedaba iluminada por unos focos semiocultos entre los arreglos florales—, sentí el pie de la niña mala sobre el mío. La miré y, con el aire más natural del mundo, estaba hablando con Mitsuko en un japonés que, a juzgar por los esfuerzos que hacía aquélla para entenderla, debía ser tan aproximado como su francés y su inglés. Estaba muy linda, en esa media oscuridad, con su piel bruñida, ligeramente pálida, sus hombros redondos, su cuello alto, sus ojitos color miel llenos de brillos y sus labios marcados. Se había descalzado para hacerme sentir la planta de su pie, que estuvo casi toda la cena sobre el mío, moviéndose a ratos para frotarme el tobillo y hacerme sentir que estaba allí, sabiendo lo que hacía, desafiando a su amo y señor. Éste, hierático, miraba el espectáculo o conversaba con el Trujimán moviendo apenas la boca. Sólo una vez, creo, se dirigió a mí para preguntarme en inglés cómo iban las cosas en el Perú y si conocía a gente de la colonia japonesa de allá, que, por lo visto, era bastante grande. Le respondí que hacía muchos años que no iba al Perú y que no sabía gran cosa de lo que pasaba en el país en el que había nacido. Y que no había conocido a ningún japonés peruano, aunque, sí, había muchos, pues el Perú había sido el segundo país en el mundo, luego de Brasil, que abrió sus fronteras a la inmigración japonesa a fines del siglo XIX.

La cena ya estaba ordenada y los platos, unas miniaturas muy bien presentadas y bastante insípidas de verduras, mariscos y carnes, se sucedían, sin fin. Yo apenas los probaba, para cumplir. En cambio, bebí varias minúsculas tacitas de porcelana en que el gángster nos servía el cálido y almibarado sake. Me sentí mareado, antes de que terminara la primera parte de la función. Pero, al menos, se me había evaporado el malestar del principio. Al encenderse las luces, para mi sorpresa, el piececito descalzo de la niña mala siguió allí, tocándome. Pensé: «Sabe que estoy sufriendo horriblemente de celos y trata de desagraviarme». Ya lo estaba: cada vez que, procurando no delatar lo que sentía, me volvía a mirarla, me decía que nunca la había visto tan bella ni deseable. Por ejemplo, esa orejita era un prodigio de arquitectura minimalista, con sus suaves curvas y el pequeño respingo del lóbulo en la parte superior.

En un momento de la noche, hubo un pequeño incidente entre Salomón y Mitsuko que no sé cómo comenzó. De improviso, ella se puso de pie y se marchó sin despedirse de nadie ni dar explicación alguna. El Trujimán se levantó de un salto y la siguió.

—¿Qué ha pasado? —pregunté al señor Fukuda, pero éste se quedó mirándome, inmutable, sin decir nada.

—A ella no le gusta que la toquen ni la besen en público —dijo Kuriko—. Tu amigo es un mano larga. En cualquier momento, Mitsuko lo dejará. Me lo ha dicho.

—Salomón se va a morir, si lo deja. Está enamorado de Mitsuko como un becerro. Templado hasta el cien.

La niña mala se rió, con esa boca abierta de labios gruesos que tenía ahora muy enrojecidos por el maquillaje:

—¡Enamorado como un becerro! ¡Templado hasta el cien! —repitió—. Hace siglos que no oía esas cosas tan chistosas. ¿Se dirán todavía en el Perú o habrá otros peruanismos para el enamoramiento?

Y, pasando del español al japonés, se puso a explicar a Fukuda lo que querían decir aquellas expresiones. Él la escuchaba, rígido e inescrutable. De tanto en tanto, como un muñeco articulado, cogía su copa, se la llevaba a la boca sin mirarla, bebía un sorbo y la devolvía a la mesa. Inesperados, poco después el Trujimán y Mitsuko volvieron. Se habían reconciliado, pues sonreían e iban cogidos de la mano.

—No hay como las peleas para mantener vivo el amor —me dijo Salomón, con una sonrisa de hombre colmado, guiñándome el ojo—. Pero, a la mujer el macho debe castigarla de vez en cuando, para que no se le suba hasta la coronilla.

A la salida, había otra vez dos taxis esperando y, como al venir, el señor Fukuda decidió con un ademán que yo subiera solo con Kuriko a uno de ellos. Él se fue con Salomón y Mitsuko. El odiado japonés empezaba a caerme simpático con los privilegios que me concedía.

—Por lo menos, déjame llevarme el zapatito del pie con el que has estado tocándome toda la noche. Me acostaré con él, ya que no puedo hacerlo contigo. Y lo guardaré junto con la escobillita de Guerlain.

Pero, ante mi sorpresa, cuando llegamos al edificio de Fukuda, Kuriko, en lugar de despedirme, me cogió de la mano y me invitó a subir con ella a tomar en su departamento «la copa del estribo». En el ascensor la besé, con desesperación. Le dije mientras la besaba que nunca le perdonaría que estuviera tan bella precisamente esta noche, cuando había descubierto que sus orejitas eran unas prodigiosas creaciones minimalistas. Yo las adoraba y me gustaría cortárselas, embalsamarlas y llevarlas por el mundo en el bolsillo de mi saco más cercano al corazón.

—Sigue, sigue con tus huachaferías, huachafito —se la veía halagada, risueña, muy dueña de sí misma.

Fukuda no estaba en la sala. «Voy a ver si ha llegado», murmuró ella, después de servirme un vaso de whisky en las rocas. Regresó al momento, con la cara encendida en una expresión provocadora:

—No ha venido. Te armaste, niño bueno, eso significa que no vendrá. Va a pasar la noche afuera.

No parecía muy apenada de que su enfermedad, su vicio, la hubiera abandonado. Por el contrario, la noticia parecía alegrarla. Me explicó que Fukuda se desaparecía así, de pronto, luego de una cena o de un cine, sin decirle nada. Y que al día siguiente, al volver, no le daba la menor explicación.

—¿Quieres decir que se irá a pasar la noche con otra? ¿Teniendo a la mujer más bella del mundo en su casa, el imbécil es capaz de irse a pasar la noche con otra?

—No todos los hombres tienen tan buen gusto como tú —dijo Kuriko, dejándose caer sentada en mis rodillas y echándome los brazos al cuello.

Mientras la abrazaba y la acariciaba y la besaba en el cuello, en los hombros, en las orejas, me decía que no podía ser posible que la suerte, o los dioses, o lo que fuera, hubieran sido tan generosos conmigo, espantando al jefe Yakuza y concediéndome tanta felicidad.

—¿Estás segura que no va a volver? —le pregunté en un momento, en un sobresalto de lucidez.

—No, yo lo conozco, si no ha venido es que va a pasar la noche afuera. ¿Por qué, Ricardito? ¿Tienes miedo?

—No, miedo no. Si hoy me pides que lo mate, lo mataré. Nunca he estado tan feliz en la vida, japonesita. Y tú no has estado nunca tan linda como esta noche.

—Ven, ven.

La seguí, resistiendo el vértigo. Los objetos de la sala se movían a mi alrededor, en cámara lenta. Me sentía tan feliz que, al pasar junto al gran ventanal desde el que se divisaba la ciudad, pensé que si corría uno de los cristales y me lanzaba al vacío flotaría como una pluma sobre aquel interminable manto de luces. Un pasillo en la se-mioscuridad con grabados eróticos en las paredes. Una ha-bitación en penumbra, alfombrada, en la que tropecé y caí sobre una cama grande y mullida, con muchas almohadas. Sin que yo se lo pidiera, Kuriko había empezado a desnu-darse. Y una vez que terminó me ayudó a hacerlo a mí.

—¿Qué esperas, zonzito?

—¿Estás segura que no va a volver?

En vez de responderme, juntó su cuerpecito al mío, se enroscó en mí y, buscándome la boca, me la llenó con su saliva. Nunca me había sentido tan excitado, tan conmovi-do, tan dichoso. ¿Estaba ocurriendo realmente todo esto? La niña mala jamás había sido tan ardiente, tan entusiasta, ja-más había tomado tantas iniciativas en la cama. Siempre ha-bía adoptado una actitud pasiva, casi indiferente, en la que parecía resignarse a ser besada, acariciada y amada, sin poner nada de su parte. Ahora, era ella la que me besaba y mordis-queaba por todo el cuerpo y respondía a mis caricias con prontitud y una resolución que me maravillaba. «¿No quie-res que te haga lo que te gusta?», le murmuré. «Primero yo a ti», me contestó, empujándome con unas manecitas cariño-sas para que me tendiera de espaldas y abriera las piernas. Se acuclilló entre mis rodillas y, por primera vez desde que hici-mos el amor en aquella *chambre de bonne* del Hotel du Sénat, hizo lo que yo le había rogado tantas veces que hicie-ra y nunca quiso hacer: meter mi sexo en su boca y chuparlo. Yo mismo me sentía gemir, agobiado por el inconmensura-ble placer que me iba desintegrando a poquitos, átomo por átomo, convirtiéndome en sensación pura, en música, en lla-ma que crepita. Entonces, en uno de esos segundos o minu-tos de suspenso milagroso, cuando sentía que mi ser entero estaba concentrado en ese pedazo de carne agradecido que la niña mala lamía, besaba, chupaba y sorbía, mientras sus de-ditos me acariciaban los testículos, vi a Fukuda.

Estaba medio cubierto por las sombras, junto a un gran aparato de televisión, como segregado por la oscuridad de ese rincón del dormitorio, a dos o tres metros a lo más de la cama donde Kuriko y yo hacíamos el amor, sentado en una silla o banquito, inmóvil y mudo como una esfinge, con sus eternos anteojos oscuros de gángster de película y con las dos manos en la bragueta.

Cogiéndola de los cabellos, obligué a la niña mala a soltar el sexo que tenía en su boca —la sentí quejarse del jalón— y, completamente alterado por la sorpresa, el miedo y la confusión, le dije al oído, en voz muy bajita, estúpidamente: «Pero, ahí está, ahí está Fukuda». En vez de saltar de la cama, poner cara de espanto, echar a correr, alocarse, gritar, después de un segundo de vacilación en que comenzó a volver la cabeza hacia el rincón pero se arrepintió, la vi hacer lo único que nunca hubiera sospechado, ni querido, que hiciera: rodearme con los brazos y, adhiriéndose a mí con todas sus fuerzas para clavarme en esa cama, buscarme la boca y mordiéndome, pasarme la saliva manchada con mi semen y decirme, desesperada, de prisa, con angustia:

—¿Y qué te importa que esté o no esté, zonzito? ¿No estás gozando, no te estoy haciendo gozar? No lo mires, olvídate de él.

Paralizado por el asombro, entendí todo: Fukuda no nos había sorprendido, estaba allí en complicidad con la niña mala, gozando de un espectáculo preparado por los dos. Yo había caído en una emboscada. Las sorprendentes cosas que habían venido ocurriendo se aclaraban, habían sido cuidadosamente planeadas por el japonés y ejecutadas por ella, sumisa a las órdenes y deseos de aquél. Entendí la razón de lo efusiva que había sido conmigo Kuriko estos dos días, y, sobre todo, esta noche. No lo había hecho por mí, ni por ella, sino por él. Para complacer a su amo. Para que gozara su señor. El corazón me latía como si me fuera a reventar y apenas podía respirar. Se me había quitado el mareo y sentía mi falo fláccido, escurriéndose, empequeñeciéndose, como avergonzado. La aparté de un empujón y me incorporé a medias, retenido por ella, gritando:

—¡Te voy a matar, hijo de puta! ¡Maldito!

Pero Fukuda ya no estaba en ese rincón, ni en el cuarto, y la niña mala, ahora, había cambiado de humor y me insultaba, la voz y la cara descompuestas por la rabia:

—¡Qué te pasa, idiota! ¡Por qué haces ese escándalo! —me golpeaba en la cara, en el pecho, donde podía, con las dos manos—. No seas ridículo, no seas provinciano. Siempre has sido y serás un pobre diablo, qué otra cosa se podía esperar de ti, pichiruchi.

En la media oscuridad, a la vez que trataba de apartarla, yo buscaba mi ropa en el suelo. No sé cómo la encontré, ni cómo me vestí y me calcé, ni cuánto duró esta escena farsesca. Kuriko había dejado de golpearme pero, sentada en la cama, chillaba, histérica, intercalando sollozos y agravios:

—¿Te creías que iba a hacer esto por ti, muerto de hambre, fracasado, imbécil? Pero, quién eres tú, quién te has creído tú. Ah, te morirías si supieras cuánto te desprecio, cuánto te odio, cobarde.

Por fin, terminé de vestirme y casi corriendo desanduve el pasillo de los grabados eróticos, deseando que en la sala me estuviera esperando Fukuda con un revólver en la mano y con dos guardaespaldas armados de garrotes, pues igual me precipitaría sobre él, tratando de arrancarle esos odiosos anteojos y de escupirlo, para que me mataran cuanto antes. Pero tampoco había nadie en la sala, ni en el ascensor. Abajo, en la puerta del edificio, temblando de frío y de cólera, tuve que esperar largo rato el taxi que me llamó el portero engalonado.

En mi cuarto de hotel, me tendí sobre la cama, vestido. Me sentía fatigado, dolido y ofendido, y no tenía ánimo ni para quitarme la ropa. Estuve horas con la mente en blanco, desvelado, sintiéndome una porquería humana impregnada de estúpida inocencia, de ingenua imbecilidad. Todo el tiempo, me repetía, como un mantra: «Es tu culpa, Ricardo. La conocías. Sabías de lo que era capaz. Nunca te quiso, siempre te despreció. De qué lloras, pichiruchi. De qué te quejas, de qué te lamentas, huevón, cojudo, imbécil. Eso eres, todo lo que ella te ha dicho y más. Deberías estar feliz, y, como hacen los pendejos, los modernos, los inteligentes, decirte que te saliste con la tuya. ¿No te la tiraste? ¿No te chupó el pájaro? ¿No te vaciaste en su boca? Qué más quieres. Qué te importa que el alfeñique ese, el Yakuza ese, estuviera allí, mirando cómo te tirabas a su puta. Qué te importa lo que haya pasado. ¿Quién te mandó enamorarte de ella? Tú tienes la culpa de todo y nadie más, Ricardito».

Cuando despuntó el día me afeité, me bañé, preparé mi maleta y llamé a Japan Air Lines, para adelantar mi regreso a París, que tenía obligatoriamente que hacer vía Corea. Conseguí sitio en el avión del mediodía a Seúl, de modo que tenía tiempo justo para llegar al aeropuerto de Narita. Llamé al Trujimán para despedirme, explicándole que debía regresar de urgencia a París, por un buen contrato de trabajo que acababan de ofrecerme. Él insistió en acompañarme a pesar de que hice todo lo que pude para disuadirlo.

Cuando estaba en la recepción, pagando la cuenta, me llamaron por teléfono. Apenas escuché en el auricular la voz de la niña mala diciendo «Aló, aló», colgué. Salí a la calle a esperar al Trujimán. Tomamos un ómnibus, que iba recogiendo a pasajeros de distintos hoteles, de modo que tardamos más de una hora en llegar a Narita. En el trayecto, mi amigo me preguntó si había tenido algún problema con Kuriko o con Fukuda, y yo le aseguré que no, que mi intempestiva partida se debía a ese contrato excelente que me había propuesto por fax el señor Charnés. No me creyó pero no insistió.

Y, entonces, yendo a lo suyo, empezó a hablarme de Mitsuko. Siempre había sido alérgico al matrimonio, lo consideraba una abdicación para cualquier ser libre como él. Pero, como Mitsuko se empeñaba tanto en que se casaran, y había resultado tan buena chica, y se había portado tan bien con él, estaba considerando sacrificar su libertad, darle gusto y casarse. «Por el rito sintoísta, si es preciso, querido.»

No me atreví a insinuarle siquiera que a lo mejor le convendría esperar un poco antes de dar un paso tan trascendental. Mientras me hablaba, me sentía traspasado hasta el tuétano pensando en lo mucho que iba a sufrir cuando, cualquiera de estos días, Mitsuko se atreviera a decirle que quería romper con él, porque no lo amaba y había llegado incluso a detestarlo.

En Narita, al dar un abrazo al Trujimán cuando llamaron a mi vuelo a Seúl, sentí, absurdamente, que se me llenaban los ojos de lágrimas cuando le oí decirme:

—¿Aceptarías ser testigo de mi boda, querido?

—Claro, viejo, será un gran honor.

Llegué dos días después a París, hecho una ruina física y moral. No había pegado los ojos ni probado bocado en las últimas cuarenta y ocho horas. Pero llegué, también —había rumiado esa resolución durante todo el viaje—, decidido a no dejarme abatir del todo, a vencer la depresión que me socavaba. Conocía la receta. Aquello se curaba trabajando y ocupando el tiempo libre en quehaceres absorbentes, si no podían ser creativos ni útiles. Teniendo la sensación de que mi voluntad arrastraba mi cuerpo, rogué al señor Charnés que me consiguiera muchos contratos, porque necesitaba amortizar una deuda importante. Él lo hizo, con la benevolencia que me demostró siempre, desde que lo conocí. En los siguientes meses estuve poco en París. Trabajé en conferencias y encuentros de toda índole, en Londres, Viena, Italia, en los países nórdicos, y, un par de veces, en África, en Ciudad del Cabo y en Abidyán. En todas las ciudades, después del trabajo iba a sudar la gota gorda en un gimnasio, haciendo abdominales, corriendo en la cinta, pedaleando en la bicicleta fija, nadando o haciendo aerobics. Y continué perfeccionando mi ruso, por mi cuenta, y traduciendo, despacito, para entretenerme, los cuentos de Iván Bunín, que, después de los de Chéjov, eran los que más me gustaban. Cuando tuve traducidos tres, se los mandé a mi amigo Mario Muchnik, a España. «Con mi empeño en publicar sólo obras maestras, he quebrado ya cuatro editoriales», me contestó. «Y, aunque te parezca mentira, estoy convenciendo a un empresario suicida para que me financie la quinta. Allí publicaré tu Bunín y hasta te pagaré unos derechos que te alcanzarán para unos cuantos cafés con leche. Va el contrato.» Esta actividad incesante me sacó, poco a poco, del desbarajuste emocional que me causó el viaje a Tokio. Pero no me quitó cierta tristeza íntima, cierta decepción profunda, que me acompañó mucho tiempo como un doble y que corroía como un ácido cualquier entusiasmo o interés que empezara a sentir por algo o por alguien. Y muchas noches tuve la misma sucia pesadilla en la que, en un fondo espeso de sombras, veía la figurita enclenque de Fukuda, inmóvil en su banquito, inexpresivo como un Buda, masturbándose y eyaculando una lluvia de semen que caía sobre la niña mala y sobre mí.

Luego de unos seis meses, al regresar a París de una de esas conferencias, me dieron en la Unesco una carta de

Mitsuko. Salomón se había quitado la vida tomando un frasco de barbitúricos en el pisito alquilado donde vivía. Su suicidio había sido una sorpresa para ella, porque, cuando, a poco de partir yo de Tokio, Mitsuko, siguiendo mi consejo, se animó a hablarle, explicándole que no podían continuar juntos porque ella quería dedicarse a fondo a su profesión, Salomón lo entendió muy bien. Se mostró muy comprensivo y no hizo ninguna escena. Habían mantenido una amistad distante, lo que era inevitable con los trajines de Tokio. Se veían de vez en cuando en un salón de té o un restaurante y hablaban con frecuencia por teléfono. Salomón le hizo saber que, terminado su contrato con la Mitsubishi, no pensaba renovarlo; regresaría a París, «donde tenía un buen amigo». Por eso, a ella y a todos los que lo conocían, los había desconcertado su decisión de acabar con su vida. La empresa había corrido con todos los gastos del sepelio. Felizmente, en su carta, Mitsuko no mencionaba para nada a Kuriko. No le contesté ni le di el pésame. Me limité a guardar su carta en el cajoncito del velador donde tenía el húsar de plomo que el Trujimán me regaló el día que partió a Tokio y la escobillita de dientes de Guerlain.

V. El niño sin voz

Hasta que Simon y Elena Gravoski vinieron a vivir al edificio art déco de la rue Joseph Granier, pese a todos los años que llevaba allí no hice amigos entre mis vecinos. Creí que había llegado a serlo de monsieur Dourtois, funcionario de la SNCF, los ferrocarriles franceses, casado con una mujer de cabellos amarillentos y gesto adusto, maestra de escuela jubilada. Vivía frente a mí y, en el rellano, la escalera o el vestíbulo de la entrada cambiábamos venias o buenos días y al cabo de los años llegamos a darnos la mano e intercambiar comentarios sobre el tiempo, perenne preocupación de los franceses. Por esas fugaces conversaciones llegué a pensar que éramos amigos, pero descubrí que no una noche en que, al regresar a mi casa luego de un concierto de Victoria de los Ángeles en el Théâtre des Champs-Élysées, advertí que había olvidado la llave en el departamento. A esa hora, no había cerrajero que pudiera auxiliarme. Me instalé lo mejor que pude en el rellano y esperé las cinco de la mañana, hora en que mi puntualísimo vecino salía rumbo a su trabajo. Supuse que al descubrirme allí, me haría pasar a su casa hasta que fuera de día. Pero cuando, a las cinco, monsieur Dourtois apareció y le expliqué por qué estaba allí con los huesos molidos por la trasnochada, se limitó a compadecerse de mí, mirando su reloj y advirtiéndome:

—Va a tener que esperar unas tres o cuatro horas todavía, hasta que abra una cerrajería, *mon pauvre ami*.

Tranquilizada así su conciencia, se marchó. A los otros vecinos del edificio los cruzaba a veces en la escalera y olvidaba sus caras de inmediato y sus nombres se me eclipsaban apenas los conocía. Pero, cuando la pareja Gravoski, y Yilal, su hijo adoptado de nueve años, se vinieron al edificio porque los Dourtois habían partido a instalarse en la Dordogne, fue otra cosa. Simon, un físico belga, trabajaba como investigador en el Instituto Pasteur, y Elena, venezolana, era médico pediatra en el Hospital Cochin. Eran joviales, simpáticos, campechanos, curiosos, cultos, y, desde el día en que los conocí, en plena mudanza, y me ofrecí a echarles una mano y darles informaciones sobre el barrio, nos hicimos amigos. Tomábamos café después de la cena, nos prestábamos libros y revistas, y alguna vez íbamos al cine La Pagode, que estaba cerca, o llevábamos a Yilal al circo, al Louvre y a otros museos de París.

Simon raspaba la cuarentena, aunque la poblada barba rojiza y la barriguita prominente lo hacían parecer algo mayor. Andaba vestido de cualquier manera y con un sacón de bolsillos hinchados de libretas y papeles, y un maletón lleno de libros. Calzaba unos anteojos de miope que con frecuencia limpiaba en su arrugada corbata. Era la encarnación del sabio descuidado y distraído. Elena, en cambio, algo más joven, era coqueta y atildada y no recuerdo haberla visto nunca de mal humor. Todo la entusiasmaba en la vida: su trabajo en el Hospital Cochin y sus pueriles pacientes, de los que contaba anécdotas divertidas, pero también el artículo que acababa de leer en *Le Monde* o en *L'Express,* y se preparaba para ir al cine o a cenar en un restaurante vietnamita el próximo sábado como para asistir a la entrega de los Oscar. Era bajita, menuda, expresiva y rezumaba simpatía por todos los poros de su cuerpo. Entre ellos hablaban en francés, pero conmigo lo hacían en español, que Simon dominaba a la perfección.

Yilal había nacido en Vietnam y eso era lo único que sabían de él. Lo habían adoptado cuando el niño tenía cuatro o cinco años —ni siquiera sobre su edad tenían certeza absoluta— a través de Cáritas, después de una tramitación kafkiana sobre la cual Simon, en risueños soliloquios, fundaba su teoría de la inevitable desintegración de la humanidad debido a la gangrena burocrática. Le habían puesto Yilal por un ancestro polaco de Simon, un personaje mítico que, según mi vecino, fue decapitado en la Rusia pre-revolucionaria por haber sido sorprendido en flagrante adulterio nada menos que con la zarina. Además de fornicador real, aquel ancestro había sido teólogo cabalista, místico, contrabandista, falsificador de moneda y ajedrecista. El niño adoptado era mudo. Su mudez no se debía a deficiencias orgánicas —tenía las cuerdas vocales intactas— sino a algún trauma de infancia, acaso un bombardeo o alguna otra escena terrible de esa guerra de Vietnam que hizo de él un huérfano. Lo habían visto especialistas y todos coincidían en que, con el tiempo, recuperaría el uso de la palabra, pero que no valía la pena, por el momento, imponerle más tratamientos. Las sesiones terapéuticas lo atormentaban y parecían reforzar, en su lastimado espíritu, su voluntad de aferrarse al silencio. Había estado unos meses en un colegio para sordomudos, pero lo sacaron de allí, pues los propios profesores aconsejaron a sus padres que lo enviaran a un colegio normal. Yilal no era sordo. Tenía un oído fino y la música lo entretenía; seguía los compases con el pie y movimientos de las manos o la cabeza. Elena y Simon se dirigían a él de viva voz y él les contestaba por signos y gestos expresivos y, a veces, por escrito, en una pizarra que llevaba colgada del cuello.

Era delgadito y algo enclenque, pero no porque comiera con desgana. Tenía excelente apetito y cuando yo me aparecía por su casa con una cajita de chocolates o un pastel, le brillaban los ojos y devoraba esas golosinas dando muestras de felicidad. Pero, salvo escasas ocasiones, era un niño retraído y daba la impresión de perderse en una somnolencia que lo alejaba de la realidad circundante. Podía permanecer mucho rato con la mirada perdida, encerrado en su mundo privado, como si todo lo que lo rodeaba se hubiera esfumado.

No era muy cariñoso, más bien daba la impresión de que los mimos lo empalagaban y que se sometía a ellos más resignado que contento. De su figura emanaba algo suave y frágil. Los Gravoski no tenían televisión —todavía en esa época muchos parisinos de la clase intelectual consideraban que la televisión no debía entrar a sus casas porque era anticultural—, pero Yilal no compartía esos prejuicios y pedía a sus padres que compraran un televisor, como las familias de sus compañeros de clase. Yo les propuse que, si se empeñaban en que ese objeto empobrecedor de la sensibilidad no entrara a su casa, Yilal viniera de vez en cuando a la mía a ver algún partido de fútbol o un programa infantil. Aceptaron y desde entonces, tres o cuatro veces por semana, después de hacer sus tareas, Yilal cruzaba el rellano y se metía a mi casa a ver el programa que sus padres, o yo, le sugeríamos. Esa hora que pasaba en mi salita comedor, con los ojos prendidos en la pequeña pantalla, viendo dibujos animados, un programa de adivinanzas o de deportes, parecía petrificado. Sus gestos y expresiones delataban su total entrega a las imágenes. A veces, al terminar el programa, se quedaba todavía un rato conmigo y conversábamos. Es decir, él me hacía preguntas sobre todas las cosas imaginables y yo le contestaba, o le leía un poema o un cuento de su libro de lecturas o de mi propia biblioteca. Le llegué a tomar cariño, pero procuraba no demostrárselo demasiado, pues Elena me había prevenido: «Tienes que tratarlo como a un niño *normal*. Nunca como a una víctima o un inválido, porque le harías un gran daño». Cuando yo no estaba en la Unesco y tenía contratos de trabajo fuera de París dejaba la llave de mi piso a los Gravoski para que Yilal no perdiera sus programas.

A mi regreso de uno de esos viajes de trabajo, a Bruselas, Yilal me mostró en su pizarrón este mensaje: «Cuando estabas de viaje, te llamó la niña mala». La frase estaba escrita en francés, pero *niña mala* en español.

Era la cuarta vez que me llamaba, en el par de años transcurridos desde aquel episodio de Japón. La primera fue a los tres o cuatro meses de mi desalada partida de Tokio, cuando todavía andaba luchando por recomponerme de aquella experiencia que había dejado en mi memoria una llaga que aún supuraba a veces. Hacía una consulta en la biblioteca de la Unesco y la bibliotecaria me transfirió una llamada de la sala de intérpretes. Antes de decir «¿aló?» reconocí su voz:

—¿Todavía estás enojado conmigo, niño bueno?

Corté, sintiendo que me temblaba la mano.

—¿Malas noticias? —me preguntó la bibliotecaria, una georgiana con la que solíamos hablar en ruso—. Qué pálido te has puesto.

Tuve que encerrarme en un bañito de la Unesco a vomitar. El resto del día estuve aturdido por aquella llamada. Pero había tomado la decisión de no volver a ver a la niña mala, ni hablar con ella, e iba a cumplir. Sólo así me curaría de ese lastre que había condicionado mi vida desde aquel día en que, para echar una mano a mi amigo Paúl, fui a recoger a aquellas tres aspirantes a guerrilleras al aeropuerto de Orly. Conseguía olvidarla sólo a medias. Entregado a mi trabajo, a las obligaciones que me imponía —entre las que primaba siempre la de perfeccionar el ruso—, pasaba a veces semanas sin recordarla. Pero, de pronto, algo me la traía a la memoria y era como si una solitaria se aposentara en mis entrañas y comenzara a devorarme el entusiasmo, las energías. Caía en el abatimiento y no había manera de quitarme de la cabeza aquella imagen de Kuriko, abrumándome de caricias con un fuego que jamás me mostró antes, para complacer a su amante japonés, que nos contemplaba, masturbándose, desde las sombras.

Su segunda llamada me sorprendió en el Hotel Sacher, de Viena, en la única aventura que tuve en esos dos años, con una compañera de trabajo en una conferencia de la Junta de Energía Atómica. Mi inapetencia sexual había sido absoluta desde el episodio de Tokio, tanto que llegué a preguntarme si no me había quedado impotente. Estaba casi acostumbrado a vivir sin sexo, cuando, el mismo día que nos conocimos, Astrid, una intérprete danesa, me propuso con desarmante naturalidad: «Si quieres, esta noche podemos vernos». Era alta, pelirroja, atlética, sin complicaciones, de unos ojos tan claros que parecían líquidos. Fuimos a cenar unos *tafelspitz* con cerveza al Café Central, en el Palais Ferstel, Herrengasse, de columnas de mezquita turca, techo abovedado y mesas de mármol enrojecido, y luego, sin necesidad de concertación previa, a acostarnos al lujoso Hotel Sacher, donde estábamos alojados los dos pues el hotel hacía descuentos importantes a los participantes en la conferencia. Era una mujer atractiva todavía, aunque la edad comenzaba a dejar algunas huellas en su blanquísimo cuerpo. Hacía el amor sin que la sonrisa se retirara de su cara, incluso en el momento del orgasmo. Gocé y ella gozó también, pero me pareció que esa manera de hacer el amor, tan sana, tenía que ver más con la gimnasia que con lo que el difunto Salomón Toledano llamaba en una de sus cartas «el perturbante y lascivo placer de las gónadas». La segunda y última vez que nos acostamos, sonó el teléfono en mi velador cuando acabábamos de terminar las acrobacias y Astrid empezaba a contarme la proeza de una hija suya que, en Copenhague, de bailarina de ballet pasó a acróbata de circo. Descolgué el auricular, dije «¿aló?», y escuché la voz de gatita cariñosa:

—¿Me vas a cortar otra vez, pichiruchi?

Retuve unos segundos el aparato, mientras maldecía mentalmente a la Unesco por haberle dado mi teléfono en Viena, pero corté cuando ella, luego de una pausa, comenzó a decir: «Vaya, por lo menos esta vez...».

—¿Historias de un viejo amor? —adivinó Astrid—. ¿Me voy al baño para que hables más tranquilo?

No, no, era una historia requeteacabada. Desde aquella noche, no había vuelto a tener ninguna relación sexual, y, la verdad, el asunto no me preocupaba en absoluto. A mis cuarenta y siete años había llegado a la comprobación de que un hombre podía llevar una vida perfectamente normal sin hacer el amor. Porque mi vida era bastante normal, aunque vacía. Trabajaba mucho y cumplía con mi trabajo, para llenar el tiempo y cobrar un sueldo, no porque me interesara —eso me ocurría ya muy rara vez—, y hasta mis estudios de ruso y la casi infinita traducción de los cuentos de Iván Bunín, que deshacía y rehacía, resultaron un quehacer mecánico, que sólo muy de cuando en cuando se volvía entretenido. Incluso el cine, los conciertos, la lectura, los discos, eran más maneras de ocupar el tiempo que actividades que me entusiasmaran, como antes. También por eso le guardaba rencor a Kuriko. Por su culpa, las ilusiones que hacen de la existencia algo más que una suma de rutinas, se me habían apagado. A ratos, me sentía un viejo.

Tal vez por ese estado de ánimo, la llegada de Elena, Simon y Yilal Gravoski al edificio de la rue Joseph Granier fue providencial. La amistad de mis vecinos inyectó un poco de humanidad y emoción a mi desangelada existencia. La tercera llamada de la niña mala fue a mi casa de París, por lo menos un año después de la de Viena. Era el amanecer, las cuatro o cinco de la mañana, y los timbrazos del teléfono me sacaron del sueño, asustado. Timbró tantas veces que, por fin, abrí los ojos y a tientas busqué el auricular:

—No me cortes —en su voz se mezclaban la súplica y la cólera—. Necesito hablar contigo, Ricardo.

Le corté y, por supuesto, ya no pude pegar los ojos el resto de la noche. Estuve angustiado, sintiéndome mal, hasta que vi rayar un alba color ratón en el cielo de París a través de la claraboya sin cortinas de mi dormitorio. ¿Para qué insistía en llamarme, cada cierto tiempo? Porque, en su intensa vida yo debía de ser una de las pocas cosas estables, el idiota fiel y enamorado, siempre allí, esperando la llamada para hacer sentir al ama que era todavía lo que sin duda ya estaba dejando de ser, lo que pronto no sería más: joven, bella, amada, codiciable. ¿O, tal vez, necesitaba algo de mí? No era imposible. De pronto había aparecido en su vida algún huequito que el pichiruchi podía llenar. Y con ese helado carácter suyo, no vacilaba en buscarme, convencida de que no había dolor, humillación, que ella, con su infinito poder sobre mis sentimientos, no fuera capaz de borrar en dos minutos de conversación. Conociéndola, era seguro que no daría su brazo a torcer; seguiría insistiendo, cada cierto número de meses, de años. No, esta vez te equivocabas. No volvería a contestarte el teléfono, peruanita.

Ahora había llamado por cuarta vez. ¿De dónde? Se lo pregunté a Elena Gravoski pero, para mi sorpresa, me repuso que ella no había respondido esa llamada ni ninguna otra durante mi viaje a Bruselas.

—Entonces, fue Simon. ¿No te ha dicho nada?

—Él ni siquiera pone los pies en tu piso, llega del Instituto cuando Yilal ya está cenando.

Pero, entonces, ¿era Yilal quien había *hablado* con la niña mala?

Elena palideció ligeramente.

—No se lo preguntes —me dijo, bajando la voz. Estaba blanca como el papel—. No le hagas la menor alusión a ese recado que te dio.

¿Era posible que Yilal hubiera *hablado* con Kuriko? ¿Era posible que, cuando sus padres no estaban cerca ni podían verlo ni oírlo, el niño rompiera su mudez?

—No pensemos en eso, no hablemos de eso —repitió Elena, haciendo un esfuerzo por componer la voz y aparentar naturalidad—. Lo que tiene que ocurrir, ocurrirá. A su debido tiempo. Si tratamos de forzarlo, lo empeoraríamos todo. Siempre he sabido que iba a ocurrir, que va a ocurrir. Cambiemos de tema, Ricardo. ¿Qué es eso de la niña mala? ¿Quién es? Cuéntame de ella, más bien.

Estábamos tomando café en su casa, después de la cena, y hablando quedo para no distraer a Simon, que, en el cuarto contiguo, su estudio, revisaba un informe que debía presentar al día siguiente en un seminario. Hacía rato que Yilal se había ido a dormir.

—Una vieja historia —le respondí—. No se la he contado a nadie, nunca. Pero, mira, creo que a ti sí te la voy a contar, Elena. Para que te olvides de lo que ha ocurrido con Yilal.

Y se la conté. De principio a fin, desde los ya lejanos días de mi niñez, cuando la llegada de Lucy y Lily, las falsas chilenitas, alborotó las tranquilas calles de Miraflores, hasta aquella noche de amor apasionado, en Tokio —la más hermosa noche de amor de mi vida—, que bruscamente se cortó con la visión, en las sombras de aquella habitación, del señor Fukuda observándonos con sus anteojos oscuros y las manos trajinando su bragueta. No sé cuánto rato estuve hablando. No sé en qué momento apareció Simon y se sentó junto a Elena y, silencioso y atento como ella, se puso a escucharme. No sé en qué momento se me saltaron las lágrimas y, avergonzado por esa efusión sentimental, me callé. Tardé un buen rato en serenarme. Mientras balbuceaba unas disculpas vi a Simon ponerse de pie y volver con vasos y una botella de vino.

—Es lo único que tengo, vino, y, además, un Beaujolais muy barato —se excusó, dándome una palmada en el hombro—. Supongo que en casos como éste, corresponde un trago más noble.

—¡Whisky, vodka, ron o cognac, por supuesto! —dijo Elena—. Esta casa es un desastre. Nunca tenemos lo que deberíamos tener. Somos unos anfitriones lamentables, Ricardo.

—Te he fregado tu informe de mañana con mi numerito, Simon.

—Algo mucho más interesante que mi informe —afirmó él—. Por lo demás, ese apodo te calza como un guante. No en el sentido peyorativo, sino en el literal. Eso eres tú, *mon vieux,* aunque no te guste: un niño bueno.

—¿Sabes que es una maravillosa historia de amor? —exclamó Elena, mirándome sorprendida—. Porque, eso es lo que es, en el fondo. Una maravillosa historia de amor. Este belga triste nunca me ha querido así. Quién como ella, chico.

—Me gustaría conocer a esa Mata Hari —dijo Simon.

—Pasarás antes sobre mi cadáver —lo amenazó Elena, tirándole de la barba—. ¿Tienes fotos de ella? ¿Nos las muestras?

—No tengo ni una sola. Que recuerde, jamás nos tomamos una foto juntos.

—La próxima vez que llame, te ruego que contestes ese teléfono —dijo Elena—. Esta historia no puede terminar así, con un teléfono sonando y sonando, como en la peor película de Hitchcock.

—Y, además —bajó la voz Simon—, tienes que preguntarle si Yilal *habló* con ella.

—Estoy muerto de vergüenza —me disculpé, por segunda vez—. El llanto y todo eso, quiero decir.

—Tú no te diste cuenta, pero Elena también derramó unos lagrimones —dijo Simon—. Hasta yo los hubiera acompañado, si no fuera belga. Mis ancestros judíos me inclinaban al llanto. Pero, prevaleció el valón. Un belga no cae en emotividades de sudamericanos tropicales.

—¡Por la niña mala, por esa fantástica mujer! —alzó su copa Elena—. Qué vida tan aburrida he tenido yo, santo Dios.

Nos bebimos la botella entera de vino y, con las risas y bromas, me sentí mejor. Ni una sola vez, en los días y semanas siguientes, mis amigos Gravoski, para evitar que me sintiera incómodo, hicieron la menor referencia a lo que les conté. Y, entretanto, yo decidí, en efecto, que si la peruanita volvía a llamar, le contestaría. Para que me dijera si, la vez anterior que llamó, había *hablado* con Yilal. ¿Sólo por eso? No sólo por eso. Desde que confesé a Elena Gravoski mis amores, como si compartir con alguien esa historia la limpiara de toda la carga de rencor, celos, humillación y susceptibilidad que arrastraba, empecé a esperar aquella llamada con ansia y a temer que, debido a mis desaires de dos años, no ocurriera. Aplacaba mis sentimientos de culpa diciéndome que en ningún caso significaría una recaída. Le hablaría como un amigo distante y mi frialdad sería la mejor prueba de que me había librado de ella de verdad.

La espera, por lo demás, tuvo un efecto bastante bueno sobre mi estado de ánimo. Entre contrato y contrato en la Unesco o fuera de París, retomé la traducción de los cuentos de Iván Bunín, les di la última revisión y escribí un pequeño prólogo antes de enviarle el manuscrito a mi amigo Mario Muchnik. «Ya era hora», me contestó. «Temía que la arterioesclerosis o la demencia senil me llegaran antes que tu Bunín.» Cuando estaba en casa a la hora en que Yilal veía su programa de televisión, le leía cuentos. Los traducidos por mí no le gustaron mucho y los escuchó más por educación que interés. En cambio, le encantaban las novelas de Julio Verne. A un ritmo de un par de capítulos por día, le leí varias en el curso de aquel otoño. La que más le gustó —los episodios lo hacían dar saltos de alegría— fue *La vuelta al mundo en ochenta días*. Aunque también le fascinó *Miguel Strogoff, el correo del zar*. Tal como me lo había pedido Elena, nunca le pregunté por aquella llamada que sólo él podía haber recibido, aunque la curiosidad me devoraba. En las semanas y meses que siguieron a aquel mensaje que me escribió en su pizarra, nunca advertí el menor indicio de que Yilal fuera capaz de hablar.

La llamada sobrevino dos meses y medio después de la anterior. Yo estaba en la ducha, preparándome para ir a la Unesco, cuando sentí repiquetear el teléfono y tuve el pálpito: «Es ella». Corrí al dormitorio y descolgué el auricular, dejándome caer sobre la cama, mojado como estaba:

—¿Vas a colgarme también esta vez, niño bueno?

—¿Cómo estás, niña mala?

Hubo un pequeño silencio y, por fin, una risita:

—Vaya, vaya, por fin te dignas contestarme. A qué se debe este milagro, ¿se puede saber? ¿Ya se te pasó el colerón o me odias todavía?

Tuve ganas de colgarle, al advertir el tonito ligeramente burlón y un relente de triunfo en sus palabras.

—Para qué me llamas —le pregunté—. Para qué me has llamado todas esas veces.

—Necesito hablar contigo —dijo ella, cambiando de tono.

—¿Dónde estás?

—Estoy aquí, en París, hace algún tiempo. ¿Podemos vernos un momento?

Me quedé helado. Tenía la seguridad de que ella seguía en Tokio, o en algún país lejano, y que nunca volvería a poner los pies en Francia. Saber que estaba aquí y que podía verla en cualquier momento, me sumió en una confusión total.

—Sólo un ratito —insistió, pensando que mi silencio anticipaba una negativa—. Lo que tengo que decirte es muy personal, prefiero no hacerlo por teléfono. Media hora, nada más. No es mucho para una vieja amiga, ¿no?

La cité para dos días después, a la salida de la Unesco, a las seis de la tarde, en La Rhumerie, de Saint Germain-des-Prés (ese bar se había llamado siempre La Rhumerie Martiniquaise, pero en los últimos tiempos, por alguna misteriosa razón, había perdido el gentilicio). Cuando colgué, mi corazón tronaba en mi pecho. Antes de volver a la ducha debí quedarme sentado un rato, con la boca abierta, hasta que se normalizara mi respiración. ¿Qué hacía ella en París? ¿Trabajitos especiales por encargo de Fukuda? ¿Abrir el mercado europeo a los afrodisíacos exóticos de colmillos de elefante y cuernos de rinoceronte? ¿Me necesitaba para que le echara una mano en sus operaciones de contrabando, lavado de dinero y otros negocios mafiosos? Había hecho una estupidez contestando el teléfono. La vieja historia iba a repetirse. Conversaríamos, yo volvería a rendirme a ese poder que ella había tenido siempre sobre mí, viviríamos un breve y falso idilio, yo me haría toda clase de ilusiones, y, en el momento menos pensado, se desaparecería y yo quedaría maltrecho y alelado, lamiendo mis heridas como en Tokio. ¡Hasta el próximo capítulo!

214

No les conté a Elena y Simon la llamada ni la cita y pasé esas cuarenta y ocho horas en estado sonambúlico, entre espasmos de lucidez y una niebla mental que se levantaba de tanto en tanto para que pudiera entregarme a una sesión de masoquismo con insultos: imbécil, cretino, te mereces todo lo que te pasa, te ha pasado y te va a pasar. El día de la cita fue uno de esos días grises y mojados de fines del otoño parisino, en los que ya casi no quedan hojas en los árboles ni luz en el cielo, el mal humor de la gente aumenta con el mal tiempo y se ve a hombres y mujeres por la calle emboscados en sus abrigos, bufandas, guantes y paraguas, apurados y repletos de odio contra el mundo. Al salir de la Unesco busqué un taxi, pero, como llovía y no había esperanza de encontrarlo, opté por el metro. Bajé en la estación de Saint Germain y desde la puerta de La Rhumerie la vi, sentada en la terraza, ante una taza de té y una botellita de Perrier. Al verme, se puso de pie y me alcanzó las mejillas:

—¿Podemos darnos la *accolade* o tampoco?

El local estaba cubierto con la gente típica del barrio: turistas, playboys con cadenas en el cuello y coquetos chalecos y casacas, muchachas de audaces escotes y minifaldas, algunas maquilladas como para una función de gala. Pedí un grog. Estuvimos callados, mirándonos con cierta incomodidad, sin saber qué decir.

La transformación de Kuriko era notable. No sólo parecía haber perdido diez kilos —estaba convertida en un esqueletito de mujer— sino envejecido diez años desde la inolvidable noche de Tokio. Vestía con la modestia y el descuido con que sólo recordaba haberla visto aquella remota mañana en que la recogí en el aeropuerto de Orly por encargo de Paúl. Llevaba un sacón raído que podía ser de hombre y un pantalón de franela descolorido, del que emergían unos zapatones gastados y sin lustre. Estaba despeinada y, en sus dedos delgadísimos, las uñas aparecían mal cortadas, sin limar, como si se las hubiera mordido. Los huesos de la frente, de los pómulos, del mentón, sobresalían, estirando la piel, muy pálida y con los visajes verdosos acentuados. Sus ojos habían perdido la luz y había en ellos algo asustadizo, que recordaba a ciertos animalitos tímidos. No tenía un solo adorno ni el menor maquillaje.

—Qué trabajo me ha costado llegar a verte —dijo, por fin. Estiró la mano, me tocó el brazo e intentó una de esas sonrisas coquetas de antaño que esta vez no le salió bien—. Por lo menos, dime si se te ha pasado ya la furia y me odias un poquito menos.

—De eso, no vamos a hablar —le respondí—. Ni ahora ni nunca. ¿Para qué me has llamado tantas veces?

—Me diste media hora, ¿no? —dijo ella, soltándome el brazo y enderezándose—. Tenemos tiempo. Cuéntame de ti. ¿Te va bien? ¿Tienes una amante? ¿Siempre te ganas la vida haciendo lo mismo?

—Pichiruchi hasta la muerte —me reí yo, sin ganas, pero ella seguía muy seria, examinándome.

—Con los años, te has vuelto susceptible, Ricardo. Antes, el rencor no te hubiera durado tanto tiempo —en sus ojitos, un segundo, titiló la antigua luz—. ¿Dices siempre huachaferías a las mujeres o ya no?

—¿Desde cuándo estás en París? ¿Qué haces aquí? ¿Trabajando para el gángster japonés?

Negó con la cabeza. Me pareció que iba a reírse, pero, más bien, se le endureció la expresión y le temblaron esos labios gruesos que seguían destacando nítidamente en su cara, aunque ahora parecían también algo mustios, como toda ella.

—Fukuda me largó, hace más de un año. Por eso me vine a París.

—Ahora comprendo por qué estás en ese estado calamitoso —ironicé—. Nunca me hubiera imaginado verte así, tan deshecha.

—Estuve bastante peor —reconoció ella, con aspereza—. En algún momento, creí que me iba a morir. Las dos últimas veces que intenté hablar contigo, fue por eso. Para que, por lo menos, fueras tú quien me enterrara. Quería pedirte que me hicieras cremar. Me horroriza la idea de que los gusanos se coman mi cadáver. En fin, ya pasó.

Hablaba con tranquilidad, aunque dejando entrever en sus palabras una furia contenida. No parecía hacer un número de autocompasión, para impresionarme, o lo hacía con soberbia destreza. Más bien, describir un estado de cosas con objetividad, a distancia, como un policía o un notario.

—¿Intentaste suicidarte cuando el gran amor de tu vida te dejó?

Negó con la cabeza y encogió los hombros:

—Siempre me dijo que un día se cansaría de mí y me largaría. Estaba preparada. Él no hablaba por hablar. Pero, el momento en que lo hizo no fue el mejor, ni tampoco las razones que me dio para despedirme.

Le tembló la voz y la boca se le deformó en una mueca de odio. Los ojos se le llenaron de chispas. ¿Era todo eso una farsa más, para conmoverme?

—Si ese tema te incomoda, hablemos de otra cosa —le dije—. ¿Qué haces en París, de qué vives? ¿El gángster te dio por lo menos una indemnización que te permita pasar un tiempo sin apuros?

—Estuve presa en Lagos, un par de meses que me parecieron un siglo —dijo ella, como si yo, de pronto, hubiera dejado de estar allí—. La ciudad más horrible, más fea, y la gente más malvada del mundo. Nunca se te ocurra ir a Lagos. Cuando por fin pude salir de la cárcel,

Fukuda me prohibió volver a Tokio. «Estás quemada, Kuriko.» Quemada en los dos sentidos de la palabra, quería decir. Porque estaba ya fichada por la policía internacional. Y quemada, porque, probablemente, los negros de Nigeria me habían contagiado el sida. Me cortó el teléfono, sin más, después de decirme que no debía verlo, ni escribirle, ni llamarlo, nunca jamás. Me largó así; como a una perra sarnosa. Ni siquiera me pagó el pasaje a París. Él es un hombre frío y práctico, que sabe lo que le conviene. Yo ya no le convenía. Él es lo más opuesto a ti que hay en el mundo. Por eso, Fukuda es rico y poderoso y tú eres y serás siempre un pichiruchi.

—Gracias. Después de todo, lo que has dicho es un elogio.

¿Era verdad todo eso? ¿U otra de esas fabulosas mentiras que jalonaban todas las etapas de su vida? Se había recompuesto. Sostenía su taza de té con las dos manos, bebiendo a sorbitos, soplando el líquido. Era penoso verla tan arruinada, tan mal vestida, con tantos años encima.

—¿Es cierto semejante dramón? ¿No es otro de tus cuentos? ¿Estuviste presa, de verdad?

—Presa y, encima, violada por la policía de Lagos —precisó ella, clavándome los ojos como si yo fuera el culpable de su desgracia—. Unos negros cuyo inglés no se entendía, porque hablaban *Pidgin English*. Eso decía David que era mi inglés, cuando quería insultarme: *Pidgin English*. Pero, no me pegaron el sida. Sólo ladillas y un chancro. Horrible palabra, ¿no? ¿La habías oído alguna vez? A lo mejor tú ni sabes lo que es eso, santito. Chancro, úlceras infecciosas. Algo asqueroso, pero no grave, si se cura a tiempo con antibióticos. Sólo que, en la maldita Lagos a mí me curaron mal y la infección casi me mata. Creí que me iba a morir. Por eso te llamé. Ahora, felizmente, ya estoy bien.

Lo que contaba podía ser cierto o falso, pero no era pose la ira inconmensurable que impregnaba todo lo que decía. Aunque, con ella, siempre era posible la representación. ¿Una formidable pantomima? Me sentía desconcertado, confuso. Esperaba cualquier cosa de esta entrevista, menos semejante historia.

—Siento que hayas pasado por ese infierno —dije por fin, por decir algo, porque, ¿qué se puede decir ante una revelación semejante?—. Si es verdad lo que me cuentas. Ya ves, me ocurre una cosa tremenda contigo. Me has contado tantos cuentos en la vida, que ya me resulta difícil creerte nada.

—No importa que no me creas —dijo, cogiéndome otra vez del brazo y esforzándose por mostrarse cordial—. Ya sé que sigues ofendido, que nunca me vas a perdonar lo de Tokio. No importa. No quiero que me compadezcas. No quiero plata, tampoco. Lo que quiero, en realidad, es llamarte de vez en cuando y que, de tanto en tanto, nos tomemos un café juntos, como ahora. Nada más.

—¿Por qué no me dices la verdad? Por una vez en tu vida. Anda, dime la verdad.

—La verdad es que, por primera vez, me siento insegura, sin saber qué hacer. Muy sola. No me había pasado hasta ahora, pese a que he tenido momentos muy difíciles. Para que lo sepas, vivo enferma de miedo —hablaba con una sequedad orgullosa, en un tono y una actitud que parecían desmentir lo que decía. Me miraba a los ojos, sin pestañear—. El miedo es una enfermedad, también. Me paraliza, me anula. Yo no lo sabía y ahora lo sé. Conozco algunas personas aquí en París, pero no me fío de nadie. De ti, sí. Ésa es la verdad, me creas o no. ¿Puedo llamarte, de tiempo en tiempo? ¿Podremos vernos de cuando en cuando, en un *bistrot,* así como hoy?

—No hay ningún problema. Claro que sí.

Conversamos cerca de una hora todavía, hasta que oscureció del todo y se encendieron las vitrinas de las tiendas, las ventanas de los edificios de Saint Germain y los faroles rojos y amarillos de los autos formaron un río de luces que fluía despacio por el boulevard, frente a la terraza de La Rhumerie. Entonces, me acordé. ¿Quién le había contestado el teléfono de mi casa la vez anterior que me llamó? ¿Lo recordaba?

Me miró intrigada, sin entender. Pero, luego, asintió:

—Sí, una mujercita. Pensé que tenías una amante, pero después me di cuenta que era más bien una sirvienta. ¿Una filipina?

—Un niño. ¿Habló contigo? ¿Estás segura?

—Me dijo que estabas de viaje, creo. Nada, dos palabras. Le dejé un mensaje, ya veo que te lo dio. ¿A qué viene eso, ahora?

—¿Habló contigo? ¿Estás segura?

—Dos palabras —repitió ella, asintiendo—. ¿De dónde salió ese niño? ¿Lo has adoptado?

—Se llama Yilal. Tiene nueve o diez años. Es vietnamita, hijo de dos vecinos, amigos míos. ¿Estás segura de que habló contigo? Porque, ese niño es mudo. Ni sus padres ni yo le hemos oído nunca la voz.

Se desconcertó y por un buen momento, entrecerrando los ojos, consultó su memoria. Hizo varios gestos afirmativos con la cabeza. Sí, sí, lo recordaba clarísimo. Habían hablado en francés. Su voz era tan delgadita que a ella le pareció femenina. Medio chillona, medio exótica. Cambiaron muy pocas palabras. Que yo no estaba, que estaba de viaje. Y cuando ella le pidió que me dijera que había llamado «la niña mala» —se lo dijo en español—, la vocecita la interrumpió: «¿Qué, qué?». Tuvo que deletrearle «niña mala». Se acordaba muy bien. El niño le había hablado, no tenía la menor duda.

—Entonces, hiciste un milagro. Gracias a ti, Yilal se ha puesto a hablar.

—Si tengo esos poderes, los voy a usar. Las brujas deben ganar un montón de plata en Francia, me figuro.

Cuando, un rato después, nos despedimos en la boca del metro Saint Germain y le pedí su teléfono y su dirección, no quiso dármelos. Ella me llamaría.

—No cambiarás nunca. Siempre misterios, siempre cuentos, siempre secretos.

—Me ha hecho bien verte y hablar contigo, por fin —me calló—. Ya no me volverás a colgar el teléfono, espero.

—Dependerá de cómo te portes.

Se alzó en puntas de pie y sentí que su boca se fruncía en un rápido beso en mi mejilla.

La vi desaparecer en la boca del metro. De espaldas, tan delgadita, sin tacos, no parecía haber envejecido tanto como de frente.

Aunque seguía lloviznando y hacía algo de frío, en vez de tomar el metro o un ómnibus, preferí caminar. Era mi único deporte ahora; mis idas al gimnasio duraron pocos meses. Los ejercicios me aburrían y más todavía el tipo de gente con la que me codeaba haciendo la cinta, las barras o los aerobics. En cambio, andar por esa ciudad llena de secretos y maravillas me entretenía, y en días de emociones fuertes como éste, una larga caminata, aunque fuera bajo el paraguas, la lluvia y el viento, me haría bien.

De las cosas que la niña mala me había contado, lo único absolutamente cierto, sin duda, era que Yilal había cambiado algunas frases con ella. El niño de los Gravoski, pues, podía hablar; acaso ya lo había hecho antes, con gente que no lo conocía, en el colegio, en la calle. Era un pequeño misterio que tarde o temprano revelaría a sus padres. Imaginé la alegría de Simon y Elena cuando escucharan esa vocecita delgada, un poco chillona, que me había descrito la niña mala. Remontaba el boulevard Saint Germain rumbo al Sena, cuando, poco antes de la librería Julliard, descubrí una pequeña tienda de soldaditos de plomo que me recordó a Salomón Toledano y sus desgraciados amores japoneses. Entré y le compré a Yilal una cajita con seis jinetes de la guardia imperial rusa.

¿Qué más habría de cierto en la historia de la niña mala? Probablemente, que Fukuda la había largado de mala manera y que estuvo —acaso lo estaba todavía— enferma. Saltaba a la vista, bastaba ver esos huesos salientes, su palidez, sus ojeras. ¿Y la historia de Lagos? Tal vez fuera verdad que tuvo problemas con la policía. Era un riesgo que corría en los negocios sucios en que la había enredado su amante japonés. ¿No me lo dijo ella misma en Tokio, entusiasmada? La ingenua creía que esas aventuras de contrabandista y traficante, jugarse la libertad en los viajes africanos, condimentaban la vida, la hacían más suculenta y divertida. Me acordaba de sus palabras: «Haciendo estas cosas, vivo más». Bueno, quien juega con fuego tarde o temprano termina por chamuscarse. Si de veras había estado presa, era posible que la policía la violara. Nigeria tenía fama de ser el paraíso de la corrupción, una satrapía militar, su policía debía de ser putrefacta. Violada por sabe Dios cuántos, brutalizada horas de horas en un cubil inmundo, contagiada de una enfermedad venérea y de ladillas y, luego, curada por matasanos que usaban sondas sin desinfectar. Me asaltó una sensación de vergüenza y de cólera. Si le había pasado todo aquello, incluso sólo algo de aquello, y estuvo al borde de la muerte, mi reacción tan fría, de incrédulo, había sido mezquina, la de un resentido que sólo quería desfogar su orgullo herido por aquel mal rato de Tokio. Hubiera debido decirle algo cariñoso, simular que la creía. Porque, aun cuando lo de la violación y la cárcel fueran mentiras, era cierto que andaba hecha una ruina física. Y, sin duda, medio muerta de hambre. Te habías portado mal, Ricardito. Muy mal si era verdad que recurría a mí porque se sentía sola e insegura y yo era la única persona en el mundo en quien confiaba. Esto último debía ser exacto. Ella nunca me había amado, pero me tenía confianza, el cariño que despierta un criado leal. Entre sus amantes y compinches de ocasión, yo era el más desinteresado, el más devoto. El abnegado, el dócil, el huevón. Por eso te eligió para que cremaras su cadáver. ¿Y echaras sus cenizas al Sena o las guardaras en una pequeña urna de porcelana de Sèvres, en tu velador?

Llegué a la rue Joseph Granier mojado de pies a cabeza y muerto de frío. Me di una ducha caliente, me puse ropa seca y me preparé un sándwich de queso y jamón que acompañé con un yogur de frutas. Con mi cajita de soldaditos de plomo bajo el brazo, fui a tocar la puerta a los Gravoski. Yilal estaba ya acostado y ellos terminaban de cenar unos espaguetis con albahaca. Me ofrecieron un plato pero sólo les acepté una taza de café. Mientras Simon examinaba los soldaditos de plomo y bromeaba que con esos regalos yo quería hacer de Yilal un militarista, Elena advirtió en mi cautela algo raro.

—A ti te ha pasado algo, Ricardo —me dijo, escrutándome los ojos—. ¿La niña mala te llamó?

Simon alzó la cabeza de los soldaditos y me clavó la vista.

—Acabo de pasar con ella una hora, en un *bistrot*. Está viviendo en París. Es una ruina humana y pasa apuros, anda vestida como pordiosera. Dice que el japonés la largó, después de que la policía de Lagos la detuvo, en uno de esos viajes que hacía por África, ayudándolo en sus tráficos. Y que la violaron. Que le contagiaron ladillas y un chancro. Y que, después, en un hospital de mala muerte, casi la rematan. Puede ser cierto. Puede ser falso. No lo sé. Dice que Fukuda la largó temiendo que la Interpol la tuviera fichada y que los negros le hubieran contagiado el sida. ¿Verdad o invención? No tendré nunca maneras de saberlo.

—La saga se pone cada día más interesante —exclamó Simon, estupefacto—. Sea o no cierto, es una historia formidable.

Él y Elena se miraron y me miraron y yo sabía muy bien en qué pensaban. Asentí:

—Se acuerda muy bien de la llamada que hizo a mi casa. Le contestó, en francés, una vocecita delgada, chillona, que le pareció la de una asiática. Le hizo repetir varias veces «niña mala», en español. Eso no se lo puede haber inventado.

Vi que Elena se demudaba. Pestañeaba, muy rápido.

—Yo siempre creí que era cierto —murmuró Simon. Tenía la voz alterada y había enrojecido, como si se ahogara de calor. Se rascaba la barba pelirroja con insistencia—. Le di todas las vueltas del mundo y llegué a la conclusión de que tenía que ser cierto. Cómo se iba a inventar Yilal lo de «niña mala». Qué felicidad nos das con esta noticia, *mon vieux*.

Elena asentía, cogida de mi brazo. Sonreía y hacía pucheros, a la vez.

—Yo también supe siempre que Yilal había hablado con ella —dijo, deletreando cada palabra—. Pero, por favor, no hay que hacer nada. Ni decirle nada al niño. Todo vendrá solo. Si tratamos de forzarlo, puede haber un retroceso. Debe hacerlo él, romper esa barrera por su propio esfuerzo. Lo hará, en el momento debido, lo hará muy pronto, verán.

—Éste es el momento de sacar el cognac —me guiñó un ojo Simon—. Ya ves, *mon vieux,* tomé mis precauciones. Ahora estamos preparados para las sorpresas que nos das, de tanto en tanto. ¡Un excelente *Napoleon,* verás!

Tomamos esa copa de cognac, sin hablar casi, sumidos en nuestras propias reflexiones. El licor me hizo bien, pues la caminata bajo la lluvia me había enfriado. Al despedirme, Elena salió conmigo hasta el rellano:

—No sé, se me acaba de ocurrir —dijo—. Tal vez tu amiga necesite un examen médico. Pregúntale. Si ella quiere, yo lo puedo arreglar en el Hospital Cochin, con los *copains.* Sin que le cueste nada, quiero decir. Me imagino que no tiene seguro, ni nada que se le parezca.

Se lo agradecí. Se lo consultaría, la próxima vez que habláramos.

—Si es verdad, debió ser terrible para la pobre —murmuró—. Una cosa así deja cicatrices atroces en la memoria.

Al día siguiente, regresé rápido de la Unesco, para alcanzar a Yilal. Veía en la televisión un programa de dibujos animados y tenía a su lado los seis jinetes de la guardia imperial rusa, formados en línea. Me mostró su pizarra: «Gracias por el lindo regalo, tío Ricardo». Me estiró la mano, sonriendo. Me puse a leer *Le Monde* mientras él, con la atención hipnótica de costumbre, se enfrascaba en su programa. Después, en vez de leerle algo, le hablé de Salomón Toledano. Le conté de su colección de soldaditos de plomo, que yo había visto invadiendo todos los vericuetos de su casa, y de su increíble facilidad para aprender idiomas. Era el mejor intérprete que había habido en el mundo. Cuando, en su pizarra, me preguntó si podía llevarlo a casa de Salomón a ver sus batallas napoleónicas y le expliqué que había fallecido muy lejos de París, en Japón, Yilal se entristeció. Le mostré el húsar que guardaba en mi velador y que me había regalado el día que partió a Tokio. Al poco rato, Elena vino a llevárselo.

Para no pensar mucho en la niña mala me fui a un cine, en el Barrio Latino. En la sala oscura y cálida, llena de estudiantes, de un cinema de la rue Champollion, mientras seguía distraído las aventuras de un western clásico de John Ford, *La diligencia,* en mi cabeza aparecía y reaparecía la imagen deteriorada, desastrada, de la chilenita. Ese día y todo el resto de la semana, su figura estuvo siempre en mi memoria, igual que la pregunta para la que no hallaba nunca respuesta: ¿Me había dicho la verdad? ¿Era cierto lo de Lagos, lo de Fukuda? Me atormentaba el convencimiento de que nunca lo sabría con certeza total.

Me llamó a los ocho días, a mi casa, también muy de mañana. Después de preguntarle cómo estaba —«Bien, ahora ya bien, como te dije»— le propuse que comiéramos juntos, esa misma noche. Aceptó y quedamos en encontrarnos en el viejo Le Procope, de la rue de l'Ancienne Comédie, a las ocho. Llegué antes que ella y la esperé en una mesita junto a la ventana que daba al pasaje de Rohan. Llegó casi enseguida. Mejor vestida que la última vez, pero también pobremente: bajo el feo sacón asexuado llevaba un vestido azul oscuro, sin escote ni mangas, y calzaba unos zapatos de medio taco, llenos de resquebrajaduras, recién lustrados. Me resultaba extrañísimo verla sin anillos, ni reloj, ni pulseras, ni pendientes, ni maquillaje. Al menos, se había limado las uñas. ¿Cómo había podido enflaquecer tanto? Parecía que podía trizarse, con un simple resbalón.

Pidió un consomé y un pescado a la plancha y apenas probó un sorbo de vino durante la comida. Masticaba muy despacio, con desgana, y le costaba tragar. ¿Era cierto que se sentía bien?

—Se me ha reducido el estómago y casi no tolero la comida —me explicó—. Con dos o tres bocados, me siento llena. Pero este pescado está muy rico.

Acabé tomándome yo solo toda la jarra de Côtes du Rhône. Cuando el mozo trajo el café para mí y la infusión de verbena para ella, le dije, cogiéndole la mano:

—Por lo que más quieras, te suplico, júrame que es verdad todo lo que me contaste el otro día en La Rhumerie.

—Nunca más me vas a creer nada de lo que te diga, ya lo sé —tenía un aire fatigado, de hastío, y no parecía importarle lo más mínimo que la creyera o no—. No hablemos más de eso. Te lo conté para que me permitieras verte, de cuando en cuando. Porque, aunque tampoco me lo creas, hablar contigo me hace bien.

Tuve ganas de besarle la mano, pero me contuve. Le transmití la propuesta de Elena. Se me quedó mirando, desconcertada.

—Pero ¿ella sabe de mí, de nosotros?

Asentí. Elena y Simon sabían todo. En un arranque, les había contado toda «nuestra» historia. Eran muy buenos amigos, no tenía nada que temer de ellos. No la denunciarían a la policía como traficante de afrodisíacos.

—No sé por qué les hice esas confidencias. Tal vez porque, como todo el mundo, necesito de vez en cuando compartir con alguien las cosas que me angustian o me hacen feliz. ¿Aceptas la propuesta de Elena?

No parecía muy animada. Me miraba inquieta, como temiendo que fuera una celada. Aquella luz, color miel oscura, había desaparecido de sus ojos. También la picardía, la burla.

—Déjame pensarlo —me dijo, al fin—. Veremos cómo me siento. Ahora, ya estoy bien. Lo único que necesito es tranquilidad, descanso.

—No es verdad que estés bien —insistí—. Eres un fantasma. En la flacura en que estás, una simple gripe te puede llevar a la tumba. Y no tengo ganas de cargar con ese trabajito siniestro de incinerarte, etcétera. ¿No quieres ponerte bonita otra vez?

Se echó a reír.

—Ah, o sea que ahora te parezco fea. Gracias por la franqueza —me apretó la mano que yo le tenía siempre cogida y, un segundo, se animaron sus ojos—. Pero sigues enamorado de mí, ¿no es cierto, Ricardito?

—No, ya no. Tampoco volveré a enamorarme nunca de ti. Pero no quiero que te mueras.

—Debe ser cierto que ya no me quieres, cuando no me has dicho ni una sola huachafería esta vez —reconoció, haciendo una mueca medio cómica—. ¿Qué tengo que hacer para reconquistarte?

Se rió con la coquetería de los viejos tiempos y sus ojos se llenaron de brillos traviesos pero, de pronto, sin transición, sentí que la presión de su mano en la mía se aflojaba. Se le blanquearon los ojos, se puso lívida y abrió la boca, como si le faltara el aire. Si no hubiera estado yo a su lado, sosteniéndola, hubiera rodado al suelo. Le froté las sienes con la servilleta mojada, le hice beber un poquito de agua. Se recuperó algo, pero siguió muy pálida, blanca casi. Y, ahora, en sus ojos había un pánico animal.

—Me voy a morir —balbuceó, clavándome las uñas en el brazo.

—No te vas a morir. Te he permitido todas las canalladas del mundo desde que éramos niños, pero esta de morirte no. Te la prohíbo.

Sonrió, sin fuerzas.

—Ya era hora de que me dijeras alguna cosa bonita —su voz era apenas audible—. Me hacía falta, aunque tampoco me lo creas.

Cuando, un rato después, intenté que se pusiera de pie, le temblaron las piernas y se dejó caer en la silla, exhausta. Hice que un camarero de Le Procope trajera un taxi del paradero de la esquina de Saint Germain hasta la puerta del restaurante y que me ayudara a sacarla a la calle. La llevamos entre los dos, alzada en peso de la cintura. Cuando me oyó decirle al taxi que nos condujera al hospital más cercano —«¿el Hotel Dieu, en la Cité, no?»— se me prendió con desesperación: «No, no, a un hospital de ninguna manera, no, no». Me vi obligado a rectificar y pedirle al taxista que nos llevara más bien a la rue Joseph Granier. En el trayecto hasta mi casa —la tenía apoyada en mi hombro— volvió a perder el sentido por unos segundos. Su cuerpo se ablandó y se chorreó en el asiento. Al enderezarla, sentí todos los huesecillos de su espalda. En la puerta del edificio art déco, llamé por el intercomunicador a Simon y Elena, a pedirles que bajaran para ayudarme.

La subimos entre los tres a mi departamento y la acostamos en mi cama. Mis amigos no me preguntaron nada, pero miraban a la niña mala con una curiosidad voraz, como a un resucitado. Elena le prestó un camisón y le tomó la temperatura y la presión arterial. No tenía fiebre, pero su presión estaba bajísima. Cuando recuperó del todo el conocimiento, Elena le hizo beber a sorbos una taza de té hirviendo, con dos pastillas que, le dijo, eran simples reconstituyentes. Al despedirse, me aseguró que no veía ningún peligro inminente, pero que si, en el curso de la noche, se sentía mal, la despertara. Ella misma llamaría al Hospital Cochin para que enviaran una ambulancia. En vista de esos desvanecimientos, era indispensable un examen médico completo. Ella lo arreglaría todo, pero tomaría por lo menos un par de días.

Cuando regresé al dormitorio, la encontré con los ojos muy abiertos.

—Debes estar maldiciendo la hora en que me contestaste el teléfono —dijo—. Sólo he venido a crearte problemas.

—Desde que te conozco, no has hecho más que crearme problemas. Es mi destino. Y no hay nada que hacer contra el destino. Mira, aquí tienes, por si la necesitas. Es la tuya. Eso sí, me la devuelves.

Y saqué del velador la escobillita de Guerlain. La examinó, divertida.

—¿O sea que la sigues guardando? Es la segunda galantería de la noche. Qué lujo. ¿Dónde vas a dormir tú, se puede saber?

—El sofá de la salita es un sofá cama, así que no te hagas ilusiones. No hay la menor posibilidad de que duerma contigo.

Se rió otra vez. Pero ese pequeño esfuerzo la fatigó y, encogiéndose bajo las sábanas, cerró los ojos. La abrigué con las frazadas y le puse también mi bata de levantar, a los pies. Fui a lavarme los dientes, a ponerme el piyama y a estirar el sofá cama de la salita. Cuando volví al dormitorio, ella dormía, respirando con normalidad. El resplandor de la calle que se filtraba por la claraboya iluminaba su cara: siempre muy pálida, con la nariz afilada y, entre sus cabellos, asomaban sus lindas orejitas. Tenía la boca entreabierta, le palpitaban las aletas de la nariz y su expresión era lánguida, de total abandono. Al rozarle los cabellos con mis labios sentí en mi cara su aliento. Me fui a acostar. Casi de inmediato caí dormido, pero me desperté un par de veces en la noche y las dos me levanté en puntas de pie para ir a verla. Dormía, respirando parejo. Tenía la piel de la cara muy estirada y resaltaban sus huesos. Con la respiración, su pecho subía y bajaba las frazadas, ligeramente. Estuve adivinando su pequeño corazón, imaginando cómo palpitaba cansado.

A la mañana siguiente, preparaba el desayuno cuando la sentí levantarse. Apareció en la cocinita donde yo pasaba el café, envuelta en mi bata. Le quedaba enorme y parecía un payaso. Sus pies descalzos eran los de una niña.

—He dormido casi ocho horas —dijo, asombrada—. No me ocurría hace siglos. Anoche me desmayé, ¿no es cierto?

—Pura pose, para que te trajera a mi casa. Y, ya ves, lo conseguiste. Y hasta te metiste a mi cama. Sabes las de Kiko y Caco, niña mala.

—¿Te fregué la noche, no, Ricardito?

—Y me vas a fregar el día, también. Porque te vas a quedar aquí, en cama, mientras Elena arregla las cosas en el Hospital Cochin y pueden hacerte ese chequeo completo. No se admiten discusiones. Ha llegado el momento de que imponga mi autoridad sobre ti, niña mala.

—Caramba, qué progresos. Hablas como si fueras mi amante.

Pero esta vez no logré que sonriera. Me miraba con la cara desencajada y los ojos mustios. Estaba muy cómica así, con sus pelos revueltos y esa bata que arrastraba por el suelo. Me acerqué a ella y la abracé. La sentí muy frágil, temblando. Pensé que si apretaba un poco el abrazo, se quebraría, como un pajarito.

—No te vas a morir —le aseguré en el oído, besándole apenas los cabellos—. Te van a hacer ese examen y, si algo anda mal, te vas a curar. Y vas a ponerte bonita otra vez, a ver si así consigues que me enamore de nuevo de ti. Y, ahora, ven, vamos a desayunar, no quiero llegar tarde a la Unesco.

Cuando estábamos tomando el café con tostadas, vino Elena, ya de salida a su trabajo. Volvió a tomarle la temperatura y la tensión y la encontró mejor que la noche anterior. Pero le indicó que guardara cama todo el día y comiera cosas ligeritas. Trataría de prepararlo todo en el hospital para que pudiera trasladarse allí mañana mismo. Le preguntó a la niña mala qué le hacía falta y ella le encargó una escobilla para el pelo.

Antes de partir, le mostré las provisiones en la nevera y el aparador, más que suficientes para que se preparara al mediodía una dieta de pollo o unos fideos con mantequilla. Yo me encargaría de la cena, al volver. Si se sentía mal, debía llamarme de inmediato a la Unesco. Asentía sin decir nada, mirándolo todo con expresión ida, como si no acabara de comprender las cosas que le pasaban.

La llamé a comienzos de la tarde. Se sentía bien. El baño con espuma en mi bañera la había hecho feliz, porque hacía lo menos seis meses que sólo tomaba duchas en baños públicos, siempre a la carrera. En la tarde, al regresar, los encontré a ella y a Yilal absorbidos en una película de Laurel y Hardy que, doblada al francés, sonaba absurda. Pero ambos parecían divertirse y festejaban las payasadas del gordo y el flaco. Ella se había puesto uno de mis piyamas y, encima, la gran bata dentro de la cual parecía perdida. Estaba bien peinada, con la cara fresca y sonriente.

Yilal me preguntó en su pizarrón, señalando a la niña mala: «¿Te vas a casar con ella, tío Ricardo?».

—Ni muerto —le dije, poniendo cara de espanto—. Eso es lo que ella quisiera. Hace años que trata de seducirme. Pero yo no le hago caso.

«Hazle caso», me respondió Yilal, escribiendo de prisa en su pizarra. «Es simpática y será buena esposa.»

—¿Qué has hecho para comprarte a esta criatura, guerrillera?

—Le he contado cosas de Japón y de África. Es buenísimo en geografía. Se sabe las capitales mejor que yo.

Los tres días que la niña mala permaneció en mi casa, antes de que Elena consiguiera sitio para ella en el Hospital Cochin, mi alojada y Yilal se hicieron íntimos. Jugaban a las damas, se reían y bromeaban como si fueran de la misma edad. Se divertían tanto juntos que, aunque para guardar las apariencias mantenían prendida la televisión, en realidad ni miraban la pantalla, concentrados en el Yan-Ken-Po, un juego de manos que yo no había vuelto a ver jugar desde mi niñez miraflorina: la piedra chanca la tijera, el papel envuelve a la piedra y la tijera corta el papel. A veces, ella empezaba a leerle a Yilal historias de Julio Verne, pero, después de unos cuantos renglones, se apartaba del texto y comenzaba a disparatar la historia hasta que Yilal le arrancaba el libro de las manos, sacudido por las carcajadas. Las tres noches cenamos donde los Gravoski. La niña mala ayudaba a Elena a cocinar y a lavar la vajilla. Y, mientras, conversaban y cambiaban bromas. Era como si los cuatro fuésemos dos parejas amigas de toda la vida.

La segunda noche, ella se empeñó en dormir en el sofá cama y en devolverme el dormitorio. Tuve que darle gusto, porque me amenazó con que, si no, se largaba de la casa. Esos dos primeros días estuvo bien de ánimo; por lo menos, así me lo parecía, al anochecer, cuando volvía de la Unesco y la encontraba jugando de tú a tú con Yilal. El tercer día, todavía oscuro, me desperté, seguro de haber oído a alguien llorando. Escuché y no había duda: era un llanto bajito, entrecortado, con paréntesis de silencio. Fui a la sala comedor y la encontré encogida en su cama, tapándose la boca, empapada de lágrimas. Temblaba de pies a cabeza. Le limpié la cara, le alisé los cabellos, le traje un vaso de agua.

—¿Te sientes mal? ¿Quieres que despierte a Elena?

—Me voy a morir —dijo, muy quedo, lloriqueando—. Me contagiaron algo, allá en Lagos, que nadie sabe qué es. Dicen que no es el sida pero qué es, entonces. Ya casi no tengo fuerzas para nada. Ni para comer, ni para andar, ni para levantar un brazo. Así le pasaba a Juan Barreto, allá en Newmarket, ¿no te acuerdas? Y estoy todo el tiempo con una secreción abajo que parece pus. No es sólo el dolor. Es que, además, tengo tanto asco de mi cuerpo y de todo desde lo de Lagos.

Estuvo sollozando un buen rato, quejándose de frío, a pesar de lo abrigada que estaba. Yo le secaba los ojos, le daba a beber sorbitos de agua, abatido por una sensación de impotencia. ¿Qué darle, qué decirle, para sacarla de ese estado? Hasta que por fin sentí que se quedaba dormida. Regresé a mi dormitorio con el pecho encogido. Sí, estaba gravísima, acaso con el sida y a lo mejor terminaría como el pobre Juan Barreto.

Esa tarde, cuando regresé del trabajo, ella estaba preparada para ingresar al Hospital Cochin a la mañana siguiente. Había ido a traer sus cosas en un taxi y tenía una maleta y un maletín metidos en el clóset. La reñí. ¿Por qué no me había esperado para que la acompañara a recoger su equipaje? Sin más, me repuso que le daba vergüenza que yo viera el cuchitril donde había estado viviendo.

A la mañana siguiente, llevándose sólo el pequeño maletín, partió con Elena. Al despedirse, me murmuró al oído algo que me hizo feliz:

—Tú eres lo mejor que me ha pasado en la vida, niño bueno.

Los dos días que iba a durar el examen médico se alargaron a cuatro y en ninguno de ellos la pude ver. El hospital era muy estricto con el horario y cuando yo salía de la Unesco ya era tarde para las visitas. Tampoco pude hablar por teléfono con ella. En las noches, Elena me informaba lo que había logrado averiguar. Soportaba con

entereza los exámenes, análisis, interrogatorios y pincha-
zos. Elena trabajaba en otro pabellón pero se arreglaba para
pasar a verla un par de veces al día. Además, el profesor
Bourrichon, un internista, una de las luminarias del hospital, había tomado su caso con interés. En las tardes, cuando alcanzaba a Yilal frente al aparato de televisión, encontraba en su pizarrón la pregunta: «¿Cuándo va a volver?».
El cuarto día en la noche, después de dar de cenar
y acostar a Yilal, Elena volvió a mi casa a traerme noticias.
Aunque todavía quedaba por conocer el resultado de un
par de pruebas, esa tarde el profesor Bourrichon le había
adelantado algunas conclusiones. El sida estaba descarta-
do, de manera categórica. Padecía de desnutrición extrema y un estado de agudo abatimiento depresivo, de pérdida del impulso vital. Requería un tratamiento psicológico
inmediato, que la ayudara a recobrar la «ilusión de vida»;
sin ella todo programa de recuperación física sería inefi-
caz. Lo de la violación probablemente era cierto; tenía
huellas de desgarros y cicatrices tanto en la vagina como
en el recto, y una herida supurante, producto de un instrumento metálico o de madera —ella no lo recordaba—
introducido por la fuerza, que le había rajado una de las
paredes vaginales, muy cerca de la matriz. Resultaba sorprendente que esta lesión, mal cuidada, no le hubiera provocado una septicemia. Era necesaria una intervención
quirúrgica para limpiar el absceso y suturar la herida. Pero
lo más delicado de su cuadro clínico era el fuerte estrés
que, a consecuencia de aquella experiencia de Lagos y de
lo incierto de su situación actual, la tenía agobiada, insegura, inapetente y presa de ataques de terror. Los desmayos eran consecuencia de aquel trauma. Corazón, cerebro,
estómago funcionaban con normalidad.

—Le harán esa pequeña operación en la matriz
mañana temprano —añadió Elena—. El doctor Pineau,

el cirujano, es un amigo y no cobrará nada. Sólo habrá que pagar el anestesista y las medicinas. Unos tres mil francos, más o menos.

—Ningún problema, Elena.

—Después de todo, las noticias no son tan malas, ¿no es cierto? —me animó ella—. Hubiera podido ser mucho peor, teniendo en cuenta la carnicería que hicieron con la pobre esos salvajes. El profesor Bourrichon recomienda que pase un tiempo en una clínica de absoluto reposo, donde haya buenos psicólogos. Que no caiga en manos de uno de esos lacanianos que la podrían meter en un laberinto y enredarla más de lo que está. El problema es que esas clínicas suelen ser bastante caras.

—Ya me ocuparé yo de conseguir lo que haga falta. Lo importante es encontrarle un buen especialista, que la saque de esto y vuelva a ser la que era, no el cadáver en que está convertida.

—Lo encontraremos, te prometo —me sonrió Elena, dándome una palmada en el brazo—. ¿Es el gran amor de tu vida, no, Ricardo?

—El único, Elena. La única mujer que yo he querido, desde que era una niña. He hecho lo imposible por olvidarla, pero, la verdad, es inútil. La querré siempre. La vida no tendría sentido para mí si ella se muere.

—Vaya suerte de esa chica, inspirar un amor así —se rió mi vecina—. *Chapeau!* Le pediré la receta. Simon tiene razón: te cae como anillo al dedo ese apodo que ella te ha puesto.

A la mañana siguiente pedí permiso en la Unesco para estar en el Hospital Cochin durante la pequeña operación. Esperé en un pasillo ófrico, de techos altísimos, por el que corría un viento helado y circulaban enfermeras, médicos, pacientes y, de rato en rato, enfermos tumbados en camillas con bombas de oxígeno o botellas de plasma suspendidas sobre sus cabezas. Había un cartelito de «Prohibido fumar» al que nadie parecía hacerle caso.

El doctor Pineau habló conmigo unos minutos, delante de Elena, mientras se quitaba los guantes de goma y se lavaba minuciosamente las manos con un jabón espumoso en un chorro de agua que despedía humo. Era un hombre bastante joven, seguro de sí mismo, que no usaba remilgos al hablar:

—Quedará perfectamente bien. Pero, eso sí, ya está usted al corriente de su estado. Tiene la vagina dañada, propensa a inflamarse y sangrar. También el recto está lastimado. Cualquier cosa puede irritarla y abrirle las heridas. Tendrá que controlarse, mi amigo. Hacer el amor con mucho cuidado y no muy seguido. Por lo menos estos dos primeros meses, le recomiendo contención. De preferencia, ni tocarla. Y, si no es posible, una delicadeza extremada. La señora ha sufrido una experiencia traumática. No fue una simple violación, sino, para que lo entienda, una verdadera masacre.

Estuve junto a la niña mala cuando la trajeron del quirófano a la gran sala común donde la tenían, en un espacio aislado por dos biombos. Era un local muy amplio, de paredes de piedra y techos cóncavos y oscuros que hacían pensar en nidos de murciélagos, de baldosas implacablemente limpias y un fuerte olor a desinfectante y a lejía, mal iluminado. Estaba mucho más pálida todavía, cadavérica y con los ojos entrecerrados. Al reconocerme, me estiró la mano. Cuando la tuve entre las mías, me pareció tan delgadita y pequeña como la de Yilal.

—Estoy bien —me dijo, con fuerza, antes de que le preguntara cómo se sentía—. El doctor que me operó era muy simpático. Y buen mozo.

La besé en los cabellos, en sus lindas orejitas.

—Espero que no te pusieras a coquetear con él. Tú eres muy capaz.

Me hizo presión con su mano y, casi al instante, se quedó dormida. Durmió toda la mañana y sólo al comienzo de la tarde se despertó, quejándose de dolor. Por instrucciones del médico, una enfermera vino a ponerle una inyección. Poco después apareció Elena, de guardapolvo blanco, trayéndole una chompita. Se la puso sobre el camisón. La niña mala le preguntó por Yilal y sonrió cuando supo que el hijo de los Gravoski preguntaba todo el tiempo por ella. Estuve a su lado buena parte de la tarde y la acompañé mientras comía, en una pequeña bandeja de plástico: una sopita de verduras y una presa de pollo hervida con papas cocidas. Se llevaba las cucharadas a la boca sin ganas, sólo debido a mi insistencia.

—¿Sabes por qué se porta todo el mundo tan bien conmigo? —me dijo—. Por Elena. Enfermeras y médicos la adoran. Es de lo más popular en el hospital.

Poco después nos echaron a las visitas. Esa noche, donde los Gravoski, Elena me tenía noticias. Había hecho averiguaciones y consultado con el profesor Bourrichon. Éste le había sugerido una pequeña clínica privada, en Petit Clamart, no muy lejos de París, donde había enviado ya a algunos pacientes, víctimas de depresión y desequilibrios nerviosos debidos a maltratos, con buenos resultados. El director era un compañero de estudios suyo. Si queríamos, podía recomendarle el caso de la niña mala.

—No sabes cuánto te agradezco, Elena. Parece el lugar indicado. Procedamos, cuanto antes.

Elena y Simon se miraron. Estábamos tomando la consabida taza de café, después de cenar una tortilla, un poco de jamón y una ensalada, con un vaso de vino.

—Hay dos problemas —dijo Elena, incómoda—. El primero, ya lo sabes, es una clínica privada y será bastante cara.

—Tengo algunos ahorros y, si no alcanzan, pediré un préstamo. Y, si es necesario, venderé este piso. El dinero no es un problema, lo importante es que se cure. ¿Cuál es el otro?

—El pasaporte que presentó en el Hospital Cochin es falso —me explicó Elena, con una expresión y un tono de voz como si me pidiera disculpas—. He tenido que hacer malabares para que la administración no la denuncie a la policía. Pero ella tiene que dejar mañana el hospital y no volver a poner los pies allí, por desgracia. Y no descarto que, apenas salga, den el soplo a las autoridades.

—Esa dama no dejará nunca de asombrarme —exclamó Simon—. ¿Ustedes se dan cuenta lo mediocres que son nuestras vidas comparadas con la de ella?

—¿Eso de los papeles se podría arreglar? —me preguntó Elena—. Me imagino que será difícil, claro. No sé, podría ser un gran obstáculo en la clínica del doctor Zilacxy, de Petit Clamart. No la aceptarán si descubren que su situación en Francia es ilegal. Y hasta podrían denunciarla a la policía.

—No creo que nunca en su vida la niña mala haya tenido sus papeles en regla —dije yo—. Estoy segurísimo que no tiene un pasaporte, sino varios. Puede que alguno parezca menos falso que los otros. Le preguntaré.

—Terminaremos todos presos —lanzó una carcajada Simon—. A Elena le impedirán ejercer la medicina y a mí me echarán del Instituto Pasteur. Bueno, así empezaremos por fin a vivir la verdadera vida.

Terminamos riéndonos los tres y esa risa compartida con mis dos amigos me hizo bien. Fue la primera noche en los últimos cuatro días que dormí de corrido hasta que sonó el despertador. Al día siguiente, al volver de la Unesco, encontré a la niña mala instalada en mi cama, con el ramo de flores que yo le había enviado puesto en un jarrón con agua, en el velador. Se sentía mejor, sin dolores. Elena la había traído del Hospital Cochin y ayudado a subir, pero luego regresó a su trabajo. La acompañaba Yilal, muy contento con la recién llegada. Cuando el niño partió, la niña mala me habló, en voz baja, como si el hijo de los Gravoski todavía pudiera oírla:

—Diles a Simon y a Elena que vengan a tomar el café aquí, esta vez. Después que acuesten a Yilal. Te ayudaré a prepararlo. Quiero agradecerles todo lo que Elena ha hecho por mí.

No dejé que se levantara a ayudarme. Preparé el café y poco después tocaron la puerta los Gravoski. Llevé a la niña mala, cargada —no pesaba nada, acaso tanto como Yilal—, a sentarse con nosotros en la salita y la cubrí con una manta. Entonces, sin siquiera saludarlos, ella, con los ojos radiantes, les soltó la noticia:

—No se caigan muertos de la impresión, por favor. Esta tarde, después que Elena nos dejó solos, Yilal me abrazó y me dijo en español, clarito: «Te quiere mucho, niña mala». Dijo «quiere», no quiero.

Y, para que no quedara la menor duda de que nos decía la verdad, hizo algo que yo no había visto hacer desde mis tiempos de alumno del Colegio Champagnat, en Miraflores: se llevó los dedos en cruz a la boca y los besó a la vez que decía: «Les juro, me lo dijo tal cual, con todas las letras».

Elena se echó a llorar y, mientras derramaba esos lagrimones, se reía, abrazada a la niña mala. ¿Había dicho Yilal algo más? No. Cuando trató de iniciar con él una conversación, el niño volvió a su mutismo y a responderle en francés valiéndose de su pequeña pizarra. Pero, esa frase, pronunciada con la misma vocecita de hilo que ella recordaba del teléfono, demostraba de una vez por todas que Yilal no era mudo. Durante un buen rato no hablamos de otra cosa. Tomamos el café, y Simon, Elena y yo bebimos un vaso de un whisky malteado que yo tenía en mi aparador desde tiempo inmemorial. Los Gravoski fijaron la estrategia a seguir. Ni ellos ni yo debíamos darnos por enterados. Como el niño había tomado la iniciativa de dirigirse a la niña mala, ésta, de la manera más natural, sin hacer presión alguna sobre él, trataría de entablar de nuevo un diálogo, haciéndole preguntas, dirigiéndose a él sin mirarlo, de manera distraída, evitando a toda costa que Yilal fuera a sentirse vigilado o sometido a una prueba.

Luego, Elena le habló a la niña mala de la clínica del doctor Zilacxy, en Petit Clamart. Era más bien pequeña, en un parque cuidado y lleno de árboles, y el director, amigo y compañero de estudios del profesor Bourrichon, psicólogo y psiquiatra prestigioso, especializado en tratar pacientes que sufrían depresiones y trastornos nerviosos resultantes de accidentes, maltratos o traumas diversos, así como anorexia, alcoholismo y drogadicción. Las conclusiones del examen eran terminantes. La niña mala necesitaba aislarse por un tiempo en un lugar apropiado, de descanso absoluto, donde, a la vez que seguía un tratamiento dietético y de ejercicios que le devolviera las fuerzas, recibiera apoyo psicológico que la ayudara a borrar las reverberaciones en su mente de aquella horrible experiencia.

—¿Quiere decir que estoy loca? —preguntó.

—Siempre lo estuviste —asentí yo—. Pero, ahora, además, estás anémica y deprimida, y eso te lo pueden curar en esa clínica. Loca de remate vas a seguir hasta el fin de tus días, si eso es lo que te preocupa.

No me festejó, pero, aunque algo reticente, se rindió ante mi insistencia y aceptó que Elena pidiera una cita al director de la clínica de Petit Clamart. Nuestra vecina nos acompañaría. Cuando los Gravoski partieron, la niña mala me miró acongojada y llena de reproches:

—¿Y quién me va a pagar esa clínica, a mí, si sabes muy bien que no tengo dónde caerme muerta?

—Quién va a ser sino el cacaseno de costumbre —le dije, acomodándole las almohadas—. Tú eres mi mantis religiosa, ¿no lo sabías? Un insecto hembra que devora al macho mientras él le hace el amor. Él muere feliz, por lo visto. Mi caso, exactamente. No te preocupes por la plata. ¿No sabes que soy rico?

Se prendió de uno de mis brazos con las dos manos.

—No eres rico, sino un pobre pichiruchi —dijo, furiosa—. Si lo fueras, no me hubiera ido ni a Cuba, ni a Londres ni a Japón. Me hubiera quedado contigo desde aquella vez, cuando me hiciste conocer París y me llevabas a esos restaurantes horribles, para mendigos. Siempre te he estado dejando por unos ricos que resultaron unas basuras. Y así he terminado, hecha un desastre. ¿Estás contento que lo reconozca? ¿Te gusta oírlo? ¿Haces todo esto para demostrarme lo superior que eres a todos ellos, lo que me perdí contigo? ¿Por qué lo haces, se puede saber?

—Por qué va a ser, niña mala. Tal vez quiero ganar indulgencias e irme al cielo. También pudiera ser que esté enamorado de ti, todavía. Y, ahora, basta de adivinanzas. A dormir. El profesor Bourrichon dice que, hasta que estés repuesta del todo, debes tratar de dormir ocho horas diarias por lo menos.

Dos días después terminó mi contrato temporal con la Unesco y pude dedicarme a cuidarla todo el día. En el Hospital Cochin le habían prescrito una dieta a base de verduras, pescados y carnes hervidas, frutas y menestras, y prohibido el alcohol, incluso el vino, así como el café y todos los aderezos picantes. Debía hacer ejercicios y caminar cuando menos una hora al día. En las mañanas, luego del desayuno —yo iba a comprar mediaslunas recién salidas del horno a una panadería de la École Militaire—, dábamos un paseo, tomados del brazo, al pie de la Tour Eiffel, por el Champs de Mars, y, a veces, si el tiempo lo permitía y ella estaba con ánimos, nos alejábamos por los muelles del Sena hasta la place de la Concorde. Yo dejaba que ella dirigiera la conversación, evitando, eso sí, que me hablara de Fukuda o del episodio de Lagos. No siempre era posible. Entonces, si ella se empecinaba en tocar el tema, me limitaba a escuchar lo que quería contarme, sin hacerle preguntas. Por las cosas que, de tanto en tanto, insinuaba en esos semimonólogos, deduje que su captura, en Nigeria, había tenido lugar el día que ella partía del país. Pero su historia, deshilachada, siempre transcurría en una especie de nebulosa. Había pasado ya la aduana del aeropuerto y estaba en la cola de pasajeros, dirigiéndose al avión. Un par de policías la sacaron de allí, de buenas maneras; su actitud cambió por completo apenas la subieron a una camioneta con los vidrios pintados de negro y, sobre todo, cuando la bajaron en un edificio maloliente, donde había calabozos con rejas y olía a excremento y a orines.

—Yo creo que no me descubrieron, esa policía no era capaz de descubrir nada —decía, una y otra vez—. Me denunciaron. Pero ¿quién, quién? A veces, pienso que el propio Fukuda. Pero ¿por qué lo hubiera hecho? No tiene pies ni cabeza, ¿no es cierto?

—Qué importa eso ahora. Ya pasó. Olvídalo, entiérralo. No te hace bien torturarte con esos recuerdos. Lo único que importa es que has sobrevivido y que pronto estarás completamente curada. Y que nunca te volverás a meter en esos enredos en que has perdido media vida.

Al cuarto día, un jueves, Elena nos dijo que el doctor Zilacxy, director de la clínica de Petit Clamart, nos recibiría el lunes al mediodía. El profesor Bourrichon había hablado con él por teléfono y le había pasado todos los resultados del examen médico de la niña mala, así como sus prescripciones y consejos. El viernes, fui a hablar con el señor Charnés, que me había hecho llamar por la secretaria de la agencia de traductores e intérpretes que dirigía. Me ofreció un contrato de trabajo de dos semanas, en Helsinki, bien pagado. Lo acepté. Cuando regresé a la casa, apenas abrí la puerta, oí voces y risitas en el dormitorio. Permanecí quieto, con la puerta entreabierta, escuchando. Hablaban en francés y una de las voces era la de la niña mala. La otra, delgadita, chillona, un poco vacilante, sólo podía ser la de Yilal. Se me mojaron las manos, de golpe. Permanecí extático. No alcancé a entender lo que decían, pero estaban jugando a algo, tal vez a las damas, tal vez al Yan-Ken-Po, y, a juzgar por las risitas, la pasaban muy bien. No me habían oído entrar. Cerré la puerta de calle despacio y avancé hasta el dormitorio, exclamando en voz alta, en francés:

—Apuesto a que juegan a las damas y que gana la niña mala.

Hubo un instantáneo silencio y cuando di un paso más y entré al dormitorio vi que tenían desplegado el tablero de damas en medio de la cama y que estaban sentados en las dos orillas opuestas, ambos inclinados sobre las fichas. La figurita de Yilal me miraba con los ojos relampagueando de orgullo. Y entonces, abriendo mucho la boca, dijo en francés:

—¡Gana Yilal!

—Me gana siempre, no hay derecho —aplaudió la niña mala—. Este niñito es un campeón.

—A ver, a ver, quiero ser juez de este partido —dije yo, dejándome caer en una esquina de la cama y escrutando el tablero. Trataba de fingir la más absoluta naturalidad, como si nada extraordinario estuviera pasando, pero apenas podía respirar.

Inclinado sobre las fichas, Yilal observaba, estudiando el siguiente movimiento. Un instante, mi mirada y la de la niña mala se cruzaron. Ella sonrió y me guiñó un ojo.

—¡Gana otra vez! —exclamó Yilal, aplaudiendo.

—Pues sí, *mon vieux,* ella no tiene dónde moverse. Ganaste. ¡Choca esos cinco!

Le estreché la mano y la niña mala le dio un beso.

—No volveré a jugar damas contigo, estoy harta de recibir estas palizas —dijo ella.

—Se me ha ocurrido un juego más divertido todavía, Yilal —improvisé yo—. ¿Por qué no les damos a Elena y Simon la sorpresa de la vida? Vamos a montarles un espectáculo del que tus padres se acordarán el resto de sus días. ¿Te gustaría?

El niño había adoptado una expresión cautelosa y esperaba inmóvil que yo continuara, sin comprometerse. Mientras yo desplegaba ante sus ojos ese plan que iba inventando a medida que se lo describía, me escuchaba, intrigado y algo intimidado, sin atreverse a rechazarlo, atraído y repelido a la vez por mi propuesta. Cuando terminé, estuvo quieto y mudo un buen rato todavía, mirando a la niña mala, mirándome a mí.

—¿Qué te parece, Yilal? —insistí, siempre en francés—. ¿Les damos esa sorpresa a Simon y a Elena? Te aseguro que no se olvidarán el resto de sus vidas.

—Bueno —dijo la vocecita de Yilal, mientras su cabeza asentía—. Les damos esa sorpresa.

Lo hicimos tal como yo lo había improvisado, en medio de la emoción y el desconcierto en que me sumió *oír* a Yilal. Cuando Elena vino a recogerlo, la niña mala y yo le rogamos que, luego de cenar, volvieran, ella, Simon y el niño, porque teníamos un postre riquísimo que queríamos convidarles. Elena, un poco sorprendida, dijo que bueno, sólo un ratito, porque, si no, al día siguiente al dormilón de Yilal le costaba mucho despertar. Salí como alma que lleva el diablo a la esquina de la École Militaire, a la pastelería de los *croissants,* en l'avenue de la Bourdonnais. Por fortuna, estaba abierta. Compré una torta que tenía mucha crema, y, encima, unas fresas gordas y rojísimas. Con la excitación en que estábamos, apenas si probamos la dieta de verduras y pescado que yo compartía con la convaleciente.

Cuando Simon, Elena y Yilal —ya en zapatillas y bata— llegaron, teníamos listo el café y la torta partida en tajadas, esperándolos. De inmediato advertí por la expresión de Elena que maliciaba algo. Simon, en cambio, preocupado por un artículo de un científico y disidente ruso que había leído esa tarde, estaba en la luna y nos contaba, mientras la crema del empalagoso postre le ensuciaba la barba, que aquél había visitado no hacía mucho el Instituto Pasteur y que todos los investigadores y científicos habían quedado impresionados por su modestia y su valía intelectual. Entonces, de acuerdo al disparatado guión fraguado por mí, la niña mala preguntó, en español:

—¿Cuántos idiomas creen ustedes que habla Yilal?

Advertí que, en el acto, Simon y Elena, inmóviles, abrían un poco los ojos, como diciendo: «¿Qué está pasando aquí?».

—Yo creo que dos —aseguré—. Francés y español. ¿Y ustedes, qué creen? ¿Cuántos idiomas habla Yilal, Elena? ¿Cuántos crees tú, Simon?

Los ojitos de Yilal iban de sus padres a mí, de mí a la niña mala y de nuevo a sus padres. Estaba muy serio.

—No habla ninguno —balbuceó Elena, mirándonos y evitando volver la cabeza hacia el niño—. Todavía no, por lo menos.

—Yo creo que... —dijo Simon y se calló, abrumado, rogando con la mirada que le indicáramos lo que debía decir.

—En realidad, qué importa lo que nosotros creamos —intervino la niña mala—. Sólo importa lo que diga Yilal. ¿Qué dices tú, Yilal? ¿Cuántos hablas?

—Habla francés —dijo la voz delgadita y chillona. Y, después de una brevísima pausa, cambiando de idioma—: Yilal habla español.

Elena y Simon se habían quedado mirándolo, enmudecidos. La torta que Simon tenía en la mano se deslizó del plato al suelo y aterrizó en su pantalón. El niño se echó a reír, llevándose una mano a la boca y, señalando la pierna de Simon, exclamó, en francés:

—Ensucias pantalón.

Elena se había puesto de pie y ahora, junto al niño, mirándolo con arrobo, le acariciaba los cabellos con una mano y le pasaba la otra por los labios, una y otra vez, como una beata acaricia la imagen de su santo patrono. Pero, de los dos, el más conmovido era Simon. Incapaz de decir nada, miraba a su hijo, a su mujer, a nosotros, alelado, como pidiendo que no lo despertáramos, que lo dejáramos soñar.

Yilal no dijo nada más esa noche. Sus padres se lo llevaron poco después y la niña mala, oficiando de dueña de casa, hizo un paquetito con la media torta que sobraba e insistió para que los Gravoski se lo quedaran. Yo le di la mano a Yilal al despedirnos:

—Nos salió muy bien, ¿no, Yilal? Te debo un regalo, por lo bien que te has portado. ¿Otros seis soldaditos de plomo, para tu colección?

Él hizo movimientos afirmativos con la cabeza. Cuando cerramos la puerta tras ellos, la niña mala exclamó:

—En este momento, son la pareja más feliz de la tierra.

Mucho más tarde, cuando ya estaba cogiendo el sueño, vi una silueta que se deslizaba en la salita comedor y, silente, se acercaba a mi sofá cama. Me tomó de la mano:

—Ven, ven conmigo —me ordenó.

—No puedo ni debo —le dije yo, levantándome y siguiéndola—. El doctor Pineau me lo ha prohibido. Por dos meses al menos, no puedo tocarte ni menos hacerte el amor. Y no te tocaré, ni te haré el amor, hasta que estés sanita. ¿Entendido?

Nos habíamos metido ya a su cama y ella se acurrucó contra mí y apoyó su cabeza en mi hombro. Sentí su cuerpo que era sólo hueso y pellejo y sus pequeños pies helados frotándose contra mis piernas y un escalofrío me corrió de la cabeza a los talones.

—No quiero que me hagas el amor —susurró, besándome en el cuello—. Quiero que me abraces, que me des calor y que me quites el miedo que siento. Me estoy muriendo de terror.

Su cuerpecito, una forma llena de aristas, temblaba como una hoja. La abracé, le froté la espalda, los brazos, la cintura, y mucho rato estuve diciéndole cosas dulces al oído. Nunca dejaría que nadie volviera a hacerle daño, tenía que poner mucho de su parte para que se restableciera pronto y recuperase las fuerzas, las ganas de vivir y de ser feliz. Y para que se pusiera bonita de nuevo. Me escuchaba muda, soldada a mí, recorrida a intervalos por sobresaltos que la hacían gemir y retorcerse. Mucho después, sentí que se dormía. Pero a lo largo de toda la noche, en mi duermevela, la sentí estremecerse, quejarse, presa de esos recurrentes ataques de pánico. Cuando la veía así, tan desamparada, me venían a la cabeza imágenes de lo sucedido en Lagos y sentía tristeza, cólera, feroces deseos de venganza contra sus victimarios.

La visita a la clínica de Petit Clamart, del doctor André Zilacxy, francés de ascendencia húngara, resultó un paseo campestre. Ese día salió un sol radiante que hacía brillar los altos álamos y plátanos de la floresta. La clínica estaba al fondo de un parque con estatuas desportilladas y un estanque con cisnes. Llegamos allí al mediodía y el doctor Zilacxy nos hizo pasar de inmediato a su despacho. El local era una antigua casa señorial del siglo XIX, de dos plantas, con escalinata de mármol y balcones enrejados, modernizada por dentro, a la que le habían añadido un pabellón nuevo, con grandes ventanales de vidrio, tal vez un solárium o un gimnasio con piscina. Por las ventanas del despacho del doctor Zilacxy se veía a lo lejos gentes que se movían bajo los árboles y, entre ellas, batines blancos de enfermeras o médicos. Zilacxy parecía también provenir del siglo XIX, con su barbita recortada en cuadrado, que enmarcaba un rostro enteco y una calva reluciente. Vestía de negro, con un chaleco gris, un cuello duro que parecía postizo, y, en lugar de corbata, una cinta doblada en cuatro a la que sujetaba un prendedor bermellón. Tenía un reloj de bolsillo, con leontina dorada.

—He hablado con mi colega Bourrichon y he leído el informe del Hospital Cochin —dijo, entrando en materia de golpe, como si no pudiera permitirse perder el tiempo en banalidades—. Tienen ustedes suerte, la clínica está siempre llena y hay gente que espera mucho para ser admitida. Pero, como la señora es un caso especial pues viene recomendada por un viejo amigo, le podemos hacer un sitio.

Tenía una voz muy bien timbrada y unas maneras elegantes, algo teatrales, de moverse y de lucir las manos.

Dijo que la «paciente» recibiría una alimentación especial, de acuerdo con una dietista, para que recobrara el peso perdido, y que un monitor personal dirigiría sus ejercicios físicos. Su médico de cabecera sería la doctora Roullin, especialista en traumas de la índole del que la señora había sido víctima. Podría recibir visitas dos veces por semana, entre las cinco y las siete de la noche. Además del tratamiento con la doctora Roullin, participaría en sesiones de terapia de grupo, que él dirigía. A menos que hubiera alguna objeción de su parte, la hipnosis podría ser empleada en el tratamiento, bajo su control. Y que —hizo una pausa para que supiéramos que venía una aclaración importante— si la paciente, en cualquier instancia del tratamiento, se sentía «decepcionada», podría interrumpirlo de inmediato.

—No nos ha ocurrido jamás —añadió, haciendo chasquear la lengua—. Pero la posibilidad está ahí, por si alguna vez sucede.

Dijo que, luego de charlar con el profesor Bourrichon, ambos habían coincidido en que la paciente debería permanecer en la clínica, en principio, un mínimo de cuatro semanas. Luego, se vería si era aconsejable prolongar su permanencia o podía continuar su recuperación en casa.

Respondió a todas las preguntas de Elena y mías —la niña mala no abrió la boca, se limitaba a escuchar como si la cosa no fuese con ella— sobre el funcionamiento de la clínica, sus colaboradores y, luego de una broma sobre Lacan y sus fantasiosas combinaciones de estructuralismo y Freud que, apuntó sonriendo para tranquilizarnos, «no ofrecemos en nuestro menú», hizo que una enfermera llevara a la niña mala al despacho de la doctora Roullin. La estaba esperando, para conversar con ella y mostrarle el establecimiento.

Cuando nos quedamos solos con el doctor Zilacxy, Elena abordó con precaución el delicado asunto de cuánto costaría el mes de tratamiento. Y se apresuró a precisar que «la señora» no tenía ningún seguro ni un patrimonio personal y que asumiría el costo de la cura el amigo que estaba aquí presente.

—Cien mil francos, aproximadamente, sin contar los medicamentos que, bueno, difícil saberlo de antemano, deberían significar un veinte o treinta por ciento más, en el peor de los casos —hizo una pequeña pausa y tosió antes de añadir—: Se trata de un precio especial, dado que la señora viene recomendada por el profesor Bourrichon.

Miró su reloj, se puso de pie y nos indicó que, si nos decidíamos, pasáramos por la administración a rellenar los formularios.

Tres cuartos de hora después apareció la niña mala. Estaba contenta de su conversación con la doctora Roullin, que le había parecido muy juiciosa y amable, y con la visita a la clínica. El cuartito que ocuparía era pequeño, cómodo, muy bonito, con vistas sobre el parque, y todas las instalaciones, el comedor, el salón de gimnasia, la piscina temperada, el pequeño auditorio donde se impartían las charlas y se pasaban documentales y películas, eran modernísimos. Sin discutirlo más, fuimos a la administración. Firmé un documento por el cual me comprometía a asumir todos los gastos y entregué un cheque de diez mil francos como depósito. La niña mala alcanzó un pasaporte francés a la administradora y ésta, una mujer muy delgadita, con moño y una mirada inquisidora, le pidió más bien su carné de identidad. Elena y yo nos mirábamos inquietos, esperando una catástrofe.

—No lo tengo todavía —dijo la niña mala, con absoluta naturalidad—. He vivido muchos años en el extranjero y acabo de volver a Francia. Ya sé que debo sacarlo. Lo haré cuanto antes.

La administradora apuntó los datos del pasaporte en una libreta y se lo devolvió.

—Se interna mañana —nos despidió—. Llegue antes del mediodía, por favor.

Aprovechando el precioso día, algo frío pero dorado y con un cielo limpísimo, dimos una larga caminata por la floresta del Petit Clamart, sintiendo crujir bajo nuestros pies las hojas muertas del otoño. Almorzamos en un pequeño *bistrot* a la orilla del bosque, donde una chimenea chisporroteante calentaba el local y enrojecía las caras de los parroquianos. Elena tenía que ir a trabajar, de manera que nos dejó en las puertas de París, en la primera estación de metro que encontramos. En todo el viaje hasta la École Militaire, ella estuvo callada, con su mano en la mía. A ratos la sentía estremecerse. En la casita de Joseph Granier, apenas entramos, la niña mala me hizo sentar en el sillón de la sala y se dejó caer en mis rodillas. Tenía la nariz y las orejas heladas y temblaba de tal manera que no podía articular palabra. Le entrechocaban los dientes.

—La clínica te va a hacer bien —le dije yo, acariciándole el cuello, los hombros, calentándole con mi aliento las orejitas heladas—. Te van a cuidar, te van a engordar, te van a quitar estos ataques de miedo. Te van a poner bonita y podrás convertirte otra vez en el diablito que has sido siempre. Y, si la clínica no te gusta, te vienes aquí, al instante. En el momento que tú digas. No es una cárcel, sino un lugar de reposo.

Apretada a mí no respondía nada, pero tembló mucho rato antes de calmarse. Entonces, preparé una taza de té con limón para los dos. Conversamos, mientras ella iba alistando su maleta para la clínica. Le alcancé un sobre donde había puesto mil francos en billetes para que se llevara consigo.

—No es un regalo, sino un préstamo —le bromeé—. Me lo pagarás cuando seas rica. Te cobraré intereses altos.

—¿Cuánto te va a costar todo esto? —me preguntó, sin mirarme.

—Menos de lo que yo pensaba. Unos cien mil francos. ¿Qué me importan cien mil francos si puedo verte bonita de nuevo? Lo hago por puro interés, chilenita.

No dijo nada un buen rato y siguió haciendo su maleta, enfurruñada.

—¿Tan fea me he puesto? —dijo, de pronto.

—Horrible —le dije yo—. Perdóname, pero te has convertido en un verdadero espanto de mujer.

—Mentira —me dijo, lanzándome de media vuelta una sandalia que se estrelló contra mi pecho—. No debo estar tan fea cuando ayer, en la cama, tuviste el pajarito parado toda la noche. Estuviste aguantándote las ganas de hacerme el amor, santurrón.

Se echó a reír y a partir de ese momento estuvo de mejor ánimo. Apenas terminó de hacer su maleta vino otra vez a sentarse en mis rodillas, a que la abrazara y le hiciera unos masajes suavecitos en la espalda y en los brazos. Allí estaba todavía, profundamente dormida, cuando, a eso de las seis, entró Yilal a ver su programa de televisión. Desde la noche de la sorpresa a sus padres, se soltaba a hablar con ellos y con nosotros, pero sólo por momentos, porque el esfuerzo lo dejaba muy cansado. Y, entonces, volvía a la pizarra, que seguía llevando colgada del cuello, junto a un par de tizas en una bolsita. Esa noche no le oímos la voz hasta que se despidió, en español, con un: «Buenas noches, amigos».

Después de cenar, fuimos a tomar café donde los Gravoski y ellos le prometieron que irían a visitarla a la clínica y le pidieron que los llamara si necesitaba cualquier cosa mientras yo estuviera en Finlandia. Cuando regresamos a la casa, no me dejó estirar el sofá cama:

—¿Por qué no quieres dormir conmigo?

La abracé y la apreté contra mi cuerpo.

—Sabes muy bien por qué. Es un martirio tenerte desnuda a mi lado, deseándote como te deseo, y no poder tocarte.

—Tú no tienes remedio —dijo ella, indignada, como si la hubiera insultado—. Si tú fueras Fukuda, me harías el amor toda la noche, sin importarte un pito que me desangrara o me muriera.

—Yo no soy Fukuda. ¿Tampoco te has dado cuenta, todavía?

—Claro que me doy —repitió ella, echándome los brazos al cuello—. Y, por eso, esta noche vas a dormir conmigo. Porque nada me gusta tanto como martirizarte. ¿No te habías dado cuenta?

—*Hélas,* sí —le dije yo, besándola en los cabellos—. Me he dado cuenta de sobra, hace una punta de años, y lo peor es que no escarmiento. Hasta parecería que me gusta. Somos la pareja perfecta: la sádica y el masoquista.

Dormimos juntos y cuando ella intentó acariciarme yo le cogí las manos y se las aparté.

—Hasta que estés completamente restablecida, castos como dos angelitos.

—Es verdad, eres un *vrai con.* Abrázame fuerte para que se me quite el miedo, por lo menos.

A la mañana siguiente fuimos a tomar el tren a la estación Saint Lazare y todo el viaje hasta Petit Clamart ella estuvo muda y cabizbaja. Nos despedimos en la puerta de la clínica. Se me prendió como si no nos fuéramos a ver nunca más y me mojó la cara con sus lágrimas.

—A este paso, en cualquier momento terminarás enamorándote de mí.

—Te apuesto lo que quieras a que nunca, Ricardito.

Partí a Helsinki esa misma tarde y las dos semanas que estuve allí, trabajando, hablé ruso sin parar todos los días, mañana y tarde. Se trataba de una conferencia tripartita, con delegados de Europa, Estados Unidos y Rusia, para trazar una política de ayuda y cooperación de los países occidentales a lo que iba quedando de las ruinas de la Unión Soviética. Había comisiones que trataban de economía, de instituciones, de política social, de cultura y deportes, y, en todas ellas, los delegados rusos se expresaban con una libertad y espontaneidad inconcebibles hacía muy poco tiempo en esos monótonos robots que eran los *apparatchik* que mandaban a las conferencias internacionales los gobiernos de Brezhnev e, incluso, el de Gorbachov. Las cosas estaban cambiando allá, era evidente. Tuve ganas de volver a Moscú y a la rebautizada San Petersburgo, donde no había estado desde hacía algunos años.

Los intérpretes teníamos mucho trabajo y no nos quedaba casi tiempo para pasear. Era mi segundo viaje a Helsinki. El primero había sido en primavera, cuando era posible andar por las calles y salir al campo a ver los bosques de abetos salpicados de lagos y las lindas aldeas de casas de madera de ese país donde todo era bello: la arquitectura, la naturaleza, la gente y, en especial, los viejos. Ahora, en cambio, con la nieve y la temperatura de veinte grados bajo cero, prefería, en las horas libres, quedarme en el hotel leyendo o practicando los misteriosos rituales de la sauna, que me producían un delicioso efecto anestésico.

A los diez días de estar en Helsinki recibí una carta de la niña mala. Estaba bien instalada en la clínica de Petit Clamart a la que se adaptaba sin dificultad. No le daban dieta sino sobrealimentación, pero, como tenía que hacer bastante ejercicio en el gimnasio —y, además, nadaba, ayudada por un profesor, porque ella nunca había aprendido a nadar, sólo a flotar y a moverse en el agua como un perrito—, eso le abría el apetito. Había asistido ya a dos sesiones con la doctora Roullin, que era bastante inteligente y la llevaba muy bien. No había tenido casi ocasión de charlar con los otros pacientes; sólo cambiaba saludos con algunos a la hora de las comidas. La única paciente con la que había conversado dos o tres veces era una chica alemana, anoréxica, muy tímida y asustadiza, pero buena gente. De la sesión de hipnosis con el doctor Zilacxy sólo recordaba que, al despertar, se sintió muy serena y descansada. Me decía, también, que me extrañaba y que no hiciera «muchas porquerías en esas saunas finlandesas que, como todo el mundo sabe, son unos grandes centros de degeneración sexual».

Cuando regresé a París, luego de las dos semanas, la agencia del señor Charnés me consiguió casi de inmediato otro contrato de cinco días, en Alejandría. Apenas estuve un día en Francia, de modo que no pude ir a visitar a la niña mala. Pero hablamos por teléfono, al atardecer. La encontré de buen ánimo, contenta sobre todo con la doctora Roullin, que, me dijo, le estaba haciendo «un bien enorme», y divertida con la terapia de grupo que dirigía el profesor Zilacxy, «algo así como las confesiones de los curas, pero en grupo, y con sermones del doctor». ¿Qué quería que le trajera de Egipto? «Un camello.» Añadió, en serio: «Ya sé qué: uno de esos vestidos de baile con la barriga al aire de las bailarinas árabes». ¿Pensaba gratificarme, cuando saliera de la clínica, con un espectáculo de danza del vientre para mí solito? «Cuando salga te voy a hacer unas cosas que ni sabes que existen, santito.» Cuando le dije que la echaba mucho de menos, me repuso: «Yo también, creo». Estaba mejorando, sin duda.

Esa noche cené donde los Gravoski y le llevé a Yilal una docena de soldaditos de plomo que le había comprado en una tienda de Helsinki. Elena y Simon no cabían en sí de felicidad. Aunque el niño, a veces, se sumía en el mutismo y no renunciaba a su pizarrón, cada día se soltaba un poco más, no sólo con ellos, también en el colegio, donde los compañeros, que antes lo apodaban «el Mudo» le decían ahora «Cotorrita». Era cuestión de paciencia; pronto sería totalmente normal. Los Gravoski habían ido a visitar a la niña mala un par de veces y la encontraron perfectamente aclimatada en la clínica. Elena había hablado una vez por teléfono con el profesor Zilacxy y éste le leyó unas líneas en que la doctora Roullin le daba un informe muy positivo sobre los progresos de la enferma. Había subido de peso y tenía cada día más control sobre sus nervios.

A la tarde siguiente partí a El Cairo, donde, luego de cinco pesadas horas de vuelo, tuve que tomar otro avión, de una línea egipcia, para Alejandría. Llegué rendido. Apenas instalado en mi pequeño cuarto de un hotelito misérrimo llamado The Nile —era mi culpa, yo había elegido el más barato que nos ofrecían a los intérpretes—, sin ánimos para desempacar, caí dormido cerca de ocho horas seguidas, algo que me ocurría muy rara vez.

Al día siguiente, que tenía libre, di una vuelta por la antigua ciudad fundada por Alejandro y visité su museo de antigüedades romanas, las ruinas de su anfiteatro y di un largo paseo por la bellísima avenida costera, salpicada de cafés, restaurantes, hoteles y tiendas para turistas, donde hormigueaba una multitud rumorosa y cosmopolita. Senta-

do en una de esas terrazas que me hacían pensar en el poeta
Kavafis —su casa, en el desaparecido y ahora arabizado barrio griego, no se podía visitar, un cartelito en inglés indicaba que estaba siendo rehabilitada por el consulado de Grecia—, escribí una larga carta a la enferma, diciéndole cuánto
me alegraba saber que estaba contenta en la clínica de Petit
Clamart y ofreciéndole, si se portaba bien y salía totalmente restablecida de la clínica, llevarla una semana a alguna
playa del sur de España para que se tostara al sol. ¿Le gustaría tener una luna de miel con este pichiruchi?

En la tarde, me dediqué a revisar toda la documen-
tación sobre la conferencia que comenzaba al día siguiente. Versaba sobre cooperación y desarrollo económico de
todos los países de la cuenca del Mediterráneo: Francia,
España, Grecia, Italia, Turquía, Chipre, Egipto, Líbano,
Argelia, Marruecos, Libia y Siria. Israel había sido exclui-
do. Fueron cinco días agotadores, sin tiempo para nada,
inmerso en ponencias y debates confusos y aburridos, que,
pese a producir montañas de papel impreso, me pareció
que no servirían para nada práctico. Uno de los intérpretes
árabes de la conferencia, natural de Alejandría, me ayudó,
el último día, a conseguir el encargo de la niña mala: un
vestido de danzarina árabe, lleno de velos y pedrerías. Me
la imaginé con él puesto, cimbreándose como una palme-
ra sobre la arena del desierto, bajo la luna, al compás de
chirimías, flautas, crótalos, tamborines, mandolinas, cím-
balos y demás instrumentos musicales árabes, y la deseé.

Al día siguiente de llegar a París, antes incluso de
haberme entrevistado con los Gravoski, fui a visitarla a la
clínica de Petit Clamart. Era un día gris y lluvioso y la floresta vecina había sido deshojada y quemada casi enteramente por el invierno. El parque de la fuente de piedra,
ahora sin cisnes, estaba cubierto por una neblina húmeda
y tristona. Me hicieron pasar a un salón bastante amplio

donde había algunas personas sentadas en sillones, en lo que parecían grupos familiares. Esperé, junto a una ventana, desde la que se divisaba la fuente, y de pronto la vi entrar, en bata de baño, una toalla en la cabeza a modo de turbante y sandalias.

—Te hice esperar, perdona, estaba en la piscina, nadando —me dijo, empinándose para besarme en la mejilla—. No tenía idea que ibas a venir. Sólo ayer recibí tu cartita de Alejandría. ¿De veras vamos a ir en luna de miel a una playa del sur de España?

Nos sentamos en esa misma esquina y ella acercó su silla a la mía hasta que nuestras rodillas se tocaron. Me estiró las dos manos para que se las cogiera y así estuvimos, con los dedos entrelazados, la hora que duró nuestra conversación. El cambio era notable. Se había repuesto, en efecto, y otra vez su cuerpo tenía formas y la piel de su cara ya no transparentaba los huesos ni lucía los pómulos hundidos. En sus ojos color miel oscura asomaban otra vez la vivacidad y la picardía de antaño y en su frente culebreaba la venita azul. Movía sus gruesos labios con una coquetería que me recordaba a la niña mala de los tiempos prehistóricos. La noté segura, tranquila, contenta por lo bien que se sentía y porque, me aseguró, ya no le venían sino muy de vez en cuando esos ataques de miedo que los dos últimos años la habían puesto al borde de la locura.

—No necesitas decirme que estás mejor —le dije, besándole las manos y devorándola con los ojos—. Basta verte. Estás linda otra vez. Estoy tan impresionado que apenas sé lo que digo.

—Y eso que me has pescado saliendo de la piscina —me respondió, mirándome a los ojos de manera provocadora—. Espérate que me veas arreglada y maquillada. Te vas a caer de espaldas, Ricardito.

Esa noche les conté a los Gravoski, con quienes cené, la increíble mejora de la niña mala luego de tres semanas de tratamiento. Ellos la habían visitado el domingo anterior y tenían la misma impresión. Seguían felices con Yilal. El niño se animaba cada vez más a hablar, en casa y en el colegio, aunque ciertos días se encerraba de nuevo en el silencio. Pero, no cabía la menor duda: no era posible una vuelta atrás. Había salido de esa prisión en la que se había refugiado él mismo y estaba cada vez más reintegrado a la comunidad de los seres hablantes. En la tarde, me había saludado en español: «Tienes que contarme de las pirámides, tío Ricardo».

Los días siguientes me dediqué a limpiar, ordenar y embellecer el piso de Joseph Granier para recibir a la paciente. Hice lavar y planchar las cortinas y las sábanas, contraté a una señora portuguesa para que me ayudara a barrer y encerar los pisos, sacudir las paredes, lavar la ropa, y compré flores para los cuatro jarrones de la casa. Puse el paquete con el vestido de baile egipcio en la cama del dormitorio, con una tarjetita risueña. La víspera del día en que ella iba a dejar la clínica estaba yo tan ilusionado como un chiquillo que sale con una chica por primera vez.

Fuimos a recogerla en el auto de Elena, acompañados por Yilal, que no tenía clases ese día. Pese a la lluvia y a la grisura del aire yo tenía la sensación de que el cielo enviaba chorros de luz dorada sobre Francia. Ella estaba ya lista, esperándonos a la entrada de la clínica, con su maleta a los pies. Se había peinado con cuidado, pintado un poco los labios, echado algo de colorete en las mejillas, arreglado las manos y alargado las pestañas con rímel. Tenía puesto un abrigo que yo no le había visto hasta entonces, color azul marino, con un cinturón de gran hebilla. Cuando la vio, a Yilal se le iluminaron los ojos y corrió a abrazarla. Mientras el portero instalaba el equipaje en el auto de Elena, pasé por la administración y la mujer del moño me alcanzó la factura. El total ascendía más o menos a lo que había previsto el doctor Zilacxy: 127.315 francos. Yo tenía depositados 150.000 en mi cuenta, para ese fin. Había vendido todos los bonos del Tesoro en que guardaba mis ahorros y obtenido dos préstamos, uno de la mutual gremial de la que era miembro, cuyos intereses eran mínimos, y, otro, de mi propio banco, la Société Générale, con intereses más elevados. Todo indicaba que era una excelente inversión, la paciente lucía muchísimo mejor. La administradora me dijo que llamara a la secretaria del director a pedirle a éste una cita, pues el doctor Zilacxy quería verme. Añadió: «A solas».

Aquélla fue una noche muy hermosa. Cenamos donde los Gravosky muy ligero, aunque con una botella de champagne, y, apenas regresamos a la casa, nos abrazamos y nos besamos mucho rato. Al principio con ternura, luego con avidez, con pasión, con desesperación. Mis manos auscultaban todo su cuerpo y la ayudaron a desnudarse. Era maravilloso: su silueta, siempre delgada, tenía otra vez curvas, formas sinuosas, y era delicioso sentir en mis manos y en mis labios, cálidos, suaves, bien formados, sus pechitos de pezones erectos y pequeñas corolas granuladas. No me cansaba de aspirar el perfume de sus axilas depiladas. Cuando estuvo desnuda la levanté en brazos y la llevé al dormitorio. Me miró desnudarme con una de esas sonrisitas burlonas de antaño:

—¿Me vas a hacer el amor? —me provocó, hablando como si cantara—. Pero si todavía no se han cumplido los dos meses que ordenó el médico.

—Esta noche no me importa —le respondí—. Estás demasiado linda, y si no te hiciera el amor me moriría. Porque yo te quiero con toda mi alma.

—Ya me parecía raro que no me hubieras dicho todavía ninguna huachafería —se rió ella.

Mientras le besaba todo el cuerpo, despacio, empezando por los cabellos y terminando en la planta de los pies, con infinita delicadeza e inmenso amor, la sentí ronronear, encogerse y estirarse, excitada. Cuando besé su sexo lo sentí muy húmedo, latiendo, hinchado. Sus piernas se apretaron en torno a mí, con fuerza. Pero, apenas la penetré, dio un aullido y rompió en llanto, haciendo muecas de dolor.

—Me duele, me duele —lloriqueó, retirándome con las dos manos—. Quería darte gusto esta noche, pero no puedo, me desgarra, me duele.

Lloraba besándome en la boca con angustia y sus cabellos y sus lágrimas se me metían por los ojos y por la nariz. Se había echado a temblar como cuando le sobrevenían los ataques de terror. Yo le pedí perdón a mi vez, por haber sido un bruto, un irresponsable, un egoísta. La amaba, nunca la haría sufrir, ella era para mí lo más precioso, lo más dulce y tierno de la vida. Como el dolor no cedía, me levanté, desnudo, y traje del baño una toallita empapada en agua tibia y con ella le repasé el sexo con suavidad, hasta que, poco a poco, el dolor fue cediendo. Nos abrigamos con la frazada y ella quiso que terminara en su boca pero me resistí. Estaba arrepentido de haberla hecho sufrir. Hasta que estuviera completamente bien no se volvería a repetir lo de esta noche: haríamos una vida casta, su salud era más importante que mi placer. Me escuchaba sin decir nada, pegada a mí y totalmente inmóvil. Pero, mucho rato después, antes de quedarse dormida, con sus brazos alrededor de mi cuello y sus labios pegados a los míos, me susurró: «Tu cartita de Alejandría la leí diez veces, por lo menos. Dormía con ella todas las noches, apretadita entre mis piernas».

A la mañana siguiente llamé desde la calle a la clínica de Petit Clamart y la secretaria del doctor Zilacxy me dio una cita para dos días después. También ella me precisó que el director quería verme a solas. En la tarde fui a la Unesco a explorar qué posibilidades había de un contrato, pero el jefe de intérpretes me dijo que por el resto del mes no había nada y me propuso más bien recomendarme para una conferencia de tres días, en Burdeos. No acepté. Tampoco la agencia del señor Charnés tenía nada para mí de inmediato en París o alrededores, pero, como mi antiguo *patron* vio que andaba necesitado de trabajo, me confió un alto de documentos para traducir, del ruso y del inglés, bastante bien pagados. Así que me instalé a trabajar en la salita comedor de mi casa, con mi máquina de escribir y mis diccionarios. Me impuse un horario de oficina. La niña mala me preparaba tacitas de café y se ocupaba de las comidas. De tanto en tanto, como lo haría una recién casada llena de atenciones por su marido, se venía a colgar de mis hombros y a darme un beso por la espalda, en el cuello o la oreja. Pero cuando llegaba Yilal se olvidaba por completo de mí y se dedicaba a jugar con el niño como si fueran de la misma edad. En las noches, después de la cena, oíamos discos antes de dormir, y a veces ella se quedaba dormida en mis brazos.

No le dije que tenía cita en la clínica de Petit Clamart y salí de casa con el pretexto de una entrevista para un posible trabajo en una empresa de las afueras de París. Llegué a la clínica media hora antes de lo convenido, muerto de frío, y esperé en la sala de visitas, viendo caer una nieve floja sobre el césped. El mal tiempo había desaparecido a la fuente de piedra y a los árboles.

El doctor Zilacxy, vestido de idéntica manera a como lo vi por primera vez, un mes antes, estaba acompañado por la doctora Roullin. Me cayó simpática de entrada. Era una mujer gruesa, todavía joven, con unos ojos inteligentes y una sonrisa amable que casi no se apartaba de sus labios. Tenía en el brazo un cartapacio, que pasaba de una mano a otra, rítmicamente. Me habían recibido de pie y, aunque había en el despacho unos asientos, no me invitaron a sentarme.

—¿Cómo la ha encontrado? —me preguntó el director a manera de saludo, dándome la misma impresión que la primera vez: alguien que no estaba para perder tiempo en circunloquios.

—Magníficamente bien, doctor —le respondí—. Es otra persona. Se ha repuesto, le han vuelto las formas y los colores. La noto muy tranquila. Y han desaparecido esos ataques de terror que la atormentaban tanto. Ella les está muy agradecida. Y yo también, por supuesto.

—Bien, bien —dijo el doctor Zilacxy, barajando las manos como un ilusionista y moviéndose en el sitio—. Sin embargo, le prevengo que, en estas cosas, uno no puede fiarse nunca de las apariencias.

—¿En qué cosas, doctor? —lo interrumpí intrigado.

—En las cosas de la mente, mi amigo —sonrió él—. Si usted prefiere llamarlo el espíritu, no tengo objeción. La señora está físicamente bien. Su organismo se ha recuperado, en efecto, gracias a la vida disciplinada, el buen régimen alimenticio y los ejercicios. Ahora, hay que procurar que siga las instrucciones que le hemos dado sobre comidas. No debe abandonar la gimnasia y la natación, que le han hecho mucho bien. Pero, en el aspecto psíquico, tendrá usted que mostrar mucha paciencia. Está bien orientada, me parece, aunque el camino que le queda por recorrer será largo.

Miró a la doctora Roullin, que hasta entonces no había abierto la boca. Ella asintió. Sus ojos penetrantes tenían algo que me sobresaltó. Vi que abría el cartapacio y lo hojeaba, de prisa. ¿Me iban a dar una mala noticia? Sólo ahora, el director me señaló las sillas. Ellos se sentaron también.

—Su amiga ha sufrido mucho —dijo la doctora Roullin, con tanta amabilidad que parecía querer decir algo muy distinto—. Ella tiene una verdadera olla de grillos en la cabeza. A consecuencia de lo lastimada que está. De lo que sufre todavía, más bien.

—Pero, también psicológicamente la encuentro mucho mejor —dije yo, por decir algo. Los preámbulos de los dos médicos habían terminado por asustarme—. Bueno, supongo que, después de una experiencia como lo de Lagos, ninguna mujer se recupera nunca del todo.

Hubo un pequeño silencio y otro rápido cambio de miradas entre el director y la doctora. Por el gran ventanal que daba al parque, los copos que caían eran ahora más densos y más blancos. El jardín, los árboles, la fuente habían desaparecido.

—Esa violación probablemente nunca ocurrió, señor —sonrió la doctora Roullin, con afabilidad. E hizo un gesto como disculpándose.

—Es una fantasía construida para proteger a alguien, para borrar las pistas —añadió el doctor Zilacxy, sin darme tiempo a reaccionar—. La doctora Roullin lo sospechó en la primera entrevista que tuvieron. Y luego lo confirmamos cuando la dormí. Lo curioso es que inventó eso para proteger a alguien que, durante mucho tiempo, años, usó y abusó de ella de manera sistemática. Usted estaba al tanto, ¿no es verdad?

—¿Quién era el señor Fukuda? —preguntó la doctora Roullin, con suavidad—. Ella habla de él con odio y, a la vez, reverencia. ¿Su marido? ¿Una aventura?

—Su amante —balbuceé yo—. Un personaje sórdido, de negocios turbios, con el que vivió en Tokio varios años. Ella me explicó que la había abandonado cuando supo que, en Lagos, los policías que la detuvieron la violaron. Porque creyó que le habían contagiado el sida.

—Otra fantasía, ésta para protegerse a sí misma —volatineó las manos el director de la clínica—. Ese señor no la echó, tampoco. Ella escapó de él. Sus terrores vienen de ahí. Una mezcla de miedo y de remordimiento, por haber huido de una persona que ejercía un dominio absoluto sobre ella, que la había privado de soberanía, de orgullo, de autoestima y, casi, de razón.

Yo había abierto la boca, pasmado. No sabía qué decir.

—Miedo de que él pudiera perseguirla para vengarse y castigarla —encadenó la doctora Roullin, con el mismo tono amable y discreto—. Pero, que osara escapar de él, fue una gran cosa, señor. Un indicio de que el déspota no había destruido por completo su personalidad. Ella conservaba, en el fondo, su dignidad. Su libre albedrío.

—Pero, esas heridas, esas llagas —pregunté, y me arrepentí al instante, adivinando lo que me iban a responder.

—Él la sometía a toda clase de vejaciones, para su diversión —explicó el director, sin demasiados rodeos—. Era un exquisito y un técnico a la vez, en la administración de sus placeres. Usted debe hacerse una idea clara de lo que ella soportó, para poder ayudarla. No tengo más remedio que ponerlo al tanto de detalles desagradables. Sólo así estará en condiciones de darle todo el apoyo que necesita. La azotaba con unos cordones que no dejan marcas. La prestaba a sus amigos y guardaespaldas, en medio de orgías, para verlos, porque era también un *voyeur*. Lo peor, quizás, lo que ha dejado una marca más fuerte en su memoria, eran los vientos. Lo excitaban mucho, por lo visto. La hacía beber unos polvos que la llenaban de gases. Era una de las fantasías con que se gratificaba ese excéntrico señor: tenerla desnuda, a cuatro patas, como un perro, soltando vientos.

—No sólo le destrozó el recto y la vagina, señor —dijo la doctora Roullin, con la misma suavidad y sin renunciar a la sonrisa—. Le destrozó la personalidad. Todo lo que había en ella de digno y de decente. Por eso, se lo repito: ella ha sufrido y sufrirá aún muchísimo, aunque las apariencias digan lo contrario. Y actuará a veces de una manera irracional.

Se me había secado la garganta y, como si me hubiera leído el pensamiento, el doctor Zilacxy me alcanzó un vaso de agua con burbujas.

—Ahora bien, hay que decirlo todo. No se equivoque usted. Ella no fue engañada. Fue una víctima voluntaria. Aguantó todo eso sabiendo muy bien lo que hacía —los ojitos del director, de pronto, se pusieron a escrutarme con insistencia, midiendo mi reacción—. Llámelo usted amor retorcido, pasión barroca, perversión, pulsión masoquista o, simplemente, sumisión ante una personalidad aplastante, a la que no conseguía oponer ninguna resistencia. Ella fue una víctima complaciente y aceptó de buena gana todos los caprichos de ese caballero. Eso, ahora, cuando toma conciencia de ello, la enfurece, la desespera.

—Será la convalecencia más lenta, la más difícil —dijo la doctora Roullin—. Recuperar su autoestima. Ella aceptó, quiso ser una esclava, o poco menos, y fue tratada como tal, ¿comprende? Hasta que, un buen día, no sé cómo, no sé por qué, ella no lo sabe tampoco, se dio cuenta del peligro. Sintió, adivinó que, si seguía así, iba a acabar muy mal, lisiada, loca o muerta. Y, entonces, se fugó. No sé de dónde sacó fuerzas para hacerlo. Hay que admirarla por ello, le aseguro. Quienes llegan a ese extremo de dependencia, no suelen liberarse casi nunca.

—El pánico fue tan grande que se inventó toda esa historia de Lagos, la violación de los policías, que su verdugo la echó por temor al sida. Y llegó a creérsela, incluso. Vivir en esa ficción le daba razones para sentirse más segura, menos amenazada, que vivir en la verdad. Para todo el mundo es más difícil vivir en la verdad que en la mentira. Pero, más para alguien en su situación. Le va a costar mucho acostumbrarse de nuevo a la verdad.

Se calló y la doctora Roullin también permaneció con la boca cerrada. Ambos me miraban con una curiosidad indulgente. Yo bebía el agua a sorbitos, incapaz de decir nada. Me sentía congestionado y transpirando.

—Usted puede ayudarla —dijo la doctora Roullin, después de un momento—. Más todavía, señor. Usted, le sorprenderá oír esto, probablemente sea la única persona en el mundo que puede ayudarla. Mucho más que nosotros, le aseguro. El peligro es que ella se repliegue en su yo profundo, en una suerte de autismo. Usted puede ser su puente de comunicación con el mundo.

—Ella confía en usted, y creo que en nadie más —asintió el director—. Ella, ante usted, se siente, cómo le diré...

—Sucia —dijo, bajando los ojos un instante, educadamente, la doctora Roullin—. Porque, para ella, aunque no se lo crea, usted es una especie de santo.

La risita que solté sonó muy falsa. Me sentí tonto, estúpido, tuve ganas de mandar al diablo a ese par y decirles que ambos justificaban la desconfianza que había tenido toda la vida por psicólogos, psiquiatras, psicoanalistas, curas, brujos y chamanes. Ellos me miraban como si leyeran mis pensamientos y me perdonaran. La imperturbable sonrisa de la doctora Roullin seguía allí.

—Si tiene usted paciencia y, sobre todo, mucho cariño, ella puede reponer también su espíritu, así como se ha repuesto físicamente —dijo el director.

Les pregunté, porque no sabía ya que más preguntarles, si la niña mala necesitaba volver a la clínica.

—Más bien, lo contrario —dijo la sonriente doctora Roullin—. Ella debe olvidarse de nosotros, que estuvo aquí, que esta clínica existe. Empezar su vida de nuevo y desde cero. Una vida muy distinta de la que ha tenido, con alguien que la quiera y la respete. Como usted.

—Una cosa más, señor —dijo el director, poniéndose de pie e indicándome así que la entrevista se acababa—. A usted le parecerá raro. Pero, ella, y todos quienes viven buena parte de su vida encerrados en fantasías que se construyen para abolir la verdadera vida, saben y no saben lo que están haciendo. La frontera se les eclipsa por períodos y, luego, reaparece. Quiero decir: a veces saben y otras no saben lo que hacen. Éste es mi consejo: no trate usted de forzarla a aceptar la realidad. Ayúdela, pero no la obligue, no la apresure. Ese aprendizaje es largo y difícil.

—Podría ser contraproducente y provocar una recaída —dijo, con una sonrisa críptica, la doctora Roullin—. Ella, poco a poco, por su propio esfuerzo, tiene que ir reacomodándose, aceptando de nuevo la vida verdadera.

No entendí muy bien lo que querían decirme, pero tampoco traté de averiguarlo. Quería irme, salir de allí y no volver a acordarme de lo que había oído. Sabiendo muy bien que sería imposible. En el tren de cercanías, de regreso a París, me vino una desmoralización profunda. La angustia me cerraba la garganta. No era sorprendente que hubiera inventado lo de Lagos. ¿No se había pasado la vida inventando cosas? Pero me dolía saber que las heridas en la vagina y en el recto se las había causado Fukuda, al que me puse a odiar con todas mis fuerzas. ¿Sometiéndola a qué prácticas? ¿La sodomizaba con fierros, con esos vibradores dentados que ponían a disposición de los clientes en *Château Meguru*? Sabía que la imagen de la niña mala, desnuda, a cuatro patas, con el estómago hinchado por aquellos polvillos, soltando sartas de pedos, porque esa visión y esos ruidos y olores le producían erecciones al gángster japonés —¿a él sólo, o eran espectáculos que ofrecía también a sus compinches?—, me perseguiría meses, años, acaso el resto de la vida. ¿Eso era lo que la niña mala llamaba, y con qué excitación febril me lo había dicho en Tokio, vivir intensamente? Ella se había prestado a todo eso. Al mismo tiempo que víctima, había sido una cómplice de Fukuda. En ella anidaba pues algo tan sinuoso y avieso como en el horrendo japonés. ¡Cómo no iba a parecerle un santo un imbécil que se acababa de endeudar para que ella sanara y pudiera, pasado algún tiempo, mandarse mudar con alguien más rico o más interesante que el pobre pichiruchi! Y pese a todos esos rencores y furias sólo quería llegar pronto a la casa para verla, tocarla, y hacerle saber que la amaba más que nunca. Pobrecita. Cuánto había sufrido. Era un milagro que estuviera viva. Yo dedicaría todo el resto de mi vida a sacarla de ese pozo. ¡Imbécil!

En París, mi preocupación fue esforzarme por poner una cara natural y evitar que la niña mala recelara lo que me rondaba por la cabeza. Cuando entré a la casa, encontré a Yilal enseñándole a jugar ajedrez. Ella se quejaba de que era muy difícil y exigía pensar mucho, más sencillo y divertido era el juego de damas. «No, no, no», insistía la vocecita chillona del niño. «Yilal te va a aprender.» «Yilal te va a enseñar, no aprender», lo corregía ella.

Cuando el niño se fue, para disimular mi estado de ánimo, me puse a trabajar en las traducciones y estuve tecleando en la máquina hasta la hora de la cena. Como tenía la mesa del comedor ocupada con mis papeles, comíamos en la cocinita, en un pequeño tablero con dos taburetes. Ella había preparado una tortilla de queso y una ensalada.

—¿Qué te pasa? —me preguntó de pronto, mientras comíamos—. Te noto raro. ¿Fuiste a la clínica, no? ¿Por qué no me has contado nada? ¿Te han dicho algo malo?

—No, al contrario —le aseguré—. Estás bien. Lo que me han dicho es que, ahora, necesitas olvidarte de la clínica, de la doctora Roullin y del pasado. Me lo dijeron ellos mismos: que los olvides, para que tu restablecimiento sea total.

En sus ojos vi que sabía que le ocultaba algo, pero no insistió. Fuimos a tomar el café donde los Gravoski. Nuestros amigos andaban muy excitados. Simon había recibido una oferta para pasar un par de años en la Universidad de Princeton, haciendo investigación, en un programa de intercambio con el Instituto Pasteur. A ambos les hacía ilusión ir a New Jersey: en dos años en Estados Unidos Yilal aprendería inglés y Elena podría hacer prácticas en el Hospital de Princeton. Estaban averiguando si el Hospital Cochin le daría una excedencia de un par de años, sin goce de sueldo. Como ellos hablaban todo el tiempo, yo casi no tuve necesidad de abrir la boca, sólo escuchar, o, más bien, simular que escuchaba, por lo que les quedé muy agradecido.

Las semanas y meses que siguieron fueron de mucho trabajo. Para ir pagando los préstamos y al mismo tiempo mantener los gastos corrientes que, ahora, viviendo la niña mala conmigo, habían aumentado, tuve que aceptar todos los contratos que se presentaban y, al mismo tiempo, en las noches, o muy temprano en las mañanas, dedicar dos o tres horas a traducir documentos que me encargaba la oficina del señor Charnés, quien, fiel a su costumbre, siempre estaba esforzándose por echarme una mano. Iba y venía por Europa, trabajando en conferencias y congresos de toda índole, y acarreaba conmigo las traducciones, que continuaba en las noches, en hoteles y pensiones, en una maquinita portátil. No me importaba el exceso de trabajo. La verdad es que me sentía feliz viviendo con la mujer que amaba. Ella parecía restablecida del todo. Jamás hablábamos de Fukuda, ni de Lagos, ni de la clínica de Petit Clamart. Íbamos al cine, alguna vez a oír música a una *cave* de jazz de Saint Germain y, los sábados, a cenar en algún restaurante no muy caro.

Mi único derroche era el gimnasio, porque estaba seguro que a la niña mala le hacía mucho bien. La inscribí en un gimnasio de l'avenue Montaigne, que tenía una piscina temperada, y ella iba allí, de buena gana, varias veces por semana, a hacer clases de aerobics con un monitor y a nadar. Ahora que había aprendido, la natación era su deporte favorito. Cuando yo no estaba, solía pasar buena parte del tiempo con los Gravoski, quienes, finalmente, obtenido el permiso de Elena, preparaban viaje a Estados Unidos para la primavera. Ellos la llevaban de tanto en tanto a ver una película, una exposición o a cenar en la calle. Yilal había conseguido enseñarle el ajedrez y le daba las mismas palizas que en las damas.

Un día, la niña mala me dijo que, como se sentía ya perfectamente bien, lo que parecía cierto dado su buen aspecto y el amor a la vida que parecía haber recobrado, quería buscar un trabajo, para no perder el tiempo y para ayudarme con los gastos de la casa. Le mortificaba que yo me matara trabajando y que ella no hiciera otra cosa que ir al gimnasio y jugar con Yilal.

Pero, cuando empezó a buscar trabajo, surgió el problema de los papeles. Tenía tres pasaportes, uno peruano caducado, otro francés y otro inglés, los dos últimos falsos. En ninguna parte le darían un trabajo en regla, siendo ilegal. Y menos en esos tiempos en que, en toda Europa occidental, y sobre todo en Francia, había aumentado la paranoia contra los inmigrantes de países del tercer mundo. Los gobiernos restringían las visas y comenzaban a perseguir a los extranjeros sin permiso de trabajo.

El pasaporte inglés, que lucía una foto suya con un maquillaje que le cambiaba casi totalmente el semblante, estaba extendido a nombre de Mrs. Patricia Steward. Me explicó que, desde que su ex esposo David Richardson demostró la bigamia que anulaba su matrimonio inglés, perdió de manera automática la ciudadanía británica que obtuvo al casarse. El pasaporte francés que consiguió gracias a su marido anterior no se atrevía a utilizarlo porque no sabía si monsieur Robert Arnoux se había decidido finalmente a denunciarla, le había abierto un juicio penal o acusado de bigamia o cualquier otra cosa para vengarse. Fukuda le había procurado para sus viajes africanos, al igual que el inglés, un pasaporte francés con el nombre de madame Florence Milhoun; en él, la fotografía la mostraba muy joven y con un peinado muy distinto del que llevaba normalmente. Con este pasaporte había entrado a Francia la última vez. Yo temía que si la descubrían la echaran del país o algo peor.

Pese a este obstáculo, la niña mala siguió haciendo averiguaciones, contestando a los avisos de ofertas de empleos en *Les Échos* de oficinas de turismo, relaciones públicas, galerías de arte y compañías que trabajaban con España y América Latina y necesitaban personal con conocimientos de español. No me parecía nada fácil que, dada su precaria condición legal, encontrara un trabajo regular, pero no quería desilusionarla y la animaba a continuar sus búsquedas.

Unos días antes del viaje de los Gravoski a los Estados Unidos, en una cena de despedida que les ofrecimos en La Closerie des Lilas, de pronto, después de escuchar a la niña mala contar lo difícil que le estaba resultando conseguir un trabajo donde la aceptaran sin papeles, a Elena se le ocurrió una idea:

—¿Y por qué no se casan? —se dirigió a mí—: ¿Tienes la nacionalidad francesa, no es cierto? Pues, te casas con ella y le das la nacionalidad a tu mujer. Se acabaron los problemas legales, chico. Será una francesita con todas las de la ley.

Lo dijo sin pensarlo, bromeando, y Simon le siguió la cuerda: ese matrimonio debía esperar, él quería estar presente y ser testigo del novio, y, como no volverían a Francia antes de dos años, teníamos que encarpetar el proyecto hasta entonces. A menos que decidiéramos ir a casarnos a Princeton, New Jersey, en cuyo caso él no sólo sería el testigo sino el padrino, etcétera. De vuelta a la casa, medio en serio medio en juego, le dije a la niña mala, que se estaba desvistiendo:

—¿Y si seguimos el consejo de Elena? Ella tiene razón: si nos casamos, tu situación queda resuelta en el acto.

Terminó de ponerse el camisón y se volvió a mirarme, con las manos en la cintura, una sonrisita burlona y una actitud de gallito peleador. Me habló con toda la ironía de que era capaz:

—¿Me estás pidiendo en serio que me case contigo?

—Bueno, creo que sí —intenté bromear—. Si tú quieres. Para resolverte los problemas legales, pues. No vaya a ser que cualquier día te expulsen de Francia por ilegal.

—Yo sólo me caso por amor —dijo ella, asaeteándome con sus ojos y taconeando con el pie derecho adelantado—. No me casaría nunca con un patán que me hiciera una propuesta de matrimonio tan grosera como la que me acabas de hacer tú.

—Si quieres, me pongo de rodillas y, con una mano sobre el corazón, te ruego que seas mi mujercita adorada hasta el fin de los tiempos —dije, confundido, sin saber si ella siempre jugaba o se había puesto a hablar en serio.

El pequeño camisón de organdí transparentaba sus pechos, su ombligo, y la matita oscura de vellos de su pubis. Le llegaba sólo hasta las rodillas y dejaba descubiertos sus hombros y sus brazos. Estaba con los cabellos sueltos y la cara encendida por la representación que había iniciado. El resplandor de la lámpara del velador le caía a la espalda y formaba un nimbo dorado en torno a su silueta. Se la veía muy atractiva, audaz, y yo la deseaba.

—Hazlo —me ordenó—. De rodillas, con las manos en el pecho. Dime las mejores huachaferías de tu repertorio, a ver si me convences.

Me dejé caer de rodillas y le rogué que se casara conmigo, mientras besaba sus pies, sus tobillos, sus rodillas, acariciaba sus nalgas, y la comparaba a la Virgen María, a las diosas del Olimpo, a Semíramis y a Cleopatra, a la Nausícaa de Ulises, a la Dulcinea del Quijote y le decía que era más bella y deseable que Claudia Cardinale, Brigitte Bardot y Catherine Deneuve juntas. Por fin la cogí de la cintura y la obligué a tumbarse en la cama. Mientras la acariciaba y amaba, la sentí reírse, a la vez que me decía al oído: «Lo siento, pero he recibido mejores peticiones de mano que la suya, señor pichiruchi». Siempre que hacíamos el amor, yo debía tomar grandes precauciones para no dañarla. Y, aunque simulaba creerle que estaba cada vez mejor, el paso del tiempo me había convencido de que no era así y que aquellas heridas de su vagina nunca desaparecerían del todo y limitarían para siempre nuestra vida sexual. Muchas veces evitaba penetrarla y, cuando no, lo hacía con gran cuidado, retirándome apenas sentía que su cuerpo se crispaba y su cara se deformaba en una mueca de dolor. Pero, aun así, esos amores difíciles y a veces incompletos me hacían gozar inmensamente. Darle placer con mi boca y mis manos, y recibirlo de las suyas, me justificaban la vida, me hacían sentir el más privilegiado de los mortales. Ella, aunque a menudo mantenía esa actitud distante que había sido siempre la suya en la cama, a veces parecía animarse y participaba con entusiasmo y ardor, y yo se lo decía: «Aunque no te guste reconocerlo, creo que has empezado a quererme». Aquella noche, cuando ya, exhaustos, estábamos hundiéndonos en el sueño, la amonesté:

—No me has dado una respuesta, guerrillera. Ésta debe ser la decimoquinta declaración de amor que te hago. ¿Te vas a casar conmigo, sí o no?

—No lo sé —me respondió, muy en serio, abrazada a mí—. Tengo que pensarlo todavía.

Los Gravoski partieron a Estados Unidos un día soleado, primaveral y con los primeros brotes verdes en los castaños, las hayas y los chopos de París. Fuimos a despedirlos al aeropuerto de Charles de Gaulle. Cuando abrazó a Yilal a la niña mala los ojos se le llenaron de lágrimas. Los Gravoski nos habían dejado la llave de su piso para que le echáramos un vistazo de cuando en cuando y evitáramos que lo invadiera el polvo. Eran muy buenos amigos, los únicos con los que teníamos esa amistad visceral a la sudamericana, y esos dos años de ausencia los íbamos a echar mucho de menos. Como vi a la niña mala tan abatida por la partida de Yilal, le propuse que, en vez de volver a la casa, diéramos un paseo o fuéramos a un cine. Luego la llevaría a cenar a un pequeño *bistrot* de la Île Saint Louis que le gustaba mucho. Se había encariñado tanto con Yilal que, mientras dábamos un paseo por los alrededores de Notre Dame, rumbo al restaurante, le dije bromeando que, si quería, una vez que nos casáramos podíamos adoptar un niño.

—Te he descubierto una vocación de mamá. Siempre creí que no querías tener hijos.

—Cuando estaba en Cuba, con ese comandante Chacón, me hice anudar las trompas porque él quería un hijo y a mí me horrorizaba la idea —me contestó, con sequedad—. Ahora me arrepiento.

—Adoptemos uno —la animé—. ¿No es lo mismo, acaso? ¿No has visto la relación que tiene Yilal con sus padres?

—No sé si es lo mismo —murmuró y sentí que su voz se había vuelto hostil—. Además, ni siquiera sé si me voy a casar contigo. Cambiemos de tema, por favor.

Se había puesto de muy mal humor y yo comprendí que, sin quererlo, había tocado algún rincón lastimado de su intimidad. Traté de distraerla, y la llevé a ver la catedral, un espectáculo que, con todos los años que llevaba en París, nunca dejaba de deslumbrarme. Y, esa noche, más que otras veces. Una luz débil, con un aura levemente rosada, bañaba las piedras de Notre Dame. La mole parecía ligera por la simetría perfecta de sus partes, que se equilibraban y sostenían con delicadeza, para que nada se desajustara ni soltara. La historia y la luz tamizada cargaban esa fachada de alusiones y resonancias, de imágenes y referencias. Había muchos turistas, tomándose fotos. ¿Era la misma catedral escenario de tantos siglos de la historia de Francia, la misma que inspiró la novela de Victor Hugo que me había exaltado tanto cuando la leí, de niño, en Miraflores, en casa de mi tía Alberta? Era la misma y otra, añadida de mitologías y sucesos más recientes. Bellísima, transmitía una impresión de estabilidad y permanencia, de haber escapado a la usura del tiempo. La niña mala me oía alabar a Notre Dame como si oyera llover, sumida en sus pensamientos. En la comida estuvo cabizbaja, enfurruñada, y apenas probó bocado. Y esa noche se durmió sin darme las buenas noches, como si yo tuviera la culpa de la partida de Yilal. Dos días después, viajé a Londres, con un contrato de una semana de trabajo. Al despedirme de ella, muy de mañana, le dije:

—No importa que no nos casemos si no quieres, niña mala. Tampoco hace falta. Tengo que decirte una cosa, antes de partir. En mis cuarenta y siete años de vida, nunca he sido tan feliz como en estos meses que llevamos juntos. No sabría cómo pagarte la felicidad que me has dado.

—Apúrate, vas a perder el avión, empalagoso —me fue empujando ella hacia la puerta.

Estaba todavía de mal humor, recluida en sí misma mañana y tarde. Desde la partida de los Gravoski casi no había podido conversar con ella. ¿Tanto la afectaba la ida de Yilal?

Mi trabajo en Londres fue más interesante que el de otras conferencias y congresos. Era una reunión convocada con uno de esos títulos anodinos que se repiten sin descanso con temas diferentes: «África: impulso al desarrollo». Lo auspiciaban el Commonwealth, las Naciones Unidas, la Unión de Países Africanos y varios institutos independientes. Pero a diferencia de otros certámenes, hubo muy serios testimonios de dirigentes políticos, empresariales o académicos de países africanos sobre el estado calamitoso en que habían quedado las antiguas colonias francesas e inglesas al alcanzar la independencia, y los obstáculos que encontraban ahora para ordenar la sociedad, estabilizar las instituciones, liquidar el militarismo y el caudillismo, integrar en una unidad armónica a las distintas etnias de cada país y despegar económicamente. La situación de casi todas las naciones representadas era crítica; y, sin embargo, la sinceridad y la lucidez con que esos africanos, la mayoría muy jóvenes, exhibían su realidad tenían algo vibrante, que inyectaba un ímpetu esperanzador a esa trágica condición. Aunque usaba también el español, me tocó interpretar sobre todo del francés al inglés o viceversa. Y lo hice con interés, curiosidad y ganas, alguna vez, de hacer un viaje de vacaciones por África. Aunque no podía olvidar que por ese continente había hecho sus correrías la niña mala, al servicio de Fukuda.

Cada vez que salía en viaje de trabajo fuera de París, hablábamos cada dos días. Me llamaba ella, pues era más barato; los hoteles y pensiones recargaban bárbaramente las llamadas internacionales. Pero, a pesar de que yo le había dejado el teléfono del Hotel Shoreham, en Bayswater, los dos primeros días en Londres la niña mala no me llamó. Al tercero, lo hice yo, temprano, antes de salir al Instituto del Commonwealth, donde se celebraba la conferencia.

La noté muy rara. Lacónica, evasiva, irritada. Me asusté, pensando que a lo mejor le habían vuelto los antiguos ataques de pánico. Me aseguró que no, se sentía bien. ¿Extrañaba a Yilal, entonces? Claro que lo extrañaba. ¿Y a mí también me extrañaba un poquito?

—A ver, déjame pensarlo —me dijo, pero el tono de su voz no era el de una mujer que bromea—. No, francamente, no te extraño mucho todavía.

Me quedó un mal gustito en la boca cuando colgué. Bueno, todo el mundo tenía sus períodos de neurastenia, en los que prefería mostrarse antipático para dejar sentado su disgusto con el mundo. Ya se le pasaría. Como dos días después tampoco me llamó, lo hice yo de nuevo, también muy temprano. No contestó el teléfono. Era imposible que saliera de la casa a las siete de la mañana: no lo hacía jamás. La única explicación era que seguía de mal humor —pero ¿de qué?— y que no quería contestarme, pues sabía muy bien que era yo quien la llamaba. Volví a llamarla en la noche y tampoco levantó el teléfono. Llamé cuatro o cinco veces en el curso de una noche de desvelo: silencio total. Los chirridos intermitentes del teléfono me persiguieron las veinticuatro horas siguientes hasta que, apenas terminada la última sesión, corrí al aeropuerto de

Heathrow a tomar mi avión a París. Toda clase de pensamientos tenebrosos me hicieron infinito el viaje y, luego, el recorrido del taxi de Charles de Gaulle a la rue Joseph Granier.

Eran las dos y pico de la madrugada, cuando, bajo una lluviecita persistente, abrí la puerta de mi departamento. Estaba a oscuras, vacío, y sobre la cama había una cartita escrita a lápiz sobre ese papel amarillo rayado que teníamos en la cocina para anotar los asuntos del día. Era un modelo de hielo y laconismo: «Ya me cansé de jugar al ama de casa pequeñoburguesa que te gustaría que fuera. No lo soy ni lo seré. Te agradezco mucho lo que has hecho por mí. Lo siento. Cuídate y no sufras mucho, niño bueno».

Desempaqué, me lavé los dientes, me acosté. Y estuve el resto de la noche pensando, divagando. ¿Esto habías estado esperando, temiendo, no? Sabías que iba a ocurrir tarde o temprano, desde que, siete meses atrás, instalaste a la niña mala en la rue Joseph Granier. Aunque, por cobardía, hubieras tratado de no asumirlo, de esquivarlo, engañándote, diciéndote que ella, por fin, después de esas horribles experiencias con Fukuda, había renunciado a las aventuras, a los peligros, y se había resignado a vivir contigo. Pero siempre supiste, en el fondo de los fondos, que aquel espejismo duraría sólo lo que durase su convalecencia. Que la vida mediocre y aburrida que llevaba contigo la cansaría y que, una vez que recobrase la salud, la confianza en sí misma y se le evaporara el remordimiento o el miedo a Fukuda, se las arreglaría para encontrar a alguien más interesante, más rico y menos rutinario que tú, y emprendería una nueva travesura.

Apenas hubo algo de luz en la claraboya, me levanté, me preparé un café y abrí la pequeña cajita de seguridad donde tenía siempre una cantidad de dinero en efectivo para los gastos del mes. Se lo había llevado todo, naturalmente. Bueno, por lo demás no era gran cosa. ¿Quién sería, esta vez, el dichoso mortal? ¿Cuándo y cómo lo habría conocido? Durante alguno de mis viajes de trabajo, sin duda. Tal vez en el gimnasio de l'avenue Montaigne, mientras hacía aerobics y nadaba. Acaso uno de esos playboys sin pizca de grasa en el cuerpo y buenos músculos, esos que se dan baños ultravioletas para tostarse la piel y se hacen arreglar las uñas y masajear el cuero cabelludo en las peluquerías. ¿Habrían hecho el amor ya, mientras ella, a la vez que mantenía la pantomima de seguir conmigo, preparaba en secreto la fuga? Seguramente. Y, sin duda, el nuevo galán tendría menos miramientos que tú, Ricardito, con su vagina lastimada.

Revisé todo el departamento y no quedaba rastro de ella. Se había llevado hasta el último imperdible. Se diría que nunca había estado acá. Me bañé, me vestí y salí a la calle, huyendo de esos dos cuartitos y medio donde, tal como se lo dije al despedirme, había sido más feliz que en ninguna otra parte, y donde sería a partir de ahora —¡una vez más!— inmensamente desgraciado. Pero ¿no lo tenías bien merecido, peruanito? ¿No sabías, acaso, cuando no le contestabas sus llamadas por teléfono, que, si lo hacías y sucumbías de nuevo a esa pasión testaruda, todo terminaría como ahora? No había de qué sorprenderse: había ocurrido lo que siempre supiste iba a ocurrir.

Hacía un día bonito, sin nubes, con un sol algo frío, y la primavera había llenado de verdura las calles de París. Los parques ardían de flores. Caminé horas, por los muelles, por las Tullerías, por el Luxemburgo, metiéndome, cuando sentía que me iba a desmayar de fatiga, a un café a tomar algo. Al atardecer, comí un sándwich con una cerveza y luego entré a un cine, sin saber siquiera qué película daban. Me quedé dormido apenas me senté y desperté sólo cuando encendieron las luces. No recordaba una sola imagen.

En la calle era ya de noche. Sentía mucha angustia y temía que se me salieran las lágrimas. No sólo eres capaz de decir huachaferías sino también de vivirlas, Ricardito. La verdad, la verdad, esta vez no iba a tener las fuerzas necesarias para, como había hecho las otras veces, recomponerme, reaccionar, y seguir jugando a que me olvidaba de la niña mala.

Subí por los muelles del Sena hasta el lejano Pont Mirabeau, tratando de recordar los primeros versos del poema de Apollinaire, repitiéndolos entre dientes:

> *Sous le Pont Mirabeau*
> *Coule la Seine*
> *Faut-il qu'il m'en souvienne*
> *de nos amours*
> *Ou après la joie*
> *Venait toujours la peine?*

Había decidido, con frialdad, sin dramatismo, que ésa era después de todo una manera digna de morir: saltando desde ese puente dignificado por la buena poesía modernista y la voz intensa de Juliette Gréco a las aguas sucias del Sena. Aguantando la respiración o tragando agua a borbotones, perdería rápidamente la conciencia —tal vez la perdería con el golpe, al estrellarse mi cuerpo en el agua— y la muerte seguiría al instante. Si no podías tener lo único que querías en la vida, que era ella, mejor acabar de una vez y de este modo, pichiruchi.

Llegué al Pont Mirabeau literalmente hecho una sopa. Ni siquiera había advertido que llovía. Ni transeúntes ni coches aparecían por las cercanías. Avancé hasta la mitad del puente y sin vacilar me encaramé al borde metálico, donde, al empinarme para saltar —juro que iba a hacerlo—, sentí un golpe de viento en la cara y, al mismo tiempo, dos manazas que me rodeaban las piernas y de un jalón me hacían trastabillar y caer de espaldas, en el asfalto del puente:

—*Fais pas le con, imbécile!*

Era un *clochard* que olía a vino y mugre, medio perdido dentro de un gran impermeable de plástico que le cubría la cabeza. Tenía una enorme barba que parecía entre gris y blancuzca. Sin ayudarme a levantarme, me puso la botella de vino en la boca y me hizo beber un trago: algo caliente y fuerte, que me removió las entrañas. Un vino pasado, que se volvía ya vinagre. Tuve una arcada, pero no vomité.

—*Fais pas le con, mon vieux* —repitió. Y vi que, dando media vuelta, se alejaba, tambaleándose, con su botella de vino agrio bailoteando en la mano. Supe que recordaría siempre su facha amorfa, esos ojos saltones y congestionados y su voz ronca, humana.

Regresé caminando hasta la rue Joseph Granier, riéndome de mí mismo, lleno de gratitud y admiración por ese vagabundo borracho del Pont Mirabeau que me había salvado la vida. Iba a saltar, lo hubiera hecho si él no me lo impedía. Me sentía estúpido, ridículo, avergonzado, y había comenzado a estornudar. Toda esta payasada barata terminaría en un resfrío. Me dolían los huesos de la espalda con el porrazo en el pavimento y quería dormir, dormir el resto de la noche y de la vida.

Cuando estaba abriendo la puerta de mi departamento descubrí una rayita de luz dentro. Crucé de dos saltos la salita comedor. Desde la puerta del dormitorio vi a la niña mala, de espaldas, probándose ante el espejo de la cómoda el vestido de bailarina árabe que le compré en El Cairo y que no creo que se hubiera puesto antes. Aunque tenía que haberme sentido, no se volvió a mirarme, como si hubiera entrado en el cuarto un fantasma.

—¿Qué haces tú acá? —dije, grité o rugí, paralizado en el umbral, sintiendo mi voz rarísima, como la de un hombre al que estrangulan.

Con mucha calma, como si no pasara nada y toda esta escena fuera la más trivial del mundo, la figurita morena, semidesnuda, envuelta en velos, de cuya cintura colgaban unas cintas que podían ser de cuero o cadenas, se volvió de medio lado y me miró, sonriendo:

—Cambié de idea y aquí me tienes de regreso —hablaba como si me revelara un chisme de salón. Y, pasando a cosas más importantes, me señaló su vestido y explicó—: Me estaba un poco grande, pero creo que ahora va bien. ¿Cómo me queda?

No pudo decir más porque yo, no sé cómo, había cruzado la habitación de un salto y la había abofeteado con todas mis fuerzas. Vi un brillo de terror en sus ojos, la vi remecerse, apoyarse en la cómoda, caer al suelo y la oí decir, acaso gritar, sin perder del todo la serenidad, esa calma teatral:

—Estás aprendiendo a tratar a las mujeres, Ricardito.

Yo me había dejado caer al suelo junto a ella y la tenía cogida de los hombros y la sacudía, enloquecido, vomitando mi despecho, mi furia, mi estupidez, mis celos:

—Es un milagro que no esté en el fondo del Sena, por tu culpa, por ti —se atropellaban las palabras en mi boca, se me trababa la lengua—. Estas últimas veinticuatro horas me has hecho morir mil veces. A qué juegas tú conmigo, dime a qué. ¿Para eso me llamaste, me buscaste, cuando ya me había librado de ti? ¿Hasta cuándo crees que voy a aguantar? Yo también tengo un límite. Te podría matar.

En ese momento me di cuenta de que, en efecto, hubiera podido matarla si seguía sacudiéndola así. Asustado, la solté. Ella estaba lívida y me miraba, boquiabierta, protegiéndose con los dos brazos levantados.

—No te reconozco, no eres tú —murmuró y se le cortó la voz. Se había comenzado a sobar la mejilla y la sien derecha, que, en la media luz, me parecieron hinchadas.

—Estuve a punto de matarme por ti —repetí, la voz impregnada de rencor y de odio—. Me subí a la baranda del puente para tirarme al río y me salvó un *clochard*. Un suicida, lo que faltaba en tu currículo. ¿Tú crees que vas a seguir jugando así conmigo? Está visto que sólo matándome o matándote me libraré para siempre de ti.

—Mentira, tú no quieres matarte ni matarme —dijo, arrastrándose hacia mí—. Sino cacharme. ¿No es verdad? Yo también quiero que me caches. O, si esa lisura te molesta, que me hagas el amor.

Era la primera vez que le oía esa palabrota, un verbo que no escuchaba hacía siglos. Ella se había incorporado a medias para echarse en mis brazos y me tocaba la ropa, escandalizada: «Estás empapadito, te vas a resfriar, quítate esta ropa mojada, zonzito». «Si quieres, después me matas, pero, ahorita, hazme el amor.» Había recuperado la serenidad y ahora era dueña de la situación. El corazón se me salía por la boca y apenas podía respirar. Pensé que sería estúpido que precisamente en este momento me diera un síncope. Me ayudó a quitarme el saco, el pantalón, los zapatos, la camisa —todo parecía recién salido del agua— y, a la vez que me ayudaba a desvestirme, me pasaba la mano por los cabellos en esa rara, única caricia que se dignaba hacerme algunas veces. «Cómo te late el corazón, tontito», me dijo, un momento después, pegando su oreja a mi pecho. «¿Yo lo he puesto así?» Yo había comenzado a acariciarla también, sin que por ello hubiera dominado la rabia. Pero, a esos sentimientos se mezclaba ahora un deseo creciente que ella atizaba —se había arrancado el vestido de bailarina y tendida sobre mí me secaba moviéndose sobre mi cuerpo—, metiéndome la lengua en la boca, haciéndome tragar su saliva, atrapando mi sexo, acariciándolo con las dos manos, y, por fin, encogiéndose como una anguila sobre sí misma, llevándoselo a la boca. La besé, la acaricié, la abracé, sin la delicadeza de otras veces, más bien con rudeza, todavía herido, dolido, y, por fin, la obligué a sacar mi sexo de su boca y a ponerse debajo de mí. Abrió las piernas, dócilmente, cuando sintió que mi sexo tieso forcejeaba para entrar en ella. La penetré con brutalidad y la sentí aullar de dolor. Pero no me rechazó y, con el cuerpo tenso, esperó, quejándose, gimiendo despacito, que eyaculara. Sus lágrimas mojaban mi cara y yo las lamía. Estaba demacrada, con los ojos desorbitados y la cara descompuesta por el dolor.

—Es mejor que te vayas, que me dejes de verdad —le imploré, temblando de pies a cabeza—. Hoy he estado a punto de matarme y casi te mato a ti. No quiero eso. Anda, búscate otro, uno que te haga vivir intensamente, como Fukuda. Uno que te azote, que te preste a sus compinches, te haga tragar polvos para que le sueltes pedos en su inmunda jeta. Tú no eres para vivir con un santurrón aburrido como yo.

Ella me había pasado los brazos alrededor del cuello y me besaba en la boca mientras yo le hablaba. Todo su cuerpo se restregaba para ajustarse más al mío.

—No pienso irme ni ahora ni nunca —me susurró en el oído—. No me preguntes por qué, porque ni muerta te lo voy a decir. Nunca te voy a decir que te quiero aunque te quiera.

En ese momento debo de haberme desmayado, o dormido de golpe, aunque ya, desde sus últimas palabras, sentí que me abandonaban las fuerzas y todo comenzaba a darme vueltas. Me desperté mucho después, en la habitación a oscuras, sintiendo una forma tibia metida dentro de mí. Estábamos acostados, bajo las sábanas y frazadas, y por la gran claraboya del techo vi titilar alguna estrella. Había cesado de llover hacía rato, sin duda, porque los cristales ya no estaban empañados. La niña mala estaba soldada a mi cuerpo, sus piernas enredadas a las mías y su boca apoyada en mi mejilla. Sentí su corazón; latía, acompasado, dentro de mí. Se me había evaporado la cólera y ahora estaba lleno de arrepentimiento por haberla golpeado y haberla hecho sufrir mientras la amaba. La besé con ternura, tratando de no despertarla, y susurré sin ruido en su oído: «Te amo, te amo, te amo». No estaba dormida. Se apretó a mí y me habló poniendo sus labios sobre los míos, mientras entre palabra y palabra, su lengua picoteaba la mía:

—Tú nunca vas a vivir tranquilo conmigo, te lo advierto. Porque no quiero que te canses de mí, que te acostumbres a mí. Y, aunque vamos a casarnos para arreglar mis papeles, no seré nunca tu esposa. Yo quiero ser siempre tu amante, tu perrita, tu puta. Como esta noche. Porque así te tendré siempre loquito por mí.

Decía esas cosas besándome sin tregua y tratando de meterse enterita dentro de mi cuerpo.

VI. Arquímedes, constructor de rompeolas

—Los rompeolas son el misterio más grande de la ingeniería —exageró Alberto Lamiel, abriendo los brazos—. Sí, tío Ricardo, la ciencia y la técnica han resuelto todos los misterios del Universo, menos ése. ¿Nunca te lo habían dicho?

Desde que el tío Ataúlfo me presentó a este sobrino suyo, ingeniero graduado en M.I.T. y considerado el as de la familia Lamiel, el joven triunfador que me llamaba tío a pesar de no serlo, pues era sobrino de Ataúlfo por la otra rama de la familia, me había caído algo antipático, porque hablaba demasiado y con un tonito inaguantablemente pontifical. Pero, a todas luces, la antipatía no era recíproca, porque, desde que lo conocí, multiplicaba sus atenciones conmigo y me demostraba un aprecio tan efusivo como incomprensible. ¿Qué interés podría tener para este joven brillante y exitoso, que construía edificios por doquier en la expansiva Lima de los ochenta, un oscuro traductor expatriado que volvía al Perú después de tantos años y lo miraba todo entre nostálgico y alelado? No sé cuál, pero Alberto perdía mucho tiempo conmigo. Me había llevado a conocer los barrios nuevos —Las Casuarinas, La Planicie, Chacarilla, La Rinconada, Villa—, las urbanizaciones de veraneo que brotaban como hongos en las playas del Sur, y mostrado algunas casas rodeadas de parques, lagos y piscinas que parecían salidas de las películas de Hollywood. Como me oyó decir un día que una de las cosas que más envidiaba de niño a mis amigos mi-

raflorinos era que muchos de ellos fueran socios del Regatas —yo tenía que meterme al Club a escondidas o nadando desde la playita vecina de Pescadores—, me invitó
a almorzar a la vieja institución chorrillana. Tal como me
lo dijo, las instalaciones del Club eran ahora modernísi-
mas, con sus canchas de tenis y frontón, sus piscinas olím-
pica y temperada y las dos nuevas playas ganadas al mar
gracias a dos largos rompeolas. También resultó cierto
que el restaurante Alfresco, del Regatas, preparaba un arroz
con mariscos, que, acompañado de cerveza helada, sabía a
gloria. El panorama, en este mediodía de noviembre, gris,
nublado, de un invierno que se resistía a irse, con los fan-
tasmales acantilados de Barranco y Miraflores medio bo-
rrados por la neblina, me removía muchas imágenes del
fondo de la memoria. Lo que acababa de decirme sobre
los rompeolas me sacó del devaneo en que estaba sumido.

—¿Hablas en serio? —le pregunté, picado de curiosidad—. La verdad, no me lo creo, Alberto.

—Yo tampoco me lo creía, tío Ricardo. Pero, te
juro que es así.

Era un muchacho alto y agringado, atlético —venía al Regatas a jugar paleta y frontón todos los días a las
seis de la mañana—, con el pelo cortado casi al rape, muy
moreno, que transpiraba suficiencia y optimismo. Mezclaba en sus frases palabritas en inglés. Tenía una novia en
Boston con la que se iba a casar dentro de unos meses,
apenas se graduara ella de ingeniero químico. Él había re-
chazado varias ofertas de trabajo en Estados Unidos luego
de recibirse con honores en M.I.T. para venir al Perú a
«hacer patria», porque si todos los peruanos privilegiados
se iban al extranjero «¿quién iba a meter el hombro y sacar
adelante nuestro país?». Con sus buenos sentimientos de
patriota me estaba jalando las orejas, pero lo hacía sin darse
cuenta. Alberto Lamiel era la única persona de su medio

social que lucía tanta confianza en el futuro del Perú. En esos meses finales del segundo gobierno de Fernando Belaunde Terry —fines de 1984—, con la inflación disparada, el terrorismo de Sendero Luminoso, los apagones, los secuestros y la perspectiva de que el Apra, con Alan García, ganara las elecciones del próximo año, había mucha incertidumbre y pesimismo en la clase media. Pero a Alberto nada parecía desmoralizarlo. Andaba con una pistola cargada en su camioneta por si lo asaltaban y la sonrisa siempre en la cara. La posibilidad de que Alan García llegara al poder no lo asustaba. Había asistido a una reunión de empresarios jóvenes con el candidato aprista y le pareció «bastante pragmático, nada ideológico».

—O sea, un rompeolas no sale bien o mal debido a causas técnicas, cálculos acertados o errados, aciertos o defectos de construcción, sino a extraños conjuros, a la magia blanca o negra —le tomé el pelo—. ¿Eso es lo que quieres decirme, tú, ingeniero graduado en M.I.T.? ¿La brujería ha llegado a Cambridge, Massachusetts?

—Eso mismo, si lo quieres poner así —me festejó él. Pero volvió a ponerse serio y a afirmar, con enérgicos movimientos de cabeza—: Un rompeolas funciona o no funciona por razones que la ciencia no está en condiciones de explicar. El asunto es tan fascinante que estoy escribiendo un pequeño *report* para la revista de mi universidad. Te encantaría conocer a mi informante. Se llama Arquímedes, un nombrecito que le cae al pelo. Un personaje de película, tío Ricardo.

Luego de oír las historias de Alberto, los rompeolas del Club Regatas que divisábamos desde la terraza de Alfresco cobraban una aureola legendaria, de monumentos ancestrales, espolones de piedras que no sólo estaban allí, hendiendo el mar, para obligarlo a retirarse, entregando una ceja de playa a los bañistas, sino como reminiscencias de una vieja estirpe, construcciones medio urbanas, medio religiosas, productos a la vez de pericia artesanal y de una sabiduría secreta, sagrada y mítica antes que práctica y funcional. Según mi supuesto sobrino, para construir un rompeolas, determinar exactamente el lugar donde debía ser erigida aquella armazón de bloques de piedras superpuestas o unidas con mezcla, no era suficiente, ni siquiera necesario, el menor cálculo técnico. Lo indispensable era el «ojo» del práctico, especie de brujo, chamán, adivinador, a la manera del rabdomante que detecta los pozos de agua oculta bajo la superficie de la tierra, o del maestro chino de Feng Shui que decide la dirección en que debe ser orientada una casa y los muebles que la ocupan para que los futuros habitantes vivan en paz y disfruten de ella, o, en su defecto, se sientan hostilizados y empujados a desavenencias y fricciones, capaz de detectar por pálpito o ciencia infusa —como lo venía haciendo desde hacía medio siglo en la costa de Lima el viejo Arquímedes— dónde construir el rompeolas para que las aguas lo aceptaran y no le sacaran la vuelta arenándolo, socavándolo, doblegándolo por los flancos, impidiéndole cumplir su cometido de rendir al mar.

—A los surrealistas les hubiera encantado oír una cosa así, sobrino —le dije yo, señalando los rompeolas del Regatas sobre los que revoloteaban gaviotas blancas, patillos negros y una bandada de alcatraces de mirada filosófica y buches como cucharones—. Los rompeolas, el perfecto ejemplo de lo maravilloso-cotidiano.

—Después me explicarás quiénes son los surrealistas, tío Ricardo —dijo el ingeniero, llamando al mozo e indicándome de manera perentoria que él pagaría la cuenta—. Ya veo, aunque te hagas el escéptico, mi historia de los rompeolas te ha dejado *knocked out* de la impresión.

Sí, me había dejado intrigadísimo. ¿Hablaba en serio? Lo que me contó Alberto me estuvo dando vueltas desde ese día, yéndose y volviendo a mi conciencia de tanto en tanto, como si intuyera que siguiendo esa leve huella iba a encontrarme de pronto con la cueva de un tesoro.

Había vuelto a Lima por un par de semanas, de manera un tanto precipitada, con la intención de despedir y enterrar al tío Ataúlfo Lamiel, quien había sido llevado de urgencia a la Clínica Americana, con su segundo ataque cardíaco, y sometido a una operación a corazón abierto, sin muchas esperanzas de sobrevivir a la prueba. Pero, sorprendentemente, sobrevivió y parecía incluso en franco proceso de recuperación con sus ochenta años y sus cuatro *by-passes*. «Tu tío tiene más vidas que un gato», me dijo el doctor Castañeda, el cardiólogo de Lima que lo operó. «La verdad, yo creí que de ésta no salía.» Mi tío Ataúlfo intervino para decir que era yo, con mi venida a Lima, quien le había devuelto la vida, y no los matasanos. Ya había dejado la Clínica Americana y convalecía en su casa, cuidado por una enfermera permanente y por Anastasia, la criada nonagenaria que lo había acompañado toda la vida. La tía Dolores había fallecido un par de años atrás. Aunque traté de alojarme en un hotel, él insistió para llevarme a su casita de dos pisos, no lejos del Olivar de San Isidro, donde tenía sitio de sobra.

El tío Ataúlfo había envejecido mucho y era ahora un hombrecito frágil que arrastraba los pies y delgadito como un palo de escoba. Pero conservaba la cordialidad desbordante de siempre y se mantenía alerta y curioso, leyendo, ayudándose con una lupa de filatelista, tres o cuatro periódicos diarios, y escuchando todas las noches las noticias para saber cómo andaba el mundo en que vivimos. A diferencia de Alberto, el tío Ataúlfo tenía sombrías prevenciones sobre el futuro inmediato. Creía que

Sendero Luminoso y el MRTA (Movimiento Revolucionario Túpac Amaru) tenían para rato y desconfiaba del triunfo del Apra en las próximas elecciones que las encuestas pronosticaban. «Será el puntillazo para el pobre Perú, sobrino», se quejaba.

Yo volvía a Lima después de casi veinte años. Me sentía un extranjero total, en una ciudad en la que casi no quedaba rastro de mis recuerdos. La casa de mi tía Alberta había desaparecido y, en su lugar, surgido un feo edificio de cuatro pisos. Lo mismo ocurría por doquier en Miraflores, donde apenas resistía la modernización una que otra de esas casitas con jardines de mi infancia. Todo el barrio se había despersonalizado con una profusión de edificios de alturas desiguales y la multiplicación de comercios y bosques aéreos de avisos luminosos que competían en vulgaridad y mal gusto. Gracias al ingeniero Alberto Lamiel, había podido echar una ojeada a los barrios miliunanochescos donde se habían desplazado los ricos y acomodados. Estaban rodeados por las gigantescas barriadas, llamadas ahora, eufemísticamente, pueblos jóvenes, donde se habían refugiado millones de campesinos bajados de la sierra, huyendo del hambre y la violencia —las acciones armadas y el terrorismo estaban concentrados en la región de la sierra central principalmente—, que malvivían en casuchas de esteras, palos, latas, trapos o lo que fuera, en asentamientos donde, en la mayoría, no había agua, ni luz, ni desagües, ni calles, ni transporte. Esa coexistencia de la riqueza y la pobreza hacía que, en Lima, los ricos parecieran más ricos y los pobres más pobres. Muchas tardes, cuando yo no salía a reunirme con mis viejos amigos del Barrio Alegre o con mi flamante sobrino Alberto Lamiel, me quedaba conversando con el tío Ataúlfo y este tema volvía obsesivamente a nuestra conversación. A mí me parecía que las diferencias económicas entre la muy pequeña minoría de peruanos que vivía bien y disfrutaba de educación, trabajo, diversiones, y los que a duras penas sobrevivían en condiciones pobres o misérrimas, se habían agravado en estas dos décadas. Según él, era una falsa impresión, debido a la perspectiva que yo traía de Europa, donde la existencia de una enorme clase media diluía y borraba esos contrastes entre los extremos. Pero en el Perú, donde la clase media era muy delgada, aquellos enormes contrastes habían existido siempre. El tío Ataúlfo vivía consternado con la violencia que se abatía sobre la sociedad peruana. «Siempre sospeché que esto podía pasar. Ya está, ha ocurrido. Menos mal que la pobre Dolores no llegó a verlo.» Los secuestros, las bombas de los terroristas, la destrucción de puentes, carreteras, centrales eléctricas, el ambiente de inseguridad y vandalismo, se lamentaba, retrasarían muchos años más ese despegue del país hacia la modernidad en el que el tío Ataúlfo nunca había dejado de creer. Hasta ahora. «Yo ya no veré ese despegue, sobrino. Ojalá que tú sí.»

Nunca pude darle una explicación convincente de por qué la niña mala no quiso venir a Lima conmigo, porque yo tampoco la tenía. Tomó con disimulado escepticismo que ella no hubiera podido abandonar su trabajo porque, precisamente en esta época del año, la compañía tenía que hacer frente a una demanda abrumadora de convenciones, conferencias, bodas, banquetes y celebraciones de toda índole, lo que le impedía tomarse un par de semanas de vacaciones. Yo no me lo creí tampoco, allá en París, cuando ella esgrimió ese pretexto para no acompañarme, y se lo dije. La niña mala acabó entonces por reconocerme que no era cierto, que, en realidad, no quería venir a Lima. «¿Y por qué, se puede saber?», la tentaba yo. «¿No extrañas tanto la comida peruana? Pues, te propongo un par de semanas con todas las exquisiteces de la gastronomía nacional, el ceviche de corvina, el chupe de camarones, el arroz con pato, el lomito saltado, la causa, el seco de chabelo y todo lo que se te antoje.» No hubo forma, ni en serio ni en broma aceptó mis señuelos para convencerla. No iría al Perú, ni ahora ni nunca. No volvería a poner los pies allá ni por un par de horas. Y cuando yo quise cancelar el viaje, para no dejarla sola, ella insistió en que viajara, alegando que, justamente en esta época, estarían en París los Gravoski, a los que podía recurrir si en algún momento necesitaba ayuda.

Encontrar ese trabajo había sido el mejor remedio para su estado de ánimo. También la ayudó, me parece, que, después de superar las mil complicaciones, nos casáramos y ella se convirtiera, según le gustaba decirme a veces en la intimidad, en «una mujer que, por primera vez en su vida, a punto de cumplir 48 años, tenía sus papeles en regla». Yo pensé que siendo la personita inquieta y libérrima que siempre había sido, trabajar en una compañía que organizaba «eventos sociales» la aburriría muy pronto, y que sería una empleada tan poco competente que la despedirían. No fue así. Al contrario, al poco tiempo se ganó la confianza de su jefa. Y ocuparse, hacer cosas, asumir obligaciones, aunque fuera pedir precios en hoteles y restaurantes, cotejarlos y negociar descuentos, averiguar lo que las empresas, asociaciones, familias, aspiraban a tener —qué clase de paisajes, hoteles, menús, espectáculos, orquestas— en torno a sus encuentros, banquetes, aniversarios, lo tomaba muy a pecho. No sólo trabajaba en la oficina, también en la casa. En las tardes y en las noches, yo la oía, pegada al teléfono, discutiendo detalles de esos contratos con infinita paciencia o dando cuenta a Martine, su jefa, de las gestiones del día. A veces, debía viajar a provincias —generalmente a Provenza, la Costa Azul o Biarritz— acompañando a Martine, o enviada por ésta.

Entonces, me llamaba todas las noches, y me contaba, con lujo de detalles, sus quehaceres del día. Le había hecho bien tener su tiempo ocupado, adquirir responsabilidades y ganar dinero. Otra vez se vestía con coquetería, iba a peluquerías, masajistas, manicuristas y pedicuristas, y constantemente estaba dándome la sorpresa de un cambio de maquillaje, peinado o atuendo. «¿Haces esto para estar a la moda o para tener siempre enamorado a tu marido?» «Lo hago sobre todo porque a los clientes les encanta verme bonita y elegante. ¿Te da celos?» Sí, me daba. Yo seguía enamorado de ella como un becerro y creo que ella lo estaba también de mí, porque, salvo pequeñas crisis pasajeras, desde aquella noche en que estuve a punto de zambullirme en el Sena, advertía unos detalles en nuestra relación antes impensables en ella. «Esta separación de dos semanas será una prueba», me dijo, la noche de mi partida. «A ver si te enamoras más de mí o me dejas por una de esas peruanitas traviesas, niño bueno.» «Para peruanitas traviesas, tengo de sobra contigo.» Había conservado su esbelta silueta —iba siempre los fines de semana al gimnasio de l'avenue Montaigne a hacer ejercicios y nadar— y su cara seguía fresca y animosa.

Nuestro matrimonio fue toda una aventura burocrática. Aunque a ella la tranquilizaba saber que ahora tenía por fin su situación en regla, yo sospechaba que si algún día, por alguna razón, las autoridades de Francia se ponían a escarbar sus papeles, descubrirían que nuestro matrimonio tenía tantos vicios de fondo y de forma que era inválido. Pero no se lo decía, y menos ahora que, luego de cumplirse los dos años de casados, el gobierno francés acababa de concederle la nacionalidad, sin sospechar que la flamante madame Ricardo Somocurcio ya había sido antes naturalizada francesa por matrimonio con el nombre de madame Robert Arnoux.

Para poder casarnos hubo que fabricarle papeles falsos, con un nombre distinto al que tenía cuando se casó con Robert Arnoux. No lo hubiéramos conseguido sin la ayuda del tío Ataúlfo. Cuando le describí, a grandes rasgos, el problema, sin darle más explicaciones que las indispensables y evitando los detalles escabrosos de la vida de la niña mala, me respondió en el acto que no necesitaba saber más. El subdesarrollo tenía soluciones prontas, aunque algo onerosas, para casos como éste. Y, dicho y hecho, en pocas semanas me envió una partida de nacimiento y otra de bautizo, impartidas por la municipalidad y la parroquia de Huaura, a nombre de Lucy Solórzano Cajahuaringa, con las que, siguiendo sus instrucciones, nos presentamos ante el cónsul del Perú en Bruselas, amigo suyo. El tío Ataúlfo le había explicado previamente por carta que Lucy Solórzano, novia de su sobrino Ricardo Somocurcio, había perdido todos sus papeles, incluido el pasaporte, y necesitaba uno nuevo. El cónsul, una reliquia humana de chaleco, leontina y monóculo, nos recibió con una prudente pero educada frialdad. No nos hizo una sola pregunta, por lo que entendí que había sido informado por el tío Ataúlfo de más cosas de las que aparentaba saber. Fue amable, impersonal y guardó todas las formas. Ofició al Ministerio de Relaciones Exteriores y por intermedio de éste al de Gobierno y Policía, y envió copias de las partidas de nacimiento y de bautizo de mi novia, pidiendo autorización para extender un nuevo documento. Al cabo de dos meses la niña mala tenía un pasaporte flamante y una identidad nueva, con la que pudimos gestionarle, siempre en Bélgica, una visa de turista para Francia, avalada por mí, francés nacionalizado y residente en París. De inmediato iniciamos los trámites en la alcaldía del Cinquième, en la plaza del Panteón. Allí nos casamos finalmente, en octubre de 1982, un mediodía otoñal, con la sola compañía de los Gravoski, que oficiaron de testigos. No hubo banquete de bodas ni celebración alguna porque esa misma tarde partí yo a Roma con un contrato de dos semanas en la FAO.

La niña mala estaba mucho mejor. Me costaba trabajo a veces verla haciendo una vida tan normal, entretenida con su trabajo y, me parecía, contenta, o por lo menos resignada a esa vida pequeñoburguesa que hacíamos, trabajando mucho toda la semana, preparando la comida en las noches y yendo al cine, al teatro, a una exposición o a un concierto y a cenar en la calle los fines de semana, casi siempre solos, o con los Gravoski cuando estaban aquí, pues ellos seguían pasando varios meses al año en Princeton. A Yilal lo veíamos sólo en los veranos, pues el resto del año permanecía en un colegio de New Jersey. Sus padres habían decidido que se educara en los Estados Unidos. No había huella en él del antiguo problema. Hablaba y crecía con normalidad y parecía muy bien integrado al mundo estadounidense. Nos enviaba postales o una cartita cada tanto y la niña mala le escribía todos los meses y siempre le estaba despachando algún regalo.

Aunque dicen que sólo los imbéciles son felices, confieso que me sentía feliz. Compartir mis días y mis noches con la niña mala me llenaba la vida. A pesar de lo cariñosa que era conmigo, en comparación con lo glacial que había sido en el pasado, ella había conseguido, en efecto, hacerme vivir siempre intranquilo, con la aprensión de que, un buen día, de la manera más inesperada, volvería a las andadas y se esfumaría sin decirme adiós. Siempre se las arreglaba para hacerme saber, o mejor dicho adivinar, que había uno o varios secretos en su vida diaria, una dimensión de su existencia a la que yo no tenía acceso y de la que podía provenir en cualquier momento un terremoto que echaría abajo nuestra convivencia. No me acababa de entrar a la cabeza que Lily la chilenita aceptara que el resto de su vida fuera lo que era ahora: la de una parisina de clase media, sin sorpresas ni misterio, sumida en una estrictísima rutina y desprovista de aventuras.

Nunca estuvimos tan unidos como en los meses que siguieron a nuestra reconciliación, llamémosla así, aquella noche en la que el desconocido *clochard* surgió en medio de la lluvia y la oscuridad, en el Pont Mirabeau, para salvarme la vida. «¿No sería el mismo Dios en persona el que te cogió de las piernas, niño bueno?», se burlaba ella. Nunca se creyó del todo que estuve a punto de matarme. «Cuando uno quiere suicidarse, lo hace, y no hay *clochard* que te lo impida, Ricardito», me dijo más de una vez. En esa época todavía los ataques de terror le sobrevenían de cuando en cuando. Entonces, exangüe, con los labios cárdenos, muy pálida y con grandes ojeras, no se apartaba de mí un solo segundo. Me seguía por toda la casa como un perrito faldero, tomada de mi mano, prendida de mi correa o mi camisa, porque ese contacto físico le daba la mínima seguridad sin la cual, me decía balbuceando, «me desintegraría». Verla sufrir de esa manera me hacía sufrir a mí también. Y, algunas veces, la inseguridad que la poseía en medio de la crisis era tal que ni siquiera al baño podía ir sola; muerta de vergüenza, con los dientes chocándole, me pedía que entrara con ella al excusado y la tuviera de la mano mientras hacía sus necesidades.

Nunca pude hacerme una idea precisa de la naturaleza del miedo que de pronto la invadía, sin duda porque ello no tenía una explicación racional. ¿Eran imágenes difusas, sensaciones, presentimientos, la adivinación de que algo terrible estaba por abatirse sobre ella y destrozarla? «Eso y mucho más.» Cuando padecía uno de esos ataques de miedo, que por lo general le duraban unas horas, esa mujercita tan audaz y de tanto carácter se volvía tan indefensa y vulnerable como una niñita de pocos años. Yo la sentaba en mis rodillas y la hacía acurrucarse contra mí. La sentía temblar, suspirar, aferrada a mí con una desesperación que nada atenuaba. Al cabo de un rato, caía dormida en un sueño profundo. Luego de una o dos horas, despertaba y estaba bien, como si nada le hubiera ocurrido. Todos mis ruegos para que aceptara volver a la clínica de Petit Clamart fueron inútiles. Al final, dejé de insistir porque la sola mención del tema la enfurecía. En esos meses, pese a estar tan unidos físicamente, apenas hacíamos el amor, porque ni siquiera en la intimidad de la cama alcanzaba la mínima tranquilidad, el momentáneo abandono, para entregarse al placer.

El trabajo la ayudó a salir de ese período difícil. Las crisis no desaparecieron de golpe, pero fueron haciéndose menos frecuentes y también menos intensas. Ahora, parecía mucho mejor, convertida casi en una mujer normal. Bueno, en el fondo yo sabía que ella no sería nunca una mujer normal. Y tampoco quería que lo fuese, porque lo que yo amaba en ella era también lo indómito e imprevisible de su personalidad.

En las charlas que teníamos durante su convalecencia, el tío Ataúlfo nunca me hizo preguntas sobre el pasado de mi mujer. Le enviaba saludos, estaba encantado de tenerla en la familia, esperaba que alguna vez se animara a venir a Lima para conocerla, pues, en caso contrario, a él, a pesar de sus achaques, no le quedaría otro remedio que ir a visitarnos a París. Tenía enmarcada en una mesita de la sala la foto que le enviamos, tomada el día de nuestro matrimonio, al salir de la alcaldía, con el telón de fondo del Panteón.

En esas charlas, generalmente en las tardes, después del almuerzo, que se prolongaban a veces horas, hablábamos mucho del Perú. Él había sido un belaundista entusiasta toda su vida, pero ahora, apenado, me confesó que el segundo gobierno de Belaunde Terry lo había decepcionado. Salvo devolver los periódicos y los canales expropiados por la dictadura militar de Velasco Alvarado, no se había atrevido a corregir ninguna de las seudorreformas de aquélla, que habían empobrecido y enconado aún más al Perú, y, además, habían provocado una inflación que daría el triunfo al Apra en las próximas elecciones. Y, a diferencia de su sobrino Alberto Lamiel, mi tío no se hacía ilusiones con Alan García. Yo me decía que, sin duda, había en el país donde yo había nacido y del que me había apartado de una manera cada día más irreversible, muchos hombres y mujeres como él, básicamente decentes, que, a lo largo de toda una vida, habían soñado con un progreso económico, social, cultural y político, que hiciera del Perú una sociedad moderna, próspera, democrática, con oportunidades abiertas a todos, sólo para verse frustrados una y otra vez, y que, como el tío Ataúlfo, llegaban a la vejez —a orillas de la muerte— aturdidos, preguntándose por qué en vez de avanzar retrocedíamos y estábamos ahora peor —con más contrastes, desigualdades, violencias e inseguridad— que cuando empezaron a vivir.

—Qué bien hiciste en irte a Europa, sobrino —era su estribillo, que repetía atusándose la barbita entrecana que se había dejado crecer—. Imagínate lo que sería de ti si te hubieras quedado a trabajar aquí, con todos estos apagones, bombas y secuestros. Y la falta de trabajo para los jóvenes.

—No estoy tan seguro, tío. Sí, es verdad, tengo una profesión que me permite vivir en una ciudad maravillosa. Pero, allá, he terminado por convertirme en un ser sin raíces, en un fantasma. Nunca seré un francés, aunque tenga un pasaporte que diga que lo soy. Allá seré siempre un *métèque*. Y he dejado de ser un peruano, porque aquí me siento todavía más extranjero que en París.

—Pues, supongo que sabes que, según una encuesta de la Universidad de Lima, el sesenta por ciento de los jóvenes tienen, como primera aspiración en la vida, irse al extranjero; la inmensa mayoría a Estados Unidos y el resto a Europa, a Japón, a Australia, a donde sea. Cómo podríamos reprochárselo, ¿no es cierto? Si su país no puede darles ni trabajo, ni oportunidades, ni seguridad, es lícito que quieran marcharse. Por eso le tengo tanta admiración a Alberto. Hubiera podido quedarse en Estados Unidos con un magnífico puesto y prefirió venir a romperse el alma por el Perú. Ojalá no lo lamente. Él te ha tomado mucho aprecio, ¿te has dado cuenta, no, Ricardo?

—Sí, tío, y yo también a él. La verdad, es muy amable. Gracias a mi sobrino he conocido otras caras de Lima. La de los millonarios y la de las barriadas.

Precisamente en ese momento sonó el teléfono y era Alberto Lamiel, que me llamaba.

—¿Te gustaría conocer al viejo Arquímedes, el constructor de rompeolas del que te hablé?

—Claro que sí, hombre —le dije, entusiasmado.

—Están construyendo un nuevo espigón en La Punta y el ingeniero de la municipalidad es mi amigo Chicho Cánepa. Mañana en la mañana, si te parece. Pasaré a buscarte a las ocho. ¿No es muy temprano para ti, no?

—Me debo haber vuelto muy viejo, tío Ataúlfo, a pesar de tener sólo cincuenta años —le dije a éste, cuando colgué el teléfono—. Porque, Alberto, siendo tu sobrino, es en realidad mi primo. Pero él se empeña en llamarme tío. Debo parecerle prehistórico.

—No es eso —se rió el tío Ataúlfo—. Como vives en París, le inspiras respeto. Vivir en esa ciudad es toda una credencial para él, equivale a haber triunfado en la vida.

A la mañana siguiente, puntual como un reloj, Alberto pasó unos minutos antes de las ocho, acompañado del ingeniero Cánepa, encargado de los trabajos en la playa de Cantolao y el muelle de La Punta, un hombre ya mayor, de anteojos oscuros y con una gran barriga cervecera. Éste se bajó de la camioneta Cherokee de Alberto y me cedió el asiento de adelante. Los dos ingenieros llevaban pantalones vaqueros, camisas abiertas y casacas de cuero. Me sentí ridículo con mi ternito, mi camisa de cuello y mi corbata junto a esos caballeros de atuendo deportivo.

—Le va a impresionar mucho el viejo Arquímedes —me aseguró el ingeniero amigo de Alberto, al que éste le decía Chicho—. Es un loco lindo. Lo conozco hace veinte años y todavía me deja boquiabierto con las historias que cuenta. Es un mago, ya lo verá. Y un contador de anécdotas amenísimo.

—Habría que ponerle una grabadora, te juro, tío Ricardo —empalmó Alberto—. Sus historias de los rompeolas son macanudas, yo ando siempre jalándole la lengua.

—Todavía no me cabe en la cabeza lo que me contaste, Alberto —dije yo—. Sigo pensando que me has estado tomando el pelo. Me parece imposible que para construir un espigón en el mar se necesite más un brujo que un ingeniero.

—Pues, mejor créaselo —lanzó una carcajada Chicho Cánepa—. Porque, si alguien lo sabe soy yo, por experiencia amarga.

Le dije que dejara de ustearme, que no era tan viejo, y que a partir de ahora nos tuteáramos.

Íbamos siguiendo la carretera de la playa, rumbo a Magdalena y San Miguel, al pie de los acantilados desnudos y, a nuestra izquierda, un mar agitado y medio oculto por la neblina en el que, a pesar de ser todavía invierno, había algunos tablistas corriendo olas enfundados en sus trajes de goma. Silentes, borrosos, cabalgaban sobre el mar, algunos con los brazos en alto y balanceando el cuerpo para guardar el equilibrio. Chicho Cánepa contó lo que le había ocurrido con uno de los espigones de la Costa Verde que acabábamos de dejar atrás, ese a medio hacer que lucía un mástil en la punta. La Municipalidad de Miraflores le había encargado ensanchar la pista y construir dos rompeolas para ganarle una playa al mar. No tuvo ninguna dificultad con el primero, que se erigió en el lugar que Arquímedes aconsejó. Chicho quería que el segundo estuviera a distancia simétrica del otro, entre los restaurantes Costa Verde y La Rosa Náutica. Arquímedes se obstinó: no iba a resistir, el mar se lo tragaría.

—No había ninguna razón para que no resistiera —dijo el ingeniero Cánepa, enfático—. Yo sé de esas cosas, para eso he estudiado. Las olas y las corrientes eran las mismas que golpeaban al primero. La línea de fuga, idéntica, así como la profundidad del zócalo marino. Los peones me insistieron que le hiciera caso a Arquímedes, pero me pareció un capricho de un viejo borracho para justificar su sueldo. Y lo construí donde me pareció. ¡En mala hora, amigo Ricardo! Le metí el doble de piedras y de mezcla que al primero, y el maldito se me arenaba una y otra vez. Provocaba remolinos que alteraban todo el entorno y creaban corrientes y mareas que volvieron la playa un peligro para los bañistas. En menos de seis meses, el mar me hizo trizas el endemoniado espigón y lo dejó hecho la ruina que has visto. Cada vez que paso por ahí me arde la cara. ¡Un monumento a mi vergüenza! La Municipalidad me multó y resulté perdiendo plata.

—¿Qué explicación te dio Arquímedes? ¿Por qué no podía construirse ahí el rompeolas?

—Las explicaciones que te da no son explicaciones —dijo Chicho—. Son cojudeces. Como «El mar no lo acepta ahí», «Ahí no encaja», «Ahí se va a mover y, si se mueve, el agua lo tumba». Huevadas así, sin pies ni cabeza. Brujerías, como tú dices, o lo que sea. Pero, después de lo que me pasó en la Costa Verde, yo, calladito, lo que el viejo diga. En materia de rompeolas, no hay ingeniería que valga: él sabe más.

La verdad, me sentía impaciente por conocer a esa maravilla de carne y hueso. Alberto dijo que ojalá lo encontráramos en plena observación del mar. Entonces, Arquímedes se volvía un espectáculo: sentado en la playa con las piernas cruzadas como un Buda, inmóvil, petrificado, podía pasarse horas escudriñando las aguas, en estado de metafísica comunicación con las fuerzas ocultas de las mareas y los dioses de las honduras marinas, interrogándolos, escuchándolos o rezándoles en silencio. Hasta que, por fin, parecía resucitar. Mascullando algo se ponía de pie y, haciendo un enérgico ademán, sentenciaba: «Sí se puede», o «No se puede», en cuyo caso había que irse a buscar otro lugar propicio para el rompeolas.

Y, entonces, de pronto, a la altura de la placita de San Miguel empapada por la garúa, sin sospechar la conmoción que iba a desencadenar en mi intimidad, al ingeniero Chicho Cánepa se le ocurrió decir:

—Es un viejo lindo y fantaseador. Siempre anda contando extravagancias, porque también le dan delirios de grandeza. En una época se inventó que tenía una hija en París y que se lo iba a llevar a vivir allá, con ella, ¡a la Ciudad Luz!

Fue como si la mañana se hubiera quedado de repente a oscuras. Sentí la acidez que me producía a veces una antigua úlcera al duodeno, un chisporroteo de luces de fogueo en la cabeza, no sé exactamente qué más sentí pero fueron muchas cosas y, en ese momento, supe por qué, desde que a Alberto Lamiel se le ocurrió contarme en el Regatas la historia de Arquímedes y los rompeolas de

Lima, había sentido ansiedad, la extraña comezón que precede a lo inesperado, la premonición de un cataclismo o de un milagro, como si aquella historia contuviera algo que me concernía profundamente. A duras penas me aguanté las ganas de abrumar a preguntas a Chicho Cánepa por lo que acababa de decir.

Apenas bajamos de la camioneta en el malecón Figueredo de La Punta, frente a la playa de Cantolao, supe quién era Arquímedes sin necesidad de que me lo señalaran. No se estaba quieto. Caminaba con las manos en los bolsillos, a la orilla misma donde venían a morir los suaves tumbos en la playita de piedras y guijarros negros que yo no había vuelto a ver desde mi adolescencia. Era un cholo blancón y misérrimo, esmirriado, con los pelos ralos y revueltos, alguien que había traspasado seguramente hacía tiempo esa edad donde comienza la vejez, la anodina estación en la que desaparecen las distancias cronológicas y un hombre puede tener setenta, ochenta y acaso noventa años sin que se note mucho la diferencia. Vestía una camisa azul raída, en la que apenas quedaba un botón y a la que el viento de la fría y gris mañana inflaba, dejando ver el pecho lampiño y huesudo del viejo, que, algo curvado sobre sí mismo y tropezando en las piedras de la playa, iba de un lado al otro, dando unas zancadas de garza y amenazando con derrumbarse a cada paso.

—¿Ése es, no es cierto? —les pregunté.

—Quién va a ser, sino él —dijo Chicho Cánepa. Y, haciendo bocina con las manos, gritó—: ¡Arquímedes! ¡Arquímedes! Ven, aquí hay alguien que quiere conocerte. Vino desde Europa para verte la cara, figúrate.

El viejo se detuvo y su cabeza dio un respingo. Nos miró, desconcertado. Luego, asintió y avanzó hacia nosotros, haciendo equilibrio sobre las piedras negras y plomizas de la playa. Cuando estuvo más cerca, pude verlo mejor. Tenía las mejillas hundidas, como si hubiera perdido toda la dentadura, y le partía el mentón una hendidura que bien podía ser una cicatriz. Lo más vivo y potente de su persona eran sus ojos, pequeños y acuosos pero intensos y beligerantes, que miraban sin pestañear, con fijeza insolente. Debía de ser muy viejo, sí, por las arrugas de su frente y las que rodeaban sus ojos y daban a su cuello la apariencia de una cresta de gallo, y por las manos nudosas de uñas negras que tendió para saludarnos.

—Eres tan famoso, Arquímedes, que, aunque no te lo creas, mi tío Ricardo ha venido desde Francia a conocer al gran constructor de rompeolas de Lima —le dijo Alberto, dándole una palmada en la espalda—. Quiere que le expliques cómo, por qué, sabes dónde se puede levantar un rompeolas y dónde no.

—Eso no se explica —me estiró la mano el viejo, despidiendo una lluviecita de saliva al hablar—. Eso se siente en las tripas. Mucho gusto, caballero. ¿Es usted un franchute, entonces?

—No, soy peruano. Pero vivo allá hace muchos años.

Tenía una vocecita cascada y aguda y apenas terminaba las palabras, como si le faltara el resuello para pronunciar todas las letras. Casi sin hacer una pausa, apenas me hubo saludado se dirigió a Chicho Cánepa:

—Lo siento, pero creo que aquí no se va a poder, ingeniero.

—Cómo que crees —se enfureció éste, alzando la voz—. ¿Estás o no estás seguro?

—No estoy seguro —reconoció el viejo, incómodo, frunciendo todavía más la cara. Hizo una pausa y, echando una ojeada veloz al océano, añadió—: Mejor dicho, ni siquiera sé si estoy seguro. No se enoje usted conmigo, pero hay algo como que me dice que no.

—No jodas, pues, Arquímedes —protestó el ingeniero Cánepa, manoteando—. Tienes que darme una conclusión categórica. O, carajo, no te pago.

—Es que a veces el mar es una hembra mañosa, de esas que dicen «sí, pero no», «no, pero sí» —se rió el viejo, abriendo de par en par una bocaza en la que se veían apenas dos o tres dientes. Y entonces me di cuenta de que su aliento estaba impregnado de un olor fuerte y picante, a algún cañazo o pisco muy recio.

—Estás perdiendo tus poderes, Arquímedes —le dio otra palmada afectuosa mi sobrino Alberto—. Antes nunca dudabas en estas cosas.

—No creo que sea así, ingeniero —dijo Arquímedes, poniéndose muy serio. Señaló con un ademán las aguas verde grisáceas—. Son cosas del mar, que tiene sus secretos, como todo el mundo. Casi siempre me doy cuenta a la primera luqueada si se puede o no se puede. Pero esta playa de Cantolao es bien jodida, tiene sus truquitos y me despista.

La resaca y el ruido de los tumbos al golpear contra las piedras de la playa eran muy fuertes y, por momentos, la voz del viejo se me perdía. Le descubrí un tic: de tanto en tanto se llevaba una mano a la nariz y la sobaba, muy rápido, como espantando un insecto.

Se habían acercado un par de hombres con botas y casacas de lona con unas letras amarillas estampadas que decían «Municipalidad del Callao». Chicho Cánepa y Alberto hicieron un aparte con ellos. Oí que aquél les decía, sin importarle que lo oyera Arquímedes: «Ahora resulta que el pendejo no está seguro si se puede o no se puede. Así que la decisión tendremos que tomarla nosotros, nomás».

El viejo estaba a mi lado, pero no me miraba. Ahora tenía de nuevo la vista clavada en el mar y, al mismo tiempo, movía despacito los labios, como rezando o hablando solo.

—Arquímedes, me gustaría invitarlo a almorzar —le dije, en voz baja—. Para que me hable un poco de los rompeolas. Es un tema que me interesa muchísimo. Usted y yo solos. ¿Aceptaría?

Volvió la cabeza y me clavó su mirada quieta, ahora grave. Lo había desconcertado mucho mi invitación. Una expresión de recelo asomó entre sus arrugas y frunció el ceño:

—¿A almorzar? —repitió, confuso—. ¿Adónde?

—A donde usted quiera. A donde le guste. Usted elige el lugar y yo lo invito. ¿Aceptaría?

—¿Y, cuándo? —ganó tiempo el viejo, escrutándome con desconfianza creciente.

—Ahora. Hoy, por ejemplo. Digamos que lo recojo aquí mismo, a eso de las doce, y nos vamos a almorzar juntos donde usted escoja. ¿Aceptaría?

Después de un rato, asintió, sin dejar de mirarme, como si yo, de pronto, me hubiera vuelto una amenaza para él. «¿Qué demonios puede querer este sujeto conmigo?», decían sus ojos quietos y líquidos, de un color pardo amarillento.

Cuando, media hora después, Arquímedes, Alberto, Chicho Cánepa y los tipos de la Municipalidad del Callao acabaron de discutir, y mi sobrino y su amigo subieron a la camioneta que habían dejado cuadrada en el malecón Figueredo, les anuncié que yo me quedaría por aquí. Quería caminar un poco por La Punta, recordando mi juventud, cuando a veces veníamos con mis amigos del Barrio Alegre a los bailes del Regatas Unión y a enamorar a unas mellizas rubiecitas, las Lecca, que vivían cerca de aquí y que participaban en los campeonatos de veleros del verano. Luego me regresaría a Miraflores en un taxi. Se quedaron un poco sorprendidos, pero, al final, partieron, no sin recomendarme que tuviera mucho cuidado dónde me metía, el Callao estaba lleno de pericotes y los atracos y los secuestros estaban a la orden del día últimamente. Di un largo paseo, remontando los malecones Figueredo, Pardo y Wiese. Las grandes casonas de cuarenta o cincuenta años atrás lucían descoloridas, mordidas y ensuciadas por la humedad y el tiempo, y sus jardines marchitos. Aunque en franca decadencia, el barrio guardaba rastros de su antiguo esplendor, como una vieja señora que arrastrara consigo una sombra de la belleza que fue. Estuve curioseando las instalaciones de la Escuela Naval, a través de las rejas. Vi a un grupo de cadetes, con uniformes blancos de diario, desfilando, y a otro que, a la orilla del embarcadero, ataba los cabos de una lancha al muelle. Y, mientras, todo el tiempo, me repetía: «Es imposible. Es absurdo. Un disparate sin pies ni cabeza. Olvídate de esa fantasía, Ricardo Somocurcio». Era una demencia suponer semejante asociación. Pero, al mismo tiempo, recapacitaba: ya me habían pasado bastantes cosas en la vida para saber que nada era imposible, que las más estrafalarias e inverosímiles coincidencias y ocurrencias podían suceder cuando estaba de por medio esa mujercita que era ahora mi mujer. A pesar de las decenas de años que no volvía por aquí, La Punta no había cambiado tanto como Miraflores, tenía siempre un aire señorial, pasado de moda, una pobreza elegante. Ahora, entre las casas, también habían surgido algunos edificios impersonales y opresivos, como en mi antiguo barrio, pero eran escasos y no llegaban a destruir del todo la armonía del conjunto. Las calles estaban casi desiertas, salvo por alguna que otra sirvienta que venía de hacer las compras, y alguna que otra ama de casa que empujaba un cochecito con un niño o había sacado a su perro a orinar a la orilla del mar.

A las doce llegué de nuevo a la playa de Cantolao, ahora casi enteramente cubierta por la neblina. Sorprendí a Arquímedes en la postura en que me lo había descrito Alberto: sentado como un Buda, inmóvil, mirando fijamente el mar. Estaba tan quieto que una bandada de gaviotas blancas caminaba alrededor de él, indiferente a su presencia, picoteando entre las piedras en busca de algo de comer. El rumor de la resaca era más fuerte. A ratos, las gaviotas chillaban al mismo tiempo: un sonido entre ronco y agudo, a veces estridente.

—Sí se puede construir el rompeolas —dijo Arquímedes al verme, con una sonrisita de triunfo. Y chasqueó los dedos—: Al ingeniero Cánepa le voy a dar un alegrón.

—¿Ahora sí está usted seguro?

—Segurísimo, claro que sí —dijo, moviendo varias veces la cabeza y con un tonito jactancioso. Sus ojitos brillaban de satisfacción.

Me señaló el mar con absoluta convicción, como indicándome que la evidencia estaba allí para cualquiera que se dignara verla. Pero yo lo único que veía era una lengua de agua gris verdosa, manchada de espuma, que embestía contra las piedras, provocando un ruido simétrico y por momentos estruendoso, y se retiraba dejando unas madejas de yuyos color marrón. La neblina avanzaba y pronto nos iba a envolver.

—Me deja usted maravillado, Arquímedes. ¡Qué facultades tiene! ¿Qué ha pasado desde esta mañana, cuando usted dudaba, y ahora, en que por fin está seguro? ¿Ha visto algo? ¿Ha oído algo? ¿Ha sido un pálpito, una adivinación?

Como vi que el viejo tenía dificultades para incorporarse, lo ayudé, tomándolo del brazo. Era delgadito, sin músculos, de huesos blandos, como la extremidad de un batracio.

—He *sentido* que sí se podía —me explicó Arquímedes, callándose de inmediato, como si ese verbo pudiera aclarar todo el misterio.

Remontamos en silencio la empinada playa pedregosa, hacia el malecón Figueredo. Al viejo se le hundían en las piedras las zapatillas agujereadas y, como me pareció que en cualquier momento se iba a caer, lo cogí otra vez del brazo para sostenerlo, pero él se zafó, con un gesto de fastidio.

—¿Dónde quiere que vayamos a almorzar, Arquímedes?

Dudó un segundo y, después, señaló hacia el borroso y fantasmal horizonte del Callao.

—Allá, en Chucuito, conozco un sitio —dijo, dudando—. El Chim Pum Callao. Hacen buenos ceviches, con pescado fresquito. A veces, el ingeniero Chicho va allá a empujarse unas butifarras.

—Estupendo, Arquímedes. Vamos allá. Me gusta mucho el ceviche y hace siglos que no me como una butifarra.

Mientras caminábamos hacia Chucuito escoltados por una brisa fría, oyendo los chillidos de las gaviotas y el estrépito del mar, le dije a Arquímedes que el nombre de ese restaurante me recordaba a la hinchada del Sport Boys, el celebérrimo equipo de fútbol del Callao, que, en los partidos en el Estadio Nacional, en la calle José Díaz, cuando yo era niño, atronaba las tribunas con esa barra estentórea: «¡Chim Pum! ¡Callao! ¡Chim Pum! ¡Callao!». Y, también, que, pese a todos los años pasados, recordaba siempre a esa pareja milagrosa de delanteros del Sport Boys, Valeriano López y Jerónimo Barbadillo, el terror de todos los defensores que se enfrentaban al cuadro de las camisetas rosadas.

—A Barbadillo y a Valeriano López los conocí yo de muchachos —dijo el viejo; caminaba algo encogido, mirando al suelo, y el viento alborotaba sus pelos ralos y blancuzcos—. Hasta pateamos pelota juntos algunas veces en el estadio del Potao, donde el Boys entrenaba, o en los descampados del Callao. Antes de que se hicieran famosos, por supuesto. En esa época, los futbolistas jugaban sólo por la gloria. A lo más, les caían propinas, de cuando en cuando. A mí me gustaba mucho el fútbol. Pero nunca fui buen futbolista, no tenía resistencia. Me cansaba rápido y llegaba al segundo tiempo jadeando como un perro.

—Bueno, usted tiene otras habilidades, Arquímedes. Eso que usted domina, dónde construir los rompeolas, lo sabe muy poca gente en el mundo. Es una genialidad sólo suya, le aseguro.

El Chim Pum Callao era una fondita de mala muerte, en una de las esquinas del Parque José Gálvez. Los alrededores estaban llenos de vagos y chiquillos que vendían dulces, loterías, maní, manzanas confitadas, en unos carritos de madera o en tablas tendidas sobre caballetes. Arquímedes debía andar por aquí con frecuencia, porque saludaba con la mano a los transeúntes y algunos perros callejeros vinieron a enredarse en sus pies. Al entrar al Chim Pum Callao, la patrona del local, una negra gorda con ruleros que atendía detrás del mostrador, un largo tablón apoyado en dos barriles, lo saludó con afecto: «Hola, viejito rompeolero». Había unas diez mesitas rústicas, con asientos que eran bancas, y sólo una parte del techo tenía calamina; en la otra, abierta, se divisaba el cielo nuboso y triste del invierno. Una radio tocaba a todo volumen una salsa de Rubén Blades: *Pedro Navaja*. Nos sentamos en una mesa cerca de la puerta, pedimos ceviches, butifarras y una cerveza Pilsen bien helada.

La negra con ruleros era la única mujer en todo el local. Casi todas las mesas estaban ocupadas, por dos, tres o cuatro comensales, hombres que debían de trabajar por las cercanías pues algunos tenían los guardapolvos que llevan los obreros de los frigoríficos y, en una mesa, al pie de las bancas, había unos cascos y maletines de electricistas.

—¿Qué es lo que usted quería saber, caballero? —abrió el fuego Arquímedes. Me miraba lleno de curiosidad y, a intervalos sincrónicos, se llevaba la mano a la nariz, para sobársela y espantar al inexistente insecto—. A qué debo esta invitación, quiero decir.

—Cómo descubrió que tenía usted esa facultad para adivinar las intenciones del mar —le pregunté—. ¿De niño? ¿De joven? Cuénteme. Todo lo que me pueda decir al respecto me interesa mucho.

Se encogió de hombros, como si no recordara o como si la cosa no mereciera que se ocuparan de ella. Murmuró que alguna vez un periodista de *La Crónica* había venido a entrevistarlo sobre eso y pareció que enmudecía. Por fin, murmuró: «No son cosas que pasan por mi cabeza y por eso no puedo explicarlo. Sé dónde se puede y dónde no. Pero, hay veces que me quedo en ayunas. Quiero decir, no siento nada». Volvió a quedarse callado un buen rato. Sin embargo, apenas trajeron la cerveza y brindamos y nos tomamos un trago, se lanzó a hablar y a contarme su vida, con bastante desenvoltura. No había nacido en Lima, sino en la sierra, en Pallanca, pero su familia bajó a la costa cuando él estaba apenas empezando a caminar, de manera que no tenía ningún recuerdo de la sierra y era como si hubiera nacido en el Callao. Se sentía un chalaco cabal, de corazón. Había aprendido a leer y escribir en la Escuela Fiscal Número 5, de Bellavista, pero no terminó ni siquiera la primaria porque, para «parar la olla de la familia», su padre lo puso a trabajar de vendedor de helados, en un triciclo de una heladería famosísima, ya desaparecida, que estaba en la avenida Sáenz Peña: La Deliciosa.

De niño y de joven había sido un poco de todo, ayudante de carpintero, albañil, mandadero de una agencia de aduanas, hasta que por fin entró a trabajar como ayudante de una lancha pesquera, que tenía su base en el Terminal Marítimo. Ahí empezó a descubrir, sin darse cuenta cómo ni por qué, que él y el mar «se entendían como dos yuntas». Sabía olfatear antes que nadie dónde había que tirar las redes porque allí vendrían a buscar comida los bancos de anchoveta y también dónde no, porque allí las malaguas espantarían a los peces y no picaría el anzuelo ni un mísero bagre. Se acordaba muy bien de la primera vez que ayudó a construir un espigón en el mar del Callao, a la altura de La Perla, más o menos donde termina la avenida de las Palmeras. Todos los esfuerzos de los maestros de obra para que la estructura resistiera el oleaje fueron inútiles. «¿Qué mierda pasa, por qué se arena todo el tiempo esta maldita cojudez?» El contratista, un chinocholo chiclayano cascarrabias, se jalaba los pelos y mandaba a la concha de su madre al mar y a todo el mundo. Pero, por más que puteara y carajeara, el mar decía nones. Y, cuando el mar dice nones, es nones, caballero. En esa época él no había cumplido aún veinte años y andaba saltón porque todavía podían levarlo para el servicio militar.

Entonces, Arquímedes se había puesto a pensar, a reflexionar, y, en lugar de putearlo, se le ocurrió «hablarle al mar». Más todavía que eso, «a escucharlo como se escucha a un amigo». Se llevó la mano a la oreja y adoptó una expresión atenta y sometida, como si ahora mismo estuviera recibiendo las confidencias secretas del océano. Una vez, el párroco de la iglesita del Carmen de la Legua le había dicho: «¿Tú sabes a quién escuchas, Arquímedes? A Dios. Él te dicta esas cosas sabias que dices sobre el mar». Bueno, tal vez, tal vez Dios vivía en el mar. Y así fue, pues. Se puso a escuchar y entonces sí, caballero, el mar le hizo sentir que, si en vez de levantarlo ahí, donde no quería, lo plantaban cincuenta metros más al norte, hacia La Punta, «el mar se resignaría al rompeolas». Fue y se lo dijo al maestro de obras. El chiclayano, primero, se cagó de risa, como era de suponer. Pero, después, de pura desesperación, dijo: «Probemos, maldita sea». Probaron en el sitio que sugirió Arquímedes y el rompeolas le paró los machos al mar. Ahí estaba todavía, enterito, resistiendo los olones. Se corrió la voz y Arquímedes se fue haciendo fama de «brujo», de «mago», de «rompeolero». Desde entonces, no se hacía un rompeolas en toda la bahía de Lima sin que los maestros de obra o los ingenieros lo consultaran. No sólo en Lima. A él lo habían llevado a Cañete, a Pisco, a Supe, a Chincha, a un montón de sitios, para que asesorara en la construcción de espigones. Tenía el orgullo de decir que, en toda su larga vida profesional, muy pocas veces se había equivocado. Aunque algunas sí, porque el único que no se equivoca nunca es Dios, y tal vez el Diablo, caballero.

El ceviche ardía como si el ají que llevaba fuera rocoto arequipeño. Cuando la botella de cerveza quedó vacía, pedí otra, que nos tomamos despacio, saboreando unas excelentes butifarras de chancho en pan francés, bien acompañadas de una salsa de lechuga, cebollas y ají. Animado por los vasos de cerveza, en uno de los silencios de Arquímedes, me atreví por fin a hacerle la pregunta que me quemaba la garganta hacía tres horas:

—Me han dicho que tiene usted una hija en París. ¿Es cierto, Arquímedes?

Se me quedó mirando, intrigado de que yo estuviera al tanto de esas intimidades de la familia. Y, poco a poco, la expresión distendida que tenía se le fue avinagrando. Antes de contestarme, se sobó la nariz con furia y espantó con un latigazo de su mano al invisible insecto.

—De esa descastada, no quiero saber nada —gruñó—. Y menos hablar de ella, caballero. Le juro que si, arrepentida, viniera a verme, le cerraría en la nariz la puerta de mi casa.

Al verlo tan enojado, le pedí excusas por mi impertinencia. Había oído decir a uno de los ingenieros de esta mañana lo de su hija, y, como yo vivía también en París, me dio curiosidad, pensé que a lo mejor la conocía. No habría mencionado el asunto si hubiera sospechado que a él lo fastidiaba.

Sin responder nada a mis explicaciones, Arquímedes siguió dando cuenta de su butifarra y bebiendo traguitos de cerveza. Como casi no le quedaban dientes, masticaba con dificultad, haciendo ruidos con la lengua, y se demoraba en tragar cada bocado. Incómodo con el largo silencio, convencido de que había cometido un error preguntándole por su hija —¿qué esperabas oír, Ricardito?—, alcé la mano para llamar a la negra con ruleros a pedirle la cuenta. Y, en ese mismo momento, Arquímedes se lanzó otra vez a hablar:

—Porque ésa es una descastada, se lo juro —afirmó, la cara fruncida en una expresión muy severa—. Ni para el entierro de su madre mandó plata. Una egoísta, eso es lo que es. Se fue allá y nos dio la espalda. Se creerá muy arriba y que eso le da derecho a despreciarnos, ahora. Como si no llevara en sus venas la misma sangre de su padre y su madre.

Estaba hecho una verdadera furia. Al hablar, hacía unas muecas que le arrugaban más la cara. Murmuré de nuevo que sentía haberle tocado ese tema, no era mi intención hacerle pasar un mal rato, que habláramos de otra cosa. Pero él no me escuchaba. En sus ojos fijos, las pupilas brillaban, líquidas e incandescentes.

—Yo me rebajé a pedirle que me llevara allá, cuando hubiera podido ordenárselo, para eso soy su padre —dijo, golpeando la mesa. Los labios le temblaban—. Me rebajé, me humillé. Ella no tenía que mantenerme, nada de eso. Yo trabajaría en lo que fuera. Por ejemplo, ayudando a construir los rompeolas. ¿No se construyen rompeolas, allá en París? Bueno, pues, entonces yo podía trabajar allá en eso. Si soy bueno aquí, por qué no allá. Lo único que le mendigué fue el pasaje. No para su madre, no para sus hermanos. Sólo a mí. Yo me rompería el lomo, ganaría, ahorraría e iría llevando al resto de la familia poco a poco. ¿Era mucho pedir? Era poco, casi nada. ¿Y cuál fue su proceder? No contestarme más una carta. Ni una, nunca más, como si la espantara la idea de verme caer por allá. ¿Es eso lo que hace una hija? Yo sé por qué digo que se volvió una descastada, caballero.

A la negra con ruleros que se había acercado a la mesa contoneándose como una pantera, en vez de la cuenta le pedí otra cerveza bien fría. El viejo Arquímedes había hablado tan alto que de varias mesas se volvieron a mirarlo. Él, al darse cuenta, disimuló, tosiendo, y bajó la voz.

—Al principio sí se acordaba de su familia, eso también hay que decirlo. Bueno, muy de cuando en cuando, pero algo es mejor que nada —prosiguió, más calmado—. No cuando estaba en Cuba; allá, parece, por las cosas de la política, no podía escribir cartas. Eso es al menos lo que dijo después, cuando se fue a vivir a Francia, ya casada. Entonces, sí, de vez en cuando, para Fiestas Patrias, o mi cumpleaños, o para las Navidades, mandaba una carta y un chequecito. Qué trajines para cobrarlo. Llevar al banco papeles de identidad y en el banco se tiraban no sé cuánto en comisiones. Pero, en fin, en esa época, aunque muy de tarde en tarde, se acordaba que tenía una familia. Hasta que le pedí el pasaje para Francia. Ahí cortó. Nunca más. Hasta hoy. Como si toda su parentela se hubiera muerto. Nos enterró, le digo. Ni siquiera cuando uno de sus hermanos le escribió pidiendo ayuda, para ponerle una lápida de mármol a su madre, se dignó contestar.

Serví a Arquímedes un vaso de la espumosa cerveza que la negra de los ruleros acababa de traer y me serví otro. Cuba, casada en París: qué duda podía caber. Quién sino ella. Ahora, yo me había puesto a temblar. Me sentía desasosegado, como si de la boca del viejo fuera a salir en cualquier momento una revelación terrible. Dije «Salud, Arquímedes» y los dos bebimos un largo trago. Desde mi posición podía ver una de las zapatillas agujereadas del viejo, por la que asomaba un tobillo nudoso, con costras o suciedades, entre las que caminaba una hormiguita que él parecía no sentir. ¿Era posible semejante coincidencia? Sí, lo era. Ahora no me cabía la menor duda.

—Yo creo que la conocí, alguna vez —dije, simulando hablar por hablar, sin ningún interés personal—. ¿Su hija estuvo becada en Cuba por un tiempo, no? ¿Y, después, se casó con un diplomático francés, cierto? Un señor que se apellidaba Arnoux, si no me equivoco.

—No sé si era diplomático o qué, ella ni siquiera nos mandó una fotografía —respingó Arquímedes, manoteando su nariz—. Pero, era un franchute importante y ganaba buena plata, eso me dijeron. ¿No tiene, en esos casos, una hija, obligaciones con la familia? Sobre todo, si su familia es pobre y pasa penalidades.

Volvió a tomar otro traguito de cerveza y quedó ensimismado, un buen rato. Una música chicha, desafinada y monótona, entonada por Los Shapis reemplazó a la salsa. En la mesa del lado, los electricistas hablaban de las carreras de caballos del domingo y uno de ellos juró: «En la tercera, Cleopatra es una fija». De pronto, acordándose de algo, Arquímedes levantó la cabeza y me clavó sus ojitos afiebrados:

—¿Usted la conoció?

—Creo que sí, vagamente.

—El tipo ese, el franchute, ¿tenía mucha plata, de veras?

—No lo sé. Si hablamos de la misma persona, era un funcionario de la Unesco. Una buena posición, sin duda. Su hija, las veces que la vi, estaba siempre muy bien vestida. Era una mujer guapa y elegante.

—Otilita siempre soñó con lo que no tenía, desde chiquita —dijo Arquímedes, de pronto, dulcificando la voz y esbozando una inesperada sonrisa llena de indulgencia—. Era muy viva, en el colegio sacaba premios. Eso sí, tenía delirios de grandeza desde que nació. No se conformaba con su suerte.

No pude contener la carcajada y el viejo se me quedó mirando, desconcertado. Lily la chilenita, la camarada Arlette, madame Robert Arnoux, Mrs. Richardson, Kuriko y madame Ricardo Somocurcio, se llamaba, en realidad, Otilia. Otilita. Qué risa.

—Nunca me hubiera imaginado que se llamaba Otilia —le expliqué—. Yo la conocí con otro nombre, el de su marido. Madame Robert Arnoux. En Francia se usa así, cuando una mujer se casa adopta el nombre y el apellido de su marido.

—Vaya costumbres —comentó Arquímedes, sonriendo y alzando los hombros—. ¿Hace mucho que no la ve?

—Mucho, sí. No sé siquiera si vive todavía en París. Siempre que se trate de la misma persona, claro. La peruana que le digo había estado en Cuba y se casó allá, en La Habana, con un diplomático francés. Él se la llevó luego a vivir a París, en los años sesenta. Allí nos vimos por última vez hará cuatro o cinco años. Recuerdo que hablaba mucho de Miraflores, decía que había pasado su infancia en ese barrio.

El viejo asintió. En su mirada acuosa, la nostalgia había desplazado a la furia. Tenía el vaso de cerveza en el aire y soplaba la espuma del borde, despacito, igualándola.

—Es la misma —afirmó, asintiendo varias veces a la vez que se sobaba la nariz—. Otilita vivió en Miraflores cuando era chiquilla, porque su madre trabajó de cocinera en una familia que vivía por allá. Los señores Arenas.

—¿En la calle Esperanza? —pregunté.

El viejo asintió, clavándome los ojos, sorprendido.

—¿Eso también lo sabe usted? ¿Cómo es que sabe tantas cosas de Otilita?

Pensé: «¿Cómo reaccionaría si le digo: Porque ella es mi mujer?».

—Bueno, ya se lo dije. Su hija se acordaba siempre de Miraflores y de su casita de la calle Esperanza. Es un barrio donde yo viví de chico, también.

Detrás del mostrador, la negra con ruleros seguía los compases dislocados de Los Shapis moviendo la cabeza a uno y otro lado. Arquímedes bebió un largo trago y quedó un bozal de espuma alrededor de sus labios hundidos.

—Desde que era de este tamaño, Otilita se avergonzaba de nosotros —dijo, enfureciéndose otra vez—. Ella quería ser como los blancos y los ricos. Era una chiquilla resabida, llena de mañas. Bastante despierta, pero de armas tomar. No cualquiera se manda mudar al extranjero sin tener un cobre, como hizo ella. Una vez ganó un concurso, en Radio América. Imitando a los mexicanos, a los chilenos, a los argentinos. Y tenía apenas nueve o diez años, creo. Como premio, le regalaron unos patines. Se conquistó a la familia esa donde su madre trabajaba de cocinera. Los señores Arenas. Se los ganó, le digo. La trataban como a una niñita de la casa. La dejaban ser amiga de su hija. La maleducaron, pues. Desde entonces, se avergonzaba más de ser hija de su madre y de su padre. O sea, desde chiquillita se veía lo descastada que sería de grande. De pronto, a estas alturas de la conversación, empecé a sentirme hastiado. ¿Qué hacía aquí, metiendo la nariz en esas intimidades sórdidas? ¿Qué más querías saber, Ricardito? ¿Para qué? Empecé a buscar un pretexto para despedirme, porque, de repente, el Chim Pum Callao se volvió una jaula. Arquímedes seguía hablando de su familia. Todo lo que contaba me deprimía y entristecía más. Por lo visto, tenía un montón de hijos, en tres mujeres diferentes, «todos reconocidos». Otilita era la hija primogénita de su primera mujer, ya fallecida. «Dar de comer a doce bocas, mata», repetía, con expresión resignada. «A mí, me ha ido moliendo. No sé cómo tengo fuerzas todavía para seguir ganándome el pan, caballero.» En efecto, se lo veía gastado y frágil. Sólo sus ojos, vivos y dispuestos, mostraban voluntad de continuar; el resto de su cuerpo parecía vencido y acobardado.

Debían de haber pasado lo menos dos horas desde que entramos al Chim Pum Callao. Todas las mesas, salvo la nuestra, se habían quedado vacías. La patrona apagó la radio, insinuando que era hora de cerrar. Pedí la cuenta, pagué, y, al salir a la calle, le rogué a Arquímedes que me aceptara como regalo un billete de cien dólares.

—Si alguna vez se vuelve usted a topar allá en París con Otilita, dígale que se acuerde de su padre y que no sea tan mala hija, que en la otra vida la pueden castigar —me dio la mano el viejo.

Se quedó mirando el billete de cien dólares como si fuera un objeto caído del cielo. Creí que iba a llorar de la emoción. Balbuceó: «¡Cien dólares! Dios se lo pagará, caballero». Yo pensé: «¿Y si le dijera: Es usted mi suegro, Arquímedes, figúrese?».

Cuando, en la misma plaza José Gálvez, después de un rato apareció un taxi destartalado al que paré por señas, una nube de chiquillos desarrapados me rodeaba, con las manos estiradas, pidiendo limosna. Le indiqué al chofer que me llevara a la calle Esperanza, en Miraflores. En el largo trayecto, en la carcocha humeante y traqueteante, lamenté haber provocado aquella conversación con Arquímedes. Me sentía apenado hasta los huesos pensando en lo que debía de haber sido la niñez de Otilita en una de esas barriadas del Callao. Sabiendo que me era imposible acercarme a una realidad tan remota de la miraflorina que me había tocado la suerte de vivir, la imaginaba de pequeñita, en la promiscuidad y la mugre de esas casuchas contrahechas de las orillas del Rímac —al pasar junto a ellas, el taxi se llenó de moscas— donde las viviendas se confundían con las pirámides de basuras acumuladas allí quién sabe desde cuándo, y la escasez, la precariedad, la inseguridad de cada día, hasta que, regalo providencial, había conseguido la madre aquel trabajo de cocinera, en una familia de clase media, en un barrio residencial, adonde había conseguido arrastrar a su hija mayor. Imaginaba las mañas, mimos, gracias, de que Otilita, la niña dotada de un instinto excepcionalmente desarrollado para la supervivencia y la adaptación, se fue valiendo hasta conquistar a los dueños de casa. Primero, se reirían de ella; luego, les caería en gracia lo vivaracha que era la hijita de la cocinera. Le regalarían los zapatitos, los vestiditos, que iban quedando chicos a la verdadera niña de la casa, a Lucy, la otra chilenita. De este modo, la hijita de Arquímedes habría ido trepando, consiguiendo un lugarcito en la familia Arenas. Hasta que, al fin, alcanzaría el derecho de poder jugar, salir, de igual a igual, como una amiga, como una hermana, con la niña de la casa, aunque ésta fuera a un colegio privado y ella a una escuelita fiscal.

Ahora sí estaba claro, después de treinta años, por qué la chilenita Lily de mi infancia no quería tener enamorado ni invitaba a nadie a su casa de la calle Esperanza. Y, sobre todo, estaba clarísimo por qué había decidido montar aquel teatro, desperuanizarse, transubstanciarse en una chilenita para ser admitida en Miraflores. Me sentía enternecido hasta las lágrimas. Estaba loco de impaciencia por tener a mi mujer en mis brazos, quería acariciarla, mimarla, pedirle perdón por la infancia que tuvo, hacerle cosquillas, contarle chistes, hacer el payaso para escucharla reír, prometerle que nunca volvería a sufrir.

La calle Esperanza no había cambiado tanto. La recorrí dos veces, de la avenida Larco hasta el Zanjón, ida y vuelta. La librería Minerva seguía en la esquina frente al Parque Central, aunque ya no estaba en ella, detrás del mostrador, atendiendo a los clientes, aquella señora italiana de cabellos blancos, siempre tan seria, la viuda de José Carlos Mariátegui. No existía ya el Gambrinus, el restaurante alemán, ni la tienda de cintas y botones donde alguna vez acompañé a hacer compras a la tía Alberta. Pero el edificio de tres pisos donde vivían las chilenitas seguía allí. Angosto, apretado entre una casa y otro edificio, descolorido, con sus balconcitos de pasamanos de madera, se lo veía pobretón y anticuado. En ese departamento de cuartos oscuros y estrechos, en aquel huequito junto a la cocina que sería el cuarto de la servidumbre y donde su madre le tendería cada noche un colchón en el suelo, Otilita habría sido infinitamente menos desdichada que en la casa de Arquímedes. Y, acaso, aquí mismo, cuando era todavía una mocosita impúber, tomó ya la temeraria decisión de salir adelante, haciendo lo que fuera, de dejar de ser Otilita la hija de la cocinera y el constructor de rompeolas, de huir para siempre de esa trampa, cárcel y maldición que era para ella el Perú, y partir lejos, y ser rica —sobre todo eso: rica, riquísima—, aunque para ello tuviera que hacer las peores travesuras, correr los riesgos más temibles, cualquier cosa, hasta convertirse en una mujercita fría, desamorada, calculadora, cruel. Sólo lo había conseguido por cortos períodos y lo había pagado carísimo, dejando pedazos de su piel y de su alma en el camino. Cuando la recordé, en el peor período de sus crisis, sentada en el excusado, temblando de miedo, prendida de mi mano, tuve que hacer un gran esfuerzo para no llorar. Claro que tenías razón, niña mala, de no querer volver al Perú, de odiar al país que te recordaba todo lo que habías aceptado, padecido y hecho para escapar de él. Hiciste muy bien en no acompañarme en este viaje, amor mío.

Di un largo paseo por las calles de Miraflores siguiendo los itinerarios de mi juventud: el Parque Central, la avenida Larco, el Parque Salazar, los malecones. Tenía el pecho estrujado por la urgencia de verla, de oír su voz. Por supuesto, nunca le diría que había conocido a su progenitor. Por supuesto, jamás le confesaría que sabía su verdadero nombre. Otilia, Otilita, qué risa, no le iba para nada. Por supuesto, me olvidaría de Arquímedes y de todo lo que le había escuchado esta mañana.

Cuando llegué a su casa, el tío Ataúlfo estaba ya acostado. La viejita Anastasia me había dejado la comida servida en la mesa, bajo una cubierta para que se conservara caliente. Comí sólo un bocado y, apenas me levanté de la mesa, fui a encerrarme en la salita. Me molestaba hacer una llamada internacional, porque sabía que el tío Ataúlfo no me dejaría pagársela, pero tenía tanta necesidad de hablar con la niña mala, de oír su voz, de decirle que la extrañaba, que me decidí. Sentado en el sillón de la esquina en el que el tío Ataúlfo leía sus periódicos, donde estaba la mesita del teléfono, con la habitación a oscuras, la llamé. El teléfono repiqueteó varias veces sin que nadie lo levantara. ¡La diferencia de horas, claro! En París eran las cuatro de la madrugada. Pero, precisamente, era imposible que la chilenita —Otilia, Otilita, qué risa— no oyera el teléfono. Si estaba en el velador, junto a su oreja. Y ella tenía el sueño muy ligero. La única explicación era que hubiera salido en uno de esos viajes de trabajo a los que la enviaba Martine. Subí a mi cuarto arrastrando los pies, frustrado y tristón. Por supuesto, no pude pegar los ojos porque cada vez que sentía llegar el sueño, me despertaba, sobresaltado y lúcido, viendo dibujarse en las sombras el rostro de Arquímedes, mirándome burlón y repitiendo el nombre de su hija mayor: Otilita, Otilia. ¿Sería posible que? No, una idea estúpida, un ataque de celos ridículos en un cincuentón. ¿Otro jueguecito, para tenerte intranquilo, Ricardito? Imposible, cómo hubiera podido sospechar ella que la ibas a llamar por teléfono hoy, a estas horas de la noche. La explicación lógica era que no estaba en casa porque había salido en viaje de trabajo, a Biarritz, a Niza, a Cannes, a cualquiera de esas ciudades balneario donde se celebraban convenciones, conferencias, encuentros, bodas y demás pretextos que buscaban los franceses para beber y comer como heliogábalos.

La seguí llamando los tres días siguientes y nunca contestó el teléfono. Consumido por los celos, ya no vi nada, ni a nadie, y sólo conté los días eternos que faltaban para tomar el avión de vuelta a Europa. El tío Ataúlfo advirtió mi nerviosismo, a pesar de que yo exageraba los esfuerzos por parecer normal, y acaso justamente por eso. Se limitó a preguntarme dos o tres veces si no me sentía bien, porque apenas probaba bocado y porque no acepté una invitación a salir a comer y a una peña criolla a escuchar a mi cantante preferida, Cecilia Barraza, que me hizo el amable Alberto Lamiel.

Al cuarto día partí de regreso a París. El tío Ataúlfo escribió a la niña mala de su puño y letra una carta pidiéndole perdón por haberle robado a su marido estas dos semanitas, pero, añadía, esta visita del sobrino había sido milagrosa, lo había ayudado a sortear un mal trance y asegurado una larga longevidad. No dormí, no comí, las casi dieciocho horas que tomó el vuelo, por una larguísima escala del avión de Air France en Pointe-à-Pitre, para reparar una avería. ¿Qué me esperaría esta vez, al abrir la puerta de mi departamento de la École Militaire? ¿Otra cartita de la niña mala, diciéndome, con la frialdad de antaño, que había decidido partir porque ya estaba harta de esa aburrida vida de ama de casa pequeñoburguesa, cansada de preparar desayunos y tender camas? ¿Podía seguir con esas gracias, a su edad?

No. Cuando abrí la puerta del departamento de Joseph Granier —la mano me temblaba y no conseguía encajar la llave en la cerradura—, ahí estaba ella, esperándome. Me abrió los brazos con una gran sonrisa:

—¡Por fin! Ya me estaba cansando de andar solita y abandonada.

Se había vestido como para una fiesta, con un vestido muy escotado y los hombros al aire. Cuando le pregunté a qué se debían esas elegancias, me dijo, mordisqueándome los labios:

—A ti, tonto, a quién se van a deber. Te he estado esperando desde la mañanita, llamando a Air France todo el tiempo. Me dijeron que el avión se había quedado varias horas en la Guadalupe. A ver, déjame ver cómo te han tratado en Lima. Vienes con más canas, me parece. De tanto extrañarme, supongo.

Parecía contenta de verme y yo me sentía aliviado y avergonzado. Me preguntó si quería tomar, comer algo, y, como me vio bostezando, me empujó hacia el dormitorio: «Anda, anda, échate a dormir un rato, yo me ocupo de tu maleta». Me quité los zapatos, el pantalón y la camisa y, simulando dormir, la espié con los ojos entrecerrados. Desempacaba despacio, concentrada en lo que hacía, con mucho orden. Iba separando la ropa sucia y la metía en una bolsa que luego llevaría a la lavandería. La limpia, la acomodaba cuidadosamente en el clóset. Las medias, los pañuelos, el terno, la corbata. De tanto en tanto echaba una mirada a la cama y me parecía que su expresión se tranquilizaba al verme allí. Tenía cuarenta y ocho años y nadie lo creería viendo su silueta de modelo. Estaba muy bonita con ese vestido verde claro, que dejaba sus hombros y parte de su espalda desnuda, y maquillada con tanto esmero. Se movía despacio, con gracia. En una de ésas la vi acercarse —yo cerré los ojos del todo y entreabrí la boca, simulando dormir— y sentí que me cubría con la colcha. ¿Podía ser una farsa todo aquello? Jamás de los jamases. Pero, por qué no, con ella la vida podía volverse en cualquier momento teatro, ficción. ¿Le preguntaría por qué no me había contestado el teléfono estos últimos días? ¿Trataría de averiguar si había estado en viaje de trabajo? ¿O, mejor, te olvidabas de ese asunto y te sumergías en esta tierna mentira de la felicidad doméstica? Sentía un cansancio infinito. Más tarde, cuando estaba empezando a pescar el sueño de verdad, la sentí que se echaba a mi lado. «Qué tonta, te he despertado.» Estaba vuelta hacia mí, y con una de sus manos me revolvía los cabellos. «Estás llenándote de canas, viejito», se rió. Se había quitado el vestido y los zapatos y la enagua que llevaba era de un tono mate claro, parecido al de su piel.

—Te he extrañado —me dijo, de pronto, poniéndose muy seria. Me clavaba sus ojos color miel de una manera que, de golpe, me recordó la mirada fija del constructor de rompeolas—. En las noches, no podía dormir, pensando en ti. Casi todas las noches me he masturbado, imaginando que me hacías venirme con tu boca. Una no-

che lloré, pensando que te podía pasar algo, una enfermedad, un accidente. Que me llamarías para decirme que habías decidido quedarte en Lima con una peruanita y que
no te vería más.

Nuestros cuerpos no se tocaban. Ella tenía siempre su mano sobre mi cabeza, pero, ahora, pasaba las ye-
mas de sus dedos sobre mis cejas, mi boca, como para ve-
rificar que estaban de verdad allí. Sus ojos seguían muy
serios. Había en el fondo de sus pupilas un brillo acuoso,
como si estuviera conteniéndose las ganas de llorar.

—Una vez, hace un montón de años, en este mismo cuarto me preguntaste qué era para mí la felicidad, ¿te
acuerdas, niño bueno? Y yo te dije que era el dinero, encontrar un hombre poderoso y muy rico. Me equivocaba.
Ahora sé que tú eres para mí la felicidad.

Y, en ese momento, cuando iba a tomarla en mis
brazos porque los ojos se le habían llenado de lágrimas, la
campanilla del teléfono repiqueteó, haciéndonos dar un
pequeño brinco a los dos.

—¡Ah, por fin! —exclamó la niña mala, levantando el fono—. El maldito teléfono. Lo arreglaron. *Oui, oui,
monsieur. Ça marche très bien, maintenant! Merci.*

Antes de que colgara yo había saltado sobre ella y
la abrazaba, apretándola con todas mis fuerzas. La besaba
con furia, con ternura, se me atropellaba la voz mientras
le decía:

—¿Sabes qué es lo más bonito, lo que más me ha
alegrado de todas esas cosas que me has dicho, chilenita?
«Oui, oui, monsieur. Ça marche très bien, maintenant.»

Ella se echó a reír y murmuró que era la huachafería menos romántica de todas las que le había dicho hasta
ahora. Mientras la desnudaba y me desnudaba yo, le dije
al oído, sin dejar un momento de besarla: «Te llamé cuatro días seguidos, a todas horas, de noche, al amanecer,

y, como no contestabas, me volví loco de desesperación. No comí, no viví, hasta ver que no te habías ido, que no estabas con un amante. Me ha vuelto la vida al cuerpo, niña mala». La oía retorcerse con las carcajadas. Cuando me obligó con sus dos manos a apartarle la cara para mirarme a los ojos, todavía la risa le impedía hablar. «¿De veras estabas loco de celos? Qué buena noticia, todavía estás enamorado de mí como un becerro, niño bueno.» Fue la primera vez que hicimos el amor sin dejar de reírnos.

Al fin, nos quedamos dormidos, entreverados y felices. En el sueño, de tanto en tanto, yo abría los ojos para verla. Nunca sería tan dichoso como ahora, jamás volvería a sentirme tan colmado. Nos despertamos ya de noche y, luego de ducharnos y vestirnos, llevé a la niña mala a cenar a La Closerie des Lilas, donde, como dos amantes en luna de miel, nos hablábamos bajito, mirándonos a los ojos, tomados de la mano, sonriendo, besándonos, mientras bebíamos una botella de champagne. «Dime alguna cosa bonita», me rogaba ella, de tanto en tanto.

Al salir de La Closerie des Lilas, en la pequeña placita donde la estatua del Mariscal Ney amenaza con su sable a las estrellas, a orillas de l'avenue de l'Observatoire, sentados en una banca, había dos *clochards*. La niña mala se detuvo y me los señaló:

—¿Es ése, el de la derecha, el *clochard* que te salvó la vida esa noche, en el Pont Mirabeau, no es cierto?

—No, no creo que fuera él.

—Sí, sí —taconeó ella, enojada, ansiosa—. Es él, dime que sí es él, Ricardo.

—Sí, sí, fue él, tienes razón.

—Dame toda la plata que tengas en la cartera —me ordenó—. Los billetes y el sencillo también.

Hice lo que me pedía. Ella, entonces, con el dinero en la mano, se acercó a los dos *clochards*. La miraron como a un bicho raro, me imagino, pues estaba demasiado oscuro para verles las caras. Inclinada sobre él, la vi hablarle, entregarle el dinero, y, finalmente, vaya sorpresa, besar al *clochard* en las mejillas. Luego vino hacia mí, sonriendo como una niña que acaba de hacer una buena acción. Se cogió de mi brazo y echamos a andar por el boulevard Montparnasse. Hasta la École Militaire teníamos una buena media hora de marcha. Pero no hacía frío y no iba a llover.

—Ese *clochard* creerá que ha tenido un sueño, que se le apareció un hada caída del cielo. ¿Qué le dijiste?

—Muchas gracias, señor *clochard,* por haberle salvado la vida a mi felicidad.

—Te estás volviendo huachafita tú también, niña mala —la besé en los labios—. Dime otra, otra, por favor.

VII. Marcella en Lavapiés

Hace cincuenta años el barrio madrileño de Lavapiés, antaño enclave de judíos y moriscos, era considerado todavía uno de los barrios más castizos de Madrid, donde se conservaban, como curiosidades arqueológicas, el chulapo y la chulapa y demás personajes de las zarzuelas, guapos de chaleco, gorra, pañuelo al cuello y pantalones ajustados, y manolas embutidas en vestidos de lunares, grandes aretes y sombrillas y pañuelos ceñidos sobre unas cabelleras recogidas en moños esculturales.

Cuando vine a vivir en Lavapiés, el barrio había cambiado de tal manera que a ratos me preguntaba si en esa Babel quedaba todavía algún madrileño de cepa o todos los vecinos éramos, como Marcella y yo, madrileños importados. Los españoles del barrio procedían de todos los rincones de España y con sus acentos y su variedad de tipos físicos contribuían a dar a esa mazamorra de razas, lenguas, dejes, costumbres, atuendos y nostalgias de Lavapiés el semblante de un microcosmos. La geografía humana del planeta parecía representada en su puñado de manzanas.

Al salir de la calle Ave María, donde vivíamos en el tercer piso de un edificio descolorido y averiado, se hallaba uno en una Babilonia en la que convivían mercaderes chinos y paquistaníes, lavanderías y tiendas hindúes, saloncitos de té marroquíes, bares repletos de sudamericanos, narcos colombianos y africanos y, por doquier, formando grupos en los zaguanes y las esquinas, cantidad de

rumanos, yugoslavos, moldavos, dominicanos, ecuatorianos, rusos y asiáticos. Las familias españolas del barrio opo-
nían a las transformaciones los viejos usos haciendo tertu-
lia de balcón a balcón, poniendo a secar la ropa en cordeles
tendidos en aleros y ventanas, y, los domingos, yendo en
parejas, ellos con corbatas y ellas de negro, a oír misa a la
iglesia de San Lorenzo, en la esquina de las calles del Doctor Piga y del Salitre.

Nuestro piso era más pequeño que el que yo tenía
en la rue Joseph Granier, o me lo parecía, por lo atestado
que estaba con los modelos en cartón, papel y madera bal-
sa de los decorados de Marcella, que, como los soldaditos
de plomo de Salomón Toledano, invadían los dos cuartitos y hasta la cocina y el bañito de la casa. Pese a ser tan
diminuto y estar repleto de libros y discos, no resultaba
claustrofóbico gracias a las ventanas a la calle por las que
entraba a chorros la vivísima luz blanca de Castilla, tan
distinta de la parisina, y porque tenía un balconcito, donde, en las noches, podíamos colocar una mesa y cenar bajo las estrellas madrileñas, que existen, aunque difumina-
das por el reflejo de las luces de la ciudad.

Marcella conseguía trabajar en el piso, tumbada en
la cama si dibujaba, o sentada sobre la alfombra afgana de la
salita comedor si armaba sus modelos con pedazos de cartón, tablitas, goma, engrudo, cartulinas y lápices de colores.
Yo prefería irme a hacer las traducciones que me conseguía
el editor Mario Muchnik, a un cafecito vecino, el Café Barbieri, donde pasaba varias horas al día, traduciendo, leyendo y observando la fauna que frecuentaba el café y que
nunca me aburría, porque encarnaba todo lo multicolor
de esta naciente Arca de Noé en el corazón del viejo Madrid.

El Café Barbieri estaba en la misma calle Ave María y parecía —así me lo dijo Marcella la primera vez que

me llevó allí y ella sabía de esas cosas— un decorado expresionista del Berlín de los años veinte o un grabado de Grosz o de Otto Dix, con sus paredes desportilladas, sus rincones oscuros, sus medallones de damas romanas en el cielorraso y sus cubículos misteriosos donde, parecería, se podían cometer crímenes sin que los parroquianos se enteraran, apostar sumas enloquecidas en partidas de póquer en las que salieran a relucir cuchillos, o celebrar misas negras. Era enorme, anguloso, lleno de vericuetos, techos sombríos con plateadas telarañas, mesitas enclenques y sillas cojas, bancas y repisas a punto de desmoronarse de puro gastadas, oscuro, humoso, siempre lleno de gente que parecía disfrazada, una masa de extras de una comedia bufa apretujada entre bambalinas esperando salir a escena. Procuraba sentarme en una mesita del fondo, a la que llegaba un poco más de luz y porque allí, en vez de sillas, había un sillón bastante cómodo, forrado de un terciopelo que alguna vez fue rojizo y que se estaba desintegrando con los huecos abiertos por las quemaduras de cigarrillos y el roce de tantos traseros. Una de mis distracciones, cada vez que entraba al Café Barbieri, consistía en identificar los idiomas que oía desde la puerta hasta la mesa del fondo, y alguna vez conté media docena en esa brevísima trayectoria de una treintena de metros.

También camareras y camareros representaban la diversidad del barrio: suecos, belgas, norteamericanos, marroquíes, ecuatorianos, peruanos, etcétera. Cambiaban todo el tiempo, porque debían de estar mal pagados, y las ocho horas que hacían de corrido, en dos turnos, los clientes los tenían llevando y trayendo cervezas, cafés, tes, chocolates, copas de vino y bocadillos. Apenas me veían instalado en la mesa habitual, con mis cuadernos y mis plumas y el libro que estaba traduciendo, se apresuraban a traerme el cafecito cortado y la botella de agua mineral sin gas.

En esa mesita hojeaba los periódicos de la mañana, y, en las tardes, cuando me cansaba de traducir, me ponía a leer, ya no por trabajo sino por placer. Los tres libros que llevaba traducidos, de Doris Lessing, de Paul Auster y de Michel Tournier, no me habían costado gran esfuerzo, pero tampoco me divertí mucho vertiéndolos en español. Aunque sus autores estaban de moda, las novelas que me dieron a traducir no eran las mejores que habían escrito. Como siempre sospeché, las traducciones literarias estaban pésimamente pagadas, muy por debajo de las comerciales. Pero yo ya no estaba en condiciones de hacer estas últimas, pues, debido al cansancio mental que me venía cuando hacía un esfuerzo de concentración prolongado, avanzaba muy despacio. De todas maneras, estos magros ingresos me permitían ayudar a Marcella con los gastos de la casa y no sentirme un mantenido. Mi amigo Muchnik había tratado de ayudarme a conseguir alguna traducción del ruso —era lo que más me ilusionaba—, y estuvimos a punto de convencer a un editor a que se animara a publicar *Padres e hijos* de Turgueniev, o el estremecedor *Réquiem* de Anna Ajmátova, pero no resultó porque la literatura rusa interesaba todavía poco a los lectores españoles e hispanoamericanos y aún menos la poesía.

No podría decir si Madrid me gustaba o no. Conocía poco los otros barrios de la ciudad, en los que apenas me había aventurado las veces que iba a un museo o a los espectáculos acompañando a Marcella. Pero me sentía a gusto en Lavapiés, a pesar de haber sido atracado en sus calles por primera vez en mi vida, por un par de árabes que me robaron el reloj, un monedero con algo de sencillo y mi lapicero Mont Blanc, mi último lujo. La verdad, allí me sentía en casa, inmerso en una vida bullente. A veces, en las tardes, Marcella venía a buscarme al Barbieri y dábamos un paseo por el barrio, que llegué a conocer como la palma de mi mano. Siempre le descubría alguna curiosidad o extravagancia. Por ejemplo, la tienda-locutorio del boliviano Alcérreca, quien, para poder atender mejor a sus clientes africanos, había aprendido a hablar swahili. Si daban algo interesante, nos íbamos a la Filmoteca a ver una película clásica.

En esos paseos, Marcella hablaba sin descanso y yo escuchaba. Intervenía muy de cuando en cuando para darle un respiro y, mediante una pregunta u observación, animarla a que continuara contándome en qué proyecto le gustaría estar metida. A veces no prestaba mucha atención a lo que me contaba, por fijarme tanto en la manera como lo hacía: con pasión, convicción, ilusión y alegría. Nunca conocí a nadie que se entregara de manera tan total —tan fanática, diría, si la palabra no tuviera reminiscencias tenebrosas— a su vocación, que supiera de manera tan excluyente lo que quería hacer en la vida.

Nos habíamos conocido años atrás, en París, en una clínica de Passy donde yo me iba a hacer unos análisis y ella a visitar a una amiga recién operada. En la media hora que compartimos la sala de espera me habló con tanto entusiasmo de una obra de Molière, *El burgués gentilhombre,* montada en un teatrito de Nanterre, cuyos decorados había hecho ella, que fui a verla. Encontré a Marcella en el teatro y, al terminar la función, le propuse que tomáramos una copa en un *bistrot* vecino a la estación del metro.

Hacía dos años y medio que vivíamos juntos, el primer año en París y, luego, en Madrid. Marcella era italiana, veinte años más joven que yo. Estudió arquitectura en Roma para dar gusto a sus padres, ambos arquitectos, y desde estudiante comenzó a trabajar como decoradora de teatro. Que no ejerciera nunca la arquitectura resintió a sus padres y durante unos años estuvieron distanciados.

Se reconciliaron cuando ellos comprendieron que lo de su hija no era un capricho sino una verdadera vocación. De cuando en cuando, iba a pasar unas temporadas con sus padres, en Roma, y, como tenía pocos ingresos —era la persona más trabajadora del mundo, pero los decorados que le encargaban eran de poca monta, en teatros marginales, y le pagaban poco y a veces nada—, sus padres, bastante acomodados, le enviaban de tanto en tanto unos giros gracias a los cuales ella podía dedicar su tiempo y su energía al teatro. No había triunfado, y no era algo que le importara mucho, porque ella tenía —y yo también— la seguridad absoluta de que tarde o temprano la gente de teatro de España, de Italia, de toda Europa, terminaría por reconocer su talento. Aunque hablaba muchísimo, moviendo las manos como una italiana de caricatura, a mí no me aburría nunca. Me quedaba embebido oyéndola describirme las ideas que le revoloteaban en la cabeza para revolucionar la ambientación de *El jardín de los cerezos, Esperando a Godot, Arlequín, servidor de dos amos* o *La Celestina*. Alguna vez la contrataron en el cine como ayudante de decoradores y hubiera podido abrirse camino en ese medio, pero a ella le gustaba el teatro y no estaba dispuesta a sacrificar su vocación, aunque fuera más difícil salir adelante decorando obras de teatro que películas o programas de televisión. Gracias a Marcella, aprendí a ver los espectáculos con otros ojos, a prestar atención cuidadosa no sólo a las historias y a los personajes, también a los lugares, a la luz dentro de la cual se movían y a las cosas que los rodeaban.

Era menuda, de cabellos claros, ojos verdes y una piel muy blanca y tersa, con una sonrisa muy alegre. Transpiraba dinamismo. Andaba vestida de cualquier manera, con sandalias, vaqueros y una chamarra gastada la mayor parte del tiempo, y usaba anteojos para leer y para el cine, unas minúsculas gafas sin montura que daban a su expresión un aspecto algo payaso. Era desinteresada, falta de cálculo, generosa, capaz de dedicar mucho tiempo a trabajos insignificantes, como una única representación de una comedia de Lope de Vega por los estudiantes de un colegio, en cuyo decorado de cuatro cachivaches y un par de lonas pintadas se volcaba con la obstinación con que lo haría el decorador al que por primera vez le encargaba un decorado l'Opéra de París. La satisfacción que sentía la compensaba con creces por lo poco o nada que le reportaba aquella aventura. Si a alguien le convenía aquello de «trabajar por amor al arte» era a Marcella.

De los modelos que asfixiaban nuestro piso, menos de la décima parte habían subido a un escenario. La mayoría se frustraron por falta de financiación, ideas que tuvo al leer una obra que le gustó y para la que concibió ese decorado que no pasó del dibujo y la maqueta. Nunca discutía los honorarios cuando la contrataban y era capaz de rechazar un encargo importante si el director o el productor le parecían unos fariseos, desinteresados de lo estético y atentos sólo a lo mercantil. En cambio, cuando aceptaba el encargo —por lo general de grupos de vanguardia, sin acceso a los teatros establecidos—, se entregaba en cuerpo y alma. No sólo se desvivía por hacer bien lo suyo, colaboraba en todo lo demás, ayudando a sus compañeros a buscar patrocinios, conseguir local, donativos y préstamos de mobiliario y atuendo, y trabajaba hombro a hombro con carpinteros y electricistas y, si hacía falta, barriendo el escenario, vendiendo entradas y acomodando al público. Siempre me maravillaba verla volcada de ese modo en su trabajo, al extremo de que yo tuviera que recordarle, en esos períodos de fiebre, que no sólo de decorados teatrales vivía un ser humano, también de comer, dormir e interesarse un poco por las demás cosas de la vida.

Nunca entendí por qué Marcella estaba conmigo, qué agregaba yo a su vida. En lo que a ella más le interesaba en el mundo, su trabajo, yo podía ayudarla muy poco. Todo lo que sabía de escenografía teatral me lo había enseñado ella, y las opiniones que podía darle eran superfluas, porque, como todo auténtico creador, ella sabía muy bien lo que quería hacer sin necesidad de asesoría. Sólo podía ser para ella una oreja atenta vez que necesitaba verter en voz alta el chorro de imágenes, posibilidades, alternativas y dudas que la asaltaban cuando se embarcaba en un proyecto. Yo la escuchaba con envidia, todo el tiempo que hiciera falta. La acompañaba a la Biblioteca Nacional a consultar grabados y libros, a visitar artesanos y anticuarios, al infalible recorrido dominical al Rastro. No lo hacía sólo por cariño, sino porque lo que decía era siempre novedoso, sorprendente, a veces genial. A su lado cada día aprendía algo nuevo. Nunca hubiera adivinado, sin conocerla, cómo en una historia teatral pueden influir de manera tan determinante, aunque siempre discreta, el decorado, la iluminación, la presencia o la ausencia del objeto más corriente, una escoba, un simple florero.

La diferencia de veinte años de edad entre nosotros no parecía preocuparla. A mí, sí. Siempre me decía que la buena relación que teníamos se empobrecería cuando yo fuera sesentón y, ella, todavía una mujer joven. Entonces, se enamoraría de alguien de su edad. Y partiría. Era atractiva, pese a lo poco que se ocupaba de su físico, en la calle los hombres la seguían con los ojos. Un día que estábamos haciendo el amor me preguntó: «¿Te importaría que tuviéramos un hijo?». No. Si a ella le hacía ilusión, yo encantado. Pero me asaltó de inmediato la angustia. ¿Por qué tuve esa reacción? Tal vez porque, dadas mis prolongadas aventuras y desventuras con la niña mala, me resultaba imposible a mis cincuenta y pico de años creer en la perennidad de una pareja, incluso la nuestra, que funcionaba sin altibajos. ¿No era absurda esa duda? Nos llevábamos tan bien que en esos dos años y medio juntos no habíamos tenido una sola pelea. Pequeñas discusiones y enojos pasajeros a lo más. Pero nunca algo que pudiera semejarse a una ruptura. «Me alegra que no te importe», me dijo Marcella aquella vez. «No te lo pregunté para que encarguemos un *bambino* ahora, sino cuando hayamos hecho algunas cosas importantes.» Hablaba por ella, que, sin duda, haría en el futuro cosas dignas de ese calificativo. Yo me contentaría con que, en los años siguientes, Mario Muchnik me consiguiera algún libro ruso que me diera mucho esfuerzo y entusiasmo traducir, algo más creativo que esas novelitas *light* que se me iban desvaneciendo de la memoria a la velocidad con que las iba reescribiendo en español.

Sin duda estaba conmigo porque me quería; no tenía ninguna otra razón. Yo, incluso, le resultaba en cierta medida una carga económica. ¿Cómo había podido enamorarse de mí, siendo yo para ella un viejo, nada apuesto, sin vocación, algo disminuido en mis facultades intelectuales y cuya única finalidad en la vida había sido, desde niño, instalarse para el resto de sus días en París? Cuando le conté a Marcella que ésa había sido mi única vocación, se echó a reír: «Bueno, *caro,* lo conseguiste. Estarás contento, has vivido en París toda tu vida». Lo decía con cariño, pero sus palabras me sonaron algo siniestras.

Marcella se interesaba en mí más que yo mismo: que tomara las pastillas para la presión, que caminara a diario por lo menos media hora, que no me excediera nunca de las dos o tres copitas diarias de vino. Y siempre repetía que, cuando consiguiera una buena comisión, nos gastaríamos ese dinero haciendo un viaje al Perú. Ella, antes que el Cusco y Machu Picchu, quería conocer el barrio limeño de Miraflores del que tanto le había hablado. Yo le seguía la cuerda, aunque, en el fondo, sabía que nunca haríamos ese viaje, pues yo me encargaría de darle largas hasta el infinito. No pensaba volver al Perú. Desde la muerte del tío Ataúlfo mi país se me había desvanecido como los espejismos en el arenal. Ya no tenía allá ni parientes ni amigos y hasta se me habían ido esfumando los recuerdos de mi juventud.

Me enteré de la muerte del tío Ataúlfo varias semanas después de ocurrida, a los seis meses de estar viviendo en Madrid, por una carta de Alberto Lamiel. Me la trajo Marcella al Barbieri y, aunque sabía que iba a ocurrir en cualquier momento, la noticia me causó tremenda impresión. Dejé de trabajar y me fui a caminar como un sonámbulo por los caminitos del Retiro. Desde mi último viaje al Perú, a finales de 1984, nos habíamos escrito todos los meses, y, en su letra temblorosa, que había que descifrar como un paleógrafo, yo había seguido paso a paso los desastres económicos que acarreaban al Perú las políticas de Alan García, la inflación, las nacionalizaciones, la ruptura con los organismos de crédito, el control de precios y de cambios, la caída del empleo y de los niveles de vida. Las cartas del tío Ataúlfo delataban la amargura con que esperaba la muerte. Había fallecido en el sueño. Alberto Lamiel añadía que él estaba haciendo gestiones para irse a Boston, donde, gracias a los padres de su mujer norteamericana, tenía posibilidades de trabajo. Me decía que había sido un imbécil creyendo en las promesas de Alan García, por quien había votado en las elecciones del 85, como tantos profesionales incautos. Confiado en la palabra del Presidente de que no los tocaría, había conservado los certificados en dólares en que tenía todos sus ahorros. Cuando el flamante mandatario decretó la conversión forzosa de los certificados de divisas en soles peruanos, el patrimonio de Alberto se deshizo. Fue sólo el principio de una cadena de reveses. Lo mejor que podía hacer era «seguir tu ejemplo, tío Ricardo, y partir en busca de mejores horizontes, porque en este país ya no es posible trabajar si uno no está conchabado con el gobierno».

Ésta fue la última noticia que tuve de las cosas en el Perú. Desde entonces, como en Madrid no veía prácticamente a ningún peruano, sólo me enteraba de lo que ocurría allí las rarísimas veces que alguna noticia se filtraba en los periódicos madrileños, generalmente el nacimiento de quintillizos, un terremoto o el desbarrancamiento de un ómnibus en la Cordillera de los Andes con una treintena de muertos.

Nunca le conté al tío Ataúlfo que mi matrimonio había naufragado, de modo que él, en sus cartas, hasta el final siguió mandándole saludos a «mi sobrina» y yo, en las mías, devolviéndole los de ella. No sé por qué se lo oculté. Tal vez porque hubiera tenido que explicarle lo ocurrido y cualquier explicación le hubiera parecido absurda e incomprensible, como me lo parecía a mí.

Nuestra separación ocurrió de manera inesperada y brutal, como habían ocurrido siempre las desapariciones de la niña mala. Aunque esta vez no se trató propiamente de una fuga, sino de una separación urbana, conversada. Por eso mismo supe que, a diferencia de las otras, ésta sí era definitiva.

La luna de miel que tuvimos, desde que volví a París de Lima, aterrado de que se hubiera ido porque no me contestó el teléfono tres o cuatro días, duró algunos meses. Al principio, ella estuvo tan cariñosa como la tarde que me recibió con aquellas demostraciones de amor. Conseguí un contrato de la Unesco de un mes y, al regresar a la casa, ella había vuelto de su oficina antes y tenía preparada la cena. Una noche me esperó con la luz de la salita apagada y la mesa iluminada por unas velas románticas. Luego, tuvo que hacer dos viajes de un par de días cada uno a la Costa Azul enviada por Martine y me llamó todas las noches. ¿Qué más podía desear? Tenía la impresión de que a la niña mala le había llegado la edad de la razón y de que nuestro matrimonio era ya irrompible.

Entonces, en algún momento que mi memoria no podría precisar, su humor y sus maneras comenzaron a cambiar. Fue un cambio discreto, que ella disimulaba, tal vez porque todavía tenía dudas, del que sólo retroactivamente tomé conciencia. No me llamó la atención que la actitud tan apasionada de las primeras semanas cediera poco a poco el paso a una actitud más distante, ella había sido siempre así y lo inusitado era que se mostrara efusiva. Advertí que se distraía, que se perdía en unas cavilaciones que parecían llevársela fuera de mi alcance, con el ceño fruncido. De esas fugas volvía asustada, dando un respingo, cuando yo la regresaba a la realidad con una broma: «*¿Qué tendrá la princesa de la boca de fresa? ¿Por qué estará tan pensativa? ¿Estará enamorada la princesa?*». Se ruborizaba y me respondía con una risita forzada.

Una tarde, al regresar yo de la antigua oficina del señor Charnés —éste se había retirado a pasar su vejez en el sur de España—, donde por tercera o cuarta vez me dijeron que no tenían para mí trabajo alguno por el momento, apenas abrí la puerta del departamento de la rue Joseph Granier y la vi, sentada en la sala, con el trajecito sastre marrón y el maletín de mano que llevaba siempre en sus viajes, comprendí que ocurría algo grave. Estaba desencajada.

—¿Qué te pasa?

Suspiró, tomando fuerzas —tenía unas ojeras azules, le brillaban los ojos—, y, sin rodeos, me soltó la frase que sin duda había preparado con mucha antelación:

—No he querido irme sin hablar contigo, para que no pienses que me estoy escapando —la dijo de un tirón, con la voz helada que solía poner para las ejecuciones sentimentales—. Por lo que más quieras, te ruego que no me hagas una escena ni me amenaces con suicidarte. Ya no estamos ninguno en edad para esas cosas. Perdona que te hable con tanta crudeza, pero creo que es lo mejor.

Me dejé caer sobre el sillón, frente a ella. Sentí infinita fatiga. Tuve la sensación de estar oyendo un disco que repetía, cada vez más deformada, la misma frase musical. Ella estaba muy pálida siempre, pero, ahora, su expresión era irritada, como si tener que estar allí dándome explicaciones la hubiera llenado de resentimiento contra mí.

—Te consta que he tratado de adaptarme a este tipo de vida, para darte gusto, para pagarte lo que me ayudaste cuando estuve enferma —su frialdad parecía ahora hirviendo de furor—. No puedo más. Esto no es vida para mí. Si me sigo quedando contigo por compasión, terminaría odiándote. Yo no quiero odiarte. Trata de comprenderme, si puedes.

Calló, esperando que yo le dijera algo, pero me sentía tan cansado que no tenía fuerzas ni ganas de decirle nada.

—Aquí me asfixio —añadió, echando una ojeada a su alrededor—. Estos dos cuartitos son una cárcel y ya no los soporto. Yo sé cuál es mi límite. Me está matando esta rutina, esta mediocridad. Yo no quiero que el resto de mi vida sea así. A ti no te importa, tú estás contento, mejor para ti. Pero yo no soy como tú, yo no sé conformarme. He tratado, has visto que he tratado. No puedo. No voy a pasarme el resto de la vida a tu lado por compasión. Perdona que te hable con esta franqueza. Es mejor que sepas la verdad y que la aceptes, Ricardo.

—¿Quién es él? —le pregunté, al ver que callaba otra vez—. ¿Puedo saber al menos con quién te vas?

—¿Me vas a hacer una escena de celos? —reaccionó, indignada. Y con sarcasmo me recordó—: Yo soy una mujer libre, Ricardito. Nuestro matrimonio fue sólo para conseguirme los papeles. Así que no vengas a tomarme cuentas de nada.

Me desafiaba, encrespada como un gallito. Al cansancio, ahora, se añadía una sensación de ridículo. Tenía razón: ya estábamos viejos para estas escenas.

—Ya veo que lo tienes todo decidido y que no hay mucho más que hablar —la interrumpí, poniéndome de pie—. Me voy a dar una vuelta, para que hagas con calma tus maletas.

—Ya están hechas —me repuso, con el mismo tonito exasperado.

Lamenté que no se hubiera ido como otras veces, dejándome unas líneas. Cuando me dirigía hacia la puerta, la oí decir a mis espaldas con una vocecita que quería ser apaciguadora:

—Por si acaso, no voy a reclamarte nada de lo que me corresponde por ser tu mujer. Ni un centavo.

«Eres muy amable», pensé, cerrando despacito la puerta de calle. «Pero, lo único que podrías reclamarme serían deudas y la hipoteca de este piso que, al paso que vamos, muy pronto me van a embargar.» Al salir a la calle comenzó a llover. No había sacado paraguas, de manera que fui a refugiarme en el café de la esquina, donde estuve mucho rato, tomando a sorbitos una taza de té que se fue enfriando hasta volverse insípida. La verdad, había en ella algo que era imposible no admirar, por esas razones que nos llevan a apreciar las obras bien hechas, aunque sean perversas. Había logrado una conquista, con todo cálculo, para, una vez más, conseguir un estatuto social y económico que le diera mayor seguridad, que la sacara de los dos cuartitos carceleros de la rue Joseph Granier. Y, ahora, sin un pestañeo, se mandaba mudar, echándome al tarro de la basura. ¿Quién sería esta vez el galán? Alguien que habría conocido gracias a su trabajo con Martine, en uno de esos congresos, conferencias y celebraciones que organizaban. Un buen trabajo de seducción, sin duda. Ella se conservaba muy bien, pero, de todos modos, ya tenía más de cincuenta años. *Chapeau!* ¿Un vejete, sin duda, al que mataría acaso de placer para heredarlo, como la heroína de *La Rabouilleuse,* de Balzac? Cuando escampó di una caminata por los alrededores de la École Militaire, haciendo tiempo.

Regresé cerca de las once de la noche, y ya había partido, dejando las llaves en la salita comedor. Se había llevado toda su ropa en las dos maletas que teníamos y echado a las bolsas de basura lo que estaba viejo o le sobraba: unas zapatillas, unas enaguas, una bata de levantarse y algunas medias y blusas, así como muchos pomos de cremas y de maquillaje. No había tocado los francos que guardábamos en la pequeña caja fuerte en un armario de la sala.

¿Alguien que conoció en el gimnasio de l'avenue Montaigne, tal vez? Era un local caro, allí iban a rebajar la barriga viejos prósperos que podían asegurarle una vida más divertida y cómoda. Sabía que lo peor que podía ocurrirme era seguir barajando hipótesis de esta índole y que, por salud mental, tenía que olvidarme de ella cuanto antes. Porque, esta vez sí, la separación era definitiva, el fin de esa historia de amor. ¿Se podía llamar historia de amor a esa payasada de treinta y pico de años, Ricardito?

Conseguí no pensar mucho en ella los días, semanas y meses siguientes, en los que, sintiéndome una bolsa de huesos, piel y músculos desprovista de alma, andaba todo el día buscando trabajo. Me urgía porque necesitaba afrontar las deudas y los gastos diarios y porque sabía que la mejor manera de pasar este período era entregándome con afán a una obligación.

Durante algunos meses sólo conseguí traducciones mal pagadas. Por fin, un día me llamaron para un reemplazo en una conferencia internacional sobre derechos de autor patrocinada por la Unesco. Desde hacía algunos días tenía continuas neuralgias, que achaqué a mi mal estado de ánimo y a lo poco que dormía. Las combatía con analgésicos que me recetaba el boticario de la esquina. Mi reemplazo al intérprete de la Unesco fue un desastre. Las neuralgias me impedían hacer bien mi trabajo, y, a los dos días, tuve que rendirme y explicarle al jefe de intérpretes lo que me ocurría. El médico de la Seguridad Social me diagnosticó una otitis y me envió a un especialista. Tuve que hacer una cola de varias horas en el Hospital de la Salpêtrière y volver varias veces hasta poder ingresar al consultorio del doctor Pennau, un otorrinolaringólogo. Éste me confirmó que tenía una pequeña infección en un oído y me la curó en una semana. Pero, como las neuralgias y los mareos no cedieron, me derivó a un nuevo médico internista del mismo hospital. Luego de examinarme, este último me hizo tomar toda clase de análisis, incluida una resonancia magnética. Tengo un feo recuerdo de los treinta o cuarenta minutos que pasé en ese tubo metálico, enterrado vivo, inmóvil como una momia y con los oídos atormentados por rachas de ruidos atontadores.

La resonancia estableció que yo había padecido un pequeño ataque cerebral. Ésa era la verdadera razón de las neuralgias y los mareos. Nada muy grave; el peligro había pasado. En adelante, debería cuidarme, hacer ejercicios, dietas equilibradas, controlarme la presión, poco alcohol y una vida tranquila. «De jubilado», prescribió el doctor.

Mi trabajo podría verse disminuido, cabía esperar una merma de la concentración y de la memoria.

Afortunadamente para mí, en esa época los Gravoski vinieron a pasar un mes a París, esta vez con Yilal. Había crecido mucho y en su manera de hablar y de vestirse se había vuelto un gringuito cabal. Cuando le expliqué que la niña mala y yo nos habíamos separado, puso una cara apenada: «Por eso no me contesta las cartas hace tiempo», susurró.

La compañía de esos amigos fue muy oportuna. Hablar con ellos, bromear, salir a cenar, al cine, me devolvió un poco el gusto a la vida. Una noche, tomando una cerveza en la terraza de un *bistrot* del boulevard Raspail, Elena dijo, de pronto:

—Esa loquita estuvo a punto de matarte, Ricardo. Y a mí que me caía tan simpática con todas sus locuras. Ésta, no se la voy a perdonar. Te prohíbo que te vuelvas a amistar con ella.

—Nunca más —le prometí—. He aprendido la lección. Además, como soy ahora una ruina humana, no hay el menor riesgo de que vuelva a meterse en mi vida.

—¿Así que las penas de amor causan los derrames cerebrales? —dijo Simon—. ¿El romanticismo, otra vez?

—En este caso sí, belga sin alma —replicó Elena—. Ricardo no es como tú. Él es un romántico, un hombre sensible. Ella ha podido matarlo con su última gracia. No se lo voy a perdonar, te juro. Y espero que tú, Ricardo, no seas tan cacaseno de irte tras ella como un perrito cuando te vuelva a llamar para que la saques de un nuevo enredo.

—Está visto que tú me quieres más que la niña mala, amiga —le besé la mano—. Cacaseno es una palabra que me va perfecta, por lo demás.

—En eso todos estamos de acuerdo —sentenció Simon.

—¿Qué es un cacaseno? —preguntó el gringuito. A instancias de los Gravoski fui a ver a un neurocirujano, en una clínica privada de Passy. Mis amigos insistieron en que, por pequeño que hubiera sido, un derrame cerebral podía tener consecuencias y que debía saber a qué atenerme. Yo, sin muchas esperanzas, había pedido un nuevo préstamo a mi banco, para hacer frente a los intereses de la hipoteca y de los dos préstamos anteriores, y, para mi sorpresa, me lo concedieron. Me puse en manos del doctor Pierre Joudret, un hombre encantador y, hasta donde yo podía juzgar, un profesional competente. Me volvió a someter a toda clase de análisis y me prescribió un tratamiento para controlar la presión arterial y mantener una buena circulación de la sangre. En su consultorio, en esos días, conocí una tarde a Marcella.

Aquella noche, en Nanterre, luego de la función de *El burgués gentilhombre,* en que fuimos a tomar una copa de vino a un *bistrot,* la decoradora italiana me pareció muy simpática y, fascinantes, el ardor y la convicción con que hablaba de su trabajo. Me contó su vida, las peleas y reconciliaciones con sus padres, las escenografías que había diseñado en pequeños teatros de España y de Italia. La de Nanterre era una de las primeras que hacía en Francia. En un momento dado, entre otras mil cosas, me aseguró que los mejores decorados teatrales que había visto en París no estaban en los escenarios sino en los escaparates de las tiendas. ¿Me gustaría hacer un recorrido para que se me quitara la cara de escéptico con que la escuchaba?

Nos despedimos en la estación del metro con besos en las mejillas y quedamos en vernos el sábado siguiente. La excursión fue muy divertida, no tanto por las vitrinas que me llevó a ver sino por sus explicaciones e interpretaciones. Me mostró, por ejemplo, que aquel arenal con palmeras, de luz blanca, de La Samaritaine serviría maravillosamente para *Oh, les beaux jours!* de Beckett, la marquesina de rojos encendidos de un restaurante árabe de Montparnasse como telón de fondo de *Orfeo en los infiernos* y la vitrina de una zapatería popular cerca de la iglesia de Saint Paul, en Le Marais, como la casa de Gepetto, en una adaptación teatral de *Pinocho*. Todo lo que decía era ingenioso, inesperado, y su entusiasmo y su alegría me tuvieron entretenido y contento. Durante la cena, en La Petite Périgourdine, un restaurante de la rue des Écoles, le dije que me gustaba y la besé. Ella me confesó que desde el día que conversamos en la sala de espera de la clínica de Passy supo que «algo había pasado entre nosotros». Me contó que había vivido cerca de dos años con un actor y que habían roto hacía poco, aunque seguían siendo buenos amigos.

Fuimos al pisito de Joseph Granier e hicimos el amor. Tenía un cuerpo menudo, con unos pechitos delicados, y era tierna, ardiente y sin complicaciones. Examinó mis libros y me riñó por tener sólo poesía, novelas y algunos ensayos pero ni un solo libro de teatro. Ella se encargaría de ayudarme a llenar ese vacío. «Has llegado a punto a mi vida, *caro*», añadió. Tenía una sonrisa ancha, que parecía salir no sólo de sus ojos y su boca, también de su frente, su nariz y sus orejas.

Marcella debía regresar a Italia un par de días después, por un posible trabajo en Milán, y la acompañé a la estación, porque viajaba en tren (tenía pavor al avión). Hablamos por teléfono varias veces y cuando regresó a París se vino a mi casa en vez de ir al hotelito del Barrio Latino en el que se alojaba. Trajo consigo una bolsa con un puñado de pantalones, blusas, chompas y sacones arrugados, y un baúl con libros, revistas, figurines y maquetas de sus montajes.

La instalación de Marcella en mi vida fue tan rápida que casi no tuve tiempo de reflexionar, de preguntarme si no daba un paso precipitado. ¿No hubiera sido más sensato esperar un poco, conocerse mejor, ver si la relación iba a funcionar? Después de todo, ella era una chiquilla y yo podía ser su padre. Pero, la relación funcionó, gracias a su manera de ser tan adaptable, tan sencilla en sus gustos, tan dispuesta a poner buena cara ante cualquier contrariedad. No hubiera podido decir que la quería, no en todo caso como había querido a la niña mala, pero me sentía bien a su lado, agradecido de que estuviera conmigo y hasta enamorada de mí. Me rejuvenecía y me ayudaba a echar tierra a los recuerdos.

A Marcella le salían de cuando en cuando algunos encargos, escenografías en teatros de barrio, subsidiados por los ayuntamientos. Entonces, se dedicaba con tanto enloquecimiento a su trabajo que se olvidaba de mi existencia. Yo tenía cada vez más dificultad para conseguir traducciones. Había renunciado a la interpretación, no me sentía capaz de hacer ese trabajo con la seguridad de antes. Y, tal vez porque se había corrido la voz sobre mis problemas de salud en el medio, cada vez me confiaban menos textos para traducir. Y los que conseguía tarde, mal y nunca, me tomaban mucho tiempo, porque a la hora u hora y media de estar trabajando, recomenzaban los mareos y los dolores de cabeza. En los primeros meses de vida en común con Marcella, mis ingresos se redujeron casi a nada y volví a verme angustiado con los pagos de la hipoteca y los intereses de los préstamos.

El administrador de la oficina de la Société Générale, a quien expliqué el problema, me dijo que la solución era vender el piso. Se había valorizado y podía obtener un precio que, luego de canceladas la hipoteca y las deudas, me dejaría una cantidad que, administrada con prudencia, podía darme un desahogo por un buen tiempo. Lo consulté con Marcella y ella me animó también a que lo vendiera. Que me sacara de la cabeza la preocupación por esos pagos que me desvelaban cada mes. «No te preocupes por el futuro, *caro*. Pronto empezaré a tener buenas comisiones. Si nos quedamos sin un centavo, nos iremos donde mis padres, a Roma. Nos instalaremos en una buhardilla donde, de chiquita, yo daba funciones de ilusionismo y magia para mis amistades, y donde guardo toda clase de cachivaches. Te llevarás muy bien con mi padre, que es casi de tu edad.» Vaya perspectiva, Ricardito.

Vender el departamento nos tomó algún tiempo. Era verdad, su precio se había triplicado, pero los candidatos a comprarlo que traían las agencias inmobiliarias ponían peros, pedían rebajas o arreglos y las cosas se alargaron cerca de tres meses. Por fin, llegué a un acuerdo con un funcionario del Ministerio de las Fuerzas Armadas, un señor atildado que llevaba monóculo. Empezaron entonces los aburridos trámites con notarías y abogados y la venta de los muebles. El día que firmamos la minuta de venta e hicimos el traspaso, al salir yo de la notaría, en una transversal de l'avenue de Suffren, una señora al verme se detuvo en seco y me quedó mirando. Sin reconocerla, la saludé con una inclinación de cabeza.

—Soy Martine —dijo ella, secamente, sin estirarme la mano—. ¿No me recuerda?

—Estaba distraído —me disculpé—. Claro que la recuerdo muy bien. Cómo está, Martine.

—Muy mal, cómo voy a estar —repuso ella. El disgusto le avinagraba la cara. No me quitaba la vista—. Pero, sepa que yo no me dejo pisotear. Sé muy bien defenderme. Le aseguro que este asunto no se va a quedar así.

Era una mujer alta y reseca, de cabellos grises. Llevaba impermeable y me escudriñaba como si quisiera romperme en la cabeza el paraguas que tenía en la mano.

—No sé de qué me habla, Martine. ¿Ha tenido usted problemas con mi esposa? Nosotros nos separamos hace algún tiempo, ¿no se lo dijo?

Se quedó muda y me examinó, desconcertada. Su mirada me decía que yo le parecía un bicho muy raro.

—¿Usted no sabe nada, entonces? —murmuró—. ¿Vive en las nubes, entonces? ¿Con quién cree usted que se largó esa mosquita muerta? ¿No sabe que fue con mi marido?

No supe qué responderle. Me sentí estúpido, un bicho raro, sí. Haciendo un esfuerzo, musité:

—No, no lo sabía. Ella sólo me dijo que se iba y se fue. No he vuelto a saber nada de ella. Lo siento mucho, Martine.

—Yo le di todo, trabajo, amistad, mi confianza, pasando por alto lo de sus papeles, que nunca estuvieron muy claros. Le abrí mi casa. Y así me pagó, quitándome a mi marido. No porque se enamorara de él, sino por codicia. Por puro interés. No le importó destrozar a toda una familia.

Me pareció que, si no me iba de allí, Martine me abofetearía, como responsable de su desgracia familiar. Tenía la voz rajada por la indignación.

—Le advierto que esto no se va a quedar así —repitió, accionando con el paraguas a unos centímetros de mi cara—. Mis hijos no lo van a permitir. Ella sólo quiere esquilmarlo, porque eso es lo que es, una cazafortunas. Mis hijos han emprendido ya las acciones legales y la llevarán a la cárcel. Y usted hubiera hecho mejor vigilando un poco más a su mujer.

—Lo siento mucho, debo partir, esta conversación no tiene sentido —le dije, alejándome a largos trancos.

En vez de regresar a recoger a Marcella, que estaba despachando al depósito los enseres de la casa que no habíamos conseguido vender, fui a sentarme a un café de la École Militaire. Traté de poner en orden mi cabeza. Se me debía haber subido algo la presión porque me sentía congestionado y aturdido. No conocía al marido de Martine, pero sí a uno de sus hijos, un hombre hecho y derecho al que había visto de paso, una sola vez. La nueva conquista de la niña mala debía de ser, pues, muy mayor, un vejestorio como imaginé. Por supuesto que no se había enamorado de él. Nunca se había enamorado de nadie, salvo, acaso, de Fukuda. Lo había hecho para escapar del aburrimiento y la mediocridad de la vida en el pisito de la École Militaire, y en busca de aquello que había sido su primera prioridad desde que, de niñita, descubrió la vida de perro de los pobres y lo bien que vivían los ricos: esa seguridad que sólo el dinero garantizaba. Una vez más se había engatusado a sí misma con el espejismo del hombre rico; después de oír a Martine decir, con acento de trágica griega, «Mis hijos han iniciado acciones legales», era seguro que también esta vez las cosas no acabarían como ella creía. Le guardaba rencor pero, ahora, imaginándola con aquel vejete, también cierta compasión.

Encontré a Marcella extenuada. Había despachado ya el camioncito al depósito con lo que no pudimos vender y algunos cajones de libros. Sentado en el suelo de la salita, examiné las paredes y el espacio vacío con nostalgia. Nos fuimos a instalar a un hotelito de la rue de Cherche-Midi. Allí vivimos muchos meses, hasta la partida a España. Teníamos un cuarto pequeño y claro, con una ventana bastante amplia desde la que se divisaban los techos vecinos y a cuyo alféizar venían a comer las palomas los granos de maíz que les ponía Marcella (a mí me tocaba limpiar las cagarrutas). Pronto se llenó de libros, discos, y, sobre todo, de dibujos y maquetas de Marcella. Tenía una mesa larga, que en teoría compartíamos, pero, en verdad, la ocupaba sobre todo Marcella. Ese año me fue todavía más difícil conseguir traducciones, de modo que la venta del piso resultó muy conveniente. Había colocado el dinero sobrante en una cuenta a plazo fijo, y la pequeña mensualidad que cobraba nos exigía vivir con gran modestia. Tuvimos que suprimir restaurantes caros, conciertos, ir al cine no más de una vez por semana y sólo a los espectáculos para los que Marcella conseguía invitaciones. Pero era un alivio vivir sin deudas.

La idea de mudarnos a España nació luego de que un conjunto italiano de danza moderna, de Bari, con el que Marcella había trabajado, y al que habían invitado a presentar un espectáculo en un festival de Granada, le pidió que se encargara de la iluminación y el decorado. Viajó allá con ellos y dos semanas después volvió encantada. El espectáculo había marchado muy bien, había conocido a gente de teatro y se le habían abierto algunas posibilidades. En los meses siguientes hizo decorados para dos conjuntos jóvenes, uno en Madrid y otro en Barcelona, y de ambos viajes volvió a París eufórica. Decía que en España había una vitalidad cultural extraordinaria y que todo el país estaba lleno de festivales y de directores, actores, bailarines y músicos ansiosos por poner a la sociedad española al día, de hacer cosas nuevas. Había allí más espacio para los jóvenes que en Francia, donde el medio estaba sobresaturado. Además, en Madrid se podía vivir mucho más barato que en París.

No me apenó dejar la ciudad que, desde niño, yo asociaba con la idea del paraíso. En los años que llevaba en París había tenido experiencias maravillosas, de esas que parecen justificar toda una vida, pero todas ellas vinculadas a la niña mala, a la que yo para entonces, creo, recordaba ya sin amargura, sin odio, con cierta ternura incluso, sabiendo muy bien que mis infortunios sentimentales se debían más a mí que a ella, por haberla querido de una manera que ella nunca hubiera podido quererme a mí, aunque, en algunas contadas ocasiones, lo intentara: ésos eran mis recuerdos más gloriosos de París. Ahora que aquella historia estaba definitivamente cerrada, mi vida futura en esta ciudad sería una paulatina decadencia agravada por la falta de trabajo, una vejez con estrecheces y muy solitaria cuando la *cara* Marcella encontrara que tenía mejores cosas que hacer que cargar a cuestas con un hombre mayor, que tenía la cabeza bastante débil y que podía volverse gagá —una manera educada de decir imbécil— si le repetía el ataque cerebral. Mejor irme y empezar en otro lado.

Marcella encontró el pisito en Lavapiés y, como se lo alquilaron amueblado, yo terminé por regalar a organizaciones caritativas los restos de los muebles que teníamos en el depósito así como los libros de mi biblioteca. Me llevé a Madrid sólo un puñadito de títulos preferidos, casi todos rusos y franceses, y mis gramáticas y diccionarios.

Al año y medio de estar viviendo en Madrid tuve el pálpito de que, esta vez sí, Marcella iba a dar el gran salto. Una tarde cayó muy excitada al Café Barbieri a contarme que había conocido a un bailarín y coreógrafo formidable y que iban a trabajar juntos en un proyecto fantástico: *Metamorfosis,* un ballet moderno inspirado en uno de los textos reunidos por Borges en su *Manual de Zoología Fantástica:* «A Bao A Qu», una leyenda recogida por uno de los traductores ingleses de *Las mil y una noches.* El muchacho era un alicantino, formado en Alemania, donde había trabajado profesionalmente hasta hacía poco tiempo. Ahora había reunido un grupo de diez bailarines, cinco mujeres y cinco hombres, y diseñado la coreografía de *Metamorfosis.* El cuento en cuestión, traducido y acaso enriquecido por Borges, refería la historia de un maravilloso animalito que vivía en lo alto de una torre en estado letárgico y sólo despertaba a la vida activa cuando alguien subía la escalera. Dotado de la propiedad de transformarse, cuando alguien bajaba o ascendía los peldaños el animalito empezaba a moverse, a iluminarse, a cambiar de forma y color. Víctor Almeda, el alicantino, había concebido un espectáculo en el que, emulando aquel prodigio, los bailarines y bailarinas, subiendo y bajando aquellas escaleras mágicas que diseñaría Marcella y gracias a los efectos de las luces también a su cargo, irían cambiando de personalidad, de movimiento, de expresiones, hasta convertir el escenario en un pequeño universo en el que cada danzante sería muchos, en que cada hombre y mujer contendría a innumerables seres humanos. La Sala Olimpia, un viejo cine convertido en teatro de la plaza de Lavapiés, donde funcionaba el Centro Nacional de Nuevas Tendencias Escénicas, había aceptado la propuesta de Víctor Almeda e iba a patrocinar el espectáculo.

Nunca vi a Marcella trabajar con tanta felicidad en una escenografía como en ésta, ni hacer tantos bocetos y maquetas. Cada día me contaba con regocijo el torrente de ideas que alborotaban su cabeza y los progresos que hacía el elenco. Un par de veces la acompañé al ruinoso Olimpia y, una tarde, nos tomamos un café en la misma plaza con Víctor Almeda, un muchacho muy moreno, de cabellos largos que sujetaba en cola de caballo, y un cuerpo atlético que delataba muchas horas de gimnasio y de ensayos. A diferencia de Marcella, no era exuberante ni extrovertido, más bien reservado, pero sabía muy bien lo que quería hacer en la vida. Y lo que quería es que *Metamorfosis* fuera un éxito. Tenía cultura literaria y pasión por Borges. Para este espectáculo había leído y visto mil cosas sobre el tema de la metamorfosis, empezando por

Ovidio, y la verdad es que, aunque hablaba poco, lo que decía era inteligente y, para mí, novedoso: nunca había escuchado antes hablar a un coreógrafo y bailarín de su vocación. Esa noche, en casa, después de decirle a Marcella la buena impresión que me había hecho Víctor Almeda, le pregunté si era gay. Reaccionó indignada. No lo era. Qué prejuicio tan tonto creer que todos los bailarines eran gays. Ella estaba segura, por ejemplo, de que en el gremio de los intérpretes y traductores había un porcentaje tan grande de gays como entre los bailarines. Le pedí disculpas, le aseguré que no tenía el menor prejuicio, que mi pregunta había sido hecha por pura curiosidad, sin la menor trastienda.

El éxito de *Metamorfosis* fue total y merecido. Víctor Almeda consiguió mucha publicidad anticipada y la noche del estreno el Olimpia reventaba, había incluso gente de pie y predominaban los jóvenes. Las escaleras en que las cinco parejas evolucionaban se metamorfoseaban igual que los bailarines, y eran, con las luces, los verdaderos protagonistas del espectáculo. No había música. El ritmo lo marcaban los propios danzantes con las manos, los pies, y emitiendo sonidos agudos, guturales, roncos o silbantes, según cambiaban de identidad. Los mismos bailarines anteponían por turnos a los reflectores unas pantallas que cambiaban la intensidad y el color de la luz, gracias a lo cual los personajes parecían efectivamente tornasolar, cambiar de piel. Era bonito, sorprendente, imaginativo, un espectáculo de una hora que el público seguía inmóvil, expectante, sin que se oyera el zumbido de una mosca. El grupo iba a dar cinco funciones y terminó dando diez. Hubo artículos muy positivos en la prensa y en todos se mencionaba, con elogios, la escenografía de Marcella. La televisión lo filmó para pasar un fragmento en un programa dedicado a las artes.

Fui a ver el espectáculo tres veces. Siempre lo encontré lleno de público y el entusiasmo era idéntico al del día del estreno. La tercera vez, al terminar la función, cuando trepaba la tortuosa escalerilla del Olimpia hacia los camerines en busca de Marcella, me di poco menos que de bruces con ella, en brazos del apuesto y sudoroso Víctor Almeda. Se besaban con cierta furia y, al sentirme llegar, se soltaron, muy confundidos. Me hice el que no había advertido nada extraño y los felicité, asegurándoles que la función me había gustado todavía más que las dos veces anteriores.

Más tarde, camino a la casa, Marcella, a quien notaba muy incómoda, me encaró:

—Bueno, supongo que te debo una explicación por lo que has visto.

—No me debes ninguna, Marcella. Tú eres una persona libre y yo lo soy también. Vivimos juntos y nos llevamos muy bien. Pero, eso no debe recortar en lo más mínimo nuestra libertad. No hablemos más del asunto.

—Sólo quiero que sepas que lo siento mucho —me dijo—. Aunque las apariencias digan otra cosa, te aseguro que no ha pasado absolutamente nada entre Víctor y yo. Lo de esta noche ha sido una tontería sin ninguna importancia. Y no se va a repetir.

—Te creo —le dije yo, cogiéndola de la mano, porque me apenaba ver lo mal que se sentía—. Olvidemos todo esto. Y no pongas esa cara, por favor. Tú eres bonita sobre todo cuando sonríes.

En efecto, los días siguientes no volvimos a hablar del tema, y ella hizo muchos esfuerzos para mostrarse cariñosa. La verdad, no me afectó mucho saber que probablemente había surgido un romance entre Marcella y el coreógrafo alicantino. Nunca me había hecho muchas ilusiones sobre lo que duraría nuestra relación. Y ahora, además, sabía que mi amor por ella, si eso era amor, era un sentimiento bastante superficial. No me sentía herido ni humillado; sólo curioso por saber cuándo tendría que mudarme a vivir solo una vez más. Y desde entonces empecé a preguntarme si me quedaría en Madrid o volvería a París. Dos o tres semanas después, Marcella me anunció que habían invitado a Víctor Almeda a presentar *Metamorfosis* en Frankfurt, en un festival de danza moderna. Era una ocasión importante para que ella diera a conocer su trabajo en Alemania. ¿Qué me parecía?

—Magnífico —le dije—. Estoy seguro que *Metamorfosis* tendrá allá tanto éxito como en Madrid.

—Por supuesto que vendrás conmigo —se apresuró a decir ella—. Allá podrás seguir con las traducciones y...

Pero yo la acariñé y le dije que no fuera tonta ni pusiera esa cara de angustia. Yo no iría a Alemania, no teníamos dinero para eso. Me quedaría en Madrid trabajando en mi traducción. Yo tenía confianza en ella. Que preparara su viaje y se olvidara de todo lo demás, porque podía ser decisivo para su carrera. Se le salieron unos lagrimones al abrazarme y decirme al oído: «Te juro que aquella tontería no se repetirá jamás, *caro*».

«Por supuesto, por supuesto, *bambina*», la besé.

El mismo día que Marcella partió a Frankfurt, por tren —yo fui a despedirla a la estación de Atocha—, Víctor Almeda, que debía viajar dos días después por avión con el resto de la compañía, vino a tocarme la puerta del pisito de la calle Ave María. Traía una cara muy seria, como si lo devoraran profundas cuestiones. Supuse que venía a darme alguna explicación por el episodio del Olimpia y le propuse que tomáramos un café en el Barbieri.

En realidad, venía a decirme que él y Marcella estaban enamorados y que él consideraba su obligación moral hacérmelo saber. Marcella no quería hacerme sufrir y por eso se sacrificaba siguiendo a mi lado a pesar de amarlo a él. Ese sacrificio, además de hacerla desdichada, iba a perjudicar su carrera.

Le agradecí su franqueza y le pregunté si, contándome todo eso, esperaba que yo les resolviera el problema.

—Bueno —vaciló un momento—, en cierta forma, sí. Si usted no toma la iniciativa, ella no la tomará nunca.

—¿Y por qué tomaría yo la iniciativa de romper con una muchacha a la que tengo tanto cariño?

—Por generosidad, por altruismo —dijo él en el acto, con una solemnidad tan teatral que tuve ganas de reírme—. Porque usted es un caballero. Y porque ahora ya sabe que ella me ama a mí.

En ese momento me di cuenta que el coreógrafo me trataba ahora de usted. Las veces anteriores, siempre nos habíamos tuteado. ¿Pretendía de este modo recordarme los veinte años que yo le llevaba a Marcella?

—Tú no eres franco conmigo, Víctor —le dije—. Confiésame toda la verdad. ¿Marcella y tú planearon esta visita tuya? ¿Te pidió ella que me hablaras porque ella no se atrevía?

Lo vi removerse en el asiento y negar con la cabeza. Pero, al abrir la boca, asintió:

—Lo decidimos entre los dos —reconoció—. Ella no quiere que tú sufras. Tiene toda clase de remordimientos. Pero yo la he convencido de que la primera lealtad no es con el qué dirán sino con los sentimientos.

Estuve a punto de decirle que lo que acababa de oír era una huachafería, y explicarle ese peruanismo, pero no lo hice porque ya estaba harto de él y quería que se fuera. De modo que le pedí que me dejara a solas, reflexionando sobre todo lo que me había dicho. Pronto tomaría una decisión al respecto. Le deseé muchos éxitos en Frankfurt y le di un apretón de mano. En realidad ya había decidido dejar a Marcella con su bailarín y regresarme a París. Entonces, ocurrió lo que tenía que ocurrir.

Dos días después, mientras trabajaba en la tarde en mi querencia del fondo del Café Barbieri, una elegante silueta femenina se sentó de pronto en la mesa, frente a mí:

—No te voy a preguntar si sigues enamorado de mí, porque ya sé que no —dijo la niña mala—. Infanticida.

La sorpresa fue tan mayúscula que, no sé cómo, eché al suelo la botella de agua mineral medio llena, que se quebró en pedazos y salpicó a un muchacho con pelo de puercoespín y tatuajes de la mesa del lado. Mientras la camarera andaluza se afanaba levantando los pedazos de vidrio, yo examinaba a la dama que, de la manera más inesperada, luego de tres años, bruscamente resucitaba en el momento y el lugar más inesperado del mundo: el Café Barbieri de Lavapiés.

A pesar de que estábamos a fines de mayo y hacía calor, ella llevaba un saquito de media estación azul claro sobre una blusa blanca abierta, y alrededor de la garganta le bailaba una cadenita de oro. El cuidado maquillaje no ocultaba lo demacrado de su rostro, los huesos salidos de sus pómulos y las pequeñas bolsas alrededor de los ojos. Habían pasado sólo tres, pero a ella le habían caído diez años encima. Era una vieja. Mientras la chica andaluza estuvo limpiando el suelo, ella tamborileaba en la mesa con una de sus manos, de uñas cuidadosamente arregladas y pintadas, como si acabaran de pasar por la manicurista. Sus dedos se habían alargado y enflaquecido. Me miraba sin pestañear, sin humor y —¡colmo de los colmos!— me tomaba cuentas por mi mal comportamiento:

—Nunca hubiera creído que te pondrías a vivir con una mocosa que puede ser tu hija —repitió, indignada—. Y, además, una hippy que seguro no se baña nunca. Qué bajo has caído, Ricardo Somocurcio.

Tenía ganas de apretarle el pescuezo y de echarme a reír a carcajadas. No, no era broma: ¡me estaba haciendo una escena de celos! ¡Ella a mí!

—Tú tienes ya 53 o 54 años, ¿no? —prosiguió, tamborileando siempre en la mesa—. ¿Y cuántos esa lolita? ¿Veinte?

—Treinta y tres —le dije yo—. Representa menos, es verdad. Porque es una chica feliz y la felicidad rejuvenece a la gente. Tú no pareces muy feliz, en cambio.

—¿Se baña alguna vez? —se exasperó ella—. ¿O a la vejez te ha dado por eso, por la suciedad?

—He aprendido del Yakuza Fukuda —le dije yo—. He comprobado que las porquerías tienen también su gracia, en la cama.

—Por si quieres saberlo, en este momento te odio con toda mi alma y quisiera que te murieras —dijo ella, sordamente. No me había quitado la vista ni había pestañeado una sola vez.

—Cualquiera que no te conociera diría que estás celosa.

—Por si quieres saberlo, sí lo estoy. Pero, sobre todo, decepcionada de ti.

Le cogí la mano y la obligué a acercarse un poco, para decirle, sin que oyera nuestro vecino, el puercoespín tatuado:

—¿Qué significa esta payasada? ¿Qué haces aquí?

Me clavó las uñas en la mano antes de contestarme. Lo hizo bajando también la voz:

—No sabes cómo lamento haberte buscado todo este tiempo. Pero ya sé que esa hippy te va a hacer pasar las de Caín, te va a meter cuernos y te va a dejar tirado como un trapo sucio. Y no sabes cuánto me alegro.

—Estoy perfectamente entrenado para eso, niña mala. En cuestión de cuernos y abandonos, sé todo lo que hay que saber y todavía más.

Le solté la mano pero, en el acto, ella me la volvió a coger.

—Me había jurado no decirte nada sobre esa hippy —dijo, suavizando la voz y la expresión—. Pero, apenas te vi, no pude contenerme. Todavía me dan ganas de rasguñarte. Sé un poco más galante y pídeme una taza de té.

Llamé a la camarera andaluza y traté de soltarle la mano, pero la suya seguía aferrada a la mía.

—¿La quieres a esa hippy asquerosa? —me preguntó—. ¿La quieres más de lo que me querías a mí?

—A ti yo no creo que te haya querido nunca —le aseguré—. Tú eras para mí lo que era Fukuda para ti: una enfermedad. Ahora me he curado, gracias a Marcella.

Me examinó un rato y, sin soltarme la mano, sonrió con ironía por primera vez, mientras me decía:

—Si no me quisieras no te habrías puesto tan pálido ni tendrías tan quebrada la voz. ¿No irás a ponerte a llorar, Ricardito? Porque tú eres bastante lloroncito, si mal no recuerdo.

—Te prometo que no. Tienes la maldita costumbre de aparecer de pronto, como una pesadilla, en los momentos menos pensados. Ya no me hace gracia. La verdad, no esperaba volver a verte nunca más. ¿Qué es lo que quieres? ¿Qué haces acá en Madrid?

Cuando le trajeron la taza de té, pude examinarla un poco mientras ella le echaba un terrón de azúcar, movía el líquido, y escudriñaba la cucharilla, el platito y la taza haciendo ascos. Llevaba una falda blanca y unos zapatos también blancos y calados, que dejaban ver sus pequeños pies, de uñas pintadas con un esmalte transparente. Sus tobillos eran otra vez dos cañitas de bambú. ¿Habría estado enferma de nuevo? Sólo en la época de la clínica de Petit Clamart la había visto tan delgada. Llevaba los cabellos echados hacia atrás en dos bandas y sujetos con unos prendedores a la altura de las orejas, que lucían airosas como siempre. Se me ocurrió que, sin el enjuague al que probablemente debían su negrura, sus cabellos debían ser ya grises, acaso blancos como los míos.

—Todo parece sucio aquí —dijo, de pronto, mirando a su alrededor y exagerando la expresión de disgusto—. La gente, el local, hay telarañas y polvo por todas partes. Hasta tú pareces sucio.

—Esta mañana me duché y me jaboné de arriba abajo, palabra.

—Pero estás vestido como un pordiosero —dijo ella, cogiéndome la mano otra vez.

—Y tú como una reina —le dije yo—. ¿No tienes miedo de que te asalten y te roben en un sitio de muertos de hambre como éste?

—En esta nueva etapa de mi vida estoy dispuesta a correr cualquier peligro por ti —se rió ella—. Además, tú, que eres un caballero, me defenderías hasta la muerte, ¿no? ¿O desde que te juntas con hippies ya dejaste de ser un caballerito miraflorino?

Se le había pasado la furia de un momento atrás y, ahora, apretándome la mano con firmeza, se reía. En sus ojos había una lejana reminiscencia de aquella miel oscura, una lucecita que encendía su cara demacrada y envejecida.

—¿Cómo me has encontrado?

—Me costó mucho trabajo. Meses. Mil averiguaciones, por todas partes. Y un montón de plata. Estaba muerta de susto, llegué a pensar que te habías suicidado. Esta vez de verdad.

—Esas estupideces se hacen sólo una vez, cuando uno está imbecilizado de amor por alguna mujer. Ya no es mi caso, felizmente.

—Tratando de encontrarte, me he peleado con los Gravoski —me dijo de pronto, enfureciéndose otra vez—. Elena me trató muy mal. No me quiso dar tu dirección ni decirme nada sobre ti. Y se puso a tomarme cuentas. Que yo te había hecho desgraciado, que estuve a punto de matarte, que tuve la culpa de que te diera un ataque cerebral, que he sido la tragedia de tu vida.

—Elena te dijo la pura verdad. Tú has sido la desgracia de mi vida.

—La mandé a la mierda. No pienso hablarle ni verla nunca más. Lo siento por Yilal, porque ya no creo que vuelva a verlo tampoco a él. Quién se ha creído esa idiota para tomarme cuentas a mí. ¿No estará enamorada de ti, ésa?

Se movió en el asiento y, de repente, me pareció que empalidecía.

—¿Se puede saber para qué me has buscado?

—Quería verte y hablar contigo —dijo, sonriendo otra vez—. Te extrañaba. ¿Tú también a mí, un poquito?

—Tú reapareces y me buscas siempre entre dos amantes —le dije, tratando de zafarme de su mano. Esta vez lo logré—. ¿Te ha echado el marido de Martine? ¿Vienes a hacer un intermedio en mis brazos hasta que caiga en tus redes el próximo vejete?

—Ya no —me interrumpió, volviendo a cogerme la mano y adoptando el tonito burlón de antaño—. He decidido poner punto final a mis locuras. Voy a pasar mis últimos años con mi marido. Siendo una esposa modelo.

Me eché a reír y ella se rió también. Me rascaba la mano con sus deditos y yo tenía cada vez más ganas de sacarle los ojos.

—¿Tienes un marido, tú? ¿Se puede saber quién es?

—Todavía soy tu mujer y puedo probarlo, tengo los certificados —dijo, poniéndose seria—. Tú eres mi marido. ¿Ya no te acuerdas que nos casamos en la *mairie* del Cinquième?

—Fue una farsa, para conseguirte papeles —le recordé—. Nunca has sido mi mujer de verdad. Has estado conmigo por épocas, cuando tenías problemas, mientras no conseguías algo mejor. ¿Me vas a decir para qué me has buscado? Esta vez, si es que estás en problemas, no podría ayudarte aunque quisiera. Pero tampoco quiero. No tengo un centavo y vivo con una muchacha a la que quiero y que me quiere.

—Una hippy mugrienta que te va a largar en cualquier momento —dijo, enojándose otra vez—. Que no se ocupa de ti para nada, a juzgar por la manera como andas vestido. En cambio, de ahora en adelante yo te voy a cuidar. Me voy a ocupar de ti las veinticuatro horas del día. Como una esposa modelo. Para eso he venido, ya lo sabes.

Hablaba con la carita de burla de otros tiempos, desmintiendo con el irónico brillo de sus ojos las palabras que me iba diciendo. De tanto en tanto, tomaba un sorbito de té. Ese jueguecito estúpido consiguió irritarme.

—¿Sabes una cosa, niña mala? —le dije atrayéndola un poco para poder hablarle en voz muy baja, con toda la cólera que tenía acumulada—. ¿Te acuerdas de esa noche, en el departamento, en que estuve a punto de apretarte el pescuezo? Mil veces he lamentado no haberlo hecho.

—Todavía tengo ese vestido de bailarina árabe —susurró, con toda la picardía que le quedaba—. Me acuerdo muy bien de esa noche. Me pegaste y después hicimos el amor riquísimo. Me dijiste unas cositas muy bonitas. Hoy, no me has dicho ni una sola todavía. Estoy por creer que es verdad que ya no me quieres.

Tenía ganas de abofetearla, de sacarla del Café Barbieri a puntapiés, de hacerle todo el daño físico y moral que un ser humano puede hacer a otro, y, al mismo tiempo, gran imbécil, tenía ganas de tomarla en mis brazos, preguntarle por qué estaba tan delgadita y acabada, y acariñarla y besarla. Me ponía los pelos de punta imaginar que ella pudiera leer mis pensamientos.

—Si quieres que reconozca que me he portado mal contigo y que he sido una egoísta, lo reconozco —me susurró, acercándome la cara, pero yo le alejé la mía—. Si quieres que me pase el resto de la vida diciéndote que Elena tiene razón, que te he hecho daño y no he sabido valorar tu amor y esas idioteces, bueno, lo haré. ¿Eso es lo que quieres para que se te quite el rencor, Ricardito?

—Quiero que te vayas. Que de una vez por todas y para siempre desaparezcas de mi vida.

—Vaya, una huachafería. Ya era hora, niño bueno.

—No te creo una palabra de lo que dices. Sé muy bien que me buscas porque crees que te puedo echar una mano en alguno de tus enredos, ahora que ese pobre vejete te ha echado.

—No me echó, lo eché yo a él —me corrigió, con mucha calma—. Mejor dicho, se lo entregué enterito a sus hijitos que tanto extrañaban a su papito. Debías estarme agradecido, niño bueno. Si supieras los dolores de cabeza y la plata que te ahorré yéndome con él, me besarías las manos. No sabes lo cara que le ha costado al pobre esta aventura.

Lanzó una risita penetrante, burlona, malvada a más no poder.

—Me acusaron de haberlo secuestrado —añadió, como festejándose una gracia—. Presentaron certificados médicos falsos al juez, diciendo que su padre tenía demencia senil, que no sabía lo que hacía cuando se escapó conmigo. La verdad, no valía la pena perder el tiempo peleando por él. Se lo devolví encantada. Que ellos y Martine le limpien los mocos y le tomen la presión arterial dos veces al día.

—Eres la persona más perversa que he conocido, niña mala. Un monstruo de egoísmo y de insensibilidad. Capaz de apuñalar con la mayor frialdad a las personas que mejor se portan contigo.

—Bueno, sí, tal vez sea así —asintió ella—. A mí también me han dado muchas puñaladas en la vida, te aseguro. No me arrepiento de nada de lo que he hecho. Bueno, salvo de haberte hecho sufrir a ti. He decidido cambiar. Por eso estoy aquí.

Se me quedó mirando con una carita de mosquita muerta que me irritó todavía más.

—Quien no te conozca que te compre. ¿Se te ocurre que voy a tomar en serio ese numerito de esposa arrepentida? ¿Tú, niña mala?

—Sí, yo. He venido a buscarte porque te quiero. Porque te necesito. Porque no puedo vivir con nadie que no seas tú. Aunque te parezca un poco tarde, ahora ya lo sé. Por eso, de ahora en adelante, aunque me muera de hambre y tenga que vivir como una hippy, voy a vivir contigo. Y con nadie más. ¿Te gustaría que me vuelva una hippy y deje de bañarme? ¿Que me vista como el espantapájaros con el que andas? Lo que tú quieras.

Tuvo un ataque de tos y se le enrojecieron los ojos por el fuerte espasmo. Bebió un trago de mi vaso de agua.

—¿No te importa que salgamos de aquí? —me dijo, tosiendo de nuevo—. Con este humo y este polvo no puedo respirar. Todo el mundo fuma aquí en España. Es una de las cosas que no me gusta de este país. Donde vayas, la gente te echa encima bocanadas de humo.

Pedí la cuenta, pagué y salimos. Cuando llegamos a la calle y la vi a la luz del día, me quedé espantado con su flacura. Sentada, sólo había advertido la delgadez de su cara. Pero, ahora, de pie, sin penumbra, era un desecho humano. Se había curvado un poco y caminaba insegura, como sorteando obstáculos. Sus pechos parecían haberse reducido hasta casi desaparecer y los huesitos de los hombros resaltaban, nítidos, por debajo de la blusa. Además de una cartera llevaba una carpeta abultada.

—Si te parece que me he vuelto muy flaca, muy fea y muy vieja, no me lo digas, por favor. ¿Dónde podemos ir?

—A ningún sitio. Aquí, en Lavapiés, todos los cafés son tan viejos y polvorientos como éste. Y todos están llenos de fumadores. Así que mejor nos despedimos aquí.

—Necesito hablar contigo. No será muy largo, te prometo.

Estaba cogida de mi brazo y sus dedos, tan delgaditos, tan huesudos, parecían los de una niñita.

—¿Quieres ir a mi casa? —le dije, arrepintiéndome al tiempo que se lo proponía—. Vivo aquí cerca. Pero, te advierto, te dará más asco que este café.

—Vamos a donde sea —dijo ella—. Eso sí, si aparece esa hippy maloliente, le sacaré los ojos.

—Ella está en Alemania, no te preocupes.

La subida de los cuatro pisos fue larga y complicada. Subía los peldaños muy despacio y en cada rellano se detenía a descansar. En ningún momento se soltó de mi brazo. Cuando llegamos al último piso había palidecido todavía más y tenía la frente con brillos de sudor.

Apenas entramos, se dejó caer en el silloncito de la sala y respiró hondo. Luego, sin decir palabra, ni moverse del sitio, comenzó a examinar todo lo que tenía alrededor, con los ojos muy graves y el ceño y la frente fruncidos: los

modelos y los dibujos y los trapos de Marcella desparrama-
dos por doquier, las revistas y los libros apilados en los rincones y en los estantes, el desbarajuste generalizado. Cuando
llegó a la cama desarreglada, vi que su semblante se demudaba. Fui a la cocinita a traerle una botella de agua mineral.
La encontré en el mismo sitio, mirando fijamente la cama.

—Tú tenías la manía del orden y de la limpieza,
Ricardito —musitó—. Me parece increíble que vivas en
semejante pocilga.

Me senté a su lado y me invadió una gran tristeza.
Lo que decía era cierto. Mi pisito de la École Militaire,
pequeño y modesto, siempre estuvo impecablemente limpio y ordenado. En cambio, este burdel reflejaba muy bien
tu irreversible decadencia, Ricardito.

—Necesito que firmes algunos papeles —dijo la
niña mala, señalándome la carpeta, que había puesto en el
suelo.

—El único papel que te firmaría a ti sería el del divorcio, si ese matrimonio todavía vale —le respondí—.
Conociéndote, no me extrañaría que me hagas firmar cualquier embrollo y que termine en la cárcel. Hace cuarenta
años que te conozco, chilenita.

—Me conoces mal —dijo ella, muy tranquila—.
Tal vez, a otros les podría hacer maldades. Pero a ti, no.

—A mí me has hecho las peores maldades que puede hacerle una mujer a un hombre. Me has hecho creer
que me querías, mientras que, con toda la tranquilidad
del mundo, seducías a otros caballeros porque tenían más
dinero, y me largabas sin el menor cargo de conciencia.
No lo has hecho una sino dos, tres veces. Dejándome destrozado, aturdido, sin ánimos de nada. Y, encima, tienes
una vez más el atrevimiento de volver a decirme, con la
cara más fresca, que quieres que vivamos juntos de nuevo.
La verdad, eres como para exhibirte en los circos.

—Estoy arrepentida. No volveré a hacerte ninguna mala pasada.

—No tendrás ocasión, porque nunca volveré a vivir contigo. A ti nadie te ha querido como yo, nadie ha hecho todo lo que yo... Bueno, me siento estúpido diciéndote estas tonterías. ¿Qué es lo que quieres de mí?

—Dos cosas —dijo ella—. Que dejes a esa hippy sucia y te vengas a vivir conmigo. Y que firmes esos papeles. No hay ninguna trampa. Te he traspasado todo lo que tengo. Una casita en el sur de Francia, cerca de Sète, y unas acciones de la Electricidad de Francia. Todo está puesto a tu nombre. Pero tienes que firmar esos papeles para que el traspaso valga. Léelos, consulta un abogado. No lo hago por mí, sino por ti. Para dejarte todo lo que tengo.

—Muchas gracias, pero no te puedo aceptar ese regalo tan generoso. Porque, probablemente, esa casita y esas acciones son robadas a mafiosos y no tengo ninguna gana de ser testaferro tuyo o del gángster de turno para el que estás trabajando. ¿No será otra vez el famoso Fukuda, espero?

Entonces, antes de que yo pudiera atajarla, me echó los brazos al cuello y se prendió de mí con todas sus fuerzas.

—Deja de reñirme y de decirme maldades —se quejó, mientras me besaba el cuello—. Dime más bien que estás contento de verme. Dime que me has extrañado y que me quieres a mí, no a esta hippy con la que vives en este chiquero.

Yo no me atrevía a apartarla, aterrado de sentir el esqueleto que era su cuerpo, una cintura, unas espaldas, unos brazos en los que parecían haber desaparecido todos los músculos, quedar sólo los huesos y el pellejo. La frágil, delicada personita que se apretaba contra mí despedía una fragancia que me hacía pensar en un jardín lleno de flores. No pude seguir simulando más.

—¿Por qué estás tan flaquita? —le pregunté al oído.

—Dime primero que me quieres. Que a esta hippy no la quieres, que te pusiste a vivir con ella sólo por despecho, porque te dejé. Dímelo. Desde que supe que estabas con ella me estoy muriendo de celos a poquitos.

Yo sentía ahora su pequeño corazón, latiendo contra el mío. Le busqué la boca y la besé, largamente. Sentía su lengüita enredada en la mía, y tragaba su saliva. Cuando metí la mano por debajo de su blusa y le acaricié la espalda sentí en mis dedos todas sus costillas y la columna vertebral, como si no los separara de mis dedos ni una ínfima película de carne. No tenía pechos; sus pezones, diminutos, estaban a ras de piel.

—¿Por qué estás tan flaquita? —le volví a preguntar—. ¿Has estado enferma? ¿Qué has tenido?

—No puedo hacer el amor contigo, no me toques ahí. Me han operado, me han sacado todo. No quiero que me veas desnuda. Tengo el cuerpo lleno de cicatrices. No quiero que tengas asco de mí.

Lloraba con desesperación y no conseguía calmarla. Entonces, la senté en mis rodillas y la acaricié mucho rato, como solía hacerlo en París, cuando tenía los ataques de miedo. También su potito se había escurrido, como sus pechos, y sus muslos eran tan delgaditos como sus brazos. Parecía uno de esos cadáveres vivientes que muestran las fotografías de los campos de concentración. La acariñaba, la besaba, le decía que la quería, que yo la cuidaría, y, al mismo tiempo, tenía un indescriptible horror porque estaba absolutamente seguro de que ella no *había* estado grave, que lo estaba ahora y que muy pronto iba a morir. Nadie podía enflaquecer así y recuperarse.

—Todavía no me has dicho que me quieres más que a esa hippy, niño bueno.

—Claro que te quiero más que a ella y que a nadie, niña mala. Tú eres la única mujer que yo he querido y quiero en el mundo. Y, aunque me has hecho maldades, me has dado también una felicidad maravillosa. Ven, quiero tenerte en mis brazos desnuda y hacerte el amor.

La llevé a la cama, la tendí y la desnudé. Ella, con los ojos cerrados, se dejó desnudar, ladeándose, para exponerme su cuerpo lo menos posible. Pero, yo, acariciándola, besándola, la hice desencogerse y estirarse. No la habían operado sino destrozado. Le habían sacado los pechos y repuesto los pezones con torpeza, dejando las gruesas cicatrices circulares, como dos rojizas corolas. Pero, la cicatriz peor arrancaba de su vagina y subía hasta el ombligo, serpenteando, una costra entre marrón y rosada que parecía reciente. La impresión que tuve fue tan grande que, sin darme cuenta de lo que hacía, la cubrí con la sábana. Y supe que nunca más podría hacerle el amor.

—Yo no quería que me vieras así y que tuvieras asco de tu mujer —dijo ella—. Pero...

—Pero yo te quiero y ahora te voy a cuidar hasta que estés completamente curada. ¿Por qué no me llamaste, para que yo te acompañara?

—No te encontraba por ninguna parte. Hace meses que te busco. Era lo que más me desesperaba: morirme sin volver a verte.

La habían operado la segunda vez apenas hacía tres semanas, en un hospital de Montpellier. Los médicos habían sido muy francos. El tumor en la vagina había sido detectado muy tarde y aunque lo extrajeron, el examen postoperatorio indicó que la metástasis había comenzado y que prácticamente no había nada que hacer. La quimioterapia sólo retardaría lo inevitable y además, en el estado de debilidad extrema en que se encontraba, probablemente no la resistiría. La operación de los pechos fue un año antes, en Marsella. Por su extrema debilidad no habían podido intervenirla de nuevo, para reconstruirle el busto. Ella y el marido de Martine, desde que se fugaron, habían vivido en la costa mediterránea, en Frontignan, cerca de Sète, donde él tenía propiedades. Se había portado muy bien con ella cuando le detectaron el cáncer. Había sido generoso y atento y la había colmado de atenciones, sin hacerle notar, cuando le sacaron los pechos, que se sentía decepcionado. Por el contrario, fue ella la que poco a poco lo convenció de que, en vista de que su suerte estaba echada, lo mejor que podía hacer era reconciliarse con Martine y acabar el pleito con sus hijos, del que sólo iban a sacar buena tajada los abogados. El caballero volvió donde su familia, despidiéndose de la niña mala con generosidad: le compró la casita en Sète que ahora ella pretendía traspasarme y le colocó en el banco unas acciones de la Electricidad de Francia que le permitieran vivir sin angustias económicas lo que le quedaba de vida. Ella había comenzado a buscarme hacía un año por lo menos, hasta dar conmigo en Madrid, gracias a una agencia de detectives, «que me sacó un ojo de la cara». Cuando le comunicaron mi paradero, estaba en plenos exámenes en el hospital de Montpellier. Como los dolores en la vagina los tenía desde los tiempos de Fukuda, ella no les había hecho mucho caso.

Me contó todo esto en una larguísima conversación que duró toda la tarde y buena parte de la noche, echados en la cama, ella apretada contra mí. Se había vuelto a vestir. A ratos se callaba para que yo pudiera besarla y decirle que la quería. Me contó esa historia —¿Cierta? ¿Muy adornada? ¿Totalmente falsa?— sin dramatismo, con aparente objetividad, sin autocompasión, pero, eso sí, con alivio, contenta, como si luego de contármela pudiera morirse en paz.

Duró 37 días más, en los que se portó, tal como me había jurado que lo haría en el Café Barbieri, como una esposa modelo. Por lo menos, cuando los terribles dolores no la tenían acostada y sedada con morfina. Me trasladé a vivir con ella a un aparthotel de Los Jerónimos, donde estaba alojada, llevándome una sola maleta con cuatro cosas que ponerme y algunos libros, y dejé a Marcella una carta muy hipócrita y digna, diciéndole que había decidido partir, devolviéndole la libertad, porque no quería ser un obstáculo para una felicidad que, lo comprendía muy bien, no podía darle yo, dada la diferencia de edad y de vocaciones, sino un joven de su edad y de disposición afín como Víctor Almeda. A los tres días partimos la niña mala y yo, en tren, a su casita de las afueras de Sète, en lo alto de una colina, desde la que se veía el hermoso mar cantado por Valéry en *El cementerio marino*. Era una casita pequeña, austera, bonita, bien arreglada, con un pequeño jardín. Durante dos semanas, ella estuvo tan bien, tan contenta, que, contra toda razón, pensé que podía recuperarse. Una tarde, sentados en el jardín, a la hora del crepúsculo, me dijo que, si algún día se me ocurría escribir nuestra historia de amor, que no la hiciera quedar muy mal porque, entonces, su fantasma vendría a jalarme los pies todas las noches.

—¿Y por qué se te ha ocurrido eso?

—Porque siempre has querido ser un escritor y no te atrevías. Ahora que te vas a quedar solito, puedes aprovechar, así no me extrañarás tanto. Por lo menos, confiesa que te he dado tema para una novela. ¿No, niño bueno?

Índice

Este libro
se terminó de imprimir
en los talleres gráficos
de Nomos, S.A., en el mes
de noviembre de 2006,
Bogotá, Colombia.